MIA
FIGLIA È
SCOMPARSA

LIBRI DI LISA REGAN

In lingua italiana

Le ragazze svanite

La ragazza senza nome

La sua tomba nascosta

La confessione finale

Le sue ossa sepolte

Il suo pianto silenzioso

I corpi lungo il fiume

Trovarla viva

Salvate la sua anima

Respira un'ultima volta

Silenzio piccolina

Il suo tocco mortale

Le ragazze annegate

Guardala scomparire

Sparita ragazza del posto

La moglie innocente

Chiudile gli occhi

Mia figlia è scomparsa

Affronta la tua paura

LISA REGAN

MIA FIGLIA È SCOMPARSA

Tradotto da Alessandro Cataoli

Bookouture

Per Sean House. Sei sempre stato il migliore.

UNO

È iniziato tutto come un sussurro, una storia che i bambini si raccontano al parco giochi e durante i pigiama party per spaventarsi gli uni con gli altri. C'è una creatura nella foresta. O forse è un uomo, alto due metri e grande come un albero. Se ne sta appostato, in agguato a guardare, sempre defilato, ma pronto a colpire. Se questa creatura mitologica ti cattura, svanisci nel nulla. Oppure muori. Nessuno lo sa con sicurezza. La storia cambia col passare del tempo, man mano che la leggenda cresce e si diffonde, man mano che altre voci si uniscono al coro, fino a quando non diventa molto più di una storia. Diventa una leggenda.

La leggenda dell'Uomo dei Boschi.

Sento la gente che ne parla nei negozi, nei ristoranti, al parco pubblico. I genitori dicono ai loro figli che l'Uomo dei Boschi non esiste. Non c'è nulla di cui preoccuparsi, dicono con toni tranquillizzanti. Posso leggere nei loro occhi che sono stufi di queste sciocchezze, che i loro figli hanno gli incubi per una storiella ridicola. Posso dire con certezza che credono in quello che dicono. L'Uomo dei Boschi non esiste.

Ma si sbagliano.

Lo so perché sono io l'Uomo dei Boschi e sono venuto a prendere i loro bambini.

DUE

Fu svegliata di soprassalto dalle urla. Il suo corpo si tirò da solo in posizione eretta. In parte era istinto, in parte Josie si rese vagamente conto di essere stata spinta in piedi da una forza invisibile. Aprì di scatto gli occhi alla luce accecante del giorno e capì di essere stata sbalzata dalla panchina da una folla che applaudiva. Sbattendo le palpebre, cercò di orientarsi. Davanti a lei c'era un campo da baseball pieno di bambini tra i sette e gli otto anni che indossavano divise e caschetti che sembravano di una misura troppo grande per le loro teste. Lei era in tribuna tra la sua amica Misty Derossi e la sua ex suocera Cindy Quinn. Tutti i genitori urlavano e alzavano i pugni in aria. Uno dei bambini scattò per fare il giro intorno alle basi. Josie sbatté di nuovo le palpebre, cercando di capire se quel bambino fosse Harris, il figlio di Misty.

Accanto a lei, Misty urlò: «Vai, vai, vai, vai!»

Dall'altra parte, nonna Cindy urlava: «Corri, corri!»

Il bambino passò alla base. Il caschetto gli scivolò dalla testa, portandosi via anche il berretto, rivelando così una chioma di capelli biondi con una ciocca a ricciolo sulla nuca identica a quella dell'ex marito di Josie, Ray Quinn.

Misty emise un sonoro fischio e poi gettò le braccia al collo di Josie, stringendola forte. Arrivato al piatto di casa-base, Harris saltò in piedi e cominciò a dare il cinque ai compagni di squadra vicini e a uno degli allenatori. Poi uscì dal campo e corse direttamente tra le braccia del marito di Josie, Noah Fraley. Quando la folla si calmò, Josie sentì la voce di Harris. «Hai visto, zio Noah? Hai visto?»

La risposta di Noah fu inghiottita dalla voce di uno degli allenatori che chiamava il giocatore successivo alla battuta. Noah prese Harris tra le braccia e dopo averlo fatto girare lo rimise a terra, facendogli cenno di dirigersi verso la panchina dove i suoi compagni di squadra lo aspettavano per dargli il cinque. Il sorriso sul volto di Noah faceva battere il cuore di Josie.

Harris non era imparentato con nessuno dei due, né per sangue né per vincolo matrimoniale, eppure entrambi lo amavano profondamente come se lo fosse. Dopo che Josie si era separata dal suo primo marito, Ray, lui aveva iniziato a frequentare Misty. Poi lui era morto e in seguito Misty aveva dato alla luce Harris. A quel tempo, Josie era alle prese con un quadro emotivo molto complesso a causa della fine del matrimonio e poi della morte di Ray. Dopo tanti anni, si vergognava di ammettere che si era sfogata su Misty, almeno finché non era nato Harris. Josie non si sarebbe mai aspettata di affezionarsi così tanto a quel bambino, ma nello stesso istante in cui l'aveva stretto tra le braccia aveva capito che avrebbe fatto di tutto per proteggerlo. Col tempo, lei e Misty si erano avvicinate e quando Josie e Noah erano diventati una coppia, Noah si era facilmente inserito nella dinamica familiare che già si era creata tra Josie, Misty e Harris, così che ormai Josie non riusciva più a immaginare la propria vita senza Misty e Harris. La facilità con cui Noah era arrivato ad affezionarsi e a prendersi cura di Harris aveva portato Josie ad amarlo ancora di più.

Quando Misty e Cindy si misero di nuovo a sedere, Josie fece lo stesso.

«È stato molto emozionante!» esclamò Cindy.

«Lo è stato davvero!» convenne Misty battendo le mani con gioia.

Dato che Josie non aggiungeva nulla, Misty si girò verso di lei. «Stai bene?»

Lei riuscì a fare un sorriso. «Certo, sì.»

«Ti sei addormentata, o sbaglio?»

Josie sentì una vampata di calore salirle lungo il collo fino alla radice dei capelli e Misty rise.

«Come sei riuscita a addormentarti in un posto così?» le chiese guardandosi intorno tra le schiere vocianti di genitori e altri membri delle famiglie dei bambini tutti ammassati sulle gradinate, spalla contro spalla. «Questi posti non hanno nemmeno gli schienali!»

Josie aprì la bocca per tentare di dare una risposta, ma altre grida scoppiarono qualche fila più in basso, vicino al piatto di casa-base. Il padre di uno dei compagni di squadra di Harris stava urlando all'arbitro. «Lascialo battere! Non gli hai dato abbastanza battute!»

La folla si infuriò. Un altro genitore seduto qualche fila più sotto alla loro rispose al primo di stare zitto e di rimettersi a sedere. Allora un altro uomo si alzò in piedi, si portò le mani alla bocca e urlò: «È fuori! Ha fatto sei lanci! Tutti i bambini fanno sei lanci!»

Il padre che aveva protestato si voltò verso gli spalti per cercare l'uomo che aveva appena urlato e, individuatolo all'istante, cominciò un botta e risposta di insulti.

«Non di nuovo...» mormorò Cindy.

Noah e alcuni allenatori intervennero per cercare di stemperare la situazione ed evitare che altri genitori si facessero coinvolgere. Prima che Harris iniziasse a praticare sport di squadra, Josie non immaginava quanto potessero scaldarsi le cose tra i genitori o quanto rapidamente un diverbio potesse sfuggire al controllo.

«È ridicolo.» sospirò Misty.

Il gruppetto di uomini che si era radunato alle spalle del piatto di casa-base si acquietò a sufficienza perché Josie non riuscisse più a sentire ciò che si dicevano, ma la discussione continuò. La folla si fece inquieta nell'attesa che si risolvesse. Molte persone tirarono fuori i loro telefoni per controllare i messaggi e le notifiche dei social. A quel punto Josie aveva già formulato una risposta alla domanda che le aveva fatto Misty, ricorrendo a una scusa collaudata in più di un'occasione per giustificare la sua stanchezza: "era stanca a causa del lavoro". Sia lei che Noah erano investigatori del dipartimento di polizia di Denton. Denton era una piccola città incastonata tra le montagne della Pennsylvania centrale, il cui centro si sviluppava lungo le rive di un ramo del fiume Susquehanna, mentre le zone di periferia della città si estendevano per diversi chilometri, abbracciando ampie zone rurali. La popolazione della città era cresciuta costantemente nel corso dei dieci anni precedenti. Josie, Noah e i loro colleghi lavoravano spesso con orari lunghi e irregolari e gli ultimi tre mesi erano stati ancora più estenuanti del solito.

Prima che potesse dire qualcosa, Cindy le diede un leggero colpetto di gomito sul fianco. «Hai ancora problemi a dormire?»

«Un po'...» ammise Josie. «Il lavoro, sai, com'è...»

«Sei andata dalla dottoressa Rosetti?» le chiese con tono deciso Misty.

Josie sentì i muscoli irrigidirsi. «Io non... non ho proprio voglia di parlarne adesso.»

«Se non dormi, dovresti parlarne con lei.»

All'improvviso Josie sentì il viso farsi bollente. Bollente da insolazione. «Continuo ad andarci.» disse a denti stretti. «Non ho mai smesso di andarci.»

Josie aveva iniziato ad andare in terapia dalla dottoressa

Paige Rosetti in seguito alla morte della nonna, Lisette Matson. Non le era mai piaciuto andare in terapia, però continuava ad andarci perché sapeva di dover affrontare molti dei traumi che aveva subito tanto nell'infanzia quanto nell'età adulta. Affogarli nella bottiglia non aveva funzionato. Allontanare tutte le persone che facevano parte della sua vita non aveva funzionato. Nemmeno il ricorso esclusivo al sesso e alla rabbia era stato d'aiuto. Era finalmente giunta alla conclusione che le persone che amava si meritavano di più da lei e che avrebbe dovuto compiere uno sforzo per imparare ad affrontare i suoi problemi in modo sano. Per giunta, quando si era trovata a risolvere il caso durante il quale era stata ammazzata sua nonna, aveva incontrato una ragazzina coraggiosa che le aveva insegnato a tollerare il proprio malessere e a quella ragazzina aveva promesso che sarebbe andata in terapia.

Lentamente, Misty le chiese: «Dunque, ne hai parlato con la dottoressa? Che soffri di insonnia?»

A denti stretti, Josie rispose: «Puoi parlare di lui, lo sai. Puoi dire il suo nome. Penso a lui ventiquattr'ore al giorno... non c'è momento in cui non pensi a lui, quindi parlarne non mi sconvolge. Dillo e basta.»

Cindy accarezzò il ginocchio di Josie. «Non te la prendere, tesoro. Il fatto è che siamo preoccupate per te.»

«Non dormi perché ti vengono gli incubi della morte di Mettner?» le domandò Misty.

Josie si sentì pervadere da un'ondata istantanea di sollievo quando Misty ebbe pronunciato quel nome. Erano passati tre mesi da quando il suo amico e collega, il detective Finn Mettner, era stato ucciso in servizio. Nei suoi ultimi momenti lei gli aveva tenuto la mano e da allora tutti si erano comportati come se lui non fosse mai esistito. Anche al lavoro, dove la sua scrivania era rimasta intatta dall'ultima volta che vi aveva preso posto, nessuno pronunciava più il suo nome. Nessuno parlava di lui. Era l'elefante in ogni stanza. Era come se la gente avesse paura di parlare di lui perché non voleva rischiare di scatenare un'esplosione di tristezza, anche se Josie non era tipo da scoppiare. Non per il dolore, almeno. Era una campionessa nell'imbottigliare queste cose. Tuttavia, più la gente camminava sulle uova intorno a lei ed evitava di parlare della morte di Mettner, più lei si sentiva male. Un paio di volte era stata proprio lei a fare un tentativo per parlarne al lavoro, con Noah, con la detective Gretchen Palmer e con il loro capo del dipartimento di polizia di Denton, Bob Chitwood, ma un attimo dopo, non appena era entrata Amber Watts, che lavorava come addetta stampa per il dipartimento ed era stata la ragazza di Mettner, tutti l'avevano zittita. Evidentemente, trattavano Amber con i guanti di velluto proprio come trattavano lei, cioè evitando di parlare di Mettner.

Ma lui era reale, continuava a ripetere a sé stessa. *Era qui con noi. Era un mio amico. Gli volevo bene. L'ho visto morire.*

Evitare di pronunciare il suo nome, evitare di ammettere la sua assenza non faceva altro che lasciare intendere che non fosse mai esistito. Di tutte le cose orribili che aveva provato dopo il suo omicidio, quella era la peggiore di tutte.

«Non ho gli incubi.» disse Josie. «Non come quelli che ho avuto quando è morta mia nonna. È solo che... mi ritrovo di nuovo lì con lui.» Giunse le mani. «Sento la sua mano. Vedo i suoi occhi...»

Non riuscì a concludere la frase, non voleva parlarne in un luogo pubblico come quello. Non voleva rischiare che qualche estraneo sentisse di come aveva assistito al passaggio dalla sorpresa alla consapevolezza e poi alla rassegnazione sul volto di Mettner, prima che la vita gli svanisse completamente dagli occhi; era questo che la teneva sveglia la notte.

Misty le passò una mano sulle spalle e la tirò a sé per un abbraccio. «Voglio solo che tu sappia che io ci sono sempre per te, se vuoi parlarmi di Mettner.»

Josie sentì il pizzicore delle lacrime in fondo agli occhi e borbottò un ringraziamento. Con suo grande sollievo, constatò che nel frattempo la folla di genitori si era dispersa dal campo sottostante, il gioco stava riprendendo e l'attenzione del pubblico era tornata sulla partita.

Con lo sguardo, Josie seguì gli spostamenti di Noah dal piatto di casa-base fino alle spalle dei compagni di squadra di Harris, seduti sulla panchina. Lo guardò mentre estraeva il cellulare dalla tasca posteriore dei jeans e lo guardava. Accigliato, alzava lo sguardo dallo schermo e la cercava tra la folla. Josie si alzò in piedi. Si guardarono negli occhi. Le bastò la sua espressione per capire che non avrebbero potuto assistere alla fine della partita e non avrebbero potuto raggiungere Harris, Misty e Cindy per la cena del dopo-partita.

«Cosa sta succedendo?» le chiese Misty.

«Non lo so.» rispose Josie.

Mentre si dirigeva verso il fondo delle gradinate, anche il suo cellulare vibrò nella tasca. Lo tirò fuori e vide un messaggio del capo Bob Chitwood.

Mi servite entrambi, il prima possibile.

Trovò Noah a lato delle gradinate. «Ho appena parlato con Gretchen.» le disse. «È stata denunciata la scomparsa di due ragazzine.»

TRE

L'indirizzo che Gretchen aveva dato a Noah era di un'abitazione in una zona rurale di Denton. Si trovava a diversi chilometri dal centro della città, lungo una strada a due corsie poco trafficata che si addentrava in profondità tra le montagne. Noah si mise al volante con Josie accanto a controllare il telefono. Erano quasi le tre del pomeriggio, il che significava che avevano ancora più di cinque ore di luce, un grande vantaggio per gli investigatori quando occorreva perlustrare dei boschi. Per prima cosa Gretchen aveva inviato un messaggio con i nomi e le età delle ragazze scomparse: Kayleigh Patchett, di sedici anni, e Savannah Patchett, di otto. Erano sorelle. Poi, sullo schermo del telefono di Josie era apparsa una foto delle due ragazzine, riprese l'una accanto all'altra di fronte a una porta rossa, ciascuna con indosso una divisa sportiva non ben identificabile. Anche se Josie cercava di assistere a quante più partite di Harris insieme a Noah, la conoscenza che aveva in fatto dei principali eventi sportivi per bambini era pessima. A giudicare da quello che poteva vedere, Kayleigh doveva indossare una divisa da softball. Aveva i capelli che le arrivavano fino alle spalle, lisci e scuri, quasi neri come quelli di Josie, e un viso rotondo con un'infarinatura di lentiggini sul naso e sulle guance. Nella foto, aveva un sorriso rigido che non raggiungeva i suoi occhi marroni. Savannah, al contrario, aveva un sorriso che poteva durare giorni. La sua divisa assomigliava di più a quella delle squadre giovanili di calcio, se Josie avesse dovuto tirare a indovinare. A differenza della sorella, aveva la testa piena di riccioli che nemmeno la coda di cavallo allentata era in grado di contenere.

«Cosa ti ha detto Gretchen?» chiese a Noah.

«Le sorelle sono andate a fare una passeggiata nel bosco questa mattina mentre i genitori erano fuori a fare la spesa e da allora non sono più tornate. I genitori le hanno cercate, ma non ne hanno trovato traccia. Dopo qualche ora, hanno chiamato la polizia.» Si interruppe un attimo.

Josie distolse lo sguardo dalla foto delle sorelle Patchett per fissarlo su Noah abbastanza a lungo da intravedere un muscolo della mascella che gli fremeva.

«Cosa c'è?»

«Ieri abbiamo ricevuto un nuovo rapporto della Polizia di Stato: riferisce che lo scorso autunno, nella contea di Lenore, due adolescenti si sono addentrati nel bosco... e solo uno ne è uscito. L'altro è morto. Il ragazzo che è sopravvissuto ha detto che erano stati aggrediti, ma non ha saputo fornire una descrizione dell'aggressore. A quanto pare, erano usciti di notte. Non sono mai emerse piste. Ho parlato con la Loughlin.»

«Heather Loughlin?» chiese Josie. «Della divisione investigativa criminale della contea di Lenore?»

«Sì. Ha detto che inizialmente pensavano che il ragazzo sopravvissuto si fosse inventato tutto, ma poi altre due ragazze si sono addentrate nei boschi della contea di Montour, circa tre settimane fa.»

Josie sentì i primi brividi di un'ondata di nausea nel profondo dello stomaco. «Fammi indovinare. Ne è uscita solo una.»

«Precisamente. Stessa dinamica. Sono andate a fare una passeggiata nel bosco al buio. Una di loro è stata attaccata ed è morta. La sopravvissuta non ha visto nulla che potesse aiutare la Loughlin o la sua squadra. E anche in questo caso, nessuna pista.»

«Qual è stata la causa della morte?» chiese Josie. «È stata la stessa in entrambi i casi?»

«Trauma da corpo contundente alla testa. Non so molto di più. Non sembrava importante fino a oggi.»

«Non ricordo di aver visto nessuno di questi casi sulla stampa.» disse Josie.

«Non ci sono mai arrivati. Sai come funziona, non tutte le notizie di decesso vengono riportate dai giornali, specialmente se le redazioni locali devono coprire un'area così vasta della Pennsylvania centrale.»

La contea di Lenore si trovava a circa mezz'ora a sud di Denton, mentre la contea di Montour si trovava a circa due ore a nord. I casi, quindi, non erano vicini tra loro e certamente non erano vicini alla loro giurisdizione. Allora perché Josie si sentiva come se qualcuno le avesse riempito gli intestini di cemento?

Diede un'ultima occhiata ai volti di Kayleigh e Savannah Patchett prima di passare dall'applicazione di messaggistica a Google Maps. Accigliandosi, disse: «Quanti sono, Noah? Quanti ne abbiamo noi? Qui a Denton.»

Noah non ebbe bisogno di spiegazioni, sapeva esattamente di cosa stava parlando. «Negli ultimi tre mesi? Abbiamo ricevuto la denuncia di tre ragazzini che si sono persi girando da soli nei boschi e, qualche settimana fa, di un altro paio di ragazzini. Ma sono stati tutti localizzati grazie a Luke e Blue.»

Josie inserì l'indirizzo della casa dei Patchett su Google Maps. Conosceva già quella zona, ma la vista satellitare confermò i suoi sospetti: dietro la casa dei Patchett c'era un'area boschiva che si estendeva per chilometri.

«Gretchen ha già chiamato Luke?» chiese Josie.

«Ci incontriamo lì.»

Per la prima volta, la prospettiva di incontrare Luke Creighton non metteva Josie minimamente a disagio. Luke e il suo segugio, Blue, avevano iniziato a collaborare con la polizia di Denton come unità cinofila di collegamento alcuni mesi prima. Il loro dipartimento non poteva permettersi una propria unità cinofila e il Consiglio comunale aveva respinto l'ultima richiesta del capo Chitwood, che allora aveva trovato un'alternativa, avviando una collaborazione con un'organizzazione senza scopo di lucro che forniva cani da ricerca e da salvataggio a prezzi simbolici ai dipartimenti di polizia che non potevano permettersi una propria unità. Il caso aveva voluto che il supervisore che era stato scelto fosse per l'appunto l'ex fidanzato di Josie. Sette anni prima, la relazione tra Josie e Luke era finita in modo piuttosto spiacevole e per giunta sotto gli occhi di tutti. Per questo, all'inizio, Josie e la squadra non avevano accolto bene il suo ritorno a Denton, ma dopo che lui e il suo segugio avevano salvato la vita a Josie, la situazione aveva iniziato a cambiare. Nel frattempo, Luke e Blue avevano ritrovato tutti i ragazzi che si erano allontanati e persi nei boschi intorno alla loro città.

«Abbiamo bisogno delle radio.» disse Josie.

«Sono sul sedile posteriore.»

Josie si sganciò la cintura di sicurezza e si girò, sporgendosi verso i sedili posteriori e rovistando in giro alla ricerca delle radio. Le trovò sotto una busta di plastica di una farmacia locale. Prese anche quella insieme alle radio. Una volta tornata a sedere, la aprì e sbirciò all'interno. Si sentì avvampare di calore sulle guance non appena vide i tre nuovi test di gravidanza all'interno.

Noah le rivolse una rapida occhiata. «Quelli sono per te.»

Lei non riuscì a staccare gli occhi dal contenuto del sacchetto e sentì il battito del suo cuore accelerare un po'. «Grazie.» disse. «Però io...» ma non riuscì ad andare avanti. Sentì gli occhi di Noah su di sé mentre chiudeva il sacchetto e lo riponeva sul sedile posteriore.

«Hai già avuto il ciclo.» disse lui, non intendendola come una domanda. Non c'era recriminazione nella sua voce. Nemmeno una nota di delusione. Non c'era niente nella sua voce che la facesse sentire in colpa, ma lei comunque si sentì in colpa lo stesso.

«Poco prima dell'inizio della partita.» borbottò lei.

Avevano iniziato a parlare di avere figli solo tre mesi prima, dopo la morte di Mettner. All'inizio Josie gli aveva detto che voleva solo pensarci, scegliere se avere o meno dei figli senza permettere che il suo giudizio venisse offuscato dalla paura. Quando Josie aveva tre settimane, era stata rapita da una donna di nome Lila Jensen, così malvagia che al confronto Satana sembrava un tipo mite. Quella stessa notte, Lila aveva dato alle fiamme la casa della famiglia di Josie per coprire il rapimento. I soccorsi avevano portato in salvo la sorella gemella di Josie, Trinity, tra le braccia dei genitori, Christian e Shannon Payne; quanto a Josie, non trovandone traccia, si era creduto che fosse morta nell'incendio. Nessuno sospettò che fosse tutta opera di Lila, che così aveva potuto portare Josie a Denton, determinata a riprendersi il suo ex fidanzato, Eli Matson, convincendolo che Josie era sua figlia. A quei tempi non esistevano test di paternità per posta o metodi simili di cui una persona comune potesse avvalersi per verificare la paternità di un bambino ed Eli si era innamorato immediatamente di Josie e l'aveva cresciuta come figlia sua. Ma il suo amore gli era costato la vita, lasciandola alle cure di Lila, finché alla fine, quando aveva quattordici anni, la madre di Eli, Lisette Matson, l'unica nonna che Josie avesse mai conosciuto, ne aveva ottenuto la custodia. Lisette le aveva regalato una bella vita, ma il danno che Lila aveva fatto negli anni precedenti era permanente e, per quanto Josie potesse ricordare, gli effetti duraturi del trauma che Lila le aveva inflitto erano il filtro attraverso il quale prendeva tutte le decisioni, compresa quella di diventare madre.

Josie era convinta che sarebbe stata una madre tremenda per qualsiasi figlio avesse avuto, dato che Lila era l'esempio con cui era cresciuta. Solo dopo la morte di Mettner si era resa conto di quanto questa logica fosse ridicola e così, dopo il funerale, si era decisa a dire a Noah che intendeva pensare all'eventualità di avere dei figli, ma poi, meno di una settimana più tardi, si era spaventata pensando che prendersi del tempo per decidere non fosse altro che un modo con cui il suo subconscio continuava a rimandare l'idea della maternità, perché segretamente ne aveva ancora paura. Non avevano ancora deciso di farlo; stavano adottando un approccio del tipo "facciamo un tentativo e vediamo cosa succede". Fino a quel momento, non era successo nulla.

Noah posò un palmo caldo sul ginocchio di Josie. «Ehi.» le disse, richiamandola dai suoi pensieri. «Sono passati solo pochi mesi. Non preoccuparti. Continueremo a provare. Quei test di gravidanza sono i primi.»

Lei gli fece un sorriso esitante e lui le strinse il ginocchio tenendo gli occhi fissi sulla strada. «Josie, sono sicuro che nella maggior parte dei casi non è una cosa che succede subito. Concediamoci un po' di tempo.»

«E se... e se non succedesse niente?» gli chiese lei. «Se non succedesse mai?»

Lui le lanciò una rapida occhiata. «La risposta la conosci già. Non ho mai desiderato nient'altro più di te. Se avremo un bambino, lo amerò come nessuno ha mai amato un figlio prima, ma non ho bisogno di fare un bambino per essere felice. Mi basti tu.»

Lei deglutì per il groppo che le si stava formando in gola perché si sentiva in imbarazzo ad aver bisogno ancora una volta delle sue rassicurazioni.

Lui fece un sorriso. «A dire il vero, mi sto divertendo a provarci. Tu no?»

Non poteva negarlo. Non erano mai stati così fisicamente legati, così focosi, come da quando avevano iniziato a cercare di avere un bambino. Col pensiero tornò per qualche istante a quella mattina, con un diverso tipo di rossore che le coloriva le guance mentre ricordava la sensazione di suo marito addosso a lei, dentro di lei. Prima a letto. Poi nella lavanderia.

«Su questo non ci piove.» rispose Josie.

«Ehi.» disse Noah, imboccando la strada dei Patchett. «Chiedi a Gretchen se hanno già controllato la casa.»

Riportò l'attenzione sul telefono e mandò un messaggio a Gretchen. La risposta arrivò in pochi secondi. Josie gliela lesse. «Sì, come prima cosa. La casa è a posto.»

Ogni volta che ricevevano una chiamata per un minore scomparso, la procedura imponeva di perquisire la casa in cui viveva il bambino anche se non era l'ultimo posto in cui era stato visto. Era la sfortunata conseguenza di denunce di scomparsa che si erano rivelate essere situazioni in cui i bambini non erano affatto scomparsi; certe volte si erano semplicemente nascosti. Altre volte erano rimasti feriti o erano stati uccisi dai genitori e poi nascosti in casa. La perquisizione della casa era una prassi che permetteva di escludere queste due possibilità. Contemporaneamente, la squadra investigativa aveva anche la possibilità di osservare il comportamento dei genitori: se il bambino era veramente scomparso, non avrebbero mostrato obiezioni alla perquisizione della casa da parte della polizia; se, viceversa, era successo qualcosa di più grave, capitava che si opponessero alla perquisizione o che mostrassero segni di tensione che potevano indurre a pensare che fossero coinvolti nella scomparsa del figlio.

La strada si restringeva ed era costeggiata su entrambi i lati da file di alberi che si ergevano come sentinelle. C'erano diverse abitazioni lungo la strada, ma erano distanti tra loro, ognuna sviluppata su una superficie di un ettaro o poco più con lunghi vialetti che si snodavano tra i pini. La maggior parte delle case non era visibile dalla strada, la loro presenza era segnalata solo dalle cassette della posta. «Ci siamo.» annunciò Noah quando, superata una collina, videro una volante della polizia di Denton parcheggiata vicino a un vialetto. L'agente in uniforme era sceso dal veicolo e si era fermato vicino a una cassetta della posta bianca. Li salutò con un cenno della mano mentre Noah sterzava per entrare con il loro fuoristrada nel vialetto. Un nastro d'asfalto tagliava un grande boschetto di cicuta orientale, curvando a sinistra. Noah lo seguì lentamente, oltre la curva e su per un pendio.

«Non riesco nemmeno a immaginare come facciano a spalare questo vialetto quando nevica...» mormorò Josie.

Noah svoltò a destra quando il vialetto presentò un'altra curva. «Qualcuno lo dovrà pur spalare.»

Alla fine, apparve una casa in stile ranch a due piani con i rivestimenti color sabbia e un garage con due posti auto. Josie riconobbe la porta d'ingresso rossa della foto delle sorelle Patchett. Si affacciava su un piccolo portico d'ingresso delimitato ai lati da aiuole appena pacciamate e punteggiate di peonie rosa e gerani viola. Un camminamento in pietra si snodava dal gradino in direzione del garage. Tra la casa e altri alberi, per lo più di cicuta e varie specie di pino, si estendeva un prato anteriore tagliato con cura. Accanto al garage, su una lastra di cemento, era parcheggiato un vecchio cassonato con un vomere da neve montato sulla parte anteriore.

«Evidentemente devono provvedere da soli allo sgombero della neve.» constatò Josie. Rivolse la sua attenzione agli altri veicoli radunati davanti al garage. Due volanti della polizia, l'auto non contrassegnata di Gretchen e un minivan. Lì vicino si era radunato in cerchio un gruppetto di persone. Josie riconobbe subito la capigliatura brizzolata dal taglio corto e a spazzola di Gretchen. Mentre alcuni agenti in uniforme si aggiravano nei paraggi, Gretchen parlava con un paio di civili. Josie capì che erano una coppia dal modo in cui si tenevano stretti l'un l'altra.

L'uomo era alto e di corporatura tondeggiante, e portava un berretto con visiera sulla testa e una maglietta blu con la scritta "Un papà per il calcio" che gli pendeva sui suoi pantaloncini cargo color cachi stropicciati. Ai piedi portava un paio di scarpe da ginnastica consumate. A giudicare dall'aspetto complessivo si sarebbe detto che si stava cambiando quando era arrivata la polizia. Ma non era da escludere che fosse così che si vestiva di solito. Josie riconobbe nel suo viso le guance rotonde, il mento morbido e la bocca larga di Kayleigh Patchett. Però sulla ragazza quei tratti erano molto più gradevoli. La donna aggrappata al marito era di statura più bassa e vestita in modo più elegante con una camicetta di seta a stampa floreale, pantaloni neri e un paio di ballerine di colore chiaro. Aveva i capelli ricci e castani, tirati indietro in una coda di cavallo allentata, da cui sfuggiva un'aura di ciuffetti crespi. Savannah Patchett era l'immagine sputata di sua madre.

Noah parcheggiò il fuoristrada dietro una delle auto di pattuglia e saltarono fuori, affrettandosi verso il gruppo. Tirarono fuori i distintivi e i tesserini della polizia che presentarono ai genitori. Questi li guardarono appena. La donna spostò lo sguardo tra Josie e Noah, con gli occhi spalancati e pieni di speranza. L'uomo respinse i loro documenti e con voce tonante che rimbombò nello spazio tra la casa e gli alberi disse: «Non mi interessa chi siete! Voglio che trovate le mie bambine, dannazione!»

QUATTRO

«Dave!» lo rimbeccò la moglie, arrossendo visibilmente sulle guance. Cercò di sottrarsi all'abbraccio del marito, ma lui la tenne stretta contro il suo fianco, tenendole una mano carnosa serrata sulla spalla.

«Sta' zitta, Shelly! Sono stufo di tutti questi discorsi. Parlare, parlare, parlare. Dove sono le nostre ragazze, maledizione?»

Gretchen ignorò completamente quello sfogo e, tenendo il blocco per gli appunti in una mano e la penna nell'altra, la puntò indicando i due coniugi. «Quinn, Fraley. Questi sono i Patchett, Shelly e suo marito David. Come sapete, le figlie sono scomparse. Kayleigh ha sedici anni e Savannah ne ha otto.»

«Sono scomparse entrambe nello stesso momento?» si informò Josie.

David Patchett alzò gli occhi al cielo. «Ancora chiacchiere!» borbottò tra sé e sé.

«Sì.» confermò Mrs. Patchett, con voce stridula dalla tensione, guardando poi Gretchen.

Con un sorriso rassicurante, Gretchen disse: «Mentre aspettiamo che arrivi l'unità cinofila, perché non raccontate alla detective Quinn e al tenente Fraley quello che avete detto a me?»

Mrs. Patchett si asciugò una lacrima dalla guancia. «Questa mattina io e mio marito ci siamo alzati tardi.»

«A che ora?» chiese Noah.

«Verso le otto.» rispose Mrs. Patchett. «Quando ne abbiamo la possibilità, cerchiamo di dormire qualche ora in più nei fine settimana. Di solito non è possibile, perché le ragazze hanno le partite e gli allenamenti. Oggi avevamo la mattinata libera, cosa piuttosto insolita, perciò io e mio marito siamo andati a fare la spesa verso le nove e siamo tornati a casa intorno alle dieci, al massimo intorno alle dieci e un quarto. E quando siamo arrivati le ragazze non ci rispondevano.»

«Il che non è insolito.» aggiunse Mr. Patchett, dopo essersi calmato. «Si dileguano quando devono aiutarci a scaricare la spesa.»

Mrs. Patchett gli lanciò un'occhiata di disapprovazione e si allontanò dalla sua stretta. Questa volta lui la lasciò andare. «Savannah è sempre pronta a darci una mano in casa, invece Kayleigh di solito si nasconde. Comunque, abbiamo messo a posto tutto quanto e quando le abbiamo chiamate un'altra volta non hanno risposto. A quel punto abbiamo trovato in soggiorno un biglietto di Savannah.»

«Possiamo vedere questo biglietto?» chiese Noah.

Gretchen lo tirò fuori dalle pagine del suo taccuino. Su un semplice foglio di carta da lettere, Savannah Patchett, di otto anni, aveva scritto:

Siamo andate a fare una passeggiata nel bosco.
Savannah.

Sotto il suo nome aveva disegnato due cuoricini. Come Josie si aspettava, le lettere erano grandi e sgraziate, distanziate in alcuni punti e tutte ammassate in altri. Le ricordava i bigliettini che Harris scriveva per lei e Noah.

«Lo fanno regolarmente?» le chiese Noah. «Di andare a spasso per i boschi?»

Mr. Patchett indicò gli alberi intorno a loro. «Beh, sì. È tutto quello che c'è da fare qui intorno. Abbiamo costruito un parco giochi per Savannah, ma ormai è troppo grande per giocarci. Le ragazze passano molto tempo ad allenarsi in giardino. Savannah gioca a calcio e Kayleigh a softball, ma qualche volta si annoiano e vanno in giro per i boschi.»

«Non è del tutto esatto...» lo corresse Mrs. Patchett, «Savannah aveva paura di andare nel bosco negli ultimi mesi. Per questo sono un po' sorpresa che ci sia andata.»

«Come mai aveva paura?» le chiese Josie. «È successo qualcosa?»

Marito e moglie scossero entrambi la testa e Mr. Patchett disse: «È tutta colpa di una stupida storiella che gira a scuola. Qualcosa su un uomo nero.»

«L'uomo dei boschi.» chiarì Mrs. Patchett. «Da un giorno all'altro tutti i compagni di scuola non parlavano d'altro. Prende i bambini e non li riporta mai alle loro mamme.»

Mr. Patchett roteò gli occhi. «Sì, quello che è, ed è alto tre metri, mangia cervi adulti a colazione e lascia il suo segno nel bosco per avvertire la gente di stare alla larga.»

Anche se non aveva mai sentito quei particolari, Josie conosceva molto bene la leggenda che ruotava intorno all'Uomo dei Boschi che si era diffusa nelle scuole di Denton. Erano passati alcuni mesi da quando Harris si era seduto sulle sue ginocchia e le aveva confessato di avere incubi su un uomo che i compagni di scuola chiamavano "l'Uomo dei Boschi". Era una voce che si era diffusa in tutta la scolaresca delle elementari. Un uomo misterioso che si aggirava e si nascondeva nei boschi, che rapiva i bambini e non li riportava mai a casa dalle loro famiglie. Josie l'aveva subito considerata una sciocca storiella per bambini, come quelle che i ragazzi inventano nei parchi giochi e ai pigiama party. Quando Josie era piccola, i suoi compagni di classe sostenevano che se dicevi una particolare frase per tre volte mentre ti guardavi allo specchio, una donna sarebbe apparsa alle tue spalle e ti avrebbe "portato via". Naturalmente tutti quanti poi ci avevano provato e nessuno di loro era mai stato "portato via". In effetti, non era mai successo niente.

Harris aveva attraversato una fase in cui aveva avuto incubi sull'Uomo dei Boschi. Misty, Josie e Noah erano riusciti a fargli smettere di credere a quella figura di fantasia tre mesi prima. O, quantomeno, aveva smesso di avere incubi tutte le notti.

«Quale scuola frequenta Savannah?» chiese Josie.

«La scuola elementare Wolfson. Va al secondo anno.» disse Mrs. Patchett.

«Mio...» cominciò a dire Josie, ma esitava sempre quando parlava di Harris perché non sapeva mai quali termini usare quando parlava di lui con altre persone. Alla fine, si decise a dire: «Anche mio nipote va in quella scuola e anche lui va in seconda. È lui che ci ha raccontato tutto dell'Uomo dei Boschi.»

«Che stupidaggine colossale.» borbottò Mr. Patchett.

Mrs. Patchett gli lanciò un'altra occhiata con un misto di irritazione e incredulità. Rivolgendo la sua attenzione a Josie, disse: «Kayleigh continuava a spronare Savannah a fare una passeggiata insieme, per dimostrarle che non c'era motivo di avere paura dei boschi, ma Savannah era sempre piuttosto spaventata. Fino a oggi, immagino.»

«Kayleigh ha sedici anni.» osservò Noah. «Suppongo che abbia un telefono. Avrete provato a contattarla.»

Mrs. Patchett si guardò i piedi. «Non lo porta con sé.»

«Siamo molto severi riguardo all'uso del telefono.» spiegò Mr. Patchett. «Vedete come si comportano i ragazzi al giorno d'oggi. In quanti guai si cacciano con questi aggeggi.»

I tre detective annuirono. Conoscevano meglio di chiunque altro quanto spaventose fossero le conseguenze dell'accesso illimitato e costante ai telefoni cellulari concesso agli adolescenti. Secondo l'esperienza di Josie, la maggior parte dei problemi che sorgevano avevano a che fare con il bullismo. A questi si aggiungevano le situazioni in cui predatori sessuali e trafficanti di prostituzione si spacciavano per coetanei delle loro vittime e usavano i social media per adescare le adolescenti, fino a convincerle a incontrarsi. Non finiva mai bene. Per quanto la Polizia di Denton si impegnasse a informare gli alunni e i genitori delle scuole locali su questi rischi, cose brutte come queste accadevano in continuazione.

Gretchen si schiarì la gola.

Mr. Patchett le lanciò un'occhiata e poi disse: «Abbiamo messo Kayleigh in punizione. Niente telefono per una settimana. Quindi no, non l'abbiamo chiamata perché non potevamo.»

«Ma le abbiamo cercate.» confermò Mrs. Patchett, alzando la voce. «Per diverse ore.»

«Avete detto di essere tornati a casa dal supermercato verso le dieci.» ripeté Josie. «Intorno a che ora avete iniziato a cercarle?»

«Abbiamo aspettato fino alle undici e mezza. Non sapevamo a che ora fossero partite, così abbiamo pensato di dar loro un po' di tempo nel caso stessero per tornare. Ho pensato che vicino all'ora di pranzo avrebbero avuto fame, perché mi sembrava che a colazione avessero mangiato solo cereali mentre eravamo via.»

«Kayleigh non lava mai i piatti, anche se le ricordiamo di farlo.» spiegò Mr. Patchett.

Un altro sguardo di frustrazione da parte della moglie passò inosservato dal marito. «Non è da loro stare così tanto fuori di casa.» aggiunse il padre. «Passate alcune ore, non le avevamo ancora trovate e ci siamo fatti prendere dal panico e così vi abbiamo chiamato.»

«Avete fatto la cosa giusta.» li rassicurò Josie.

«C'è un'area boschiva piuttosto grande dietro casa vostra e dietro ogni altra casa su questa strada.» osservò Noah. «Quanto è grande l'area in cui le avete cercate?»

Marito e moglie si guardarono l'un l'altra e Mrs. Patchett aprì la bocca come per rispondere, ma poi la richiuse. Il marito si grattò la tempia. «Ehm... non ne sono sicuro perché mia moglie si è persa per un po'.»

Con aria colpevole, Mrs. Patchett rispose: «Sono finita da quella parte.» disse puntando un dito in direzione del centro di Denton. «Dietro la casa di uno dei nostri vicini.»

«Io, per un po', mi sono diretto esattamente nella direzione opposta alla casa, ma poi mia moglie mi ha mandato un messaggio dicendomi che non sapeva dove si trovava, così sono dovuto tornare indietro.»

«Abbiamo degli Android, quindi non abbiamo l'app Trova il mio Dispositivo.» spiegò Mrs. Patchett. «E Google Maps non funziona molto bene in mezzo a quella boscaglia. La rete è discontinua. Stavo cercando di dirgli dove mi trovavo, ma in termini di punti di riferimento non c'è granché oltre agli alberi.»

«Quindi sono rimasto al telefono con mia moglie e alla fine mi sono perso anch'io a forza di vagare in giro.» spiegò il marito. «Però, finalmente, ho ritrovato la casa. Lei era entrata nel giardino di uno dei nostri vicini.»

«È stato allora che abbiamo capito che avevamo bisogno di aiuto.» disse Mrs. Patchett.

Dietro di loro, degli pneumatici scricchiolarono sulla ghiaia. Si voltarono tutti per vedere chi stesse arrivando: era il vecchio furgone di Luke, tutto sporco di terra, che si accostava dietro al fuoristrada di Noah.

Saltò fuori, lasciando la portiera aperta abbastanza a lungo da permettere al suo grosso segugio di uscire dal furgone. Quando Luke si avvicinò a loro, con Blue doverosamente al fianco del suo padrone. La dolcezza e la simpatia del cane contrastavano un po' con la figura imponente di Luke, che superava il metro e ottanta ed era asciutto e muscoloso. Adesso che era un civile e non più un agente della Polizia di Stato, portava i capelli lunghi fino alle spalle e una barba di qualche giorno che gli scuriva le guance. Quando stavano insieme, a Josie piaceva molto quando aveva i capelli tagliati e il viso rasato di fresco, ma a vederlo così, doveva riconoscere che quello stile più informale e rilassato gli si addiceva di più. Luke alzò una mano per salutare i presenti e Josie notò che Mrs. Patchett indietreggiava visibilmente alla vista delle mani di Luke. Josie e la sua squadra erano talmente abituati a vederle che quasi non si rendevano più conto di quanto apparissero sgradevoli nel loro aspetto malridotto. Durante il caso che aveva posto fine alla sua carriera di poliziotto di Stato e alla sua relazione con Josie, oltre a mandarlo in prigione per un certo periodo, era stato sottoposto a torture che gli avevano ridotto in pezzi entrambe le mani. Dopo tanti anni, cicatrici argentate le percorrevano come vene spesse e rugose, a causa dei numerosi interventi chirurgici a cui aveva dovuto sottoporsi. I medici avevano fatto del loro meglio per ricomporre le dita, ma l'indice e il medio della mano destra erano comunque piatti e l'ultima falange del mignolo sinistro sporgeva verso l'esterno con un angolo innaturale.

Approfittando del fatto che Luke era ancora distante e non poteva sentire, Dave Patchett sussurrò: «Cosa gli è successo?»

Con un sorriso a denti stretti, Gretchen disse: «Un incidente. Ma vi assicuro che le sue ferite non hanno alcun impatto sul suo lavoro.»

«Già.» disse Noah, con una nota di difesa nella voce. «È il migliore. Anche Blue lo è.»

Josie guardò il marito, soffocando un sorriso. Mesi prima, quando Luke si era unito alla loro squadra, la tensione tra lui e Luke era palpabile. Non poteva che essere contenta che finalmente se la fossero lasciata alle spalle. A prescindere dalla loro storia passata, Luke e Blue erano un'aggiunta preziosa e necessaria al Dipartimento di Polizia di Denton.

Rincuorato, Dave Patchett abbassò gli occhi quando cane e padrone li raggiunsero. Se Luke si era accorto dei loro sguardi pieni di orrore, non lo diede a vedere. Blue diede un colpetto con la testa a una mano di Josie, che lo ricompensò con una grattatina dietro le orecchie flosce. Una volta fatte le presentazioni, Luke disse: «Avremo bisogno di un capo di abbigliamento di una delle vostre ragazze da far annusare a Blue.»

La madre si precipitò dentro casa per cercare qualcosa. Luke si rivolse a Mr. Patchett. «Una delle vostre figlie ha qualche condizione medica di cui dovrei essere a conoscenza prima di iniziare?»

Josie vide un guizzo di esitazione attraversare l'espressione del padre prima di rispondere: «No, nessuna. Sono entrambe in ottima salute.»

«Sa cosa indossavano quando sono andate nel bosco?»

«Mmmh, no. Erano già uscite per fare un giro quando io e mia moglie siamo tornati dalla spesa.»

Mrs. Patchett arrivò di corsa dalla porta d'ingresso, portando una piccola maglietta da calcio tra le braccia. «Questa è di Savannah.» disse quando li raggiunse. La parte davanti era ricoperta di terra. Sulla parte di dietro era stato cucito il numero dodici. «Può andare bene?»

Luke sorrise. Dalla cintura sganciò una pettorina e un guinzaglio. Blue si sedette obbediente, scodinzolando. Inginocchiandosi, Luke gli fece scivolare addosso la pettorina e vi agganciò il guinzaglio. Mormorò alcune parole in un orecchio al cane, poi prese la maglietta dalle mani di Shelly Patchett e lasciò che il segugio la annusasse, dando al cane le ultime istruzioni. In pochi secondi, Blue prese a strattonare il guinzaglio e a trascinare il padrone verso il retro della casa.

«L'ha trovata.» disse Luke, correndo dietro al cane.

Josie osservò la sua forma che si allontanava. «Vado con loro.» disse.

CINQUE

Blue avanzava rapidamente, con la testa che oscillava avanti e indietro e il naso che si arricciava. Non c'era più la dolcezza giocosa e ingombrante che Josie conosceva; era stata sostituita da uno scopo preciso, dalla concentrazione esclusiva sull'odore di Savannah Patchett. Sul retro della casa dei Patchett c'era il parco giochi di cui Dave aveva parlato. Era un'enorme struttura di legno a forma di nave pirata, accanto alla quale una serie di attrezzature sportive in disuso si estendeva fino al limite del giardino, dove finiva il prato e iniziava il bosco. Nessuna recinzione separava la proprietà dalla vegetazione. Josie fece una panoramica del perimetro per vedere se c'era un tratto battuto nell'erba che le bambine usavano per addentrarsi nel bosco, ma non c'era nulla.

Blue trovò una piccola area in cui le erbacce incolte erano state leggermente compattate e si inoltrò nei boschi. Luke lo seguì, concentrato sul compito da svolgere. Josie li seguiva a pochi metri di distanza, lasciando abbastanza spazio per non intralciare la loro ricerca. Il terreno cominciava a inclinarsi. Lungo il percorso erano disseminati rami caduti, nodose radici d'albero, rovi, sterpaglie alte fino alle ginocchia e grossi sassi, ma niente di tutto ciò ostacolava il segugio. Josie aveva partecipato altre volte alle ricerche con lui e Luke e si era sempre stupita della rapidità e dell'agilità con cui Blue riusciva a muoversi anche sui terreni più accidentati. Ogni superficie era punteggiata dalla luce del sole del tardo pomeriggio che filtrava attraverso le fronde degli alberi. Sotto il fitto fogliame, l'aria era più fresca, ma al ritmo con cui si muovevano, Josie iniziò a sudare nel giro di pochi minuti e guardando di fronte a sé, vide che sulla maglietta di Luke il sudore formava una V al centro della schiena. Lo vide fermarsi vicino a un mucchio di massi per tirare fuori dallo zaino una bottiglietta d'acqua e una ciotola pieghevole per dare da bere a Blue. A lei porse un'altra bottiglia, ma lei la rifiutò. «Tienila per Blue.»

Luke sorrise. «Si è diretto più o meno nella stessa direzione, verso ovest.»

«Stando a quanto hanno riferito i genitori, quando hanno cercato le ragazze in mattinata loro si sono diretti nella direzione opposta.» disse Josie.

«Hai idea di quanto si estenda questo tratto di bosco?»

Josie pensò alla mappa di Google che aveva studiato mentre andavano a casa dei Patchett. «Circa cinque chilometri a ovest, più o meno. Si arriva a Kelleher Road. Gretchen ha già mandato delle pattuglie a controllare in quella direzione e sui lati nord e sud.»

«Ci sono costruzioni?» chiese Luke mentre Blue riprendeva le ricerche.

«Non lungo quella strada. Non per altri cinque o dieci chilometri, almeno. Più ci si allontana dalla città, più la zona diventa remota.»

Luke fece un mugugno di assenso e riprese il cammino. Blue si muoveva zigzagando tra gli alberi e saltava sulle rocce. Un paio di volte Josie fu spaventata dai movimenti di altri animali nelle vicinanze, tra cui scoiattoli, conigli e persino un piccolo gruppo di cerbiatti che Blue intimorì, facendoli disperdere, ma degnandoli appena di uno sguardo, troppo concentrato a seguire l'odore di Savannah Patchett. Josie scansò diversi mucchi di escrementi di animali, sentendosi ogni volta sollevata nel constatare che non attestavano il passaggio di un coyote o di un orso. Arrivarono a un burrone e Blue annusò lungo il bordo, ma continuò ad andare avanti. Josie si sporse sul precipizio per assicurarsi che non vi fosse caduto nessuno, ma non c'erano altro che sterpaglie e rocce. Luke e Blue avevano appena girato a sinistra passando accanto a una grande quercia, quando finalmente sentì Blue abbaiare. Poi arrivò la voce di Luke. «Josie!»

Subito dopo giunse un grido straziante.

Josie si lanciò in uno scatto, facendo volare i piedi su una grossa roccia. Blue si mise sull'attenti accanto a un tronco d'albero morto che era caduto in un anfratto non molto profondo. Con occhi pieni di preoccupazione Josie seguì Luke che si metteva in ginocchio accanto all'albero e analizzava la piccola apertura tra il tronco e la terra. Un altro urlo acuto colmo di terrore costrinse Luke a rimettersi in piedi. Pallido in volto, incrociò lo sguardo di Josie.

«È lei.» disse. «È la più piccola.»

Josie annuì e gli passò la radio. «Chiama i soccorsi.»

Mentre lui si allontanava di qualche passo e parlava alla radio, Josie si mise sulle ginocchia e fissò il volto di Savannah Patchett. I suoi riccioli si increspavano selvaggiamente intorno al viso. Una macchia di terra le rigava una delle guance, sbavata dalle lacrime. Con gli occhi spalancati dal terrore, si ritrasse da Josie, raggomitolandosi ancora di più nel piccolo anfratto in cui si era infilata. Dietro di lei c'era solo un muro di terra. Non urlò più, tuttavia, e questo per Josie fu un progresso. «Savannah...» le disse. «Mi chiamo Josie Quinn. Sono una detective del Dipartimento di Polizia di Denton. Sono qui con il mio amico Luke e il suo cane Blue. Siamo venuti per riportarti dai tuoi genitori.»

Savannah fissò lo sguardo su di lei senza battere ciglio.

Josie ripeté la presentazione e poi le tese una mano, dicendole: «Puoi venire qui fuori con me?»

La bambina non si mosse.

«Sei al sicuro, Savannah.» le assicurò Josie. «Non ti faremo del male. Se vuoi, posso chiamare i tuoi genitori alla radio e farti parlare con loro prima che facciamo qualsiasi altra cosa. Ti va bene?»

La bambina non rispose. Non si mosse nemmeno. Teneva soltanto gli occhi incollati sul viso di Josie, traboccanti di sospetto e di terrore.

Luke tornò da Josie, ma rimase lontano dalla vista di Savannah. Josie gli fece cenno di restituirle la radio. Dopo un paio di minuti, ne uscì la voce di Shelly Patchett. Sembrava che stesse piangendo. «Savannah? Savannah? Sei lì? Piccola, ti prego, rispondimi.»

Josie si distese a pancia in giù e si avvicinò a Savannah il più possibile. Tese la radio, indicandole i vari comandi. «Premi qui quando vuoi parlare.»

La bambina guardò la radio, ma non la prese. La madre continuava a parlare, pregando la figlia di rispondere. Josie allungò il braccio già dolorante verso la bambina per porgerle la radio. «Te lo tengo premuto io il tasto.» disse. «Tu devi solo parlare.»

Tenne il tasto premuto e tese la radio vicino al viso di Savannah. La bambina si leccò le labbra secche e disse: «Mamma?»

Quando la madre rispose, la voce era diverse ottave più acuta di prima. «Oh, piccola mia! Grazie a Dio stai bene. Che bello sentire la tua voce. Vai con gli agenti di polizia, d'accordo? Ti riporteranno da noi.»

Josie tenne premuto il pulsante ancora una volta e Savannah emise un semplice «Okay.»

Tirandosi fuori da sotto l'albero, Josie tornò a puntellarsi sulle ginocchia e infilò in tasca la radio. Poi tese una mano alla bambina. «Sei pronta?»

Passarono alcuni secondi prima che Savannah si decidesse a uscire, strisciando lentamente. Indossava pantaloncini di cotone blu, che sul retro erano coperti di terra e pagliuzze. Si era procurata un taglio su un gomito. Si guardò intorno, osservando Josie, Blue e Luke, poi studiò il resto dell'area prima di provare ad alzarsi. Su ambedue le ginocchia presentava abrasioni fresche e insanguinate. Sulla maglietta bianca che indossava c'era il logo della squadra di calcio della sua scuola e un grande strappo sul fianco. Le gambe le tremavano e cedettero sotto il suo peso. Josie la sostenne prima che cadesse a terra, tenendola in piedi. Non era tanto più grande di Harris.

Blue piagnucolò alle loro spalle.

«Ti sei fatta male?» le chiese Josie. «O hai le gambe indolenzite per essere stata tanto a lungo in quello spazio così stretto?»

Savannah scosse una gamba e poi l'altra, studiando le lacerazioni quasi identiche sulle ginocchia e lentamente si allontanò dalle mani di Josie. «Sono caduta e mi sono fatta male.» borbottò. «Ma mi sento anche le gambe molli.»

«Pensi di farcela a camminare?» le chiese Josie.

«Posso darti un passaggio sulle spalle, se vuoi.» le offrì Luke.

Savannah lo fissò senza rispondere. Un senso di trepidazione strinse la bocca dello stomaco di Josie. Aveva salvato la sua buona parte di bambini che si erano smarriti nei boschi. Di solito erano infreddoliti o fradici per la pioggia o si erano feriti troppo gravemente per camminare, ma il loro umore, soprattutto dopo il ritrovamento, era alto. Persino i più tranquilli si rallegravano quando si sentivano dire che si sarebbero riuniti alle loro famiglie nel giro di un'ora. Savannah sembrava stupefatta.

«Hai battuto la testa, Savannah?» le chiese Josie.

Lei si tastò lentamente la nuca. «Non mi sembra. Sono caduta sulle mani e sulle ginocchia.» Alzò le mani in modo che

Josie potesse vedere i graffi che le rigavano le parti carnose dei palmi.

«Pensi di farcela a camminare?» le chiese di nuovo Josie.

Ma dato che la bambina non rispondeva, Josie si chiese se fosse in stato di shock. Un'occhiata all'espressione preoccupata di Luke le fece capire che anche lui temeva la stessa cosa. Rivolgendosi alla bambina, aggiunse: «Se preferisci, posso portarti io sulle spalle. Forse faremo più in fretta. Vogliamo riportarti dai tuoi genitori il prima possibile. Occorrerà anche farti visitare dai paramedici per essere sicuri che tu stia bene.»

Blue piagnucolò di nuovo, questa volta più a lungo. Si alzò e si avvicinò a Savannah, uggiolando mentre le trotterellava intorno. Lei lo guardava, con un'espressione ancora guardinga sul viso.

«Cosa sta facendo?» chiese Josie.

Luke si accovacciò e tese una mano al suo cane. «Vieni qui, bello.»

Ma il cane non obbedì e come se niente fosse si piazzò di fronte a Savannah e si mise a uggiolare un'altra volta.

Luke incrociò lo sguardo di Josie. «Lui... lui lo sa quando c'è qualcosa che non va.»

Il cane era preoccupato per Savannah. Questo non fece che confermare il sospetto di Josie che ci fosse qualcosa che non andava; così le chiese: «Savannah, cos'è successo in questi boschi oggi?»

Josie, Luke e Blue rimasero a guardarla mentre le lacrime le scorrevano silenziosamente sulle guance. Allora, posizionandosi proprio di fronte alla bambina, Josie si accovacciò in modo da mettersi faccia a faccia con lei. «Savannah?»

Non ottenne alcuna risposta, solo altre lacrime e un leggero tremolio del labbro inferiore.

Josie addolcì il tono e provò a farle una domanda diversa: «Savannah, sai dov'è tua sorella? Sai dov'è Kayleigh?»

Le parole le uscirono come uno strillo improvviso, sospinto sull'orlo di un singhiozzo. «L'ha presa!» gridò. «L'ha portata via!»

SEI

Josie sentì un irrigidimento in tutto il corpo. Infranta la diga che conteneva le sue emozioni, Savannah cadde in avanti e gettò le braccia intorno al collo di Josie. Il suo corpicino era scosso da sussulti nell'abbraccio che Josie ricambiava e le sue lacrime le bagnavano la spalla attraverso la maglietta. Accarezzandole i capelli, Josie sussurrò all'orecchio della bambina qualcosa per tranquillizzarla. «Va tutto bene, Savannah. Sono felice che tu me l'abbia detto. Sono qui per aiutarti. Cercherò di trovare tua sorella, d'accordo? Farò tutto il possibile per ritrovarla. E lo stesso farà la mia squadra.»

Un altro singhiozzo, seguito da un altro grido. «Non puoi!» esclamò Savannah. «Non potete trovarla. È sparita. Una volta che l'Uomo dei Boschi ti prende, non ti riporta più indietro!»

«Che cosa ha detto?» chiese Luke.

Josie non era sicura di aver sentito bene. «Savannah, ho bisogno che adesso ti calmi. Dobbiamo parlare di questa cosa. Che cosa hai detto?»

Savannah si tirò indietro per guardare Josie negli occhi. Il naso le si era fatto di un rosso vivo, gli occhi vitrei. Prendendo fiato, disse: «L'Uomo dei Boschi. È lui che ha preso Kayleigh. E una volta che ti ha preso non ti riporta più indietro.»

«Chi è l'Uomo dei Boschi?» le chiese Luke.

«Questo non è importante.» borbottò Josie. Non le interessava tanto la storia dell'Uomo dei Boschi quanto il fatto che Kayleigh Patchett fosse stata rapita.

«È importante!» insistette Savannah. «È lui che l'ha presa!»

«Josie?» disse Luke a bassa voce. «Chi è l'Uomo dei Boschi?»

Josie scosse la testa. «Non è niente. È solo una storia che gira per le scuole.»

Sotto le sue mani Josie sentì le spalle sottili della bambina che tremavano. «Non è solo una storia! L'Uomo dei Boschi esiste davvero e ha preso mia sorella.»

Josie guardò l'espressione seria della bambina e cercò di placare il panico che sentiva salirle dentro. Se Savannah stava dicendo la verità e se davvero lei e sua sorella avevano incontrato un uomo che aveva rapito Kayleigh, la polizia aveva già perso ore preziose per ritrovarla. Facendo un respiro profondo, Josie disse: «Savannah, ti credo quando dici che è successo qualcosa a Kayleigh. La mia squadra è a casa tua. Non è lontano da qui. Se mi dici cosa è successo, posso contattarli via radio e dare istruzioni per iniziare immediatamente le ricerche di tua sorella.»

Di nuovo, Savannah si guardò intorno, come se si aspettasse che qualcuno, l'Uomo dei Boschi in persona magari, spuntasse da dietro un albero da un momento all'altro. Blue piagnucolò di nuovo. Con una delle mani Josie lasciò la spalla di Savannah e controllò la pistola alla sua cintura, assicurandosi che fosse ancora al suo posto.

«Ti garantisco che sei al sicuro con me, Luke e il suo cane, Blue.» le assicurò Josie. «Non permetteremo che ti accada nulla.»

Savannah si aggrappò a uno dei polsi di Josie con entrambe

le mani. Erano fredde e umide, nonostante la calda serata di maggio. «L'Uomo dei Boschi ha preso mia sorella.»

«Un uomo ha preso tua sorella?»

Savannah annuì.

«Che aspetto aveva?»

«Non lo so.»

«Tu sei riuscita a vederlo?» le chiese Josie.

Savannah scosse lentamente la testa. «Non sono riuscita a guardarlo in faccia. Sono riuscita soltanto a vedere... come se qualcosa si muovesse. Era vestito di giallo, aveva addosso una maglietta o una giacca gialla o qualcosa del genere.»

Josie liberò l'altra spalla di Savannah, cercando di lasciare spazio alla bambina, ma Savannah continuò a tenere le mani strette intorno al suo polso. «Savannah, puoi dirci cosa è successo?»

In piedi a qualche metro di distanza da loro, Luke spostò il peso da un piede all'altro. «Josie...» disse. «Sarà buio prima che ce ne accorgiamo. Sarebbe meglio avviarsi.»

Lo zittì alzando una mano, tenendo gli occhi puntati sulla bambina. Anche se il sole si stava abbassando, avevano ancora un paio d'ore di luce prima che facesse completamente buio.

«Stavamo camminando...» disse la bambina. «Avevo paura che arrivasse l'Uomo dei Boschi. Ho spesso degli incubi. Di solito la notte vado in camera di Kayleigh, mi infilo nel suo letto e lei mi abbraccia finché non mi riaddormento. Lei dice sempre che non è reale, ma io non riesco a crederle. La notte scorsa ho fatto un altro brutto sogno e sono andata di nuovo in camera sua. Questa mattina mamma e papà sono usciti, e Kayleigh mi ha detto che mi avrebbe dimostrato che l'Uomo dei Boschi non esiste. Ha detto che se andavamo a fare una passeggiata nel bosco insieme poteva farmi vedere che non c'era nessuno qui fuori. Abbiamo camminato, camminato e camminato. Mi sono fermata a raccogliere un fiore e quando mi sono girata, lei non c'era più. L'ho chiamata e poi ho sentito un gran rumore.»

«Che tipo di rumore?» chiese Josie.

«Come di tronchi che si spezzano o qualcosa di molto simile.» rispose Savannah. «E poi ho sentito Kayleigh che urlava.»

«Sei riuscita a vederla?»

La bambina scosse la testa. «Non riuscivo a capire dove fosse. Mi sono guardata intorno, ma non sono riuscita a vederla. Ma poi, tra due alberi, ho visto passare un uomo. Era enorme e indossava una camicia o una giacca gialla. Sì, forse era una giacca... oh! E aveva dei blue jeans! Ho visto che aveva i blue jeans!»

«Molto bene Savannah.» disse Josie. «Cos'altro puoi dirmi?»

«Ho sentito di nuovo Kayleigh, che diceva: "No, lasciami! Lasciami andare!" E poi mi ha urlato di correre via e io così ho fatto. Ho corso e corso e corso finché non l'ho più sentita. Poi sono caduta. Tre volte. Ho avuto paura. Non sapevo dove dovevo andare o che strada prendere per tornare a casa e avevo paura che se avessi continuato avrebbe preso anche me. Così mi sono nascosta sotto quell'albero.»

Sottovoce, Luke mormorò: «Buon Dio.»

Josie accarezzò le mani di Savannah. «Sono felice che tu me l'abbia detto. Hai fatto un ottimo lavoro. Ho solo qualche altra domanda.»

«Josie!» protestò Luke, seguito da un grugnito di Blue.

«Faccio veloce.» promise Josie sentendo che la presa di Savannah si stringeva intorno al suo polso. «Sai dirmi quanto tempo è passato da quando è successo?»

Savannah la fissò, con la stessa aria interrogativa che aveva Harris, e solo in quel momento a Josie tornò in mente di quanto i bambini fossero incapaci di stimare lo scorrere del tempo a quell'età e riformulò la domanda. «Hai detto che hai camminato, camminato e camminato prima che accadesse. Ti sei mai fermata prima di quel momento? Per riposare o altro?»

Savannah scosse la testa.

«Quindi non hai avuto bisogno di riposare prima?»

Un'altra scrollata di testa.

«Bene.» disse Josie. «Hai idea in quale parte del bosco sia successo?»

«Non conosco le zone del bosco.» disse Savannah con la voce ridotta quasi a un sussurro.

Josie sorrise. «I tuoi genitori hanno detto che tu e Kayleigh venite a camminare da queste parti ogni tanto. Ci sono dei punti di riferimento, come alberi o rocce, che riconoscete o che usate per capire quanto siete lontane da casa o in quale parte del bosco vi trovate?»

«Non lo so. Kayleigh di solito sa dove ci troviamo. Qualche volta capita che ci perdiamo, ma lei riesce sempre a ritrovare la strada per tornare a casa.»

«Ho capito.» disse Josie. «Stai andando benissimo, Savannah. Un'altra domanda. Che cosa indossava Kayleigh oggi quando siete uscite di casa?»

«Ehm, dei pantaloncini. Neri. E la sua felpa blu con il cappuccio.»

«E cosa portava sotto la felpa?» chiese Josie.

Il labbro inferiore di Savannah tremò. «Non me lo ricordo.»

«Non c'è problema, non c'è problema.» si affrettò a rassicurarla Josie. «E che scarpe si era messa?»

«Delle scarpe da ginnastica.»

«Perfetto. Di che colore?»

«Bianche.»

Era abbastanza per iniziare, abbastanza per lanciare un'allerta AMBER. Josie sorrise. «Hai fatto un ottimo lavoro, Savannah. Cominciamo ad avviarci adesso. Ho bisogno che tu mi lasci la mano per qualche minuto mentre camminiamo, così posso chiamare la mia squadra alla radio e informarli che devono iniziare a cercare Kayleigh immediatamente.»

Con riluttanza, Savannah liberò dalla sua stretta il braccio di Josie. Luke le si avvicinò e le porse il guinzaglio di Blue. «Io devo tenere il mio cane al guinzaglio, ma se vuoi puoi tenere la parte centrale e lasciare che ci conduca tutti e due. Io lo tengo da qui e tu lo tieni lì. In questo modo sarai sempre tra me e Blue e non potrai più perderti.»

La bambina lo fissò, spostando lo sguardo dal viso di Luke alle sue mani. A differenza di sua madre, non indietreggiò. Nei suoi occhi si accese solo la curiosità. «Le tue mani sono adatte a tenere il guinzaglio?» gli chiese.

Luke sorrise. Alzò una mano e flesse le dita. «Oh, sì. Ho fatto molta pratica. Hanno un brutto aspetto, ma non fanno male.»

Savannah lanciò un'occhiata a Josie, come per farsi rassicurare e, vedendola annuire, si avvicinò e prese il guinzaglio dalle mani di Luke. Josie si alzò e tutti e tre iniziarono a incamminarsi. Josie fece in modo da rimanere indietro finché non fu abbastanza lontana da non farsi sentire dalla bambina, si collegò con Noah alla radio e iniziò a informarlo il più rapidamente possibile, concludendo: «Dirama un'allerta AMBER il prima possibile.»

«Ricevuto.» fu la risposta di Noah.

Mentre la radio gracchiava un'ultima volta, le sembrò di sentire lo schiocco di un ramoscello da qualche parte alle sue spalle. Si immobilizzò e guardò verso gli alberi tutt'intorno, ma non vide niente. Sforzò gli occhi contro la penombra della sera che avanzava. Non c'era proprio nulla. Nessun movimento. Non c'era nemmeno un suono, al di là del rumore dell'ambiente degli uccelli, degli insetti e di qualche rospo. Dopo qualche istante, si voltò e raggiunse di corsa Luke, Blue e Savannah.

SETTE

Savannah si aggrappò alla madre come una scimmietta, avvolgendole le lunghe gambe intorno alla vita. Il padre le raccolse entrambe tra le braccia, tenendole strette a sé. Entrambi i genitori piangevano. Mentre Luke portava Blue al suo veicolo per farlo mangiare, bere e riposare, Josie si strinse in un piccolo cerchio con Noah e Gretchen.

«Glielo avete detto?» chiese Josie.

Gretchen sospirò. «Non hanno smesso di piangere da allora.»

«Il padre ci ha procurato uno dei cuscini di Kayleigh da far annusare a Blue.» disse Noah. «Il problema, Josie, è che farà buio entro un'ora.»

Guardò Luke, che era seduto sul portellone del suo furgone accanto al suo fidato segugio e gli accarezzava la schiena. «Possono lavorare al buio. Ho parlato con Luke sulla via del ritorno. È pronto a partire. Anche Blue lo è. Ci servono solo delle luci. Hai chiamato la Polizia di Stato? Ce la fanno a far venire qui un elicottero? Hanno gli infrarossi. Oltre a Blue, probabilmente è la nostra migliore possibilità di trovarla.»

«Ho chiamato il capo...» disse Gretchen, aprendo il suo taccuino e sfogliandolo. «Sta cercando di procurarselo, ma non può promettere niente.»

«Josie...» disse Noah, esitando e lanciando un'occhiata ai Patchett.

«Lo so.» disse lei con un sospiro. «Ma dobbiamo provarle tutte.»

Quello che nessuno di loro aveva bisogno di dire ad alta voce era che, se Kayleigh Patchett era stata rapita da un uomo, c'era un'altissima probabilità che fosse già morta; nel qual caso i sensori a infrarossi non avrebbero rilevato il calore del suo corpo. A ogni passo che Josie muoveva per avvicinarsi di nuovo alla casa dei Patchett, sentiva lo stomaco farsi più pesante per il terrore.

Gretchen picchiettò con la penna su una pagina mezza piena del suo taccuino. «Con che cosa abbiamo a che fare? Un tizio qualunque che aggirandosi nei boschi vede Kayleigh Patchett e d'impulso decide di aggredirla?»

«Non c'è modo di saperlo con certezza.» disse Josie. «Ma mentre venivamo qui, Noah mi ha parlato di un paio di casi simili: uno si è verificato nella contea di Lenore e uno nella contea di Montour. In entrambi i casi, due ragazzi che vanno nel bosco e vengono aggrediti.»

Gretchen si portò la penna alla tempia per grattarsi. «Sì, ne ho sentito parlare anch'io. Credo però che sia troppo prematuro per dire che il nostro caso è collegato a questi.»

«Dobbiamo considerare la possibilità che questa persona stesse pedinando le ragazze Patchett e non appena si sono separate, ha attaccato Kayleigh.» disse Noah.

«Se non la troviamo stasera, dobbiamo considerare entrambe le possibilità.» concluse Josie. «O è stato un uomo qualsiasi che si aggirava per i boschi e che ha visto Kayleigh, e ha colto l'occasione per rapirla, oppure è stata una persona che l'aveva già presa di mira. Per prima cosa, domani mattina, faremo una ricerca in linea.»

Una ricerca in linea era un metodo che consisteva nel cercare le prove, di solito all'aperto, mettendo diverse persone in fila l'una accanto all'altra ad attraversare lentamente un'area designata, perlustrare il terreno di fronte a loro alla ricerca di qualsiasi cosa possa essere significativa per l'indagine.

Noah guardò alle spalle di Josie, dove il bosco era avvolto nell'oscurità. «Una ricerca in linea? È un terreno molto vasto da coprire.»

«Soprattutto perché non sappiamo dov'è che Savannah ha visto Kayleigh l'ultima volta.» convenne Josie. «Blue dovrebbe esserci di aiuto per questo. L'allerta AMBER dovrebbe essere diramata da un momento all'altro, così tutti sapranno che stiamo cercando questa ragazza. E poi possiamo coinvolgere la stampa per fare appello alla comunità; la gente verrà ad aiutarci con le ricerche in linea. L'hanno già fatto qui a Denton.»

«Sfortunatamente...» sospirò Gretchen scribacchiando un altro appunto sul suo taccuino.

«Se non dovessimo riuscire a rintracciarla, dovremo guardare sul suo telefono, sul suo portatile e su tutti i dispositivi elettronici che usa.» continuò Josie. «E poi dovremo parlare con i suoi amici e con i suoi compagni di classe. E dare un'altra occhiata alla sua stanza. E fare una conversazione più approfondita con i suoi genitori. Dobbiamo anche studiarci in modo più dettagliato la configurazione di quest'area. Hai saputo qualcosa dalle pattuglie che hai mandato a sorvegliare Kelleher Road, visto che è lì che finisce questo pezzo di bosco?»

«Non hanno visto nulla.» rispose annuendo Gretchen. «Ho comunque piazzato delle unità su tutti e tre i lati dell'area.»

«Ottimo.» disse Josie.

«Non appena hai chiamato via radio, ho mandato delle unità a bussare a qualche porta di questa strada.» aggiunse Noah. «Se i Patchett vanno regolarmente a spasso per questi boschi, è logico pensare che lo facciano anche gli altri residenti del vicinato. Potrebbe essere stato uno di loro.»

«Abbiamo anche verificato la presenza di criminali sessuali schedati nel raggio di dieci chilometri.» si riallacciò Gretchen. «E visto che ce ne sono alcuni, abbiamo mandato un'unità a rintracciarli.»

«Penso che dovremmo controllare i registri delle proprietà nel raggio di dieci chilometri, almeno per stanotte. Dovremmo chiamare Mett. Lui può...»

Si interruppe di colpo. L'orrore le trafisse il diaframma, congelandole l'ossigeno nei polmoni. L'aria intorno a loro rimase immobile. Anche se Josie era vagamente consapevole delle conversazioni a mezza voce che la raggiungevano da dove si trovavano i Patchett e dai punti in cui si aggiravano gli agenti in uniforme, aveva l'impressione che il mondo intero avesse smesso di girare. Sia Gretchen che Noah la fissavano, con occhi spalancati e sbalorditi. Sentiva ogni respiro che faceva come una vampata di fuoco nel petto. Cominciò a contare i secondi nella sua testa, valutando quanto a lungo sarebbe durato quel momento di imbarazzo. Quando arrivò a dieci, cercò di parlare di nuovo, ma le uscì solo un suono strozzato.

Gretchen abbassò lo sguardo sul suo taccuino e vi batté contro la penna. «Boss...» disse con la voce incrinata.

Stavolta le parole arrivarono, veloci ma con voce non meno gracchiante. «Smettila di chiamarmi in quel modo.» la supplicò Josie. «Te lo chiedo per favore.»

Gretchen incrociò il suo sguardo e Josie vi lesse la domanda.

Prima che il capo della polizia in carica, Bob Chitwood, arrivasse a Denton, Josie aveva svolto il ruolo di capo ad interim e per l'appunto era stata lei ad assumere Gretchen come detective. Nel corso di quel breve periodo tutti gli agenti del Dipartimento avevano preso l'abitudine di chiamarla "boss" e, per quante volte avesse corretto i suoi colleghi negli anni a venire, quell'uso era rimasto inalterato.

Josie deglutì. Riuscì a malapena a far uscire le parole. Con loro, il ricordo degli ultimi istanti di vita di Mettner tornò a galla. «Mett mi ha chiamata così... un attimo prima di morire.»

«Scusami.» le disse Gretchen. «Non lo sapevo.»

Noah le si avvicinò e le posò una mano sulla spalla. «Va tutto bene, Josie. Hai idea di quante volte mi sono ritrovato sul punto di telefonargli o di mandargli un messaggio? Mi sono ritrovato a scrivere le parole sul mio telefono, stavo per premere invio, e poi mi sono ricordato che non c'è più.»

«Nessuno pensa che si possa dimenticare una cosa come questa.» la rassicurò Gretchen. «Quando una persona diventa una parte così integrante della tua vita, rivolgersi a lei diventa praticamente automatico ed è impossibile farne a meno.»

Josie si sentiva la gola densa di parole che non riusciva a far uscire. Gretchen aveva ragione. Era stato così per mesi dopo la morte della nonna. Josie aveva preso il telefono per chiamarla o si era automaticamente diretta verso la casa di riposo dove viveva Lisette per fare un salto a salutarla prima di ricordarsi che non c'era più. La polizia di Denton non aveva più condotto un'indagine così importante e con in gioco una posta così alta da quando Mettner era morto. In momenti come questi, avevano sempre fatto affidamento su di lui. Il capo aveva autorizzato gli straordinari e inoltre stavano arrivando altri agenti di pattuglia per dare assistenza, ma nessuno di loro aveva realizzato che la persona che avrebbe potuto essere più utile era proprio Mettner. La sua assenza non avrebbe influito sulla ricerca vera e propria, ma avrebbe certamente rallentato altri aspetti della loro indagine.

«Josie...» la incalzò Noah.

Scosse la testa, come un cane che si scrolla di dosso l'acqua, cercando di concentrarsi sul compito da svolgere. Spinse tutte le emozioni associate a Mettner nel profondo di uno scomparto segreto della sua mente e ne chiuse il coperchio. Era in gioco la vita di una ragazza e lei non poteva permettersi di lasciare che le sue emozioni personali rallentassero le operazioni di ricerca. Aveva un lavoro da fare.

«Sto bene.» disse. Poi si girò e chiamò Luke: «Siete pronti?»

«Pronti quando lo siete voi.» rispose lui.

Noah diede una stretta alla spalla di Josie. «Vado a prendere le torce.»

OTTO

Nessuno mi vede. Ho imparato a passare attraverso il bosco nella maniera più silenziosa possibile, facendo attenzione a ogni passo, evitando gli animali e gli altri pericoli naturali. Ho imparato a essere paziente e a rimanere appostato, talvolta per ore. Nessuno si aspetta mai di vedermi, neanche quando mi sta cercando. Piazzo le mie trappole e rimango in attesa. Quando arrivano, sono sempre in due, perché anche questo fa parte della leggenda. E la leggenda è in continua evoluzione. Ne sento parlare quando cammino in mezzo a loro nella mia vita normale. Non sospettano minimante che stanno parlando di me proprio in mia presenza.

Vengono in due, ma io voglio catturarne solo uno.

Questo fa parte del divertimento. Li porto via o li ammazzo?

Certe volte le cose accadono troppo in fretta perché io abbia il tempo di prendere una decisione. Le loro teste si rompono e il brivido della notte è finito. Ma la mia leggenda continua a vivere perché ho lasciato scappare l'altro.

Qualcuno deve continuare a raccontare la mia storia.

NOVE

La corsa frenetica per tenere il passo di Blue era molto più
difficile sotto un cielo che si stava rapidamente facendo scuro.
Blue aveva un passo sicuro, così come Luke con la sua lampada
frontale che gli faceva strada, ma gli altri non ce l'avevano. Josie
e Noah si erano uniti alla ricerca, mentre Gretchen era rimasta
a casa dei Patchett per coordinare le varie operazioni dell'indagine. L'aria si era notevolmente rinfrescata, ma via via che si
facevano strada nel bosco, Josie sentiva il sudore che cominciava
a scenderle lungo l'attaccatura dei capelli e ad accumularsi alla
base della sua spina dorsale. In alcuni punti, piccoli animali
sfrecciavano sul loro cammino, spaventando tutti tranne Blue,
che era così concentrato che non gli giungeva nulla se non i
comandi del suo padrone.

Quando finalmente Luke e Blue si fermarono, Josie e Noah
erano rimasti molto indietro e lei aveva i polpacci in fiamme.

«Blue ha dato il segnale?» domandò Noah. «Non l'ho
sentito abbaiare.»

Josie avvertì il formicolio della paura sulla nuca perché
sapeva che i cani da ricerca come Blue erano addestrati a dare
un allarme attivo, ovvero abbaiare, e un allarme passivo, ovvero

fermarsi e sdraiarsi accanto al loro compagno, ed era quasi certa che Luke ricorresse all'allarme passivo quando cercavano i cadaveri. Ma mentre le loro torce si incrociavano sulla schiena di Luke, Josie vide che Blue era in piedi accanto a lui e beveva dell'acqua dalla ciotola pieghevole. «State bene?» chiese Luke quando Josie e Noah gli si accostarono.

«Sì.» rispose Josie. «Come sta Blue?»

Luke si piegò su un ginocchio e prese la ciotola per infilarla di nuovo nello zaino. «Sta bene. Siamo pronti per ripartire.»

Noah puntò la torcia davanti a loro. «Guardate.»

Tra due betulle, Josie vide la luce passare su una striscia gialla. «È la strada?»

«Sembra di sì.» disse Luke.

«Deve essere Kelleher Road.» disse Noah. «Chiamo la centrale.» Si mise alla radio mentre Luke mormorava istruzioni a Blue, che riprese di nuovo la marcia a passo spedito, seguendo l'odore di Kayleigh Patchett. Nel giro di pochi secondi si trovarono nel bel mezzo di Kelleher Road. Guardando alla sua destra, verso il tratto di strada che riportava in città, Josie vide in lontananza i lampi rossi e blu dei lampeggianti di emergenza di una delle volanti della Polizia di Denton e una coppia di fari, che lampeggiarono due volte.

«Ci segnalano che ci hanno visti.» annunciò Noah. «Si fermeranno laggiù.»

Josie si aspettava che Blue si fermasse lungo la strada. Sicuramente da là avrebbe perso la traccia di Kayleigh. Il suo rapitore avrebbe potuto lasciare la macchina lungo quel tratto di strada deserto, portarla al suo veicolo, infilarla dentro e ripartire. Invece, Blue continuò ad andare avanti, immergendosi tra gli alberi sull'altro lato della strada. Lei e Noah non ebbero tempo di parlare e nemmeno di pensare mentre seguivano Luke e Blue in quella che ormai era la piena oscurità. Ben presto, il rumore dei rotori degli elicotteri riempì l'aria notturna, dapprima debole, poi più forte.

«Sembra che la Polizia di Stato ci abbia mandato il suo elicottero.» constatò Noah.

Josie annuì, risparmiando il fiato. Erano entrambi madidi di sudore e senza fiato quando Luke mise di nuovo in pausa le ricerche per dare a Blue un po' di riposo e altra acqua. L'elicottero era vicino e girava intorno alla loro posizione. Il bagliore delle luci di ricerca conferiva all'area intorno a loro una luminosità smorta. Noah dovette alzare la voce per farsi sentire sopra i rotori. «Quanti chilometri pensi che abbiamo percorso finora?»

Luke rispose con un'alzata di spalle. «Difficile a dirsi.»

«La distanza tra la casa dei Patchett e Kelleher Road è di cinque chilometri, quindi abbiamo percorso almeno quella distanza.» disse Josie.

«Quanto può ragionevolmente andare lontano Blue, Luke?» chiese Noah.

Da sotto la sua lampada frontale, Luke sorrise. «Oh, un bel po' di strada, a patto che ci fermiamo per riposare e per bere.» Si chinò per dare una grattatina dietro le orecchie al suo segugio. «Vi farò sapere quando sarà il caso di smettere, se per allora non avremo trovato Kayleigh Patchett.»

E con questo, ripresero il cammino, questa volta in salita. Josie faceva sempre più fatica a riprendere fiato. I jeans, impregnati di sudore, le sfregavano le cosce, sentiva che sulla punta delle dita dei piedi cominciavano a formarsi delle vesciche, e ginocchia e schiena le lanciavano fitte micidiali. C'era anche qualcos'altro. Qualcosa che non riusciva a identificare. Una sensazione di disagio che non aveva nulla a che fare con la ricerca della figlia dei Patchett. Ma non aveva il tempo di soffermarsi a riflettere.

All'improvviso Luke e Blue si arrestarono bruscamente e Luke impedì al cane di avanzare mettendosi davanti a lui, in attesa che Josie e Noah si avvicinassero abbastanza da poterlo sentire bisbigliare da sopra una spalla: «C'è un uomo più avanti!»

Con il cuore in gola, Josie aprì la fondina ed estrasse la pistola, posizionando la torcia sotto la canna, e avanzò superando Luke e Blue. Noah fece lo stesso. «Mettiti dietro un albero.» disse a Luke.

Si chiese se fosse il rapitore o solo un passante che si aggirava per i boschi. Senza dubbio, di chiunque si trattasse, li aveva sentiti; d'altronde, non avevano fatto alcuno sforzo per nascondere il loro avvicinamento: tra le loro torce e l'elicottero vicino, non si poteva dire che passassero inosservati. Lei e Noah si misero subito in formazione, lui controllando il lato sinistro della boscaglia di fronte a loro, mentre Josie si posizionò sul lato destro. «Polizia di Denton.» avvertì Josie, cercando di urlare abbastanza forte da farsi sentire sopra l'elicottero. «Per favore, venite fuori dove possiamo vedervi.»

Dalla loro posizione non si intravide il minimo movimento né si udì alcun suono.

«Laggiù!» esclamò Noah, fermandosi. «Proprio là.»

Il raggio della sua torcia si fermò sulla sagoma di un uomo che si appoggiava con la schiena a una parete rocciosa. Tendeva il mento verso il basso e una gamba piegata con la pianta del piede puntellata contro la parete. Il cuore di Josie ebbe un piccolo palpito e poi si mise in moto, come se avesse un cavallo da corsa al galoppo nel petto. Abbassò l'arma. «Noah...» gracchiò. «Quello è l'Uomo in Piedi.»

«Che cosa?» domandò Noah, e benché Josie non riuscisse a vedere chiaramente il suo volto, sentì chiaramente la confusione nella sua voce.

«Non è un vero uomo.» chiarì. «È una formazione rocciosa. Se ci si avvicina da questa direzione, sembra un uomo appoggiato alla parete.»

Noah avanzò a tentoni finché non ebbe una visuale più chiara. Anche lui abbassò la pistola. Voltandosi verso di lei, anche nella scarsa luce, poté vedere che era notevolmente impallidito. «È questo il posto, vero?»

Il rumore dei rotori dell'elicottero si attenuò leggermente, quando si allontanò dalla loro posizione. Finalmente Josie capì la causa di quella sensazione di malessere che continuava a tormentarla da quando si erano inoltrati tra gli alberi in quella direzione. «Sì.» disse, ma quasi la voce le rimase strozzata in gola. Alle loro spalle si levò la voce di Luke. «Va tutto bene?»

«Sì...» gracchiò Josie. «Possiamo andare avanti.»

Mentre Luke e Blue si avvicinavano, Josie puntò la torcia sull'Uomo in Piedi. «È solo una formazione rocciosa...» avvertì a mezza voce. Luke la studiò per un lungo momento. Poi anche il suo volto divenne cinereo. «Oh Josie... è qui che è successo, vero?»

Non riuscendo a parlare, si limitò ad annuire. Otto anni prima aveva risolto il caso più famoso che aveva coinvolto la città di Denton: anche quello era iniziato con la scomparsa di un'adolescente, ma si era concluso con la scoperta di una delle squadre di serial killer più prolifiche della storia, che aveva lasciato la città intera completamente sconvolta. La soluzione del caso era costata molto cara a Josie e a molte altre persone, tra cui Luke, che aveva rischiato di morire e di perdere la milza. Non era più tornata sulla montagna dalla conclusione di quell'indagine. Era stato troppo doloroso.

«Ma io pensavo che la città avesse raso al suolo l'intero...» cominciò a dire Luke, ma poi si interruppe, non trovando la parola giusta.

Nella sua mente, Josie completò per lui la frase: "fossa comune".

«La città ha acquistato tutta la proprietà in cui sono stati trovati i resti e ha abbattuto tutte le strutture.» disse Noah. «Hanno levato ogni cosa, compresi alcuni alberi, e poi ci hanno piantato un campo di fiori. Ecco cosa troveremo davanti a noi, se Blue continua a dirigersi in quella direzione.»

Josie sentiva gli occhi di Luke su di sé. «Pensi di farcela?» le chiese.

Lei gli rispose spingendo il mento in avanti; dentro di sé, raccolse quei vecchi ricordi drammatici e li spinse in profondità nella scatola mentale in cui aveva già chiuso il trauma della morte di Mettner. Niente le avrebbe impedito di aiutare a trovare Kayleigh Patchett.

«Sto bene.» disse, sorpresa di quanto determinata suonasse la sua voce. «Non perdiamo altro tempo.»

Luke diede un comando a Blue e il cane riprese la sua lunga ricerca. Mentre Josie li guardava andare via, sentì la mano di Noah sulla sua spalla. Il suo tocco le provocò un'istantanea ondata di conforto. Una parte della tensione che le annodava le scapole si sciolse. Lui puntò la torcia davanti a sé. «Andiamo.»

DIECI

Pochi istanti dopo raggiunsero il campo. La luce argentata della luna illuminava filari di tulipani, peonie, iris, gerani e fiori selvatici che si estendevano a perdita d'occhio sulla sommità della montagna, per poi farsi meno fitti più a valle dove il terreno scendeva verso il basso. Blue li attraversò, senza lasciare che il profumo inebriante del campo lo distraesse. Presto l'elicottero passò sopra le loro teste, mettendo in risalto per un breve istante le sfumature dei fiori con i suoi potenti riflettori. L'aria premeva su di loro, piegando gli steli dei fiori. Poi l'elicottero si allontanò di nuovo. Josie dovette ammettere che il campo doveva essere bellissimo di giorno. In un certo senso, si trovavano su un terreno consacrato: era il luogo dell'ultimo riposo di tante giovani ragazze, perdute e dimenticate fino al giorno in cui Josie le aveva ritrovate. Ed era proprio in quello stesso luogo che era stato commesso l'ultimo atto di violenza su quella montagna.

O così si augurava.

Come se le stesse leggendo nel pensiero, Noah si mise di fronte a lei e le disse: «Perché l'avrà portata qui?»

Sapeva che non si aspettava una risposta. Fu contenta

quando attraversarono una nuova linea degli alberi e iniziarono la discesa.

«Pensi che l'abbia trascinata fino a qui?» le domandò Noah.

«Siamo a chilometri di distanza dalla casa dei Patchett.»

«Oppure gli è sfuggita.» disse Josie speranzosa. «E da allora ha continuato a scappare.»

«Ma a quest'ora l'avrebbero già ritrovata.» commentò Noah.

Luke e Blue avevano guadagnato così tanto terreno che Josie riusciva a malapena a distinguere la maglietta bianca di Luke. «Andiamo.» lo spronò. «Raggiungiamoli.»

Si misero a correre. Josie tenne gli occhi puntati sulla forma squadrata della schiena di Luke mentre scendevano giù per un terrapieno finché non intravidero il retro di una piccola struttura. Era una casetta di legno, costruita di recente. Josie contò rapidamente le finestre sul retro, tutte piccole e all'altezza degli occhi. Luke e Blue si avvicinarono di corsa alla parte anteriore. Noah si fermò, prendendo posizione sul retro, e fece cenno a Josie di proseguire. Lungo il lato della casetta c'era un grande telo blu che copriva uno o più oggetti. Josie si mise alla radio e avvertì gli altri, dicendo che avrebbe dato un'occhiata a cosa c'era sotto. Trattenne il respiro, chiedendosi se sotto vi avrebbe trovato il corpo di Kayleigh. Strappò via il telo con un movimento rapido. Il fascio di luce della sua torcia illuminò quelli che sembravano diversi carrelli, martinetti e pezzi di compensato. Ma non c'era nessun corpo.

Tirando un sospiro di sollievo, comunicò via radio che cosa aveva trovato e proseguì verso la parte anteriore della casetta. Era ben illuminata da faretti esterni. In fondo ai gradini che portavano alla porta d'ingresso, Blue si sedette pazientemente, rivolgendo lo sguardo dalla porta al suo padrone.

«Ha tirato verso la porta.» disse Luke.

L'elicottero si avvicinò.

«Ha dato il segnale?» urlò Josie per farsi sentire sopra il motore.

«Ha seguito il suo odore fino alla porta, ma no, non ha dato nessun segnale.»

Josie si guardò intorno, notando un ampio vialetto di ghiaia che si snodava tra alti alberi e poi si sviluppava in un'area pianeggiante grande quasi il doppio della costruzione, dove da una parte era parcheggiata una vecchia Toyota Highlander e dall'altra una Chevrolet El Camino di colore chiaro. Nel frattempo, l'elicottero si era portato proprio sopra le loro teste e manteneva la posizione, con i fari da ricerca puntati dritti sulla porta d'ingresso. Il rotore sollevava foglie, terriccio e ghiaia intorno a loro. Prima che Josie potesse dire o fare qualsiasi cosa, la porta d'ingresso si aprì e ne uscì un uomo. Apparve di fronte a loro a torso nudo, con diversi tatuaggi a vista che però non era facile riuscire a distinguere a qualche metro di distanza. I pantaloni da ginnastica gli pendevano bassi sui fianchi. Guardò l'elicottero, coprendosi gli occhi con un braccio dalla luce dei riflettori.

Blue era riluttante a farsi trascinare via dal suo padrone, mentre Josie si avvicinava ai gradini, gridando per farsi sentire sopra il rumore dell'elicottero. Non fu in grado di capire se l'uomo avesse sentito quanto gli aveva detto, ma non appena questi si accorse dei vestiti che indossava e della pistola che teneva in mano, alzò le mani. Lasciando la porta di casa socchiusa, scese lentamente i gradini per raggiungere Josie, sempre tenendo entrambe le mani ben alzate.

«Che succede?» gridò.

Dai tratti grossolani a inchiostro nero di buona parte dei tatuaggi che gli si vedevano sul petto e sulle braccia man mano che si avvicinava, si capiva che doveva esserseli fatti fare in prigione. Aveva il busto scolpito e snello e, sotto i penetranti occhi azzurri, la mascella era forte e squadrata. Josie stimò che avesse tra i trentacinque e i quarant'anni.

«Lei vive solo qui?» gli domandò.

L'uomo annuì.

«Non c'è nessuno in casa con lei? Nessun altro?»

«Nessuno. Ci sono solo io.» Guardò Blue, che fissava la porta aperta come se, superata la soglia, ci fosse un bocconcino prelibato ad attenderlo, se solo fosse riuscito a varcarla.

La radio di Josie squittì. Era Gretchen, li avvertiva che stava inviando le unità contrassegnate che si trovavano più vicine alla loro posizione. Il tempo di arrivo previsto era di cinque minuti.

«Sono la detective Josie Quinn, del Dipartimento di Polizia di Denton. Stiamo cercando una ragazza scomparsa. La nostra unità cinofila ha seguito il suo odore fino a qui.»

L'uomo la guardò meravigliato. «Qui? Pensate che ci sia una ragazza in casa mia?»

«Lei come si chiama?» gli chiese Josie, costretta ancora a parlare ad alta voce per farsi sentire sopra l'elicottero.

«Henry Thomas.» rispose lui.

«Questa è casa sua?»

L'uomo annuì. «Posso abbassare le mani adesso?»

«Le tenga dove posso vederle.» disse Josie.

Le abbassò lungo i fianchi e si guardò intorno, dall'elicottero a Luke e Blue.

«Vive qui da solo?» continuò Josie.

«Sì.»

Josie fece un gesto verso le loro spalle, indicando la Toyota e la Chevrolet. «Quei veicoli a chi appartengono?»

Lui abbozzò un sorrisetto. «A me.»

«Tutti e due?»

«Può controllare le immatricolazioni. Comunque, sì. La El Camino non si muove. Non la porto in giro da mesi. La sto restaurando.» Indicò l'altra. «La Toyota è l'auto che uso tutti i giorni.»

«Tiene degli animali dentro casa?» chiese Josie.

«No, a meno che non vogliamo contare i topi di campagna. Di quelli proprio non riesco a liberarmi.»

Dei lampeggianti d'emergenza blu e rossi illuminarono gli

alberi dalla direzione della strada. La fine del vialetto non era visibile da dove si trovavano, ma nel giro di pochi secondi arrivarono due unità contrassegnate, una si fermò dietro la Toyota e una dietro la Chevrolet El Camino.

«Volete dare un'occhiata all'interno?» chiese il padrone di casa.

«Abbiamo bisogno del suo permesso per perquisire la proprietà.» gli spiegò Josie.

«Avete il mio permesso.» disse annuendo.

Indicando una delle unità contrassegnate da cui stavano scendendo a frotte gli agenti di pattuglia, gli disse: «Dovrò chiederle di aspettare laggiù con uno dei miei colleghi.»

Henry Thomas annuì e fece come gli era stato detto. Josie fece segno a uno di loro di restare con lui. Luke si avvicinò con gli occhi fissi sulla porta della casina e Blue al suo fianco. «Possiamo entrare?» chiese.

Josie si sentì sollevata quando l'elicottero prese quota e ricominciò a girare. Il rumore era ancora forte, ma almeno non era assordante. «Non ancora.» disse. «Voglio prima assicurarmi che la casa sia sgombra.»

Luke annuì. Josie fece cenno a due agenti in uniforme di seguirla all'interno. Una volta arrivati alla porta d'ingresso, si disposero in formazione tattica con Josie in testa. All'interno, la casetta si presentava con un arredamento che le dimensioni ristrette non avrebbero lasciato immaginare. Josie si chiese se il Consiglio comunale avesse iniziato a vendere determinati lotti di terreno. Ma chi avrebbe comprato proprietà o costruito in un posto del genere, dove si erano verificati così tanti omicidi?

Scrollandosi di dosso quelle domande, si concentrò sulla perlustrazione degli ambienti: il soggiorno confluiva direttamente nella cucina. I mobili erano vecchi e mal assortiti, come se ogni pezzo fosse stato acquistato in un'occasione diversa in un negozio dell'usato. Non c'era un televisore, ma solo un portatile malconcio appoggiato su uno dei cuscini del divano, aperto, con la pagina principale di Netflix che brillava sullo schermo. Una pizza surgelata cuoceva a fuoco lento in un tostapane sul bancone della cucina. Sul retro della baita c'era un piccolo bagno, con solo una doccia, e due camere da letto. Una era chiaramente la stanza da letto di Henry Thomas, con un letto matrimoniale e le coperte stropicciate. Josie notò che c'era un solo cuscino. Sul comodino c'erano un telefono, un orologio e una lampada. Lungo una parete c'era una cassettiera, realizzata in uno stile e con un legno diverso da quello del comodino. Sopra c'erano un paio di jeans e una maglietta beige piegati in modo ordinato. L'armadio era pieno di altri vestiti e di scarpe. Nell'altra camera da letto c'era circa una mezza dozzina di scatole di cartone con su scritto "Roba di papà". Una di queste era aperta. Un'occhiata fugace all'interno rivelò una pila di tagliole usate per catturare la selvaggina di piccola taglia. Avevano un aspetto vecchio, il metallo era arrugginito. Josie e gli altri agenti non trovarono porte per una cantina o ingressi per una soffitta. In base alla struttura che si vedeva da fuori, non sembrava esserci una soffitta, ma Josie era certa che sotto la baita dovesse esserci un'intercapedine. Ad ogni modo, non c'era traccia di Kayleigh Patchett da nessuna parte.

Mentre Josie e gli agenti di pattuglia tornavano fuori lei comunicò via radio a Noah di raggiungerla sul davanti. Pochi secondi dopo, se lo vide apparire al fianco. Guardò Henry Thomas che stava accanto a un agente in uniforme e li osservava con il suo sguardo penetrante.

«La casa è sgombra.» disse Josie. «Seguirò Blue e Luke all'interno, per quello che vale. Dobbiamo trovare il punto di accesso all'intercapedine sotto la costruzione.»

«È sul retro.» le disse Noah. «L'ho visto mentre controllavo il retro dell'edificio.»

Josie deglutì, chiedendosi se fosse lì che avrebbero trovato Kayleigh e se l'avrebbero trovata ancora viva. Soppresse un brivido al pensiero di quanto dovesse essere buio e fangoso là sotto. Josie non si era mai trovata bene negli spazi chiusi e bui, fin dall'infanzia.

«Io mi occupo dell'intercapedine...» propose Noah, «così tu puoi andare con Luke e Blue.»

«Grazie.» disse lei.

Con la mano sfiorò la sua mentre si separavano, in un movimento leggero e veloce, in modo che nessun altro potesse vederlo. Noah sapeva quanta ansia le procurava ritrovarsi di nuovo su quella montagna a cercare un'altra adolescente e a stare a discutere di spazi che le davano la claustrofobia solo a pensarci.

Josie fece un segnale a Luke, che diede un comando a Blue. Il cane salì i gradini ed entrò in casa. Josie li seguì, osservando Blue che esplorava ogni centimetro del soggiorno e della cucina, poi ogni camera da letto e il bagno prima di voltarsi e tornare fuori. Senza preoccuparsi degli altri agenti o di Henry Thomas, Blue passò in rassegna sia la Toyota che la Chevrolet prima di fermarsi proprio in mezzo alle due auto ed emettere un breve abbaio.

Luke lodò Blue e lo premiò con una grossa corda per cani prima di voltarsi verso Josie.

«Che cosa significa?» gli chiese.

Senza emettere un fiato, Luke si mise in ginocchio e guardò sotto ogni macchina. Josie seguì il suo esempio, facendo luce con la sua torcia insieme alla lampada frontale di Luke, ma i loro fasci non illuminarono nient'altro se non la ghiaia e alcune erbacce che spuntavano qui e là. Quando si rialzarono, Luke disse: «Perquisite le auto.»

Josie si diresse verso le auto di pattuglia. C'era un agente in uniforme al fianco di Henry Thomas, che se ne stava comodamente appoggiato alla fiancata dell'auto della polizia, con le braccia incrociate sul petto nudo, come se non avesse alcuna preoccupazione al mondo, tanto che le rivolse un sorrisetto quasi di compiacimento. Stava gongolando perché era riuscito a farla franca o perché sapeva che non avrebbero trovato nulla?

«Vorremmo perquisire i suoi veicoli.» disse Josie.

Lui agitò una mano con un gesto elegante. «Accomodatevi. Le portiere sono aperte.»

Con un cenno, Josie tornò alle auto. Perquisì la Chevrolet El Camino, mentre uno degli agenti in uniforme si occupava della Toyota. Di Kayleigh non c'era traccia in nessuna delle due.

Luke e Blue aspettavano vicino ai gradini dell'ingresso. Quando Josie scosse la testa a indicare che non era stato trovato nulla, Luke abbassò il viso, sconfortato. Mentre Josie si dirigeva verso di lui, dalla radio giunse la voce di Noah, leggermente a corto di fiato. «L'intercapedine è libera, non c'è nessuna traccia della ragazza e non ci sono segni che la terra sia stata smossa di recente o altro.»

«Ricevuto.» disse Josie nella sua radio. «Anche la casa e i veicoli sono a posto.»

«Non è qui.» concluse Luke.

Josie si mise su un ginocchio e diede una grattatina dietro le orecchie di Blue, che prese subito a scodinzolare e, lasciato cadere il suo giocattolo di corda, le leccò la guancia. «Non ti ho mai visto sbagliare, bello.»

«Blue è praticamente perfetto...» convenne Luke. «Ma ha già dato dei falsi allarmi in passato. Kayleigh è stata qui. Il fatto che abbia perso la sua traccia nel vialetto mi suggerisce che se n'è andata da qui con un veicolo.»

«È quello che penso anch'io.» Josie si alzò e si guardò intorno. L'elicottero se n'era andato, per fortuna, a perlustrare il resto dell'area. Dalla parte opposta del vialetto, Henry Thomas la fissava, con un'espressione placida. I suoi occhi non la lasciarono mai, nemmeno quando Noah apparve di nuovo accanto a lei, coperto di terriccio e ragnatele, passandosi una mano tra i folti capelli castani, facendo cadere una strana polvere. «Chiamiamo i ragazzi della Squadra di Raccolta delle Prove e facciamogli controllare la casa e sequestrare le auto.»

Josie annuì. «Chiederò a Gretchen di tornare in centrale e far partire i mandati. Luke, tu e Blue dovreste andare a casa a prendervi un po' di meritato riposo. Una delle unità in servizio può riportarvi a casa dei Patchett.»

«Siete stati fantastici, come sempre.» aggiunse Noah, allungando la mano per stringere quella di Luke.

Josie li guardò andare via. «Come vuoi procedere?» chiese a Noah.

«Rimarrò qui fino all'arrivo della Squadra di Hummel con i mandati. Assicurati che il perimetro sia in sicurezza.»

«D'accordo.» disse Josie, trovando di nuovo lo sguardo di Henry. «Vorrei portare Mr. Thomas in centrale per fargli qualche domanda.»

UNDICI

Henry Thomas era fin troppo rilassato. Si era seduto al tavolo, rovinato dalle sigarette, in una delle sale per gli interrogatori, con le spalle buttate all'indietro per quanto la sedia gli consentiva, le gambe distese e il mento abbassato sul petto. Josie lo guardava dai monitor a circuito chiuso dalla sala di osservazione adiacente. Regolò l'audio del computer per avere la conferma che stesse russando. Nella sua esperienza, le uniche persone che russavano nelle sale interrogatori erano i colpevoli. Gli innocenti di solito erano talmente spaventati dall'idea di essere stati portati alla centrale di polizia che diventavano irrequieti, picchiettavano con i piedi o tamburellavano con le dita sul tavolo. Spesso gridavano che qualcuno si sbrigasse ad andare a parlare con loro. Henry Thomas non aveva fatto nulla di tutto ciò. Era l'indiziato più collaborativo che Josie avesse mai visto. Quando sulla scena del crimine gli aveva chiesto di seguirla, lui aveva accettato senza fare domande. Lei lo aveva accompagnato dentro casa e lo aveva osservato mentre si metteva una camicia e un paio di scarpe e prendeva il portafogli. Aveva consegnato il suo telefono in modo che potessero consultarlo, insieme al suo codice di accesso. Non aveva protestato affatto quando lei lo aveva fatto salire sul retro di una volante e lo aveva mandato alla centrale prima di lei, con l'ordine di farlo entrare in una sala interrogatori dove l'avrebbe aspettata.

Ora stava russando.

Bussarono alla porta e il sergente Dan Lamay fece capolino all'interno. «Boss.» disse.

Josie trasalì, ma Lamay non sembrò accorgersene. «Ti prego Dan, chiamami solo Josie.»

Se aveva preso nota della sua richiesta, non lo diede a vedere. Invece, spalancò la porta per rivelare un cartone della pizza che teneva con una mano. «L'ho presa semplice, come mi ha chiesto lei. Sono dovuto andare in quel posto aperto anche di notte vicino all'università. Non l'avrei mai detto, ma erano aperti anche a quest'ora.»

Josie sorrise. «Grazie, Dan.»

Prese la pizza e andò nella sala interrogatori. Henry Thomas trasalì quando la vide entrare. Scalciò con le gambe, sbatté le palpebre e si mise seduto dritto, passandosi una mano tra i folti capelli. Josie mise la pizza sul tavolo e la fece scivolare verso di lui. «Ho pensato che avesse fame...» disse.

Lentamente, lui si sporse e aprì il cartone, sbirciando all'interno. «Non è che avete spento il mio tostapane, per caso? Non vorrei che casa mia andasse a fuoco.»

«Sì, ci ha pensato il mio collega.» rispose Josie. Prese la sedia più vicina e si mise proprio di fronte a lui. Mentre lui divorava un trancio di pizza, lei gli lesse i suoi diritti, che lui affermò di aver compreso prima di prendere un altro trancio.

Josie si era aspettata che chiedesse un avvocato, ma lui non lo fece.

«Mr. Thomas...» disse allora, «sa perché è qui?»

Lui rispose con la bocca ancora piena di pizza: «Pensate che abbia fatto qualcosa a una ragazza, giusto?»

Josie tirò fuori il telefono e richiamò la foto della figlia maggiore dei Patchett, girando lo schermo in modo che lui potesse vederla. «Kayleigh Patchett, di sedici anni. È stata rapita nel bosco a pochi chilometri da casa sua oggi. La nostra unità cinofila ha seguito il suo odore fino a casa sua.»

Thomas grugnì.

«La conosce?»

«No.»

«L'ha mai vista prima?»

«No.»

«La casa in cui vive è sua?»

Naturalmente conosceva già la risposta, lo aveva cercato in tutti i database a cui aveva potuto accedere non appena era tornata in centrale. Dai registri immobiliari risultava che l'aveva acquistata un anno prima in contanti. Non gli era costata molto, probabilmente proprio per via della sua posizione. Josie non conosceva molte persone che avrebbero voluto vivere in un terreno dove erano state riportate alla luce più di cento ragazze uccise.

«Sì.» disse Thomas. «È mia. L'ho comprata con i soldi che mi ha lasciato mio padre. È morto un paio d'anni fa, più o meno.»

«Le trappole nella sua camera degli ospiti...» continuò Josie. «Erano di suo padre?»

«Sulle scatole c'è il suo nome, no?»

«Lei non caccia con le trappole?»

«Non ho la licenza. E poi ci sono un sacco di regole da seguire. Non ho la pazienza.»

«Ha mai cacciato con le trappole insieme a suo padre?» gli chiese Josie.

Lui fece una scrollata di spalle. «Certo, quando ero un bambino.»

Cambiando strategia, Josie disse: «Mi racconti dei suoi spostamenti di oggi. A partire da quando si è svegliato fino a quando ci siamo presentati alla porta di casa sua.»

Henry Thomas con un sospiro, chiuse il cartone della pizza

e lo spinse via. «Mi sono svegliato verso le sette. Era il mio giorno libero. Mi sono fatto la doccia, ho cacato e mi sono fatto la barba. Mi sono vestito. Sono andato in città. Ho fatto colazione alla tavola calda, al Denton Diner. Sono tornato a casa. Ho lavorato alla mia El Camino. Ho guardato Netflix.»

«Ha la ricevuta di quello che ha mangiato alla tavola calda?»

«Ti danno la ricevuta quando vai alla tavola calda?» chiese Thomas.

«Quindi ha pagato in contanti.» Non avrebbe comunque dovuto avere problemi a verificare che fosse andato effettivamente alla tavola calda quella mattina, perché il Denton Diner aveva una sorveglianza capillare tanto all'interno quanto all'esterno dell'edificio.

Cambiando di nuovo argomento, Josie gli chiese: «Dove lavora?»

Thomas sorrise. «Vuole davvero far finta di non aver cercato informazioni su di me? Dai, ormai saprà tutto su di me, andiamo. Compreso il motivo per cui mi avevano mandato dentro.»

Una delle altre cose che erano emerse dalle ricerche più approfondite era che il crimine per cui era stato messo in prigione lo aveva commesso a Denton. Del suo caso se n'era occupato il detective Finn Mettner. Sapeva bene, naturalmente, che nel corso delle indagini future ci sarebbero stati momenti in cui avrebbero dovuto rivedere i casi di cui Mettner si era occupato da solo o di cui si era occupato insieme alla squadra ma, anche sapendolo, il suo nome, quando lo aveva visto nel fascicolo, l'aveva colpita come una lancia dritta al cuore. Era riuscita a leggere solo l'essenziale del fascicolo prima che le lacrime le offuscassero la vista. Ma in un momento del genere non aveva tempo per darsi al pianto.

«So cosa dicono i database della polizia, ma alcune informazioni inserite in un computer non sempre raccontano la storia completa, non è d'accordo?»

Thomas si appoggiò di nuovo allo schienale, a gambe larghe. Questa volta incrociò le braccia sul petto e la guardò con uno sguardo interessato. «Sta ancora parlando del mio lavoro?»

«Cosa ne pensa?» chiese Josie. Aspettò qualche istante, tenendo gli occhi fissi sui suoi, e poi aggiunse: «Sa come funziona, Mr. Thomas. Io faccio le domande. Lei mi risponde. Dove lavora?»

Thomas distolse lo sguardo. «Lavoro per la commissione parchi. Al parco pubblico. Sono nel servizio igienico-sanitario. Pulisco dopo il passaggio dei bravi cittadini di Denton.»

«Mr. Thomas, non mi interessa perdere tempo, né il suo né il mio, quindi passiamo subito a Kayleigh Patchett.»

«La ragazza che state cercando.»

«La nostra unità cinofila ha dato un segnale sulla sua proprietà.» Josie non disse che Luke pensava fosse un falso allarme, non c'era bisogno che Thomas lo sapesse, così continuò: «Ha dato il segnale vicino alla sua casa. Tutta questa faccenda scorrerà molto più rapidamente e senza intoppi se mi dirà cos'è successo.»

«È successo che sono rientrato dopo aver lavorato alla macchina, ho messo una pizza nel tostapane, ho aperto Netflix e un attimo dopo mi sono accorto che c'era un elicottero del cavolo che stava volando sopra la mia casa. Ho guardato fuori e mi sono ritrovato davanti lei. Ecco cos'è successo.»

«Allora, conosce Kayleigh Patchett?» lo incalzò Josie.

Lui si sporse in avanti, appoggiando i gomiti sulle ginocchia e stringendo le mani ma tenendo le dita rilassate. «Non conosco nessuna ragazza di nome Kayleigh Patchett.»

Josie riprese il telefono e recuperò la foto di Kayleigh. «E che mi dice di questa ragazza? La conosce?»

«Non la conosco. Non l'ho mai vista prima.»

Ora era il turno di Josie di sospirare. «Mr. Thomas, è stata nella sua proprietà.»

Ci fu un attimo di silenzio. Mr. Thomas fissò il volto sorridente di Kayleigh. Poi riportò lo sguardo su Josie. «Non chiudo a chiave le porte di casa mia, agente.»

«Detective.» lo corresse Josie.

«Non chiudo a chiave le porte di casa mia, detective. Quella ragazza può essere arrivata sulla mia proprietà e magari è entrata. Non ha trovato quello che cercava e se n'è andata.»

«Ha detto che è stato fuori a lavorare alla sua auto per quasi tutto il giorno.» gli fece notare Josie.

«Se fosse stata davvero nella mia baita, come dice lei, potrebbe essere andata via prima che tornassi dalla tavola calda.»

Josie toccò di nuovo lo schermo del telefono prima che diventasse nero. «Kayleigh Patchett è stata rapita.»

«Se state cercando un rapitore...» disse Henry Thomas, «non sono il vostro uomo.»

«Ne è sicuro?» chiese Josie. «La sua condanna per sequestro di persona suggerisce il contrario.»

Lui scoppiò in una risata dal suono basso e tranquillo. «Voi poliziotti, quanto vi piace distorcere i fatti! È una cosa che vi insegnano all'accademia di polizia o che imparate sul campo?»

«La diciannovenne che ha costretto a entrare in uno scantinato puntandole contro una pistola sette anni fa... pensa che sarebbe d'accordo con lei? Direbbe che sto distorcendo i fatti?»

«Non ha la minima idea di cosa stia parlando.» disse Thomas, mostrando i primi segni di tensione nella leggera velatura di sudore che gli imperlava la fronte.

«Come ho detto, non sempre le informazioni inserite in un computer raccontano la storia completa.» ripeté Josie. «Mi dica, c'è qualcosa che mi sfugge, Mr. Tomas? Perché, per come la vedo io, lei ha passato cinque anni in prigione per aver trattenuto una giovane donna contro la sua volontà e oggi è stata rapita una ragazza di pochi anni più giovane di quella. Sappiamo che è stata a casa sua perché il cane della nostra unità cinofila ha seguito il suo odore fino a là.»

La sua voce si fece più stridula quando disse: «Non ho rapito nessuno. Quella diciannovenne era la ragazza di un mio amico. Lui mi doveva dei soldi ed ero andato a casa sua per prenderli. Lei era lì. L'ho fatta andare nel seminterrato per tenerla fuori dai piedi, ma non le ho torto neanche un capello. Il procuratore non è riuscito a incastrarmi con l'accusa di rapina, così ha usato l'accusa di sequestro di persona e quella putt...» Si fermò, facendo un respiro profondo. «Quella ragazza mi ha denunciato per lealtà verso il suo fidanzato. Tutta quella storia è il risultato di un problema personale con un mio amico. Nient'altro.»

Josie annuì via via che lui parlava. «Mi sta bene.»

Henry Thomas si spostò sulla sedia come se cercasse di trovare una posizione più comoda, piegando e dispiegando le braccia e avvicinando i piedi, con le ginocchia premute.

«Ma non è comunque azzardato pensare che lei sia in grado di rapire un'adolescente.» aggiunse poi Josie. «È uscito di prigione da meno di due anni. Vive da solo in cima a quella montagna. Un tipo come lei? Sono sicura che ha delle necessità. Deve essere difficile incontrare delle donne con quella condanna nel proprio passato. Forse si è sentito frustrato e ha pensato che sarebbe stato più facile prendersi quello che voleva. Ha visto un'opportunità e l'ha colta. Si sa che può succedere.»

«Ma è matta?» disse. «Sta provando a rifilarmi qualche psico-stronzata da sbirro? Non ho bisogno di "prendermi" niente da nessuno, per non parlare di qualche ragazzina provocante. Pensa che voglia tornare dentro?»

«Penso che ci sia qualcosa che non mi sta dicendo.»

«Possiamo stare qui tutta la notte e tutto domani; dirò sempre la stessa cosa. La verità. Non conosco quella ragazza. Non l'ho mai vista prima. E non le ho fatto niente.» ribatté lui.

Josie aspettò un paio di secondi, fissandolo direttamente negli occhi. Poi si chinò in avanti, entrando nel suo spazio personale. «La mia squadra sta controllando la sua casa mentre parliamo. Hanno sequestrato i suoi veicoli...» A queste parole Thomas impallidì visibilmente e Josie continuò: «Stanno setacciando ogni centimetro della sua proprietà e delle sue auto. Cosa troveranno, Mr. Thomas?»

Deglutendo, il pomo d'Adamo gli andò su e giù. «Nie... niente.» balbettò, la sua facciata di freddo disinteresse era completamente sparita.

Josie assunse un'espressione vagamente preoccupata. «Saprà già come funziona, Mr. Thomas. Non peggiori le cose per sé stesso. Mi dica cosa troveranno. Se dice che non troveranno nulla e poi scopro che c'era qualcosa, lei si ritroverà ancora di più nei guai.»

Lui tirò i piedi sotto la sedia e strinse le ginocchia. La sua espressione si indurì.

«Voglio andarmene, subito.»

Lei non poteva trattenerlo, non più a lungo di quanto sarebbe servito alla sua squadra per eseguire il mandato, e sarebbero state solo poche ore. «Posso farla accompagnare a casa da un agente di pattuglia. Non potrà entrare finché la mia squadra non avrà finito. Voglio solo darle un'altra possibilità di mettere le cose in chiaro, Mr. Thomas, per andare avanti. Dov'è Kayleigh Patchett?»

Incrociò di nuovo le braccia strette sul petto. «Gliel'ho già detto. Non lo so.»

DODICI

Uccidere richiede pratica. Dopo averlo fatto un paio di volte, mi sono reso conto che non è l'omicidio in sé a darmi gioia. Ciò che mi dà soddisfazione è l'ondata di paura che continua a spingere i ragazzini nei boschi per trovarmi. È il tipo di paura che si prova entrando in una casa stregata o salendo sulle montagne russe. Sai che una volta che sarà tutto finito sarai al sicuro. Vengono nel mio dominio con un falso senso di sicurezza, una sorta di brivido nella loro caccia all'Uomo dei Boschi, una persona che considerano immaginaria. Se sapessero la verità, non metterebbero mai più piede nei boschi.

Alcuni di loro li ho osservati e lasciati andare. Guardare è stato sufficiente. Sapere quanto potere avevo su di loro è stato sufficiente a saziarmi.

Ma una leggenda non rimane tale se lascia che la sua preda fugga incolume.

TREDICI

Josi aveva gli occhi in fiamme, le gambe le facevano male e ogni volta che sollevava le braccia, le giungeva alle narici l'odore acre del sudore stantio. Il Komorrah's Koffee, il bar in fondo alla strada dove di solito prendevano il caffè, non era ancora aperto, così aveva preparato il caffè nella saletta ristoro del primo piano e l'aveva portato alla sua scrivania nella sala grande del secondo piano; lo sorseggiò mentre si sistemava sulla sedia. Era così amaro che le fece lacrimare gli occhi. Erano circa le quattro di domenica mattina quando Noah, Gretchen, il capo Chitwood e la loro addetta stampa, Amber Watts, varcarono la soglia dell'ufficio, in completo silenzio. Noah, Gretchen e Amber presero posto alle loro scrivanie, mentre il capo rimase in piedi al centro della stanza, con le braccia conserte sul petto magro, a guardarli uno per uno. Per quanto Josie si sentisse spossata, gli altri avevano un aspetto di gran lunga peggiore; persino Amber, a cui il capo aveva chiesto di presentarsi la sera prima, quando era stata diramata l'allerta per la scomparsa di Kayleigh Patchett. Ma d'altra parte, sembrava perennemente esausta da quando Mettner era morto e Josie sospettava che nemmeno lei dormisse più granché.

Guardò Noah e Gretchen, che evitavano accuratamente di soffermare lo sguardo sulla scrivania di Mettner. Era proprio come nei giorni successivi alla sua morte: nessuno di loro aveva neanche il coraggio di sfiorarla, se non per prendere i rapporti e i documenti ufficiali di cui avevano bisogno. Chitwood aveva detto ad Amber che avrebbe potuto prendere gli effetti personali di Mettner quando fosse stata pronta, ma nemmeno lei era riuscita a toccare la scrivania. Nessuno di loro parlava della scrivania di Mettner. Il più delle volte evitavano anche di guardarla. Ma quando Josie rimaneva da sola in ufficio, invece, la guardava e allora si ricordava del modo in cui Mettner si metteva a sedere, del modo in cui scorreva a raffica gli appunti sul telefono, inviando alla sua e-mail di lavoro tutti gli appunti che aveva annotato sul campo sulla sua applicazione note, in modo da poterli poi trasferire direttamente nei rapporti. Ricordava il modo in cui riordinava la scrivania alla fine di ogni turno, rimettendo le penne nel loro contenitore e assicurandosi che i bordi di tutti i fascicoli impilati fossero allineati. Buttava via i bicchieri di carta del caffè o i contenitori del cibo da asporto e poi tirava fuori da sotto la scrivania il suo piccolo cestino dei rifiuti e lo metteva in bella vista, in modo che il personale delle pulizie non dovesse cercarlo. Ricordava che, da quando aveva iniziato a frequentarsi con Amber, aveva preso l'abitudine di avvicinarsi alla sua scrivania, se lei non c'era, e scribacchiare un messaggio sul primo foglio del suo blocchetto di post-it. Josie non aveva mai letto cosa le scrivesse, ma aveva sempre notato il modo in cui Amber sorrideva quando arrivava il giorno dopo e lo leggeva.

Una vampata di calore le si accese nello stomaco. Dissolvendo i pensieri sul suo amico, tornò a concentrarsi sulla squadra e il compito che l'attendeva. «A che punto siamo?»

Gretchen sospirò. «Cominciamo con le procedure di routine: siamo andati a scambiare due parole con i vicini dei

Patchett e non ne abbiamo ricavato nulla. I molestatori sessuali che abitano in quella zona a cui le nostre pattuglie hanno fatto visita non hanno sollevato alcun sospetto. Erano solo tre e avevano tutti un alibi per quel giorno. Da una ricerca sui registri immobiliari non è emerso che in quella zona ci fosse qualcuno con cui non avessimo già parlato, incluso Henry Thomas. Che è l'unico che vive su quella montagna.»

«Dimmi che avete trovato qualcosa nella casa di Thomas.» la pregò Josie.

Noah si tolse un po' di sporco dalla polo. «I ragazzi della Squadra di Raccolta delle Prove hanno prelevato una serie di campioni di DNA da alcune tracce che Hummel pensa siano di sudore e saliva, ma queste procedure richiedono molto tempo per essere elaborate, quindi, non ci aiutano in alcun modo in questo momento.»

«E i capelli?» si informò Josie.

«Hummel ha trovato diversi capelli lunghi e scuri. Alcuni nel soggiorno, altri nel bagno. Potrebbero appartenere a Kayleigh, ma ovviamente dobbiamo farli analizzare in laboratorio per averne conferma.» disse Noah.

Prima che Josie potesse rispondere, Gretchen aggiunse: «Ho già preso un campione di capelli di Kayleigh dalla sua spazzola e dei campioni di saliva da entrambi i genitori, così potremo avere un riscontro del DNA della famiglia se i capelli nella casa di Thomas appartengono a Kayleigh. Noah mi ha chiamato non appena Hummel ha trovato il primo capello.»

«Qualcuno dei capelli trovati nella casa aveva ancora il bulbo?» chiese Josie, ben sapendo che, in assenza del bulbo, i tecnici del laboratorio non sarebbero stati in grado di ottenere da qualche capello una quantità di DNA sufficiente per poterla analizzare. Era pur vero che nel 2019 uno scienziato californiano aveva fatto grandi progressi nell'estrazione del DNA da capelli senza bulbo, ma la tecnica non era ancora abbastanza diffusa tra le forze dell'ordine per essere d'aiuto nelle loro indagini.

«Abbiamo un bulbo, sì.» confermò Noah.

«Chiederò di accelerare il test del DNA.» disse il capo.

Josie ringraziò silenziosamente il cielo. Se fossero riusciti a confrontare i capelli di Kayleigh con quelli trovati nell'abitazione di Thomas, sarebbe stata la prova definitiva che la ragazza era stata in casa sua e sarebbe stato sufficiente a ottenere un mandato d'arresto. «Cos'altro abbiamo?» chiese poi.

«Hummel ha trovato alcune serie di impronte diverse che non corrispondono a nessuno nel Sistema di Identificazione delle Impronte.» disse Noah. «Ma non abbiamo le impronte di Kayleigh in archivio, quindi non possiamo avere la conferma che qualcuna di queste corrisponda alle sue.»

«E le due auto?» chiese il capo.

«Ci ha lavorato l'agente Chan al deposito mentre il resto della squadra si occupava della casa.» rispose Gretchen. «Ha trovato alcune serie di impronte sconosciute all'interno e all'esterno di entrambe, ma ancora una volta non possiamo associarle a Kayleigh. Non ci sono tracce di sangue, in compenso ha trovato diversi capelli castani corti in entrambe le auto; però, considerata la lunghezza e il fatto che sono significativamente più scuri dei capelli di Kayleigh Patchett, tenderemmo a dire che appartengono a Henry Thomas. Chan ha anche trovato tracce di DNA nella Toyota, che dovrebbe essere sudore, sul poggiatesta del guidatore, e anche in questo caso con tutta probabilità è quello di Henry Thomas. Ha trovato un sacco di DNA diverso nella Chevrolet El Camino, ma è un'auto degli anni Settanta e, da quello che siamo riusciti a capire, è passata di mano a più persone prima che Thomas la comprasse, quindi dubito che possa esserci d'aiuto. Senza contare che ci vorrà un'eternità per analizzare tutti i campioni. Comunque, la Squadra di Raccolta delle Prove ha inviato tutto quanto al laboratorio della Polizia di Stato. E poi si stanno ancora dando da fare per ottenere i tracciati del GPS della Toyota.»

«Ma non abbiamo abbastanza per arrestarlo o accusarlo.» disse Noah.

«Non ancora.» mormorò Josie.

«Immagino che tu non sia riuscita a ottenere niente dall'interrogatorio.» le disse Gretchen.

Josie fece un breve resoconto di quello che Thomas le aveva detto. «Sta sicuramente mentendo su qualcosa.» concluse. «Non sono riuscita a tirargli fuori niente. Se avessi qualcosa di più su cui lavorare, qualcosa che lo faccia innervosire, lo potrei riportare qui e fare un altro tentativo. Ma sarebbe ancora meglio se potessimo ottenere un riscontro del DNA e arrestarlo direttamente.»

«Potremmo usare proprio il DNA come leva per cercare di farci dire cosa ha fatto con Kayleigh.» propose Noah.

«Con il suo corpo.» precisò Gretchen. «Se c'è Thomas dietro tutto questo, la ragazza è già morta. Thomas avrebbe avuto abbastanza tempo per ucciderla e disfarsi del suo corpo prima che voi arrivaste alla sua baita.»

Un momento di silenzio solenne riempì la stanza. Poi Josie lo interruppe: «Questo non cambia nulla di come dobbiamo svolgere il nostro lavoro. Troviamo Kayleigh Patchett. Punto.»

«Se l'ha uccisa Thomas e ne ha abbandonato il corpo, o se addirittura lo ha seppellito da qualche parte nelle vicinanze...» disse Noah, «non potremmo far fare a Blue una ricerca del cadavere? È addestrato a farlo.»

Josie bevve un altro sorso di caffè, cercando di non storcere il naso per quanto era acido. «Nonostante abbiamo cercato di recuperare tutti i resti in quell'area, dopo il caso delle ragazze svanite, visti quanti erano, l'FBI mi ha detto che con ogni probabilità tutta la montagna è ancora cosparsa di frammenti. Il rischio è che Blue potrebbe dare il segnale in diversi punti e noi passeremmo tutto il tempo a scavare.»

Gretchen disse: «In queste condizioni sarebbe più sensato cercare su qualsiasi appezzamento in cui la terra appaia rivoltata di recente.»

«Amber...» disse il capo, «a che punto siamo con la ricerca in linea? Abbiamo abbastanza volontari per iniziare all'alba?»

Amber consultò il suo tablet. «Sto organizzando la ricerca con il sergente Lamay da ieri sera. Siamo pronti.»

«Voglio che una linea di ricerca parta dal giardino dei Patchett e che un'altra parta dalla casa di Henry Thomas, ma per il momento teniamo nascosti i sospetti su di lui.»

Amber annuì. «D'accordo.»

Gretchen disse: «Ma siamo davvero sicuri che Henry Thomas sia coinvolto in questa storia? Va bene che Blue ha seguito l'odore di Kayleigh fino alla sua abitazione...»

«Fin dentro la sua abitazione.» precisò Josie. «Qualcuno l'ha portata fin là. Se non è stato Henry Thomas, per quale motivo il suo rapitore l'avrebbe accompagnata fino alla sua baita?»

«Le ha fatto fare una bella sfacchinata.» commentò Noah. «L'ha portata fino all'altro versante della montagna, a chilometri di distanza dal luogo in cui è stata rapita. Chi altri, a parte Thomas, si sarebbe voluto prendere tanto disturbo? E a quale scopo poi?»

«Magari perché avevano lasciato là un veicolo?» suggerì Gretchen. «Blue ha perso il suo odore proprio in quel punto. Devono aver costretto Kayleigh a salire su un veicolo e devono averla portata altrove.»

Il capo puntò un dito contro la parete più vicina a lui e ordinò: «Voglio una planimetria dell'area entro questo pomeriggio e voglio che sia contrassegnata con la casa dei Patchett, il luogo in cui è stata trovata Savannah, il percorso approssimativo che Blue ha fatto per localizzare Kayleigh e il capanno di Henry Thomas.»

«Se Henry Thomas è arrivato a piedi fino alla casa dei Patchett, ne ha fatta di strada da casa sua.» osservò Josie.

«D'accordo, ma non si spiega perché avrebbe dovuto allontanarsi così tanto dall'altro lato della montagna...» ragionò Gretchen.

«Può darsi che fosse andato a caccia.» ipotizzò Noah. «Non di animali, ma di persone. Non ne passano molte vicino a dove vive, ma il luogo in cui è stata portata Kayleigh è relativamente vicino a quella lunga zona residenziale. Avrebbe avuto molte più possibilità di imbattersi in qualche passante in quel tratto di bosco.»

«Pensi che questo si possa collegare ai casi che la Polizia di Stato sta seguendo?» gli chiese Gretchen.

«Quali casi?» domandò il capo.

Noah gli fece un resoconto delle poche informazioni che aveva condiviso con Josie.

«Allora uno di voi dovrà fare qualche confronto.» concluse il capo. «Ma per ora concentriamoci su Thomas, visto che Blue ha seguito l'odore di Kayleigh fino a casa sua.»

Josie pensò alle vecchie trappole che aveva visto nella camera degli ospiti di Thomas. «Avete trovato delle pellicce in casa sua?» chiese, attirandosi gli sguardi di tutti.

«Cosa?» esclamò il capo.

Josie guardò Noah. «C'erano delle trappole nella sua abitazione. Il tipo di trappola che usano i cacciatori di animali selvatici. Ha detto che appartenevano a suo padre, ma ha anche ammesso di saperle usare. Potrebbe cacciare di frodo. Non possiamo escludere che abbia piazzato le trappole vicino a dove stavano camminando le figlie Patchett. Magari era andato a controllarle e si è imbattuto in Kayleigh.»

«Pensi che l'abbia rapita perché non voleva finire nei guai per aver usato le trappole senza licenza?» le chiese Noah.

«No, dubito che l'abbia rapita per questo motivo.» disse Josie. «È stato in prigione per cinque anni per aver costretto con la forza una diciannovenne a entrare in uno scantinato dove poi l'ha tenuta segregata sotto la minaccia di una pistola. Sappiamo che è in grado di fare una cosa del genere, come rapire una minorenne. Sto solo dicendo che magari le loro strade si sono incrociate casualmente, perché lui è un cacciatore di frodo. Per questo voglio sapere se avete trovato delle pellicce nella sua proprietà.»

«Qualcuna.» rispose Noah. «Ma le abbiamo trovate nelle scatole con la scritta "Roba di papà", proprio come le trappole. Difficile stabilire quanto siano vecchie. Non è da escludere che siano davvero di suo padre.»

«Possiamo continuare a scambiarci teorie contro teorie su come pensiamo che sia andata...» sbottò il capo, «ma questo non ci aiuta a capire dove si trova questa ragazza. È molto probabile che l'abbia uccisa e scaricata da qualche parte, ma non è l'unica eventualità. Questo tizio ha un interesse per le ragazzine e ha dei precedenti penali. Sappiamo che è stata a casa sua, ma non riusciamo a trovarla e il cane ha perso la traccia, il che ci indica che dalla casa di Thomas è stata portata via con un veicolo. Quindi, dobbiamo considerare che potrebbe essere stata presa dai trafficanti di esseri umani. Siete riusciti a entrare nel telefono del nostro eremita?»

«Non c'era niente di sospetto.» disse Noah con un sospiro. «Telefonate e messaggi ai suoi compari, per lo più per incontrarsi ogni tanto in un bar. Telefonate e messaggi al suo capo. Ha una sorella che vive in Oklahoma, con cui si fa vivo una volta al mese. Ristoranti, ambulatori medici. Niente che faccia pensare a qualcosa di strano.»

«Dobbiamo indagare sui suoi compari, allora.» concluse Josie. «E dal suo portatile?»

«La squadra di Hummel ci sta ancora lavorando.» disse Noah.

Gretchen frugò nella tasca della giacca e tirò fuori un cellulare con una custodia viola scintillante. «Per una questione di buona pratica, dobbiamo anche fare qualche controllo su Kayleigh Patchett e con attenzione. Dal momento che non abbiamo esperti interni in grado di effettuare un download forense, ho già preparato un mandato per ottenere i tabulati telefonici, nel caso in cui ci siano cose che ha cancellato dal telefono e che potrebbero comunque comparire nei registri. Dobbiamo assicurarci che non fosse stata minacciata o presa di mira da nessuno e che non fosse entrata in contatto con qualche predatore che potesse farle del male. Se fosse un uomo che l'ha adescata su Internet potrebbe aver avuto la brillante idea di spiarla nel bosco e portarla via.»

«Sì.» disse Josie. «E comunque, per quanto possa sembrare improbabile, dovremmo verificare se esiste qualche collegamento tra Kayleigh Patchett e Henry Thomas.»

«Ottima osservazione.» disse Noah. «Potrebbe non essere stato affatto casuale. È possibile che Thomas sia andato così lontano da casa sua perché stava andando a cercare proprio Kayleigh.»

«Dobbiamo considerare ogni possibilità.» rispose Josie.

«Il boss... Josie ha ragione.» convenne Gretchen. «Se Mett fosse qui...» e si interruppe di colpo.

I secondi di silenzio successivi passarono come bombe che esplodono in sequenza. Tutti si voltarono verso Amber, la quale, senza alzare lo sguardo dal suo tablet, disse: «Se Finn fosse qui in questo momento, metterebbe in discussione tutte le vostre ipotesi e vi direbbe che anche se questo tizio, Henry Thomas, sembra il più papabile al rapimento, non avete abbastanza prove per dimostrare che è stato lui. Perciò è meglio che vi assicuriate di aver guardato sotto ogni sasso e di aver eliminato ogni altra possibilità prima di orientare tutte le vostre risorse sul caso contro Thomas.»

Josie sentì una vampata di calore che le si diffondeva in tutto l'addome. La sua ammirazione per ciò che Mettner aveva sempre portato alla squadra era mitigata da una strana sorta di nostalgia per il collega ucciso e per il modo in cui l'aveva sempre sfidata in ogni occasione. Mettner l'aveva resa un'investigatrice migliore, se ne rendeva conto, e questo le mancava. Era una delle tante cose che le mancavano di lui.

«È vero.» concesse Josie, causando un altro momento di silenzio. Quando si prolungò nell'imbarazzo, Amber alzò lo sguardo dal suo tablet e li fissò uno per uno. «Meglio mettersi al lavoro, allora.»

QUATTORDICI

Il capo mandò Gretchen a casa per qualche ora di sonno. Noah si occupò di rintracciare i nomi dei contatti di Henry Thomas e di fare degli accertamenti su di loro, mentre Josie dava una scorsa al telefono e al portatile di Kayleigh Patchett, dopo aver ottenuto l'autorizzazione dai genitori, i quali avevano anche dato alla Polizia di Denton i codici di accesso, cosa che aveva destato una certa inquietudine in Josie: il fatto che avessero un tale controllo e una tale supervisione sull'uso che la figlia faceva del telefono e del computer induceva a pensare che era improbabile di riuscire a trovare qualcosa di utile.

Se Kayleigh avesse avuto qualche attività da nascondere, a queste condizioni non l'avrebbe svolta su un dispositivo a cui i suoi genitori avevano libero accesso.

La prima cosa che notò fu che non c'erano applicazioni di social media sul telefono, cosa bizzarra visto che solitamente si trovano preinstallate sul dispositivo. Possibile che i Patchett fossero davvero così severi? Josie si segnò mentalmente di chiederglielo quando li avrebbe rivisti. I contatti erano spaventosamente pochi, ma Josie prese comunque nota di ciascun nome: per la maggior parte erano nomi di persone che non facevano parte della famiglia ed erano seguiti da una descrizione di qualche tipo, come "Felicia (corso di inglese)"; "Braelyn (squadra di softball)"; "Hector (collega di lavoro)". Josie non poté fare a meno di chiedersi se fosse un'iniziativa di Kayleigh o se i genitori avessero insistito affinché catalogasse tutti i suoi contatti. Braelyn della squadra di softball aveva mandato un messaggio a Kayleigh dicendole che avrebbe dovuto lasciare la squadra se non avesse cominciato a giocare per vincere. Kayleigh aveva risposto dicendo che i suoi genitori non le avrebbero mai permesso di smettere di giocare a softball. Dato che i genitori avevano pieno accesso al telefono della figlia, questa sembrava un'intenzionale battutina tagliente.

L'unico contatto registrato con un nome senza alcun qualificativo era quello di una certa Olivia. Passando ai messaggi di testo, Josie scoprì che era con questa Olivia che Kayleigh aveva scambiato la maggior parte dei messaggi. A giudicare da quello che poteva leggere, Olivia era sia una compagna di scuola che una collega di lavoro di Kayleigh. C'erano diversi messaggi in cui si mettevano d'accordo per andare e per tornare dal lavoro insieme. Josie si segnò un altro appunto mentale per scoprire dove lavorava Kayleigh. C'erano anche messaggi in cui programmavano di passare la notte a casa di una delle due, uscite per fare acquisti e serate al cinema.

Giorni prima del suo rapimento, Kayleigh aveva inviato un paio di messaggi per cambiare il turno di lavoro. Ma non c'era nessun pettegolezzo, niente di ciò che nel suo lavoro Josie era abituata a vedere solitamente sui telefoni degli adolescenti, anche se la maggior parte delle volte le cose personali e spesso incriminanti si trovavano negli account sui social media. Per Josie era difficile credere che Kayleigh non avesse neanche un account. Per esperienza sapeva che i ragazzi i cui genitori limitavano l'accesso ai social media avevano account segreti e usavano semplicemente i telefoni degli amici per accedervi. Era una cosa che avrebbe dovuto chiedere a Olivia. Poi diede una scorsa alla galleria: anche in questo caso, le foto erano molte meno di quelle che ci si sarebbe aspettati di vedere sul telefono di una ragazza dell'età di Kayleigh. Scorse decine di selfie, occasionalmente inframmezzati da foto in cui Kayleigh era a fianco di una sua coetanea, Olivia, presumibilmente, che si distingueva dall'amica per l'altezza e per l'aspetto più appariscente in cui spiccavano un paio di occhi di un azzurro brillante, capelli rossi e una spruzzata di lentiggini sul naso. Josie studiò brevemente lo sfondo di ciascuna foto. In una sembrava che si fossero fotografate davanti a una scuola, in un'altra in un ristorante, la maggior parte erano state scattate all'aperto. Scorrendo le altre foto, Josie scoprì che l'unica altra persona che vi compariva era la sorella minore di Kayleigh, Savannah. Kayleigh le aveva scattato una foto praticamente per ogni cosa che faceva: mentre si allenava a calcio nel giardino di casa, mentre sonnecchiava sul divano o mangiava un ghiacciolo rosso che le macchiava le labbra, mentre provava a truccarsi, durante una partita a un gioco da tavolo, a ballare. C'erano decine di selfie delle due sorelle che facevano facce buffe o ridevano, guancia a guancia. Ce n'erano anche moltissimi in cui le due erano fianco a fianco in un letto, la più piccola che dormiva profondamente con la testa appoggiata alla spalla della più grande, che teneva il telefono sopra di loro e sorrideva con soddisfazione.

Non trovando nulla di interessante nella galleria fotografica, Josie cercò nel resto del telefono, facendo un elenco delle applicazioni installate. Non c'era nessuna applicazione di tracciamento, come Life360, grazie alla quale avrebbero scoperto dove si trovava il telefono di Kayleigh in qualsiasi momento. Non c'erano nemmeno applicazioni più complesse, come Bark o FamiSafe, che avrebbero monitorato le attività della ragazza sul telefono e la sua posizione. Josie sentiva che le si stavano chiudendo le palpebre e che la mano non teneva più la penna quando si imbatté in una seconda applicazione per calcolatrice.

«Beccata.» mormorò.

Noah alzò gli occhi dallo schermo del computer. «Che cosa hai trovato?»

«Nel telefono di Kayleigh Patchett c'è un'applicazione per calcolatrice finta. Sai, quelle che sembrano una calcolatrice ma in realtà nascondono delle foto?»

«Sì. Me ne capitano in continuazione. Serve una password per accedervi. Dubito che quella i suoi genitori la conoscano.» disse Noah.

Josie aprì l'applicazione, che aveva tutto l'aspetto e le funzionalità di una normale calcolatrice, ma che in realtà serviva a nascondere fotografie segrete, come aveva visto sui telefoni di altre persone su cui avevano indagato e che avevano arrestato in un caso precedente. Ce n'erano diverse in circolazione. Sapeva che quell'applicazione in particolare richiedeva di solito un codice d'accesso composto da quattro cifre e che bisognava premere il simbolo di percentuale e poi il simbolo di uguale per far sì che l'applicazione riconoscesse che era il proprietario che stava accedendo alla sua galleria fotografica segreta. «La sua migliore amica potrebbe conoscere il codice.» disse Josie. «Se riusciamo a convincerla a dirla. Proverò con i vecchi metodi.»

Iniziò a digitare numeri nell'applicazione, seguiti dai segni di percentuale e di uguale.

«Intendi quelle che gli adolescenti usano pensando di essere così intelligenti che nessuno le indovinerà mai?» ridacchiò Noah. «Come i quattro zeri?»

«Quella non ha funzionato.» disse Josie. «Però sì.»

Spesso gli adolescenti sono scaltri e pensano di saperne più di tutti gli altri, ma la maggior parte delle volte non sono molto intelligenti, oppure pensano che gli adulti rendano le cose così complicate che non proverebbero mai la soluzione più semplice. Per esempio, come usare la parola "password" per la propria password. Josie alzò lo sguardo dallo schermo del telefono, studiando per un attimo Noah. Cercò di immaginare come sarebbero stati nel giro di una quindicina d'anni alle prese con un adolescente tutto loro. Prima che il suo cervello potesse elaborare tutte le possibilità che si accompagnavano a quel pensiero, tornò a concentrarsi sull'applicazione della calcolatrice di Kayleigh. Quindi digitò i numeri uno, due, tre, quattro, seguiti dai segni di percentuale e di uguaglianza. Ci fu un breve sfarfallio e poi si aprì una cartella con diverse foto. «Sono entrata!» esclamò vittoriosa.

«Era uno, due, tre, quattro, vero?» disse Noah.

«Come c'era da aspettarsi.»

Nella galleria segreta c'erano solo una mezza dozzina di foto, tutte di Kayleigh insieme a un ragazzo. Mentre le sfogliava, Josie si rese conto che nessuna di quelle foto ne mostrava chiaramente il volto per intero e tra queste, solo tre lo mostravano di profilo. Una lo mostrava di spalle, mentre cammina per una delle strade della città di Denton in jeans e felpa con cappuccio tirato sopra la testa. Una foto lo ritraeva alla guida di un'auto, fuori dal finestrino si vedevano degli alberi, lui era girato di lato in modo che fossero visibili solo l'orecchio e la parte posteriore della testa. Una foto ritraeva un paio di mani strette insieme, con le dita intrecciate. L'angolazione era strana. Scorrendole ancora una volta, Josie si chiese se quel ragazzo si fosse accorto che Kayleigh gli stava scattando delle foto. Avevano un che di quasi occulto, come se lui fosse stato ignaro di questi scatti. Josie cercò di individuare eventuali tratti identificativi, come un tatuaggio o una cicatrice. Qualsiasi cosa potesse usare per identificarlo di persona, ma non c'era nulla. Da quelle foto si riusciva a capire soltanto che era magro, aveva i capelli castani arruffati, l'età per guidare un'auto e che gli piacevano le felpe col cappuccio.

«Cosa hai trovato?» chiese Noah.

«Un fidanzato segreto, a quanto pare. A che punto sei arrivato con le conoscenze di Henry Thomas?»

Noah si appoggiò alla sedia e allungò le mani sulla testa.

«Sono riuscito a mettere insieme una lista consistente. Devo solo andare a parlarci di persona.»

Josie controllò l'orologio. «Sta per fare giorno. Perché non vai a mangiare qualcosa e poi cominci a rintracciarli? Voglio parlare con i Patchett prima che inizi la ricerca in linea.»

QUINDICI

La strada che portava a casa Patchett era costellata di auto per chilometri. Due furgoni dell'emittente locale, la WYEP, erano stati parcheggiati all'imbocco del vialetto. Quando Josie arrivò, una giovane giornalista stava dando un aggiornamento in diretta. A metà strada verso la casa, fu fermata da un agente in uniforme che aveva il compito di prendere il nome e controllare l'identità di ogni persona che entrava nella proprietà.

La ricerca sarebbe iniziata nel giardino dei Patchett, dal punto in cui Savannah e Kayleigh erano entrate nel bosco. La polizia di Denton avrebbe tenuto un elenco delle persone che si erano offerte volontarie, perché non era raro che un rapitore di bambini o un assassino tornasse sulla scena del crimine e si confondesse con la folla di curiosi che andavano a osservare il lavoro della polizia o che offrisse il proprio aiuto.

Josie si avvicinò alla casa e trovò un posto dove lasciare l'auto dietro un gruppo di veicoli. Il cielo si era schiarito, l'orizzonte era di un arancione fiammeggiante con sfumature rosa. Piccoli gruppetti di persone si aggiravano ovunque, in attesa che iniziassero le operazioni di ricerca. Amber e il capo Chitwood si trovavano vicino al lato della casa e indirizzavano le persone verso il giardino sul retro. Josie fece un cenno di saluto e si diresse all'interno della casa.

Il soggiorno era spazioso e decorato in toni di bianco e blu.

Un divano componibile bianco occupava praticamente tutta la stanza. In un angolo c'era Dave Patchett che dormiva disteso sulla schiena, con la testa girata di lato. Aveva la bocca aperta e un filo di bava gli colava dall'angolo delle labbra. Savannah si era addormentata al suo fianco con la testa appoggiata sul suo petto. Sottili ciocche di capelli sudati le si erano appiccicate alla guancia arrossata. In un primo momento Josie si sentì travolgere dal sollievo nel vedere che la bambina era al sicuro tra le braccia del padre, ma poi, al sopraggiungere di un secondo pensiero che sua sorella potesse non tornare mai più a casa, fu scossa da un brivido di preoccupazione. E a questi un altro pensiero, indesiderato, che continuava a riaffiorare alla superficie della sua mente, dandole il tormento: che Kayleigh potesse essere già morta.

Shelly Patchett fece cenno a Josie di avvicinarsi alla parte non occupata del divano, indicandole di sedersi. Josie preferì rimanere in piedi e la guardò dare, con delicatezza, un colpetto al marito per farlo svegliare. Quando Dave Patchett vide Josie, si allontanò da Savannah, che non si mosse nemmeno quando lui le rimboccò le coperte. Passandosi una mano sul viso, si spostò sul lato opposto del divano e si sistemò accanto alla moglie. Di fronte al modo in cui si strinsero l'uno all'altra e la guardarono con una certa trepidazione negli occhi, Josie sentì che le si spezzava il cuore.

«Ci sono novità?» le chiese Mr. Patchett, sbattendo le palpebre.

«Purtroppo no.» disse Josie. «Non siamo ancora riusciti a localizzare Kayleigh.»

«La sua collega.» disse Mr. Patchett. «L'altra agente...»

«La detective Palmer.» precisò Josie.

«Esatto, lei...» disse Mr. Patchett. «Ci ha detto del cane e di quel tizio nel capanno. Non avete trovato nulla?»

«La sua collega ci ha mostrato la foto di quell'uomo.» disse Mrs. Patchett. «Non l'abbiamo mai visto prima.»

«Lo so.» disse Josie. «Stiamo ancora indagando su di lui.»

«Pensate che quel tizio sia l'Uomo dei Boschi?» le chiese Mr. Patchett.

Sopprimendo un sospiro, Josie disse: «Mr. Patchett, l'Uomo dei Boschi non è una componente della nostra indagine.»

«Ma i bambini non smettono di parlare di lui.» osservò Mrs. Patchett. «La nostra bambina ha avuto degli incubi. Ovviamente, pensavamo che fosse solo una storiella. Fino a ieri.»

«E non è altro che una storiella.» li rassicurò Josie. «La persona che ha rapito Kayleigh è una persona in carne e ossa, non è una figura immaginaria. Stiamo cercando un uomo, non un personaggio della fantasia infantile.»

«Non pensate che dovreste prendere la cosa più seriamente?» le domandò Mr. Patchett indicando Savannah. «La scorsa notte mia figlia si è svegliata urlando perché l'Uomo dei Boschi ha preso sua sorella.»

«Come ho detto...» disse Josie, cercando di non lasciar trasparire la sua impazienza, «l'Uomo dei Boschi non esiste. Quello che prendiamo sul serio sono le prove, ed è per questo che stiamo per effettuare delle ricerche a tappeto all'esterno. Cercheremo qualsiasi traccia che possa condurci a Kayleigh. Nel frattempo, ho bisogno di farvi alcune domande su vostra figlia.»

Mrs. Patchett guardò Savannah, che dormiva russando leggermente.

«Vostra figlia, Kayleigh.» chiarì Josie.

«Giusto.» disse la madre.

«Riguardo che cosa?» chiese il padre.

Josie decise di iniziare con le cose facili. «Dove lavora Kayleigh?»

«Al ristorante Timber Creek.» disse Mrs. Patchett.

«Come mai ha bisogno di saperlo?» chiese Mr. Patchett.

La moglie gli strinse il braccio. «Tesoro, ti prego.»

«No.» replicò lui guardandola. «Voglio sapere perché sta girando la questione su Kayleigh. È stata rapita. Dovreste cercare il suo rapitore.»

«Stiamo cercando il suo rapitore.» gli assicurò Josie, mantenendo un tono calmo e uniforme. «Sono certa che comprenderà che in un caso come questo dobbiamo considerare ogni possibilità, per quanto remota possa sembrare. Anche se non sembra che Kayleigh sia stata presa di mira, dobbiamo considerare la possibilità che il suo rapimento non sia stato casuale.»

«Cosa sta suggerendo?» le chiese Mr. Patchett.

Mrs. Patchett sospirò e allontanò il marito da sé. «Intende dire che qualcuno potrebbe aver pedinato Kayleigh. Potrebbe averla seguita nel bosco e averla rapita. Dico bene?»

«Pressappoco.» disse Josie. «Anche se alcune delle nostre domande possono sembrare invadenti, è fondamentale che non ci sfugga alcun dettaglio. Più velocemente avremo risposte alle nostre domande, più velocemente potremo portare avanti l'indagine.»

Il marito sembrava ancora riluttante, ma la moglie annuì con convinzione. «Cos'altro vuole sapere?»

«Chi è la migliore amica di Kayleigh?»

«Olivia.» rispose Mrs. Patchett. «Olivia Wilcox. Frequentano la stessa scuola, la East High School di Denton, e lavorano entrambe al ristorante Timber Creek come cameriere. Kayleigh dorme spesso da Olivia. Vanno insieme al cinema, a fare shopping... cose del genere.»

Josie tirò fuori il suo telefono e cercò una delle foto di Kayleigh con la ragazza dai capelli rossi. Aveva trasferito le foto che doveva mostrare ai Patchett dal telefono di Kayleigh al suo. «È questa Olivia?»

«Sì.» confermò Mrs. Patchett.

«Ho notato che sul telefono di Kayleigh non ci sono applicazioni di social media.» continuò Josie.

«Non le abbiamo dato il permesso di creare degli account.» spiegò Mr. Patchett.

«Non le avete mai permesso di avere dei social media, oppure aveva degli account e non li usa più?» specificò Josie.

«Non le abbiamo mai dato il permesso di avere social media.» rispose la madre. «Sono una distrazione. Volevamo che si concentrasse sugli allenamenti di softball.»

Josie pensò allo spiacevole scambio di messaggi tra Kayleigh e Braelyn sul softball. *I miei genitori non mi permetterebbero di smettere di giocare.* «A Kayleigh piace il softball?»

«Non ne capisce i benefici.» spiegò la madre. «La mantiene in salute e in forma. Le insegna il lavoro di squadra. La tiene lontana dai guai.»

Josie pensò al fatto che Kayleigh non aveva con sé il telefono quando era stata rapita. «Cosa vi ha spinto a sequestrare il telefono di Kayleigh ieri?»

I genitori si guardarono l'un l'altro, comunicandosi qualcosa in silenzio. Mr. Patchett fece un piccolo cenno e poi la moglie si rivolse di nuovo a Josie. «Leggeva delle oscenità su un'applicazione che ha sul telefono. Si chiama StoryJot. La gente carica le proprie storie. Le abbiamo permesso di scaricarla perché voleva leggere delle fan fiction sui personaggi di uno dei suoi videogiochi preferiti. All'inizio era tutto abbastanza innocente, una cosa che la teneva occupata.»

«Un giorno abbiamo scoperto che le storie che leggeva erano praticamente materiali pornografici.» spiegò Mr. Patchett. «Aveva lasciato il telefono in cucina aperto su una di quelle storie e mia moglie l'ha vista.»

«Allora ho guardato la sua cronologia.» continuò la moglie. «Aveva letto una storia dopo l'altra, tutte di sesso.»

«La prima volta le abbiamo detto che era inappropriato, ma poi abbiamo visto che continuava a leggerle e quindi le abbiamo detto che le avremmo tolto il telefono per una settimana.» concluse il marito.

Josie ricordava che tutte le ragazze del suo liceo leggevano la serie de *La bella addormentata* di Anne Rice proprio perché era piena di scene scandalose e trasgressive. La serie era stata pubblicata prima che Josie nascesse, ma aveva conosciuto una rinascita quando lei era arrivata alle superiori, e lei e la maggior parte delle sue compagne di classe divoravano tutto ciò che gli adulti ritenevano troppo maturo per loro. Anzi, più i racconti erano inappropriati, meglio era. Anche i compagni che non amavano leggere erano incollati a quel tipo di letture. Secondo l'esperienza di Josie, il modo più rapido e sicuro per convincere un adolescente a leggere qualcosa era dirgli che non poteva farlo.

Mrs. Patchett giunse le mani. «So cosa sta pensando. Ha sedici anni, non è una bambina. Ho parlato di sesso con lei. Non è completamente all'oscuro. È solo che questa roba che leggeva era davvero esagerata. Era... inquietante. Non erano cose che una ragazza della sua età dovrebbe leggere. Anzi, direi che era qualcosa che nemmeno qualsiasi donna dovrebbe leggere.»

Cambiando argomento, Josie chiese: «Kayleigh esce con qualcuno?»

«No.» rispose subito Mr. Patchett.

«Non ne ha il tempo.» continuò la madre. «Non con lo studio, il lavoro e gli allenamenti...»

Josie provò un briciolo di senso di colpa per quello che stava per fare, ma non poteva evitarlo: digitò di nuovo il codice di accesso al telefono e scorse fino a trovare la foto più nitida del profilo del ragazzo che Kayleigh aveva nella sua galleria. «Sapete chi è questo ragazzo?»

Entrambi i genitori si chinarono per guardare meglio la foto.

«No.» disse Mr. Patchett.

«Dovremmo?» chiese Mrs. Patchett.

«Non si riesce a vederlo in faccia.» disse Mr. Patchett. «Come facciamo a capirlo?»

«Chi è?» chiese Mrs. Patchett.

Josie spiegò dove aveva trovato le foto e concluse dicendo: «Da queste immagini, sembra che Kayleigh si frequentasse con questo ragazzo.»

Il padre si alzò di scatto dal divano. «Che figlio di puttana.»

Mrs. Patchett lanciò un'occhiata a Savannah con la fronte aggrottata e sibilò: «Dave!»

Mr. Patchett si mise a camminare avanti e indietro di fronte alla moglie. «Ci ha mentito. Un'altra volta.» Si fermò di colpo e guardò Josie. «Da quanto tempo va avanti questa storia?»

«Speravo che poteste dirlo voi a me.» disse Josie. «Da quello che ho potuto capire dai dettagli allegati a quelle foto, sono state scattate in vari momenti dell'ultimo anno.»

«Non posso crederci.» disse Mrs. Patchett.

«Non lo sapevi?» le chiese Mr. Patchett, voltandosi verso la moglie che si premette una mano sul petto. «No che non lo sapevo! Come potevo saperlo?»

«Mr. Patchett...» riprese Josie «lei ha detto che Kayleigh vi aveva mentito "un'altra volta". Su cos'altro aveva mentito?»

Il marito guardò la moglie.

Mrs. Patchett sospirò e distolse lo sguardo dal marito.

«Ha mentito su un compito scolastico.» rispose Mr. Patchett. «Un compito a casa che aveva scritto per il corso di letteratura. Pensavamo fosse una cosa grave, ma di certo non era niente di così grave come... come un fidanzato segreto. Come facciamo a scoprire chi è? Pensa che sia stato lui a rapirla?»

«Comincerò a chiedere alle sue amiche se qualcuna di loro sa chi è, e magari parlerò con il preside per vedere se è uno studente della sua scuola. Se non riusciamo a risalire alla sua identità, allora andremo al ristorante dove lavora e cercheremo di capire se qualcuno lo riconosce. Non ci sono molti contatti nella rubrica di Kayleigh e non ci sono molti scambi di messaggi, oltre a quelli con Olivia. Sapete i nomi di altri ragazzi che frequenta regolarmente?»

Shelly e Dave Patchett si scambiarono uno sguardo, poi lui rispose: «Non parla più molto con nessuna compagna della squadra di softball, non al di fuori degli allenamenti.»

Mrs. Patchett si guardò i piedi. «Kayleigh ha sempre avuto problemi a farsi degli amici. L'unica cosa che le piace fare è starsene in camera sua a leggere. Per questo l'abbiamo iscritta nella squadra di softball. Ha provato a giocare a calcio e a pallavolo, ma non era molto brava. Con il softball è andata un po' meglio. Per un po' sembrava andare d'accordo con tutte le ragazze, ma nell'ultimo anno ha smesso di frequentarle. Loro e chiunque altro, in realtà, anche a scuola. Tranne Olivia.»

Josie elencò alcuni dei nomi che aveva visto nei contatti di Kayleigh, concludendo con Felicia del corso di lettere. «Conoscete qualcuno di questi ragazzi?»

«Soltanto Felicia.» rispose il padre. «Ma non sono amiche.»

«Solo compagne di classe.» specificò la madre.

«Avete trovato quelle foto sul suo telefono.» disse Mr. Patchett. «E il suo portatile? C'era qualcosa lì dentro di cui dovremmo essere a conoscenza?»

«No.» disse Josie. «Sembra che lo usasse per i compiti e per giocare a qualche partita online.»

Il cellulare di Josie squillò. Guardò lo schermo. Dave e Shelly Patchett la fissarono con una speranza straziante. «Tra poco inizieranno le operazioni di ricerca.» annunciò. «Prima di andare, mi chiedevo se potessi dare un'occhiata alla camera da letto di Kayleigh. So che la mia collega ha dato un'occhiata ieri, ma vorrei vederla di persona.»

«Vuole cercare altre cose come quelle foto, vero?» la incalzò Mr. Patchett.

«Voglio cercare qualsiasi cosa che possa aiutarci a trovare Kayleigh o indirizzarci verso qualcuno che possa aiutarci a trovarla.»

«Venga.» la invitò la madre alzandosi in piedi. «Le faccio vedere.»

SEDICI

Josie seguì Mrs. Patchett fuori dal soggiorno e salì le scale che portavano a un lungo corridoio. Le pareti erano costellate di fotografie incorniciate. Una o due ritraevano l'intera famiglia, a Disney World e in spiaggia, e in nessuna di queste Kayleigh sorrideva. Il resto delle foto erano della figlia più piccola. Scatti di Savannah con un costume per Halloween, mentre mangiava un cono gelato, in una recita di Natale a scuola, mentre mostrava un dentino caduto e una in cui giocava a calcio. In fondo al corridoio c'era un'unica foto scolastica di Kayleigh che era stata incorniciata. Anche in questo caso, non sorrideva. Passarono tre porte chiuse prima di giungere alla fine del corridoio. Era un ingresso, ma non c'era la porta. Mrs. Patchett indicò la stanza in fondo. Josie entrò e guardò indietro verso il corridoio per avere la conferma se quello che stava osservando era normale. «Non c'è la porta?» domandò.

Mrs. Patchett arrossì. «L'abbiamo rimossa. Solo temporaneamente. Kayleigh è uscita di nascosto qualche volta di notte e l'abbiamo sorpresa mentre rientrava. Le abbiamo dato un paio di avvertimenti, ma non ha funzionato. Alla fine, mio marito si è arrabbiato e... e ha tolto la porta. Dice che la rimetterà a posto quando potrà fidarsi di nuovo di lei. Io pensavo che fosse andata a stare da Olivia, ma ora mi chiedo se non fosse in giro con quel ragazzo.»

«Olivia vive da queste parti?» chiese Josie.

«No, però ha la macchina.»

«Kayleigh guida?»

«No, non ancora. Vuole prendere la patente, ma abbiamo avuto così tanti problemi con lei ultimamente, a livello scolastico, con la squadra di softball, con la lettura di cose che non avrebbe dovuto leggere, con le uscite di nascosto... che mio marito non ha voluto premiarla permettendole di prendere la patente, così ha detto.»

«E lei?» chiese Josie con fare incalzante.

Mrs. Patchett esibì un sorriso a denti stretti. «Lei ha figli, detective?»

«No.» disse Josie, aggiungendo poi nella sua testa: "Non ancora".

«È molto più impegnativo di quanto si pensi.» disse la madre. «Uno pensa di avere tutto sotto controllo e poi si accorge che sgattaiolano fuori di casa nel cuore della notte!»

Josie pensò ai messaggi tra Kayleigh e Olivia. Era possibile che Kayleigh avesse usato il telefono per far sì che Olivia, o il fidanzato misterioso, la incontrasse in fondo al vialetto e poi avesse cancellato le prove dal telefono. Gretchen aveva già inoltrato il mandato per i tabulati telefonici al suo operatore. Dovevano solo aspettare che arrivassero. Non era da escludere che potessero ottenere un'accelerazione della procedura, visto che Kayleigh era scomparsa.

«Le dispiace se guardo nei cassetti, sotto il letto e così via?» chiese Josie.

Mrs. Patchett si appoggiò allo stipite della porta, stringendosi le braccia in vita. «Certo che no. Faccia tutto quello che deve fare.»

Una buona parte della stanza era occupata da un letto a due

piazze ai piedi del quale c'era un piumone viola tutto appallottolato. Di fianco al letto c'era un piccolo comodino di legno con due cassetti. Sembrava che fosse stato dipinto con lo spray, anche questo di viola. Josie si infilò un paio di guanti e iniziò a frugare nei cassetti. C'erano soprattutto cosmetici, caricabatterie, penne, accessori per capelli e libri. Contò una mezza dozzina di tascabili, metà dell'orrore e metà sentimentali. A giudicare dagli uomini quasi nudi raffigurati sulle copertine, a Josie venne qualche dubbio che i genitori sapessero che li aveva. Uno dopo l'altro li prese e ne sfogliò le pagine, alla ricerca di eventuali bigliettini o fotografie che potessero esservi contenuti. Ma non c'era nulla.

Vedendo le copertine di quei romanzetti, la madre arrossì di nuovo. «Oh santo cielo!» esclamò, attraversando la stanza per guardare meglio. «E questi dove li avrà presi?»

Josie non si preoccupò di rispondere a quella domanda e continuò a cercare. Sfilò ogni cassetto dal suo alloggiamento e guardò all'interno del comodino. Poi controllò sotto il materasso, sotto al letto, dentro e intorno alla piccola scrivania nell'angolo della stanza e persino tra il mucchio di attrezzatura da softball gettata sul pavimento. Nell'armadio c'erano altri libri impilati sul pavimento. Si trattava di altri romanzi horror e romance, e nel mucchio c'era anche qualche poliziesco e thriller. La madre guardò con sgomento mentre Josie li controllava uno per uno, senza trovare nulla di particolare; continuò poi a frugare tra i vestiti appesi e rovesciò ogni scarpa che trovò. Sullo scaffale sopra i vestiti c'erano una vecchia coperta, un cestino pieno di smalti per unghie e un elefantino di peluche che sembrava aver visto giorni migliori. «Quella è Ellie.» disse Mrs. Patchett mentre Josie la prendeva dallo scaffale. «Come la canzone Ellie l'Elefante?»

Mrs. Patchett fece una debole risatina. «Sì, era il suo peluche preferito quando era più piccola. Ne aveva molti. Li ha regalati tutti a Savannah, tranne questo. Naturalmente

Savannah lo voleva più di tutti. Abbiamo cercato di convincere Kayleigh a lasciarglielo, ma lei non ce la faceva proprio a essere gentile e a cederglielo.»

Josie pensava che fosse troppo chiedere a Kayleigh di non tenere nemmeno un pezzo della sua infanzia piuttosto che dare tutto alla sorellina, ma lo tenne per sé. Strinse delicatamente il peluche, sentendo solo imbottitura. La proboscide di Ellie, invece, diceva ben altro. Sotto le sue dita, Josie sentì diversi piccoli oggetti. Controllò le cuciture della proboscide fino a trovare una fessura. Spostandosi sul letto, rimosse con cura uno per uno gli oggetti nascosti nella proboscide dell'elefantina. C'erano cartine per sigarette, sigari Dutch Master, un accendino e un sacchettino, con un angolo annodato, al cui interno sembrava esserci della cannabis.

«Che cos'è?» chiese Mrs. Patchett, alzando la voce di un'ottava.

«È marijuana.» disse Josie.

La madre si passò le mani sul viso. «Dio mio, non posso crederci! Non riesco a crederci! Dove l'avrà presa?»

Josie non perse tempo a dirle che l'uso di marijuana tra gli adolescenti di Denton era dilagante. Si sarebbe sorpresa di più se cercando nella stanza di Kayleigh non l'avesse trovata. Prese subito il cellulare e mandò un messaggio a Hummel per chiedergli di entrare a prenderla. «La dovrò prelevare come prova.» disse a Mrs. Patchett. «Il mio collega verrà qui per occuparsene.»

Mentre si toglieva i guanti, il suo telefono le notificò l'arrivo di un messaggio.

Le operazioni di ricerca stavano iniziando.

DICIASSETTE

Dietro la casa dei Patchett si era radunata una trentina di persone, tutte allineate l'una accanto all'altra, distanziate tra loro di qualche metro. Il capo se n'era andato per supervisionare le operazioni di ricerca che partivano dalla baita di Henry Thomas, e uno dei loro agenti in uniforme, Brennan, aveva preso il suo posto come coordinatore delle ricerche. Josie prese posto nella fila e, mentre aspettava, ne approfittò per controllare il suo cellulare e vedere se Noah le aveva inviato qualche aggiornamento. Quando selezionò l'applicazione di messaggistica, vide lo schermo sfocato. Sbatté le palpebre, sentendo la stanchezza negli occhi. Era sveglia da quasi ventiquattro ore e gliene mancavano ancora diverse altre prima di poter andare a casa a riposare... non che negli ultimi tempi avesse dormito granché. Momenti come questi erano quelli in cui l'assenza di Mettner si faceva sentire di più. A nessuno faceva piacere l'idea di trovare un rimpiazzo, ma la verità era che avevano bisogno di un quarto investigatore. Josie aveva visto una pila di curricula sulla scrivania del capo, ma non si era parlato di assumere qualcuno.

Amber si fece strada per mettersi in fila accanto a Josie. Da qualche parte, in fondo al gruppo, Brennan iniziò a gridare istruzioni. «Dovete rimanere in fila. È molto importante che restiate allineati e che vi muoviate insieme! Nessuno deve rimanere indietro, nessuno deve avanzare da solo. Potete stare a qualche metro di distanza gli uni dagli altri, ma rimanete fianco a fianco.»

Davanti a loro, sopra la cima degli alberi, il cielo era di un blu pervinca; alle loro spalle, di un rosso arancione infuocato, man mano che il sole cominciava la sua ascesa nel cielo. Josie guardò Amber, ma lei fissava gli alberi mentre si tirava il bavero della giacca più stretto intorno al collo. Josie era così stanca che non si era nemmeno accorta del freddo che c'era nell'aria. Si sarebbe attenuato non appena fosse sorto il sole. «Ci muoveremo lentamente, in fila, tutti insieme allo stesso passo.» proseguiva Brennan. «Mentre camminate, guardate il terreno davanti a voi e poi a destra e a sinistra, in modo da tenere sotto controllo lo spazio che vi separa dai vostri compagni di ricerca.»

Qualcuno lungo la linea domandò: «E se trovassimo un albero proprio di fronte a noi?»

«Ispezionate il terreno alla sua base e poi, con attenzione e lentamente, passateci intorno come meglio potete, tenendo il passo con la fila.» rispose Brennan. «Poi riprendete immediatamente il vostro posto in fila. Lo stesso vale per qualsiasi altro ostacolo.»

Josie studiò il tratto di boscaglia che aveva davanti a sé: fatta eccezione per qualche macchia di vegetazione qua e là, avrebbe dovuto percorrere diversi metri prima che fosse costretta ad aggirare un albero. Non poteva dire che per gli altri valesse lo stesso: di fronte a loro c'erano alcune zone di alberi molto fitte che stavano per perlustrare. Sarebbe stata una lunga mattinata.

Brennan camminava avanti e indietro davanti alla fila, tenendo un braccio sopra la testa. «Ricordate che Kayleigh è stata vista l'ultima volta con una felpa blu e un paio di pantaloncini neri, oltre a scarpe da ginnastica bianche, stando a quanto dice la sorella minore. Se trovate qualcosa, che si tratti di vestiti o di qualsiasi altra cosa che ritenete importante, chiamateci. Ad alta voce e con fermezza. Alzate la mano e tenetela alzata per farci capire chi di voi ha gridato. Non toccate nulla. Avvertiteci semplicemente che avete trovato qualcosa e alzate la mano. Gli altri devono fermarsi non appena sentono questo segnale. Ci sono tre agenti che seguono la fila. Uno di loro verrà da voi in modo che possiate mostrargli ciò che avete trovato e potrà stabilire se dovrà essere contrassegnato come prova o meno. Se lo contrassegniamo come prova e siete vicini, aggiratelo quando la fila ricomincia a muoversi. Non muovetevi se non è la fila a muoversi. È chiaro per tutti?»

Ci furono borbottii di assenso da un capo all'altro della fila.

Brennan prese un lungo bastone da uno degli agenti in uniforme e lo alzò. «Abbiamo un mucchio di bastoni, nel caso abbiate bisogno di usarli per farvi largo tra i cespugli o le sterpaglie durante le ricerche.»

Alcune persone si allontanarono dalla fila e si avvicinarono a Brennan per prendere un bastone a testa. Amber fece lo stesso e tornò pochi secondi dopo con due bastoni. Ne porse uno a Josie, che borbottò un ringraziamento e aspettò che prendesse posto nella fila a qualche metro di distanza, ma era comunque abbastanza vicina da sentire il suo respiro contro il suo collo quando le chiese in un sussurro: «Hai la pistola con te?»

«Cosa?» rispose Josie, abbassando la voce per adeguarsi a quella di Amber. «Ti prego, non dirmi che sei preoccupata di incappare nell'Uomo dei Boschi.»

Amber rise sommessamente. «No. Sono preoccupata di incappare negli orsi.»

Era una preoccupazione legittima, anche se la Glock di Josie non avrebbe fermato un orso, ma d'altronde, non era necessario che Amber lo sapesse. «Sì.» rispose. «Ce l'ho. E anche gli altri agenti sono armati.»

«Lo so.» disse Amber. «Ma non sono in fila accanto a nessuno di loro.»

«Bene, allora.» disse Josie. «Considerami in servizio per gli orsi.»

Brennan ordinò loro di iniziare e la fila cominciò a muoversi come una sola persona, ognuno concentrato sulla propria corsia, con gli occhi fissi a terra. I progressi furono lenti. Man mano che si addentravano nel bosco, il terreno si faceva più impervio. Alcuni membri della squadra di ricerca dovettero costeggiare pendii, deviare intorno a massi e arrampicarsi su alberi abbattuti. Il sole saliva più in alto nel cielo, riscaldando l'aria intorno a loro. Nessuno parlava. Non ci furono segnalazioni o grida di ritrovamenti. Un velo di sudore ricopriva il viso di Josie. Stimò che avessero percorso quasi tre miglia quando Amber alzò la mano urlando: «Credo di aver trovato qualcosa.»

La fila si fermò. Josie spostò lo sguardo dalla sua corsia a quella di Amber, mentre l'agente Chan si avvicinava di corsa alle loro spalle. «Che cosa abbiamo?» le chiese.

Amber indicò una grande roccia piatta alla base di una betulla. Josie vide diverse gocce rotonde, del colore della ruggine. «Sembra sangue.»

Senza dire una parola, l'agente Chan si spostò per segnarlo. Una volta dato il segnale, Brennan ordinò alla fila di proseguire. Amber si spostò intorno alla betulla per non interferire con le tracce di sangue. Qualche secondo più tardi, Josie la sentì chiedere: «Pensi che sia il suo sangue?»

«Non avremo modo di saperlo finché la Squadra di Raccolta delle Prove non lo avrà analizzato. Potrebbe anche non essere sangue umano.» disse Josie automaticamente.

«Questo sarebbe un modo per dire sì?» sussurrò Amber.

Josie tenne lo sguardo fisso davanti a sé e non rispose.

La fila non era andata avanti oltre un paio di metri quando un mucchio di foglie e ramoscelli apparve ai piedi di Josie. C'era qualcosa in quel mucchio che non sembrava naturale. Josie alzò il braccio e disse: «Ho trovato qualcosa.»

La fila si fermò di nuovo. Sentì tutti gli occhi puntati su di sé. L'agente Chan le si avvicinò e guardò quel mucchio di vegetazione morta. «Questo?» le chiese.

«Sì.»

Amber disse: «Sono solo dei rami caduti.»

«No.» ribatté Josie. «Guarda meglio. Lì.» Facendo attenzione a non smuoverli, si inginocchiò e con il bastone indicò due ramoscelli, non più spessi di una mazza da baseball, che erano stati legati insieme con un rampicante a formare una L. All'estremità opposta di uno dei ramoscelli c'era un altro rampicante, sciolto e srotolato nel punto in cui presumibilmente era stato legato a un altro ramoscello.

«Questo è stato fatto dalla mano dell'uomo.» disse Chan. Ci mise sopra un marcatore per le prove, estrasse una macchina fotografica dalla borsa che portava alla vita e iniziò a scattare alcune foto.

«Kayleigh non è... non è lì sotto, vero?» sussurrò Amber.

Chan smise di scattare foto e con Josie si scambiarono un'occhiata.

«Penso che in tal caso Blue l'avrebbe trovata ieri sera.» disse Josie. Non ricordava di aver visto quel cumulo la sera prima, ma era possibile che non l'avessero notato e che l'avessero superato. Blue avanzava molto velocemente, si stava facendo buio e, senza un'attenta e ravvicinata ispezione, non sarebbe sembrato niente di diverso da un mucchio di foglie e ramoscelli, proprio come aveva detto Amber.

«Controllerò, per sicurezza.» disse Chan.

Si procurò un paio di guanti di lattice e li indossò prima di inginocchiarsi e rimuovere con cura foglie, rami e rampicanti sciolti dal centro del mucchio. Josie fece un profondo sospiro di sollievo quando l'aria non si riempì dell'odore di decomposizione, anche se era improbabile che un cadavere, anche se ben nascosto sotto le sterpaglie, potesse resistere per così tante ore e così addentro ai boschi senza che gli animali lo scarnificassero.

Il lavoro dell'agente Chan fu accompagnato da una serie di

mormorii che salivano e scendevano lungo la fila dei volontari per le ricerche. Dopo aver tolto un po' di foglie, raccolse un altro ramo, chiaramente appuntito dalla mano dell'uomo. Dalla punta pendeva un piccolo brandello di tessuto blu. Lo studiò per un attimo e lo mise da parte. Josie si piegò in avanti fino a toccare il suolo della foresta sotto la vegetazione. C'erano alcune gocce di sangue e un mazzetto di fiori di campo viola che erano rimasti schiacciati nel fango, ma nessuna traccia di Kayleigh.

Chan si alzò in piedi. «Manderò subito qui uno degli altri ragazzi della mia squadra, ma intanto noi dobbiamo continuare con le ricerche. Ci resta ancora un sacco di terreno da coprire.»

Josie guardò da una parte all'altra della fila, scorgendo gli occhi spalancati e i volti cinerei degli altri soccorritori. «Non è lei.» li avvertì.

Man mano che il messaggio si diffondeva lungo la fila, Josie riusciva praticamente a sentire il sollievo generale che si propagava come un'onda che tornava a lambirle i fianchi.

«Ma che cos'è?» domandò Amber.

«Qualunque cosa sia...» rispose Chan, «ora è distrutta. Ne saprò di più quando la mia squadra capirà che cosa è.»

Josie gli diede un'altra occhiata. Un bastone appuntito. Un frammento di tessuto. Dei ramoscelli legati con un rampicante. Un mucchio di foglie, usate probabilmente per coprire. Alzando lo sguardo verso gli alberi accanto al mucchio, vide altri rampicanti pendenti. Erano stati legati a un ramo molto più grosso in alto e ora ciò che ne rimaneva penzolava, ondeggiando nella leggera brezza.

«È una trappola.» dedusse alla fine.

«Cosa?» disse Chan.

Josie indicò i rampicanti che penzolavano. «Non sono sicura di che forma abbia o di che tipo sia, ma sembrerebbe proprio una trappola. Pendeva da lassù. Ma guardate, questi rampicanti sono spezzati, quindi o si è rotta, o qualcuno ha cercato di tirarla giù.»

«Oppure è stata innescata e si è rotta.» propose Chan. «È fatta con poco e nulla. Niente filo di paracord. Nessun componente metallico. Nessuna roccia pesante. Niente che possa sostenere un animale.»

«Però è stata sufficiente per ferire qualcuno.» disse Amber, tenendo la voce bassa. «C'è del sangue.»

Kayleigh era in qualche modo inciampata nella trappola e vi era rimasta incastrata? Si era ferita? Era quello che aveva causato il rumore che Savannah aveva sentito? La persona che l'aveva costruita era nelle vicinanze, in attesa? Ma c'era del sangue dietro di loro, in direzione della casa dei Patchett. Era stata ferita e poi aveva cercato di correre a casa prima che il rapitore la raggiungesse?

«Di questo possiamo parlare più tardi.» disse Chan con fermezza. «Ora andiamo avanti.»

DICIOTTO

Josie sonnecchiava sul sedile del passeggero dell'auto di Gretchen. Faceva caldo, anche per essere maggio, e la prima battuta di ricerca l'aveva lasciata sudata e spettinata. Gretchen era entrata nel Komorrah's Koffee e Josie ne aveva approfittato per accendere l'aria condizionata, sperando di asciugarsi il sudore che le si era formato in ogni piega del corpo. L'aria fredda le aveva dato una sensazione incredibile e prima ancora che potesse accorgersene aveva chiuso gli occhi. Quando Gretchen aprì la portiera del lato del guidatore, Josie fece un salto sbattendo con le ginocchia contro il cruscotto. Gretchen non diede segno di essersene accorta e si rimise al suo posto porgendole un grande latte macchiato scuro, la sua nuova ossessione. Il calore della tazza le pungeva i palmi delle mani, ma l'odore dell'espresso e del latte le faceva venire l'acquolina in bocca. O forse era l'attesa dell'infusione di caffeina che stava per inondare il suo corpo.

Dal sedile di Gretchen arrivò lo scricchiolio di una busta di carta. «Ti ho portato due danesi al formaggio.» disse Gretchen. «Perché so che non mangi da ore.»

«Penso che tu sia la mia anima gemella.» disse Josie, prendendo il sacchetto e divorando con avidità una delle tartine al formaggio in due bocconi.

Gretchen rise, posando la propria bevanda nel portabicchieri della console centrale. Un'altra busta del Komorrah's Koffee apparve nelle sue mani, da cui estrasse un croissant alle noci che mangiò con un po' più di garbo di quanto Josie avesse fatto con la sua tartina.

«Credo che tuo marito avrebbe qualcosa da ridire al riguardo. A proposito, mi ha informato dei suoi progressi prima di partire.»

«Non deve aver fatto molta strada con i contatti di Henry Thomas se non mi ha chiamato né mandato un messaggio personalmente.» disse Josie.

«No, infatti.» disse Gretchen. «E tu?»

Josie si era incontrata con Gretchen dopo il primo turno di ricerche. Nemmeno la fila di ricerca del capo che era partita dalla baita di Thomas e si era diretta verso la casa dei Patchett aveva dato risultati. Le due file si erano incontrate a metà strada. Le uniche scoperte erano le gocce di sangue e la bizzarra trappola che Amber e Josie avevano trovato e che poi aveva descritto a Gretchen. «Chan ha detto che analizzeranno le tracce di sangue per vedere se corrispondono al gruppo sanguigno di Kayleigh e cercherà di ricostruire la trappola... o qualunque cosa fosse quell'arnese. Oh, e ho parlato con i Patchett. Non avevano idea che la figlia avesse un fidanzato segreto.»

«Quindi la sua identità rimane un mistero.» osservò Gretchen.

«A quanto pare...» concordò Josie, passando a raccontarle della conversazione che aveva tenuto con i genitori di Kayleigh Patchett e del fatto che aveva trovato della marijuana nascosta nella stanza della ragazza.

«Tipiche cose da adolescenti...» commentò Gretchen.

«Esattamente.» concordò Josie, pensando alla serie di foto di famiglia nel corridoio al piano di sopra e al fatto che erano quasi tutte della sorella minore di Kayleigh. C'erano otto anni di differenza tra le due sorelle. Non era possibile che i Patchett non avessero scattato delle foto della figlia più grande prima dell'arrivo della figlia più piccola. Allora perché nessuna di quelle foto era stata incorniciata e appesa al muro? «Tu come la vedi? I genitori sono così duri con lei perché infrange le regole che le impongono, o lei infrange quelle regole perché cerca di attirare la loro attenzione?»

«Potrebbe essere un insieme di entrambe le cose. Nessuno di noi è in grado di avanzare una teoria al momento.»

Benché Gretchen avesse avuto due gemelli con cui aveva riallacciato i rapporti dopo molti anni, tanto che sua figlia Paula viveva con lei, ormai avevano quasi trent'anni, ed entrambi erano stati adottati da piccoli e cresciuti da altre famiglie. Josie non aveva nemmeno preso in considerazione l'idea di avere dei figli suoi fino a poco tempo prima. Sia la madre di Josie che quella di Gretchen erano state delle spose di Satana, non certo modelli di maternità cui riferirsi per crescere dei figli.

«È vero.» disse Josie.

«Pensi che dovremmo indagare più a fondo sui genitori?»

«Non ne sono sicura. Mi chiedo solo se in qualcuna delle sue avventure Kayleigh abbia incontrato qualcuno che volesse farle del male.»

«Dovremo parlare con altre persone oltre ai genitori.» propose Gretchen. «Amici, colleghi, compagni di classe...»

«Sì, vorrei iniziare con la sua amica Olivia, ma per ora concentriamoci su Henry Thomas, visto che Blue ci ha condotto a casa sua. Cosa ti ha detto Noah dei contatti di Thomas?»

Gretchen si mise gli occhiali da lettura e tirò fuori il suo blocco per gli appunti, sfogliandolo fino a trovare la pagina con le annotazioni che aveva preso mentre parlava con Noah. «Ha parlato con cinque persone diverse, contatti dal telefono di Henry Thomas. Uno di loro è un consulente che aiuta i detenuti a reinserirsi nella società. È stato lui ad aiutare Thomas a ottenere il lavoro al parco pubblico. Ha detto che Henry non ha mai avuto particolari rimorsi per quello che ha fatto, ma che era fermamente intenzionato a stare lontano dai guai d'ora in poi.»

«Non è quello che direbbe chiunque a chi ti sta aiutando a trovare un lavoro?» si chiese Josie.

«È quello che penso anch'io, ma in base a quello che abbiamo visto alla baita di Thomas, che è immacolata, senza uno straccio di prova a suo carico, e al fatto che è stato così collaborativo, è probabile che ci sia qualcosa di vero in quello che ha detto il consulente.»

Josie trangugiò un altro po' di latte macchiato e tirò fuori dalla borsa la seconda danese. «È pulito e collaborativo non perché questa volta non voglia fare nulla di male, ma perché intende non farsi beccare. C'è una bella differenza. Ti dico che era troppo compiaciuto. Sta nascondendo qualcosa e lo sta nascondendo molto bene.»

«Sono d'accordo.» disse Gretchen girando un'altra pagina del taccuino. «Due delle persone con cui Noah ha parlato sono compagni di squadra di Thomas a un campionato di biliardo. A quanto pare, è uno che sa giocare bene. Si incontrano il mercoledì al Brews and Cues. Hanno detto che Thomas ha iniziato a frequentarlo regolarmente circa un anno e mezzo fa, ma anche se hanno fatto amicizia con lui, sostengono di non frequentarlo al di fuori del campionato di biliardo. In più, nessuno dei due ha precedenti penali e hanno entrambi un alibi per ieri.»

«E che mi dici degli altri due uomini?»

«Uno ha conosciuto Thomas in prigione, ma anche quel tizio ha un alibi. È stato tutto il giorno in una cella di detenzione a Bellewood a dormire per ubriachezza molesta. L'altro è un collega, con cui ogni tanto si incontra allo strip club.»

«È bello sapere che il Foxy Tails è ancora in attività.» commentò Josie con un sospiro. Aveva avuto occasione di visitarne i locali molte volte come agente di polizia e in nessun caso era stato piacevole. «E questo appassionato di spogliarello ha un alibi?»

Gretchen girò un'altra pagina. «Ieri ha lavorato dalle sette alle tre, quindi è coperto per buona parte della giornata, e un altro dipendente del parco è stato con lui tutto il giorno, tranne che per la pausa pranzo, che è durata una mezz'ora.»

«Allora lo possiamo depennare dalla lista.» concluse Josie. «Precedenti penali?»

«Nessuno. Inoltre, Noah ha parlato con il capo di Henry Thomas che non ha avuto nulla da dire su di lui, se non che è affidabile e sta lontano dai guai.»

«È rimasto qualcuno?» chiese Josie. «Qualcuno con cui Noah non ha parlato?»

«C'è un altro uomo.» disse Gretchen. «Si chiama Morris Lauber, ha sessantadue anni. Vive in un appartamento nella zona sud-occidentale di Denton.»

DICIANNOVE

Sono passato inosservato sotto gli occhi della polizia per moltissimo tempo. Sono stato il più attento possibile, ma non mi sarei mai aspettato di riuscire a rimanere invisibile per sempre. Ora guardo la prima raffica di notizie che arrivano. Non riguardano me. Non ce ne sono ancora. Parlano soltanto di ciò che ho fatto. È la prima volta che vedo il mio lavoro in televisione. Mi dà un nuovo brivido. Mi piace questo assaggio di fama, anche se non c'è ancora il mio nome. Sono un tipo piuttosto paziente e se non iniziano a darmi il dovuto riconoscimento, dovrò alzare la posta in gioco. Anche con tanti controlli, so dove trovare nuove vittime.

VENTI

Josie sentiva i polpacci sempre più in fiamme a ogni passo che muoveva per seguire Gretchen su per l'ottava rampa di scale del condominio in cui viveva Morris Lauber. Sebbene i quartieri della zona ovest di Denton fossero in buona parte della classe medio-alta e quasi del tutto privi di criminalità, e i quartieri della zona meridionale di Denton fossero piuttosto un distretto commerciale che un'area residenziale, a loro volta contraddistinti da scarsa criminalità, i quartieri della zona sud-ovest della città si distinguevano per essere una delle aree più squallide e degradate della città. Lungo l'arteria principale si ergevano vecchi edifici di appartamenti alla cui base si affacciavano lavanderie a gettoni, locali di ristorazione con menù da asporto e banchi dei pegni. Contavano quasi tutti sei piani o più. Il palazzo in cui viveva Morris Lauber ne aveva dieci e lui viveva proprio all'ultimo piano. Avevano provato con l'ascensore, ma dopo aver aspettato quindici minuti in un atrio caldo e senza finestre che puzzava di urina e di ali di pollo piccanti, avevano deciso di prendere le scale.

«Ti sei messa a fare jogging?» chiese Josie quando raggiunsero il nono piano. «Non hai nemmeno il fiatone.»

Gretchen si voltò a guardarla. Josie vide che il suo viso era rosso vivo e madido di sudore. «Paula mi fa correre quasi ogni mattina. Cerca di farmi seguire questa linea di alimentazione salutare...» Si strinse un lembo di pelle sotto la polo della Polizia di Denton. «Vuole che perda un po' di peso perché sono prediabetica.»

«È fantastico.» disse Josie.

«No, per niente.» rispose Gretchen, arrancando su per l'ultima rampa di scale. «È tremendo e ne odio ogni secondo. A proposito, se potessi non menzionare quel croissant alle noci la prossima volta che la vedi...»

«Quale croissant alle noci?» disse Josie.

Gretchen raggiunse la porta, girò il pomello e la aprì. «Io dico che siamo davvero anime gemelle, dopo tutto. Dovresti lasciare Noah. Con discrezione, però. Mi piace quel ragazzo.»

Josie rise sommessamente mentre attraversavano la porta. L'aria più fresca che le accolse una volta uscite dalla tromba delle scale le diede un po' di ristoro. L'appartamento di Lauber era a metà del corridoio. L'interno dell'edificio era in condizioni migliori rispetto all'esterno e all'ingresso. Le pareti del corridoio erano ricoperte di vernice bianca passata di fresco. I pavimenti in parquet lucidato brillavano. Tra le porte degli appartamenti erano appese delle applique. Un leggero odore di pancetta si mescolava a una nota più floreale. Si sarebbe detto un profumo.

«Questo posto non è poi così male...» mormorò Gretchen. «Magari a breve aggiusteranno gli ascensori.»

Bussò alla porta dell'appartamento di Morris Lauber. Dall'altra parte si sentirono dei passi. Poi un attimo di silenzio. Qualcosa passò attraverso lo spioncino. Seguì un mormorato «Oh, porca miseria». La porta si aprì lentamente, giusto un filo, e la metà di un volto brizzolato con gli occhi marroni fece capolino.

«Se state cercando il tizio con il pavone selvatico, sta al civico ventitré.»

Gretchen mostrò le sue credenziali. «Stiamo cercando Morris Lauber, ma lasciamo il motivo a più tardi.»

«Porca miseria.» disse ancora.

«Lei è Morris Lauber?» chiese Josie, presentando a sua volta le sue credenziali.

«Sì, sono io.»

«Possiamo entrare?» gli chiese Gretchen.

«Preferirei davvero che non entraste. Il fatto è che la mia fidanzata tornerà a casa a momenti e non sarà contenta di vedermi parlare con la polizia.»

«Perché?» chiese Josie. «Ha fatto qualcosa di male?»

«No, no. Non infrangerei mai la legge. Potete controllare. Non ho precedenti. Qualche multa per eccesso di velocità, ma niente di più.»

Gretchen guardò l'orologio. «Fra quanto tornerà a casa la sua fidanzata?»

Lui le rispose con l'ora precisa.

«Cioè, tra venti minuti. A noi ce ne bastano quindici.» gli garantì. «E se arriva prima, le diciamo che stavamo cercando il tizio del civico ventitré.»

Questa proposta sembrò tranquillizzarlo. Lentamente Lauber aprì la porta. All'interno dell'appartamento c'era un soggiorno che confluiva in una cucina abbastanza grande da ospitare un tavolo e un paio di sedie. L'ambiente era pulito e curato. I mobili erano scuri, datati e in alcuni punti rovinati, ma Josie riusciva a vedere il tocco della donna di Lauber nei fiori freschi posati in un vaso di vetro sul tavolino da caffè dalla superficie graffiata e nella pila di romanzi sentimentali su uno dei tavolini. Lauber mise il televisore in muto e si sedette sul divano. Il volto di Kayleigh Patchett passò sullo schermo, ma Lauber non reagì, prendendo invece una bottiglia di birra mezza piena sul tavolino. La portò alle labbra, ma poi esitò. «Penso che sarebbe meglio che non la bevessi in presenza della polizia.»

«Mr. Lauber...» disse Josie, «lei è a casa sua e noi abbiamo interrotto il suo pomeriggio. Faccia quello che vuole.»

Sentirselo dire gli suscitò un grande sorriso. Gretchen guardò di nuovo l'orologio. «Siamo qui per parlare di Henry Thomas.»

Lentamente mise giù la birra. Poi si passò una mano sul viso irsuto. «Oh, no. Henry si è messo di nuovo nei guai?»

«Speravamo che potesse dircelo lei.» disse Josie. «È dal cellulare di Henry Thomas che abbiamo trovato il suo numero di telefono, Mr. Lauber. Sembra che voi due vi parliate regolarmente.»

«È così, infatti. Conoscevo suo padre. Io e lui facevamo trappole insieme per la caccia. Lo conosco da una vita, praticamente l'ho visto crescere, Henry. Poi si è messo nei guai per colpa di quella ragazza ed è finito in prigione. Ha spezzato il cuore di suo padre. Poco prima che Henry uscisse, suo padre è morto. Gli ho dato una mano con l'eredità e tutto il resto. Ho trovato un avvocato, ho cercato tra le cose di suo padre, ho venduto la casa e l'ho aiutato a comprarsene un'altra. Non sono un padre, ma cerco di essere presente per lui.»

«Sono sicura che il padre apprezzerebbe tutti gli sforzi che ha fatto per lui.» disse Josie. «Quanto spesso lo vede Henry?»

«Di solito ci incontriamo una volta al mese. Lui viene qui o io vado a casa sua. Di tanto in tanto ci incontriamo al bar. Dipende. Ci si diverte e si chiacchiera. Io mi lamento di Darcy, cioè la mia fidanzata, e lui si lamenta del lavoro.»

«Henry non esce con nessuno?» gli chiese Gretchen.

«Dice che non ne ha il tempo.» spiegò ridendo. «Ma quel ragazzo non fa altro che andare al lavoro e guardare Netflix, quindi non so di che cosa parli. Credo che non voglia subire la frustrazione di dover rendere conto a un'altra persona.»

«Quando l'ha visto l'ultima volta?» gli chiese Josie.

«Oh, circa una settimana fa. Ma ditemi, Henry sta bene?»

«Sta bene.» gli garantì Josie.

«Mr. Lauber...» disse Gretchen, «in che tipo di guaio pensa si sia cacciato Henry che spieghi la presenza della polizia qui a casa sua?»

Lui rispose con una scrollata di spalle. «Che diavolo ne so... una rissa in un bar, forse? Ha un bel caratterino, questo è sicuro.»

«Ha detto che andava a caccia con le trappole insieme al padre di Henry.» riprese Josie. «Anche Henry vi aiutava a prepararle?»

«Certo, quando era più giovane. Aveva anche talento, ma non si è mai appassionato. Si annoiava in fretta. Non ha mai preso la licenza. È per questo che siete qui? Piazza trappole illegalmente?» chiese aggrottando la fronte. «È una cosa che riguarda la Commissione per la caccia, non la polizia normale.»

«No, non è per questo che siamo qui.» spiegò Gretchen, indicando il televisore che ora mostrava le immagini aeree delle ricerche nei boschi che erano state condotte quella mattina. In basso sullo schermo, una scritta recitava: *Ricerche in corso per la ragazza rapita a Denton*. La telecamera tornava a inquadrare la conduttrice del notiziario. La foto scolastica di Kayleigh appariva sopra la sua spalla.

«È per quello che siamo qui.» concluse Gretchen.

Per un attimo Lauber sembrò sbalordito. La sua espressione si spense mentre fissava lo schermo. «Aspettate.» disse. «Pensate che Henry abbia qualcosa a che fare con la scomparsa di quella ragazza?»

«Lei pensa che possa avere qualcosa a che fare?» gli chiese Josie.

Lauber scosse la testa, con gli occhi ancora fissi sullo schermo della televisione. «No. No. Non Henry.»

«Ha sequestrato una ragazza di diciannove anni e l'ha minacciata puntandole contro una pistola.» gli fece notare Josie.

«La ragazza che stiamo cercando, Kayleigh Patchett, era nel bosco, a pochi chilometri dalla casa di Henry, quando è stata rapita.»

«Questo non significa nulla. Henry non farebbe mai del male a una ragazzina. Non lo farebbe mai.»

«Mr. Lauber...» disse Gretchen, «la nostra unità cinofila ha seguito la traccia di Kayleigh Patchett fino alla sua baita. All'interno di casa sua.»

«No.»

«Sì.» disse Josie. «Ci dica di nuovo, quand'è stata l'ultima volta che ha visto Henry?»

Distolse lo sguardo dalla televisione per guardarle in faccia. «Ve l'ho detto, una settimana fa. Perché me lo chiedete?»

«Lei dove si trovava ieri?» chiese Josie.

«Cosa?»

«Dove si trovava ieri?» ripeté lei.

Lui posò lo sguardo ovunque tranne che su di loro, come se cercasse un aiuto che non arrivava. «Sono stato qui. Sono stato proprio qui. Voglio dire, per quasi tutto il giorno. Sono andato... sono andato... oh, merda...»

Josie si appollaiò sul bordo del tavolino, con le ginocchia a contatto con quelle di Lauber. «Dov'è andato quando è uscito di casa?»

Lui si accasciò. «Sono stato a controllare le mie trappole.»

«In questo periodo dell'anno la Commissione per la caccia non permette di catturare molte prede.» osservò Josie. «Cosa stava cercando?»

Lui si guardò le mani, giocherellando con l'etichetta della bottiglia di birra. «Il coyote è legale tutto l'anno.»

Gretchen chiese: «Mr. Lauber, quanti veicoli possiede?»

Lui sembrò confuso dal brusco cambio di argomento, ma rispose comunque. «Solo un pick-up Ford F-150. Lo trovate sul retro.»

Josie sapeva che Gretchen si era già informata prima del loro arrivo. Era stato sincero.

«Questo è il suo indirizzo di residenza.» continuò Gretchen. «Possiede altre proprietà da qualche parte? Una casa in montagna, per esempio? C'è un altro posto dove trascorre il suo tempo?»

«No, no. Sono sempre qui. La mia fidanzata vive qui con me. Non possiedo altre proprietà.»

«Ottimo.» disse Gretchen. «Le dispiace se do un'occhiata veloce al suo appartamento?»

«Certo, nessun problema.»

Gretchen scomparve nel breve corridoio mentre Josie continuava a fare qualche domanda. «Dove tiene l'attrezzatura per le trappole?»

«Per lo più nel mio pick-up. Negli ultimi anni mi sono ridotto. Non mi è rimasto molto. Solo un paio di trappole. L'altra roba la tengo nel seminterrato finché non mi serve. Alla mia fidanzata non piace che io vada a caccia con le trappole. Dice che è "disumano".»

«Ha detto di aver piazzato delle trappole. Quante?»

«Solo due.»

«Dove sono?»

Si grattò la testa. «Sono vicino a... aspetti... ho visto il notiziario. Quella ragazza è scomparsa vicino a quel brutto posto. Quello dove sono morte tutte quelle giovani.»

«Vicino alla casa di Henry.» disse Josie.

Lui scosse la testa con decisione. «Non ho messo nessuna delle mie trappole laggiù. Nessuna.»

«Mr. Lauber...» disse Josie. «Ho bisogno che sia sincero con me, adesso.»

«Sono sincero!»

Josie fece una lenta panoramica della stanza. «Davvero? Perché non ho mai conosciuto un cacciatore che potesse svolgere la propria attività in un appartamento al decimo piano con...» Si sporse di lato e guardò in fondo al corridoio. «Si direbbe con una sola camera da letto. Non c'è molto spazio per lavorare. Dove appende i ganci per scuoiare le prede? E dove monta la trave per scarnificare?»

Lauber sospirò e abbassò la testa. «Va bene, d'accordo. La verità è che Henry mi lascia usare la sua proprietà. Quando prendo qualcosa, cosa che non accade di frequente. E ho la licenza. Sono in regola. Non c'è niente di irregolare.»

«D'accordo.» disse Josie. «E Henry? Che lei sappia, caccia di frodo?»

«No, non credo. Non ho mai visto nulla che me lo facesse pensare e lui non mi ha mai detto niente. Non ho mai visto niente in casa sua, e gli avrei detto qualcosa se l'avesse fatto senza licenza o fuori stagione. Glielo assicuro, non era interessato quando era un ragazzo e non lo è adesso.»

«Deve andare spesso a casa sua.» osservò Josie. «Ha mai visto qualcun altro lì?»

Lauber iniziò a scuotere la testa, ma poi si fermò. «Dei ragazzini.»

Josie sentì il battito del cuore balbettare, ma mantenne la voce calma. «Cosa intende per ragazzini?»

Lui agitò una mano in aria. «Adolescenti. Passano spesso da quelle parti. Vengono in gruppo, sono ragazzi che cercano di spaventare le loro fidanzatine, o magari di impressionarle, chi lo sa? Sa cos'è successo su quella montagna, vero? La storia di quegli assassini e di tutte quelle ragazze?»

«Sì.» disse Josie, un monosillabo che le grattò la gola come una manciata di ghiaia.

«Si avvicinano e si fanno un giro per i dintorni. È come se pensassero che quel posto sia infestato. Altrimenti come pensa che Henry abbia ottenuto quel posto così a buon mercato? Nessuno vuole andare lassù, tanto meno viverci. So che la città l'ha ripulito e ha piantato quel campo di fiori, ma è inquietante.

Non mi dispiace andare a trovare Henry, ma sicuramente non potrei viverci.»

«Mi stava parlando di quei ragazzi, Mr. Lauber.» disse Josie riportandolo in argomento.

Gretchen riapparve in salotto scuotendo leggermente la testa, a indicare che non aveva trovato nulla.

«Giusto.» riprese. «Ho visto parecchi ragazzini spingersi fin lassù e quello di Henry è l'unico viale che porta a quel campo. Una volta c'era un paio di altri vialetti che portavano alle vecchie proprietà dall'altra parte dei campi di fiori, ma ora i fiori sono cresciuti troppo e uno è chiuso al passaggio, così la gente usa la sua strada. Si accostano a casa sua. Immagino che penseranno che non ci viva nessuno.»

«Li ha mai visti?» chiese Josie.

«Certo, un paio di volte. Henry esce e dice loro di sparire.»

«Ha mai visto Kayleigh Patchett?»

«Non saprei dirle. Non ho mai visto bene nessuno di loro. Ho solo visto che erano degli adolescenti.»

Gretchen si avvicinò. «Ma li ha visti abbastanza bene da capire se alla guida c'era un adolescente e se aveva una fidanzata sul sedile del passeggero?»

«Credo di sì, ma non è che li stessi studiando o altro.»

Josie tirò fuori la foto del ragazzo misterioso che avevano trovato sul telefono di Kayleigh e la mostrò a Lauber. «Ha mai visto questo ragazzo da quelle parti?»

Lui esitò, ma Josie non era sicura se fosse perché aveva riconosciuto il ragazzo o perché era innervosito dalla possibilità di sbagliare la risposta. «Non lo so.» disse alla fine. «Non lo so davvero. Come faccio a capirlo? Qui è ripreso di profilo!»

Infilando il telefono in tasca, Josie chiese: «Ieri è stato a casa di Henry?»

«No.»

Gretchen disse: «Le dispiace se diamo un'occhiata al suo pick-up?»

Guardò l'orario della televisione via cavo. «Dice sul serio? La mia fidanzata sarà qui a momenti. Me l'avevate promesso.»

Josie si alzò in piedi. «Glielo abbiamo promesso, ma è stato così disponibile Mr. Lauber che avremo bisogno di qualcosa di più da lei. Un'occhiata al suo magazzino nel seminterrato, al suo veicolo e inoltre dovrà mostrarci dove si trovano le sue trappole.»

Si prese la testa tra le mani. «Oh, porca miseria.»

VENTUNO

Morris Lauber era molto più spaventato dalle indagini della polizia di quanto lo fosse stato Henry Thomas, ma si dimostrò altrettanto collaborativo. Le condusse nel suo magazzino nel seminterrato del condominio e le attese fuori camminando nervosamente avanti e indietro dando a Josie e a Gretchen il tempo di esaminarne il contenuto. Era tenuto in modo ordinato, quasi come un'officina. Per essere un cacciatore da tutta una vita, come aveva detto, non aveva certo molte trappole, anche se aveva tutta l'attrezzatura necessaria per scuoiare, conciare e curare le pelli. Poi le accompagnò al suo pick-up. Dopo aver dato una prima occhiata all'abitacolo e al pavimento, Gretchen chiamò Hummel e chiese che la Squadra di Raccolta delle Prove le raggiungesse a controllare se ci fossero tracce di Kayleigh Patchett. Infine, Lauber le condusse alle sue trappole che, come aveva detto, non erano vicine alla baita di Henry Thomas. Hummel e la sua squadra avevano già finito quando lo riportarono a casa. E quando Josie e Gretchen gli spiegarono che alla fine avrebbero dovuto parlare anche con la sua donna, raggiunse l'apice dell'angoscia di tutta la giornata.

A quel punto, Noah era arrivato alla stazione di polizia.

Gretchen mandò Josie a casa a dormire mentre interrogava la fidanzata di Morris Lauber. Josie voleva opporsi con ogni fibra del suo corpo, restare per quell'ultimo interrogatorio, ma sapeva che non c'era mai un ultimo interrogatorio. Non nel corso di indagini importanti come quella. Era sveglia da oltre trentasei ore e sapeva che la cosa migliore che potesse fare per Kayleigh Patchett era andare a casa e dormire un po', in modo da essere sveglia e lucida quando sarebbe tornata al lavoro lunedì mattina. Noah andò a prenderla all'appartamento di Lauber e la riaccompagnò alla sua auto.

Un quarto d'ora più tardi era in ginocchio sul pavimento dell'ingresso di casa sua e stava accarezzando il loro Boston Terrier, Trout, che scodinzolava senza controllo e le leccava il viso. Per sua fortuna, Noah lo aveva già portato a fare la passeggiata e gli aveva dato da mangiare prima di andare al lavoro. Trout la aspettò doverosamente sul pavimento del bagno mentre Josie faceva una delle docce più lunghe e calde della sua vita. Quella sera si sentiva abbastanza esausta da poter riposare. Si stava mettendo sotto le coperte quando qualcuno suonò il campanello. Nell'attimo in cui valutò di non andare a vedere chi fosse, Trout cominciò ad abbaiare e mentre correva dalla camera da letto e si precipitava giù per le scale, Josie alzò le gambe pesanti come macigni dal letto e lo seguì.

Ad aspettarla sulla soglia di casa si trovò di fronte Misty, Harris e il loro piccolo cagnolino, un incrocio tra un chihuahua e un bassotto, di nome Pepper, un vecchio amico di Trout, che infatti passò davanti a Josie per salutarlo. Harris stringeva una mano della madre che, con l'altra, teneva due borse e il guinzaglio del cagnolino. Alcune ciocche di capelli le erano sfuggite dalla coda di cavallo in cui aveva legato i suoi capelli biondi e le ondeggiavano sulle guance nella leggera brezza di maggio. «Mi dispiace.» si affrettò a dire. «So che hai avuto una giornata tremenda.» Abbassò lo sguardo sui pantaloni della tuta di Josie e sulla maglietta oversize di Noah, che di solito indossava per andare a letto. «Non hai chiuso occhio dall'ultima volta che ci siamo viste, vero?»

Josie le fece cenno di entrare nell'ingresso. Harris si lasciò cadere a terra e cominciò a grattare Trout dietro le orecchie. Misty lo fissò con la fronte aggrottata. Josie aveva la mente rallentata dalla stanchezza. Le ci volle un attimo per rendersi conto che lui non l'aveva accolta con il suo solito entusiasmo, saltandole in braccio e gridando: «Zia JoJo!»

«Che succede?» chiese a bassa voce a Misty.

Lasciando cadere le borse ai suoi piedi e liberando Pepper dal guinzaglio, Misty disse: «Voleva dormire qui stanotte. Scusami tanto. Speravo che a te e a Noah non dispiacesse. So che vi avrei dovuto chiamare prima, ma avevo paura...»

Josie sorrise. «Vi abbiamo mai detto di no?»

Misty scosse la testa.

«Hai la chiave.» le ricordò Josie.

«Lo so, ma non mi piace usarla a meno che non sappiate che sto arrivando o che non ne abbiamo parlato prima.»

«Misty, tu e Harris... e anche Pepper, siete di famiglia. Lo sai bene. Che cosa sta succedendo?»

Misty si abbassò e scompigliò le ciocche bionde di Harris. Il bambino mantenne l'attenzione su Trout, che ora stava sulla schiena, con le zampe spalancate e accettava carezzine gratuite sulla pancia. Pepper scodinzolava vistosamente mentre osservava la scena. Misty abbassò la voce a un sussurro. «È terrorizzato, Josie, e non so cosa dirgli. Sai che sono mesi che ha gli incubi per questa stupida storia dell'Uomo dei Boschi. Stava meglio dopo che tu e Noah gli avevate parlato e gli avevate detto che l'Uomo dei Boschi non esisteva, ma ora che quella ragazza è scomparsa... poco fa era isterico. Non l'avevo mai visto così spaventato.»

Josie tirò Misty a sé e l'abbracciò forte. «Avete fatto bene a venire qui. Restate stanotte. Domani. Per tutto il tempo che volete.»

Misty ricambiò l'abbraccio. «Gli parlerai?»

«Certo.»

«Porto questa roba nella camera degli ospiti.» disse Misty, raccogliendo le borse.

Josie aspettò che fosse di sopra prima di inginocchiarsi e cercare di convincere Harris a guardarla negli occhi. «Ehi, perché non mi dici cosa ti preoccupa? La mamma ha detto che prima eri piuttosto turbato.»

«Mi hai detto una bugia.» borbottò lui.

Josie sentì quelle parole come un colpo al cuore. «Ti ho detto una bugia?»

«Sì, mi hai detto una bugia. Hai detto che l'Uomo dei Boschi non esiste, e invece esiste e ieri ha rapito una ragazza che ora non c'è più e non tornerà mai dalla sua mamma.»

Josie fece un respiro profondo, cercando di recuperare un po' di concentrazione nella sua mente confusa. «Harris, non ti ho detto una bugia. L'Uomo dei Boschi non esiste.»

Finalmente lui la guardò, con quegli occhioni azzurri così simili a quelli del suo defunto padre, Ray, che Josie sentì che le si strozzava il respiro in gola. «Invece sì che esiste! E ha rapito quella ragazza! Oggi sono andato alla festa di compleanno di Liam e me lo ha detto. Non gli credevo perché tu e lo zio Noah avevate detto che l'Uomo dei Boschi non esisteva, ma lui me l'ha fatto vedere al notiziario!»

«Harris.» disse Josie in tono pacato. «Quella ragazza di cui parli ieri è stata rapita da un uomo cattivo. Questo è vero. In quel momento stava facendo una passeggiata nel bosco. Anche questo è vero. Ma non è stata rapita dall'Uomo dei Boschi, perché l'Uomo dei Boschi non esiste.»

Il labbro inferiore di Harris fu colto da un fremito. «Come fai a saperlo?»

Trout si contorse e si girò di nuovo a pancia in giù, con le orecchie all'insù mentre guardava avanti e indietro tra loro, con i suoi occhi marroni pieni di preoccupazione. Annoiato da quella situazione, Pepper si allontanò alla ricerca della sua padrona.

«Perché l'Uomo dei Boschi è una figura che si sono inventati i bambini, come una storia di fantasmi.»

«Ma hai detto che un uomo ha rapito quella ragazza! Come fai a sapere che non è stato l'Uomo dei Boschi? L'Uomo dei Boschi è un uomo! Come fai a sapere che non è stato lui?»

«Perché io...» ma lì Josie si fermò.

Come poteva spiegare a un bambino di sette anni che non doveva avere paura di un fantomatico uomo che viveva nei boschi, quando un uomo aveva, a tutti gli effetti, rapito una ragazza nei boschi? Non importava che quella figura non fosse reale. Era una distinzione priva di significato. La realtà dei fatti era che un uomo aveva rapito una ragazza nel bosco. Anche se Josie fosse riuscita a convincere Harris che non era stato l'Uomo dei Boschi, qual era l'alternativa? Che era stata rapita da un altro uomo cattivo. Questo non lo avrebbe fatto sentire più al sicuro. Anche se l'Uomo dei Boschi non era reale, i mostri lo erano. I tipi di mostri che fanno del male ai bambini. Josie aveva dedicato la sua vita a mettere in prigione quel tipo di persone. Ma non poteva fermarli. Nessuno poteva. Non poteva nemmeno dire a Harris che Kayleigh Patchett sarebbe stata ritrovata sana e salva e riportata alla sua famiglia, perché non sapeva se sarebbe davvero andata a finire così, perché di solito casi come quello non avevano un esito positivo.

Non c'era proprio da stupirsi che Misty si fosse trovata arresa a dargli qualsiasi spiegazione.

Come si fa a rassicurare un bambino che il mondo è un posto sicuro, quando non lo è? Come si fa a convincerlo che si possono tenere sotto controllo le cose che succedono nel mondo quando non lo si può fare? In teoria doveva essere lei l'adulta. Avrebbe dovuto avere lei tutte le risposte.

Il problema era che non le aveva.

Era questo che significava essere un genitore?

«Harris...» provò ancora Josie. «So che hai paura. È molto spaventoso quando succedono cose brutte. Una persona cattiva ha preso quella ragazza, e io e tuo zio Noah, e Gretchen, e il capo Chitwood e tutte le persone con cui lavoriamo, compresi Luke e il suo cane, Blue, stiamo facendo tutto il possibile per trovarla al più presto.»

La voce del bambino uscì flebile. «E se non ci riuscite?»

Ora si sentiva come se un pezzo fondamentale del suo cuore fosse stato ridotto a brandelli. Cercò di non lasciare che il suo corpo si afflosciasse sotto il peso di quella sensazione. Trout mugolò e saltò a leccarle il viso. «Va tutto bene, bello.» mormorò lei, accarezzandogli la testa. Si alzò e tese la mano al bambino. Il suo palmo era freddo e umido quando lo condusse sul divano del soggiorno. Si sedette e lo tirò vicino a sé, avvolgendolo con un braccio e dandogli un bacio sulla fronte, disse: «Ci proviamo un'altra volta. E poi ci riproviamo un'altra volta.»

Lui le fece scivolare un braccio intorno alla vita e appoggiò la testa sul suo petto. Lei gli accarezzò i capelli, inspirandone il profumo. Le tornò in mente quando lo teneva così che era solo un neonato. A quel tempo, riusciva a farlo stare tutto sul suo petto. Essendo una delle principali babysitter, aveva passato ore a cullarlo per farlo addormentare sulla sedia a dondolo a casa di Misty.

«Ho paura che l'Uomo dei Boschi mi porti via e che non rivedrò mai più la mia mamma.» sussurrò Harris.

Josie si sentì mancare il respiro. Stringendolo più forte, disse: «La tua mamma è una delle persone più intelligenti che conosca, Harris. Tutto ciò che fa è per proteggerti e tenerti al sicuro. E poi ci siamo io e lo zio Noah ad aiutarla. Se restiamo tutti uniti, abbiamo ottime possibilità di rimanere al sicuro.»

Non sembrava abbastanza.

«E se qualcuno mi rapisse?»

Questa era una domanda facile, che portò Josie a chiedersi cosa dicesse di lei e del mondo. Ripensò a ciò che Noah le aveva detto mesi prima durante un caso che riguardava una coppia di coniugi. La moglie era stata uccisa e il marito, pur essendo sconvolto, non si era particolarmente concentrato sulla ricerca dell'assassino. Noah aveva detto chiaramente che se si fosse trovato in quella situazione, avrebbe reagito in modo molto diverso. *Se ti succedesse qualcosa, passerei a ferro e fuoco l'intera città per scovare la persona che ti ha fatto del male.*

Se mai fosse successo qualcosa a Harris, se qualcuno glielo avesse portato via, Josie avrebbe passato a ferro e fuoco il mondo intero per ritrovarlo e per punire la persona che gli avesse fatto del male. Ma non poteva dirlo. Non a un bambino di sette anni.

Gli baciò di nuovo la testa. «Allora faremmo di tutto per trovarti. Assolutamente tutto, e non smetteremmo mai di cercarti. Mai. A prescindere da tutto il resto. Neanche per un milione di anni.»

«Non si può vivere per un milione di anni.» protestò lui, e lei sentì dalla sua voce che aveva sonno.

«Per te, ci proverei.»

Lasciò che passasse qualche altro istante. Trout saltò sul divano e si accoccolò accanto a Josie. Si sentì preda della sonnolenza. Quando sentì che Harris aveva cominciato a russare, si lasciò cadere nell'oscurità.

VENTIDUE

Josie riuscì a dormire per diverse ore prima che i ricordi della morte di Mettner si ripresentassero nei suoi sogni, svegliandola con l'eco degli spari che lo avevano strappato alla vita. Si ritrovò nel suo letto con Trout che le stava premuto contro il fianco. Fuori dalle finestre, l'alba era solo un baluginio azzurro e porpora. Mentre le ultime sfumature del ricordo del sogno scomparivano, sentì la sensazione fantasma della mano di Mettner stretta tra le sue. Si mise a sedere e si guardò i palmi delle mani. Com'era possibile che, pur essendo passati tutti quei mesi, sentisse ancora la mano di Mettner stretta tra le sue? Si alzò bruscamente e si strofinò le mani sui pantaloni della tuta. Rimasto ancora sotto le coperte, Trout sospirò e cambiò posizione. Prima che la marea di immagini della notte in cui il suo amico era morto la travolgesse, Josie cercò di fare uno degli esercizi di respirazione che la sua terapista aveva insistito perché provasse. L'unico che funzionava, e non sempre comunque, era l'esercizio di respirazione quattro-sette-otto. Inspirava contando fino a quattro, tratteneva il respiro contando fino a sette e poi espirava contando fino a otto. Dopo alcuni di questi esercizi, sentì che la mente si era stabilizzata e i pensieri si spostarono da

Mettner a Kayleigh Patchett. Controllò il telefono ma non c'erano aggiornamenti. Accese la televisione. Il notiziario locale stava trasmettendo la notizia principale, il rapimento di Kayleigh. Josie andò alla cassettiera e iniziò a tirare fuori i vestiti puliti ascoltando il conduttore che ripercorreva gli sviluppi del fine settimana prima di passare la linea a un giornalista sul campo. «Dallas Jones della WYEP è alla centrale di polizia con gli ultimi sviluppi del caso. Dallas, che cosa hai appreso in queste ore sull'indagine?»

Josie si fermò mentre andava in bagno e guardò la televisione. Dallas Jones era giovane, aveva finito il college da pochi anni. Era tarchiato e aveva i capelli scuri, che portava pettinati all'indietro e fissati con la lacca in una pettinatura all'apparenza non meno rigida di quello che doveva essere il suo carattere. Come la maggior parte dei giovani reporter, aveva fame di notorietà, il che significava che gli piaceva scavare molto sotto la superficie di ogni storia, anche se non c'era nulla da trovare. Piazzato in mezzo al parcheggio comunale, a pochi metri dall'ingresso, parlava dritto in camera: «Finora la polizia ha mantenuto il massimo riserbo sui risultati delle indagini, fornendo solo pochi dettagli sul rapimento di Kayleigh Patchett. Quello che sappiamo è che il fatto si è verificato nel bosco dietro casa della ragazza. La polizia non ha fornito una descrizione né alcun dettaglio sull'uomo che ritiene responsabile del rapimento. Tuttavia, dopo aver parlato con molti genitori e studenti che vivono nella zona e che frequentano la Denton East High School con Kayleigh, sembra che ci sia il timore che questa possa essere opera di qualcuno chiamato l'Uomo dei Boschi.»

«Ma tu guarda che stronzo!»

La testa di Trout spuntò da sotto le coperte. Si alzò e si dimenò per raggiungere il bordo e uscire da sotto. Josie gli si avvicinò e lo scoprì, e grattandogli la testa, mormorò: «Va tutto bene, piccolo. Sono solo io che parlo con la televisione.»

Si sedette e guardò il giornalista che continuava. «Già dal

giorno del Ringraziamento, nella comunità di Denton si sono diffuse voci a macchia d'olio sull'esistenza di un individuo soprannominato "l'Uomo dei Boschi" che starebbe dando la caccia ai bambini che si aggirano per i boschi nei dintorni della città. Ma finora non siamo stati in grado di avere una conferma dell'esistenza di un simile soggetto da parte del Dipartimento di Polizia di Denton. Indipendentemente dal fatto che le voci siano fondate o meno, sta sicuramente sorgendo il timore che il rapimento di Kayleigh Patchett sia opera di questa misteriosa figura.»

Lo schermo si divise in due riquadri, uno che mostrava il giovane giornalista e l'altro che mostrava il conduttore nello studio. Sotto di loro una scritta recitava: *Presunto rapimento di un'adolescente locale per mano di un uomo che si fa chiamare "l'Uomo dei Boschi"*.

«Non va bene.» gemette Josie.

Il conduttore riprese: «Dallas, sembra una favola inquietante che prende vita. La polizia ha rivelato se questo Uomo dei Boschi è stato attivo o meno in altre zone dello Stato?»

Dallas scosse la testa. «Al momento no. Come ho detto, le autorità non ci hanno fornito molti dettagli. Per adesso, riferiscono, la loro priorità è trovare Kayleigh Patchett.»

Josie spense la televisione e diede una grattatina a Trout prima di prendere il telefono dal comodino. Non si preoccupò di controllare l'ora mentre trovava il nome tra i suoi contatti: Heather Loughlin dormiva quanto dormiva lei. Difatti, rispose dopo due squilli e accettò di incontrarla in un'area di servizio lungo la Route 80 nel giro di un'ora.

Con il tempo a disposizione prima di presentarsi al lavoro, Josie diede da mangiare al cane, lo portò a fare una passeggiata e lasciò un biglietto per Misty e Harris prima di farsi una quarantina di minuti di macchina per raggiungere l'area di servizio che Heather Loughlin le aveva indicato. L'enorme parcheggio era per metà occupato da camion e autoarticolati.

Josie fece il giro dell'enorme stazione di servizio al centro del lotto, osservando i camionisti che entravano e uscivano dai quattro diversi accessi. Le insegne al neon promettevano di tutto, dalle sigarette alle docce calde. All'interno c'era odore di caffè riscaldato e pancetta. In ogni angolo del negozio erano appesi dei televisori, ognuno dei quali sintonizzato sulla replica del notiziario che Josie aveva guardato appena si era svegliata: Dallas Jones che raccontava ai telespettatori del misterioso Uomo dei Boschi. Josie trovò Heather Loughlin seduta a un tavolo della zona ristorazione e si infilò nel posto di fronte a lei. Il divanetto di vinile arancione brillante si piegò sotto il peso di Josie. Il suo palmo si posò su qualcosa di appiccicoso. Si sentì sollevata quando girò la mano e vide una macchia di quello che doveva essere sciroppo d'acero. Una rapida annusata lo confermò. Una salvietta umida le apparve sotto il naso. «Tieni.» disse la Loughlin. «È antibatterica. Le porto sempre con me.»

«Grazie.» le disse Josie strofinandosi via lo sciroppo. «E grazie per essere venuta.»

«Dovevo comunque venire qui per interrogare alcuni di questi camionisti.» disse la Loughlin. «Per una donna scomparsa. Tanto valeva fare colazione.» Spinse verso Josie una pila di tramezzini avvolti in carta stagnola. Uno più dell'altro trasudavano grasso che colava sul tavolo.

«Hai il colesterolo alto?»

«Cosa?» disse Josie, frugando finché non trovò qualcosa con l'etichetta "pancetta, uova e formaggio". «No.»

«Ti verrà dopo aver dato un morso a questo.» disse la detective Loughlin avvicinandole una tazza di carta con del caffè, insieme a diverse confezioni di crema e zucchero e a una palettina. Fece un gesto verso il televisore più vicino. «Sei qui per quello, vero? L'Uomo dei Boschi.»

Josie iniziò a versare la crema nella tazza. «Quel giornalista, Dallas Jones... è uno a cui piace scavare. È solo questione di tempo prima che scopra i vostri casi e cerchi di collegarli ai nostri e a questo fantomatico Uomo dei Boschi.»

La Loughlin annuì e aprì un classico tramezzino da colazione che si presentava ripieno di salsiccia, uova e formaggio su un bagel. «Non dovrà sforzarsi molto. Sono davvero collegati all'Uomo dei Boschi.»

VENTITRÉ

Alla bocca dello stomaco Josie avvertì una sensazione di bruciore. Allontanò il caffè. «Di che cosa stai parlando? Heather, l'Uomo dei Boschi è una favoletta per bambini. È una storia di fantasia. Non è reale.»

«Non ho detto che lo sia.» specificò la Loughlin. «Però, resta il fatto, Josie, che questi ragazzini nelle contee di Montour e di Lenore... sono andati nel bosco a cercare quest'uomo.»

Josie non aveva mai riflettuto su quella storia, oltre al fatto che aveva spaventato a morte Harris. «Non sapevo che la leggenda dell'Uomo dei Boschi venisse da fuori Denton. Sapevo solo che circolava tra i bambini delle scuole elementari della città.»

La Loughlin diede un grosso morso al suo tramezzino. «Chissà da dove viene. Diamine, probabilmente è nata su internet, come ogni altra cosa ormai. Ti dico solo che quando abbiamo iniziato a lavorare a questi due casi, abbiamo capito che la storia dell'Uomo dei Boschi è stata la molla che ha spinto i bambini ad andare a cercarlo nei boschi.»

«Dove altro hai sentito parlare dell'Uomo dei Boschi?» le chiese Josie, odiando sé stessa per il tempo prezioso che avrebbe potuto dedicare alle indagini e che invece stava sprecando ad ascoltare una favoletta perversa. D'altra parte, era necessario apprendere tutto quello che c'era da sapere su quell'uomo, o su chiunque fosse la persona che si aggirava per i boschi per fare del male ai bambini, prima che la stampa mettesse le mani sulle informazioni dell'indagine e seminasse il panico in tutta la città.

«Non molto, in realtà. Con il primo caso ho pensato che si trattasse di un episodio isolato. Qualcosa che i ragazzi del posto stavano combinando. Ma poi, quando abbiamo scoperto il secondo, è stato chiaro che non era limitato a una sola zona. Hai per caso fatto qualche ricerca sui social media?»

Il bruciore allo stomaco di Josie si intensificò. «C'è un hashtag?»

«Non fino a oggi, ma ora c'è una miriade di post che ne parlano, soprattutto di persone in Pennsylvania. È una specie di sfida. Due ragazzi vanno nel bosco dopo il tramonto alla ricerca dell'Uomo dei Boschi. Se sopravvivono entrambi, vincono la sfida.»

Non corrispondeva affatto alla leggenda che Josie aveva sentito da Harris e nemmeno dalla famiglia Patchett. «Che cosa intendi dire con "se sopravvivono entrambi"?»

La Loughlin diede un altro morso al suo tramezzino, facendo cadere sul tavolo pezzetti di uovo strapazzato. Josie aspettò che finisse di masticare. «La leggenda dell'Uomo dei Boschi, per come l'ho sentita io, è che due ragazzini vanno nel bosco e solo uno ne esce. Se riescono a sopravvivere tutti e due, vincono loro. Insomma, lo battono.»

«Non è quello che ho sentito dire io...» disse Josie. «Quanti anni avevano i ragazzi che si sono addentrati nei boschi?»

«Erano adolescenti.» rispose la detective Loughlin. Finì di mangiare il suo tramezzino e iniziò a pulirsi le mani con una salvietta umida. «Tu che cosa ha sentito di preciso?»

«Il succo della storia è che l'Uomo dei Boschi ti porta via e non rivedi più la tua mamma.»

Heather Loughlin prese la sua tazza di caffè e ne mandò giù un po'. Abbozzò una smorfia riponendo la tazza sul tavolo.

«Questa roba ti farà venire l'ulcera. Comunque, queste cose le ho sentite dire dai bambini delle elementari. È logico che la storia sia più complessa tra gli adolescenti. Sai come vanno queste cose: si trasformano. La storia si può ripetere così com'è solo per un certo numero di volte, poi i ragazzi cominciano a metterci del loro.»

Josie guardò il televisore più vicino. Dallas Jones era stato sostituito dal meteorologo che si occupava delle previsioni del tempo. «Non è reale, Heather.»

«No.» concordò lei, strappando tre bustine di zucchero e rovesciandole nel caffè. «Ma qualcuno sta aggredendo e uccidendo dei ragazzini nei boschi. Nella contea di Montour, nella contea di Lenore e ora nella vostra contea.»

Josie fece una mappa dei diversi luoghi nella sua testa. Erano tutti relativamente vicini, ogni luogo distava tra una e tre ore dagli altri. «Parlami di questi casi.»

«Il primo è quello avvenuto nella contea di Lenore. Un ragazzo di diciassette anni, Mark Canva, e una ragazza di sedici anni, Amanda Chavez, sono andati insieme nel bosco verso le undici e mezza di sabato sera. Hanno raccontato ad alcuni amici che avrebbero passato la notte all'addiaccio per vedere se riuscivano a trovare l'Uomo dei Boschi. La mattina dopo i genitori di Amanda si sono accorti che la figlia non aveva dormito nel suo letto, così hanno provato a chiamarla, ma non ha risposto e allora, sapendo che la figlia si frequentava con Mark, hanno provato a chiamare lui. Ma di nuovo, non hanno ricevuto risposta. Così hanno chiamato lo sceriffo della contea per denunciare la scomparsa della figlia. Il telefono di Amanda era ancora acceso ed era carico, così hanno provato a triangolarlo. L'area di ricerca copre cinque chilometri e infatti ci sono voluti un po' di tentativi, ma alla fine hanno trovato il suo corpo nel bosco. Aveva la testa fracassata. L'autopsia ha confermato che la causa della morte è stato un trauma cranico da corpo contundente. Nessun segno di violenza sessuale. Tre ore più tardi, hanno trovato Mark che vagava nei boschi a circa dieci chilometri di distanza, in completo stato di shock. Pensavamo fosse catatonico o qualcosa del genere, ma dopo un paio di giorni in ospedale ha ricominciato a parlare.»

Nonostante il terrore che provava, lo stomaco di Josie brontolò. La Loughlin avvicinò il tramezzino con pancetta, uova e formaggio. «Non è la cosa peggiore che abbia mai mangiato.»

Con riluttanza, Josie lo aprì e diede un morso incerto. Era freddo, ma il suo stomaco ne voleva ancora. «E che cosa ha detto Mark Canva quando ha ricominciato a parlare?»

«Ha detto che stavano camminando nel bosco. Si sono ritrovati in uno spiazzo dietro una vecchia chiesa abbandonata, dove non c'erano abitazioni per chilometri. Nemmeno strade.»

«Di quanti chilometri stiamo parlando?» chiese Josie.

«Più o meno quindici chilometri da nord a sud e circa dieci o dodici da est a ovest. Si sono avvicinati allo spiazzo dall'angolo sud-occidentale e hanno lasciato la macchina vicino alla chiesa. Mark ha detto che avevano con sé delle torce. Ne abbiamo recuperata una. Avevano anche i loro telefoni, come ho detto. Stando a quello che ci ha raccontato, dovevano essere circa le due e mezza del mattino, o comunque non molto più tardi, quando hanno sentito qualcosa. Amanda si è spaventata. Mark le ha detto che molto probabilmente era soltanto un cervo. Si sono rannicchiati vicino a un albero per un po' e poi, non sentendo nient'altro, hanno ripreso a camminare. Un paio di minuti dopo, ci ha detto Mark, qualcuno ha aggredito Amanda. O almeno pensa che sia andata così. Ha detto che Amanda è inciampata ed è caduta a terra. La sua torcia è rotolata via. Lui è riuscito a vedere solo i suoi piedi e poi qualcuno gli è venuto addosso da dietro. Un uomo.»

«Perciò ha visto quest'uomo.» disse Josie, mandando giù l'ultimo pezzo di tramezzino e avvicinandosi ancora una volta la tazza del caffè.

«No, era troppo buio. Ha supposto che fosse un uomo solo per la sua forza. Mark è alto un metro e ottantotto e pesa più di novanta chili. Ha detto che l'uomo lo ha buttato a terra e gli ha dato un calcio sulla schiena.»

Josie versò due bustine di zucchero nel caffè e mescolò. «Mark aveva qualche ferita visibile?»

«Qualche livido sulla schiena.»

«Che cosa è successo dopo che è stato sbattuto a terra?»

«Mark dice che l'uomo ha continuato a prenderlo a calci, così è scappato, nel tentativo di trovare aiuto, ma aveva perso sia la torcia che il cellulare. Dopo un po' ha cercato di tornare indietro per vedere come stava Amanda, ma non è riuscito a trovarla. Ecco perché stava vagando quando lo abbiamo trovato. Se devo dire la verità, credo che la ferita più grande che ha riportato quel ragazzo sia il senso di colpa per non essere riuscito a proteggerla e tantomeno per non essere riuscito a trovare la strada per tornare da lei una volta che si è allontanato dall'aggressore.»

«Non credi che sia stato lui?»

La Loughlin guardò la televisione. Il volto di Kayleigh Patchett era tornato sullo schermo. «È stata la prima cosa a cui ho pensato e non ho niente che dimostri che non sia stato effettivamente lui, ma il mio istinto mi dice che ha detto la verità su quello che è successo.»

Josie sorseggiò il suo caffè. Certo, correva il rischio che le portasse via uno strato di tessuto all'interno dello stomaco, ma non era il peggiore che avesse assaggiato in vita sua. «E la scena del ritrovamento?»

«Un disastro. La mattina dopo ha iniziato a piovere a dirotto mentre cercavamo. Se c'era qualcosa da trovare, è andato distrutto.»

«Hai detto che Amanda Chavez è morta per un colpo alla testa, giusto?»

«Aveva la testa fracassata. Sembrava come se qualcosa le fosse caduto addosso. Il medico legale pensa che fosse in posizione prona quando è stata colpita.»

«È caduta o è stata buttata a terra e poi colpita.» disse Josie. «Qualche idea su cosa fosse l'oggetto con cui è stata colpita?»

«Una grossa pietra. Abbiamo trovato quella che riteniamo essere l'arma del delitto, ma con la pioggia la maggior parte del sangue e dei tessuti sono stati lavati via. In ogni caso il nostro uomo doveva essere bello grosso per brandire quell'arnese.»

«E dell'altro caso, che mi dici?» domandò Josie. «Quello della contea di Montour.»

Heather Loughlin frugò nella pila di tramezzini che c'era tra loro prima di allontanarla. «La stessa cosa: due ragazzine si sono addentrate nel bosco e solo una ne è uscita. I loro nomi sono Sarah McArthur e Dawn Angels, di sedici e quindici anni. Dawn Angels si era fermata a dormire a casa di Sarah McArthur e hanno deciso di uscire di nascosto nel cuore della notte per fare una passeggiata tra gli alberi.» Fece un cenno verso la televisione che mostrava le riprese delle operazioni di ricerca. «Viveva in una zona come quella. Una casa in mezzo al nulla con fitta vegetazione tutto intorno. Queste due ragazze non si sono portate delle torce, soltanto il telefono di Sarah. Sappiamo grazie al GPS del telefono che sono state in giro per circa tre ore prima che accadesse qualcosa. La più giovane, Dawn, dice che Sarah è rimasta incastrata con un piede in una buca e non è riuscita a tirarlo fuori. A quel punto volevano chiamare i soccorsi, ma l'applicazione della torcia aveva esaurito la batteria, soprattutto mentre cercavano di estrarre il piede di Sarah. Dawn ha detto che sembrava essersi impigliato in una specie di corda o di filo o qualcosa del genere. Un cavo, forse, all'interno del buco. Non riuscivano a liberarlo. Alla fine, Dawn l'ha lasciata lì per tornare a casa a cercare aiuto.»

«Si è persa.»

«Beh, sì, ma alla fine ha trovato la strada per tornare a casa, verso l'alba. I genitori di Sarah hanno chiamato i soccorsi. Hanno triangolato il telefono. Hanno trovato Sarah a circa cinque chilometri da casa sua, non più incastrata, senza segni di cavi, corde o fili. Era rivolta a faccia in giù con una frattura alla parte posteriore del cranio. L'autopsia ha confermato che la causa della morte è un trauma da corpo contundente, come nell'altro caso. Nessun segno di violenza sessuale.»

Josie fece vorticare i residui del caffè sul fondo della tazza. «L'ha colpita alle spalle.»

«Sembra di sì. Pensiamo anche che il luogo in cui è stata trovata non sia quello in cui è rimasta bloccata, ma non siamo comunque riusciti a individuare quel luogo. Era buio quando le ragazze sono uscite. Abbiamo fatto ricerche a tappeto in tutta la zona, ma non abbiamo trovato granché. Non siamo riusciti a individuare il punto in cui Sarah era rimasta incastrata con il piede; se è per questo, non siamo riusciti a individuare nessuna fessura o buca in cui potesse essersi incastrata. Però Dawn aveva ragione.»

«Riguardo a che cosa?»

La Loughlin si sporse in avanti, appoggiando i gomiti sul tavolo. «Sarah McArthur indossava pantaloni da ginnastica e scarpe da corsa. Intorno alla caviglia c'erano i segni di un legaccio. Molto sottile.»

Josie ebbe un tuffo al cuore. «Era rimasta impigliata in una trappola.»

«Pensiamo di sì.» affermò la detective. «Ma senza la trappola, non possiamo dimostrarlo o risalire alla persona che l'ha piazzata. Oltretutto, non siamo nemmeno nella stagione della caccia.»

«Il coyote è legale tutto l'anno.» disse Josie, facendo eco a Morris Lauber. «Può mandarmi le foto della scena del crimine?»

Heather Loughlin la guardò sorpresa. «Certo che posso. Perché, pensi che il tuo caso sia collegato?»

«Non lo so.» ammise Josie. «Ma abbiamo trovato qualcosa nella zona in cui è stata rapita Kayleigh. A me sembrava una trappola. Era un attrezzo fatto di foglie e bastoni. Non si trattava di una tagliola o di una rete, ma di una specie di gabbia. Era in un mucchio di foglie quando l'abbiamo trovata. La nostra Squadra di Raccolta delle Prove sta cercando di ricostruirla. E poi la nostra unità cinofila ha seguito l'odore di Kayleigh fino a una baita, nelle profondità del bosco, di proprietà di un tizio che è stato in prigione con l'accusa di aver trattenuto illegalmente una giovane donna. Suo padre cacciava con le trappole e gli ha insegnato a costruirle. Ora il padre è morto, ma lui ha tenuto la sua attrezzatura da trapploleria in casa. Per di più ha anche un amico che ha la licenza per costruire trappole e che spesso ne piazza nella proprietà di quest'uomo.»

Heather Loughlin raddrizzò la schiena di colpo. «Sul serio?»

«Sì, ma non abbiamo acquisito nessuna delle trappole come prova perché non abbiamo potuto dimostrare alcun nesso tra le trappole e la scomparsa della ragazza.»

«Ma questo potrebbe essere il nostro uomo.»

«Potrebbe.»

«Ci sono trappole a filo nel suo capanno?»

«No.» disse Josie. «Solo tagliole.»

«Maledizione.» Sospirò la Loughlin. «Non posso ottenere un mandato basandomi esclusivamente sulla supposizione che i nostri casi siano collegati solo perché nel nostro abbiamo una trappola e nella vostra giurisdizione un tizio conserva delle tagliole in casa sua. Nemmeno se il cane ha seguito l'odore di quella ragazza all'interno della baita. Certo, sulla carta si direbbe proprio che si tratti di lui. Nel vostro caso, le ragazze sono andate nel bosco di giorno. Stavano partecipando alla sfida?»

Josie mandò giù l'ultimo sorso di caffè. «No. La sorella più grande voleva dimostrare alla più piccola che l'Uomo dei Boschi non esiste. Heather, questo tizio vive vicino alla casa dei Patchett. Non è escluso che abbia incontrato Kayleigh o che l'abbia addirittura pedinata, ma questi altri ragazzi? La contea di Montour e la contea di Lenore sono a ore di distanza l'una dall'altra. Come poteva sapere che quei ragazzi si sarebbero inoltrati nel bosco nel cuore della notte?»

«Stava andando a caccia.» rispose Heather Loughlin. «Devi capire che questi non sono i primi né gli unici ragazzi che se ne vanno in giro per i boschi di notte in una di queste contee. Sono solo gli unici che si sono imbattuti in questo tizio.»

Josie pensò ai ragazzini che si erano persi nei boschi di Denton negli ultimi sei mesi. Nessuno di loro aveva detto alla polizia di essere andato alla ricerca dell'Uomo dei Boschi, ma non poteva essere una coincidenza che un'ondata di episodi di ragazzini che si perdevano nei boschi avvenisse nello stesso periodo in cui la leggenda dell'Uomo dei Boschi si diffondeva come un'influenza nelle scuole.

«Stiamo parlando di ragazzini che vivono in zone per lo più rurali e che non hanno molto da fare.» continuò la Loughlin. «Alcuni di loro non parlano d'altro che di questa stupidaggine dell'Uomo dei Boschi. Poi c'è l'aspetto dei social media. Molti di questi ragazzi pubblicano sulle loro pagine che vogliono andare nei boschi. Chiunque sarebbe in grado di capire dove si trovano, perché nessuno di loro sa come proteggersi su internet. Se spiattelli in rete un video in cui stai proprio davanti alla porta di casa tua, con il numero civico in bella vista, e indossi una maglietta con il nome della scuola che frequenti, non è tanto difficile capire in quale zona ti trovi. Alcuni di questi ragazzini pubblicano persino il punto esatto nel bosco in cui intendono recarsi. Davvero, tutto ciò che quest'uomo dovrebbe fare è controllare l'hashtag #UomodeiBoschi su Instagram ogni fine settimana per essere in grado di farsi un'idea abbastanza precisa di dove piazzare le sue trappole.»

Per quanto ne sapeva Josie, la ricerca del telefono di Henry Thomas non aveva portato alla scoperta di alcun account di social media, anche se non era da escludere che si fosse servito di un telefono usa e getta nei mesi precedenti. Avevano perquisito le sue proprietà e i suoi veicoli senza trovarne nessuno, ma questo non significava che non avesse altri modi per cercare sui social media. La Squadra di Raccolta delle Prove stava ancora esaminando il suo portatile.

«Dove piazzare le sue trappole...» le fece eco Josie. «Hai detto che nel caso Chavez, la ragazza era prona quando una grossa pietra l'aveva colpita alla testa, giusto?»

«Esatto.»

«Che tipo di roccia era? Era piatta?»

«Più o meno, sì.»

«Avete trovato qualche grosso bastone nelle vicinanze?» le chiese Josie.

La Loughlin rise. «Eravamo nel bel mezzo della foresta. Ce n'erano parecchi. A cosa stai pensando?»

«Non è possibile che Amanda Chavez sia inciampata in una trappola a caduta?»

Josie pensò al tipo più primitivo di trappola a caduta che di solito prevede l'uso di bastoni per sostenere una grossa roccia o un tronco. Ci sono altri strumenti più moderni da usare al posto dei bastoni, ma il concetto rimane lo stesso: il cacciatore puntella un oggetto, un macigno, grande e letale, sotto al quale mette un bastone o un filo da esca di qualche tipo lasciando un bocconcino per attirare la preda. Quando l'animale tocca o urta il bastone o il filo dell'esca, innesca il meccanismo e la roccia o il tronco gli cadono direttamente addosso, uccidendolo. Però questo genere di trappole è tipicamente utilizzato per gli animali di piccola e media taglia; costruire una trappola a caduta che possa uccidere o quantomeno tramortire un essere umano sarebbe un'impresa ardua da realizzare, per quanto non impossibile.

La detective Loughlin ci pensò un attimo. Lentamente, i suoi occhi si strinsero. «Non lo so. Può darsi. Sarebbe stato molto difficile creare una trappola a caduta abbastanza grande da abbattere una persona. Avrebbe dovuto essere modificata per la sua altezza.»

«Oppure l'assassino ha predisposto un elemento aggiuntivo, come una fune che l'avrebbe fatta inciampare in modo che la testa della ragazza finisse sotto la trappola a caduta.»

La detective Loughlin scosse la testa. «Non lo so. Non è stato trovato abbastanza sulla scena del crimine per sostenere l'ipotesi di una trappola a caduta. Se ne ha piazzata una, allora ne ha portato via i componenti dalla scena quando se n'è andato. La faccenda si fa complicata.»

«Complicata? Dire piuttosto assurda. Stiamo ipotizzando che ci sia un uomo che si aggira in varie zone del bosco in contee diverse, tendendo trappole ai ragazzini. Non dovrebbe avere modo di sapere né il luogo né il momento in cui questi ragazzini potrebbero trovarsi nei boschi, e invece in qualche modo riesce a intrappolarli e a ucciderli... e nei vostri due casi, nel bel mezzo della notte.»

La detective si appoggiò allo schienale della sedia. I suoi occhi vagarono per il locale. La gente andava e veniva, la maggior parte si fermava al chiosco del caffè. Nessuno prestava attenzione a loro. «Detesto doverlo ammettere, ma abbiamo visto tutte e due cose ben più bizzarre.»

«Questo è vero.» concesse Josie.

«Perciò, se è come dici tu, che tutti e tre i casi sono collegati, vuol dire che abbiamo a che fare con un serial killer. Se hai ragione sul tuo indiziato, sul tizio che vive nella baita, dobbiamo trovare un elemento che lo ricolleghi ai miei casi.»

«Ti manderò quello che abbiamo su di lui.» disse Josie. «Non è escluso che possiate provare a collocarlo nei pressi di una delle vostre scene nelle ore precedenti o successive ai crimini. Mandami le foto delle due scene del crimine. E anche le carte delle due zone in cui si sono verificati. Darò un'occhiata a tutto e vedrò se c'è qualcosa che mi salta all'occhio.»

«Molto bene, Quinn.» disse la detective Loughlin tirando fuori il telefono e controllando l'ora. «È meglio che mi metta in moto. Devo mostrare questa foto a qualche camionista. Ho un sacco di altre fermate da fare dopo questa. Ti farò avere quelle fotografie e le carte tra stasera e domani. Farò del mio meglio per tenere la parte dell'Uomo dei Boschi lontano dalla stampa, ma non posso promettere nulla.»

«Lo so.» disse Josie. Si alzò e diede un'occhiata alla folla di persone vicino al caffè, valutando se valesse o meno la pena di prendere un caffè per il viaggio di ritorno.

«Quinn...» disse Loughlin. «Sai, se hai ragione su tutta questa storia, significa che Kayleigh Patchett è già morta. Solo che non avete trovato il suo corpo.»

Il tramezzino le si piantò nello stomaco come un mattone intriso di grasso. «Sì, lo so. Due entrano, solo uno esce.»

VENTIQUATTRO

Ora il mio nome viene pronunciato ovunque. Un giornalista mi ha portato alla luce. Mi ha visto per quello che sono. Ora, quando i genitori parleranno con i loro figli, non potranno più permettersi il lusso di essere segretamente sprezzanti. Le loro parole di rassicurazione saranno vuote. Perderanno il sonno. Parleranno con altri genitori su come affrontare il problema della mia esistenza. Decideranno che la cosa più sicura sarà tenere i loro bambini lontani dai boschi, per il momento.

Ma non possono tenerli lontani tutti quanti.

VENTICINQUE

Josie entrò nella stazione di polizia dal retro e si trovò a scansare i giornalisti. Come era loro abitudine quando il dipartimento di Denton era alle prese con un caso importante, i giornalisti si accampavano nel parcheggio comunale, sperando di ottenere un commento dagli agenti che entravano e uscivano durante il loro turno. Josie si fece strada tra la folla di giornalisti, ripetendo "nessun commento" come un disco rotto. Dallas Jones non era presente, ma metà delle domande degli altri giornalisti avevano a che fare con l'Uomo dei Boschi.

Una volta entrata, tirò un sospiro di sollievo. Trovò Noah e Gretchen nella sala grande del secondo piano, seduti alle loro scrivanie, intenti a scrivere alle tastiere. Entrambi avevano un'aria affaticata, anche se salutarono Josie con un sorriso. Il capo Chitwood era in piedi davanti a una lavagna autoportante di sughero che Josie non aveva mai visto prima. Su un lato c'era una veduta aerea dell'area compresa tra la casa dei Patchett e la baita di Henry Thomas, che qualcuno aveva procurato. Sull'altro lato c'era una linea temporale provvisoria degli eventi.

«Quinn.» disse il capo. «Sei in ritardo. Dovevi essere qui alle otto.»

Josie si accostò al capo. «Ho incontrato la detective Heather Loughlin della Polizia di Stato. Credo che abbiamo un bel problema per le mani.»

Noah e Gretchen smisero di scrivere e si guardarono intorno. Il capo incrociò le braccia sul petto magro e la squadrò, con un'espressione corrucciata. «Avresti potuto farlo per telefono e risparmiare a tutti noi un po' di tempo. Non credi che il rapimento di Kayleigh Patchett conti come "problema"?»

«D'accordo, allora abbiamo un'aggravante da aggiungere al problema che già ci si presenta.» gli rispose.

«A nessuno piacciono i sapientoni.» sbottò il capo.

«Questo non è vero.» ribadì Josie.

La sedia di Gretchen cigolò mentre si dondolava all'indietro. «Non farlo arrabbiare. Raccontaci solo quello che ha detto la Loughlin.»

Josie fece un breve resoconto delle informazioni che si era scambiata con Heather Loughlin, osservando come le loro espressioni diventassero sempre più angosciate a ogni parola. Quando ebbe finito, il capo si passò una mano sulla testa calva ed emise un gemito. «Questo stupido Uomo dei Boschi. Vuoi fare la spiritosa, Quinn? È solo l'invenzione di qualche ragazzino.»

«Che l'assassino si consideri o meno l'Uomo dei Boschi, la leggenda è assolutamente reale.» ribatté Noah. «È chiaro, perché i ragazzi vanno in giro a cercarlo.»

«Dovremo dire qualcosa...» disse Gretchen, «alla stampa, intendo.»

«Io non ho alcuna intenzione di alimentare questa buffonata.» insistette il capo. «La storia è irrilevante. Non ha alcuna attinenza con la nostra indagine. Stiamo cercando un uomo. Un uomo in carne e ossa.»

«Allora organizzi una conferenza stampa.» gli propose Josie. «Oppure lavori gomito a gomito con Amber per trovare qualcosa che ci si avvicini. Non smetteranno di fare domande su questa faccenda, ed è solo questione di tempo prima che la stampa colleghi i casi di Heather a quello di Kayleigh e quando succederà si scatenerà una bufera mediatica.»

«Quinn ha ragione.» concordò Gretchen. «Questo è proprio il genere di cose che la gente si divora. Diventerebbe virale sui social media in men che non si dica e un attimo dopo ci ritroveremmo con una copertura giornalistica nazionale. Ed è proprio l'ultimo dei casini di cui abbiamo bisogno mentre stiamo cercando di ritrovare Kayleigh Patchett.»

Il capo Chitwood, che era rimasto insolitamente silenzioso, attese un attimo prima di dire: «Bene. Parlerò con Amber quando arriverà. Terremo una conferenza stampa. Ma voi tre..., anzi, no, tu no Palmer, perché voglio che tu vada a casa a dormire... Fraley e Quinn, voi due dovete continuare a occuparvi di questa storia. Dobbiamo lavorare su ciascuna pista, da ogni prospettiva.»

«Cominciamo da qui.» Josie si girò e studiò la piantina. In base alla calligrafia che indicava la casa dei Patchett, il luogo in cui era stata trovata Savannah, la posizione delle tracce di sangue e delle trappole e la casetta di Henry Thomas, sembrava che il capo l'avesse fatta di suo pugno. Josie tracciò il percorso dalla casa dei Patchett al luogo in cui era stato trovato il sangue fino alla baita di Thomas. «Abbiamo determinato con precisione quanti chilometri sono?»

«Kayleigh era a cinque chilometri da casa quando è stata rapita.» disse il capo. «È molto lontano, almeno per la sorellina di otto anni. Perché mai avrà portato Savannah così lontano?»

«Entrambe le sorelle Patchett sono piuttosto atletiche.» constatò Noah. «Possibile che, per loro, cinque chilometri non fossero una grande distanza.»

Il capo annuì. «Può darsi. Ma guardate qui. Da dove è stata rapita Kayleigh, ci sono altri cinque chilometri a piedi fino alla baita di Henry Thomas.»

Noah si alzò e si avvicinò alla lavagna. «È un bel po' di

strada per costringere qualcuno ad attraversare il bosco. A meno che non l'abbia portata in braccio...»

Dalla sua scrivania, Gretchen disse: «Se l'avesse minacciata con una pistola, non gli sarebbe stato difficile.»

«Henry Thomas non possiede armi.» ricordò il capo ai suoi detective. «Non gli è permesso averne con la sua condanna. Anche se ne possedesse una illegalmente, cosa che non escluderei, le ricerche non ne hanno trovato traccia.»

«Se Kayleigh voleva proteggere Savannah, sarebbe andata con lui, che fosse sotto la manciata di una pistola o meno.» disse Josie.

«È vero.» concesse Noah.

«Parlando con Savannah, mi è sembrato che Kayleigh sia sempre molto protettiva nei suoi confronti.» disse Josie. «Quindi immagina di trovarti nel bosco con la tua sorellina al solo scopo di dimostrarle che la leggenda che gira per la scuola non è altro che una leggenda, appunto. Vi imbattete in un uomo, che vi minaccia, che vi aggredisce. Perdete sangue. La tua sorellina è a un passo da te. Cosa faresti?»

«Tutto quello che posso per allontanarlo da lei.» rispose Noah.

Gretchen si alzò, si avvicinò alla lavagna e indicando la puntina che segnava il luogo in cui erano state trovate le tracce di sangue, chiese: «L'ha ferita lui o è stata quella cosa che hai trovato a farlo?» Si voltò verso Josie. «La trappola, intendo.»

«Hummel ha tipizzato il sangue che è stato trovato là?» chiese Josie.

«Era dello stesso tipo di quello di Kayleigh.» le rispose il capo. «L'abbiamo mandato al laboratorio di Stato per l'analisi del DNA, ma sembra che sia suo.»

Josie annuì, sentendo una fitta allo stomaco. «Hummel ha trovato qualcosa quando ha analizzato la trappola?»

«No.» disse il capo. «Avevi ragione. Erano liane, bastoni, ramoscelli, foglie. Quel genere di cose. A parte il pezzo di stoffa blu. Ha trovato tracce di sangue anche su quello. Era dello stesso gruppo di Kayleigh. I genitori non sono stati in grado di dirci se avesse una felpa blu o altro addosso, ma come sai dopo aver parlato con lei, la più piccola ha confermato che la maggiore ne ha una e che la indossava quando sono uscite.»

«Deve essere la sua.» concluse Noah.

«Allora è stata ferita dalla trappola.» disse Josie. «Savannah ha sentito un rumore, una specie di schianto. Tornerebbe con l'ipotesi che Kayleigh sia inciampata e si sia ferita.»

«Ma lei ha chiamato Savannah, ha detto "No, lasciami! Lasciami andare!", il che significa che lui doveva essere lì vicino alla trappola. Quello che non capisco è: se Henry Thomas è una specie di serial killer, perché avrebbe preso qualcuno così vicino a casa sua e avrebbe attirato così tanta attenzione su di sé?»

Gretchen sospirò e si passò una mano tra i capelli. «Non possiamo affermare con assoluta certezza che Henry Thomas è un serial killer. Le uniche cose che possiamo dire con certezza sono che Kayleigh e Savannah sono andate nel bosco dietro casa loro; sono state separate; Kayleigh è stata ferita da questo aggeggio che apparentemente è una trappola; Savannah ha sentito un rumore e ha visto un uomo con una camicia gialla e un paio di blue jeans; nella casa di Henry Thomas abbiamo trovato dei blue jeans, ma nessuna camicia gialla; Kayleigh ha detto a Savannah di scappare perché l'aveva "catturata"; Savannah è scappata.» Indicò la puntina che rappresentava la posizione approssimativa in cui Josie e Luke avevano trovato la bambina. «Si è nascosta in quel punto; nel frattempo, chiunque sia questa persona che l'ha "catturata", ha fatto marciare Kayleigh da dove abbiamo trovato le tracce del suo sangue fino a qui, attraverso questa strada, fino alla cima del monte e qui alla baita di Thomas. E sappiamo che è arrivata fin lì perché Blue ha seguito il suo odore.»

Noah ripiegò le braccia sul petto. «Quindi l'ipotesi è che Henry Thomas abbia fatto una di queste tre cose: l'ha uccisa e si è sbarazzato del suo corpo; la tiene segregata in qualche posto che non è di sua proprietà; ha contattato un'altra persona perché la portasse via, viva o morta.»

«Kayleigh non è con Thomas.» disse Gretchen. «O il suo corpo è stato seppellito da qualche parte che non abbiamo ancora controllato oppure è stata portata via con un veicolo dal vialetto di Thomas. Non sappiamo se sia stato Thomas stesso o qualcun altro.»

«Quindi, potrebbe avere un complice?» chiese Noah.

VENTISEI

Nella stanza calò il silenzio. Vedendo che nessuno di loro gli dava una risposta, Noah cercò di dare una risposta alla sua stessa domanda. «Ma se tutto questo è opera di Henry Thomas e di un suo eventuale complice, chi potrebbe essere? Siamo stati a parlare con tutti i suoi contatti, anche con Morris Lauber.»

«Non stiamo cercando necessariamente un complice.» precisò il capo indicando la linea cronologica degli eventi. «Thomas avrebbe avuto tutto il tempo per portare la ragazza altrove e disfarsene. Farò condurre delle ricerche a tappeto da qui.» Indicò l'area boschiva di fronte al vialetto di Thomas. «Non sarebbe stato difficile per lui percorrere tutto il vialetto di casa sua, attraversare la strada, immergersi da qui nel bosco per seppellirla da qualche parte.»

«Oppure ha caricato il corpo su un veicolo, l'ha portato da qualche parte e l'ha seppellito.» aggiunse Noah.

«Ma se è questo che Thomas ha fatto, la Squadra di Hummel avrebbe dovuto trovare le prove dei suoi spostamenti nel rapporto sui dati GPS della sua Toyota.» obiettò Josie. «Ce lo ha mandato Hummel?»

Con un sospiro, Noah tornò alla sua scrivania per tirare

fuori una piccola pila di pagine dal cassetto che porse a Josie. «Thomas ha detto la verità sui suoi spostamenti. A che ora è uscito e a che ora è tornato a casa. E da allora non si è più mosso.»

«Quindi è vero che la Chevrolet El Camino non parte e non si sposta?» chiese Josie, sfogliando il rapporto. Ricordava che Noah aveva detto che il caso della contea di Montour era avvenuto tre settimane prima. Ogni veicolo si differenzia per la capacità di memorizzazione del sistema GPS. Alcuni archiviano mesi di dati, altri solo qualche giorno. Il mandato che avevano emesso riguardava gli spostamenti di Henry Thomas solo nella giornata del sabato precedente, ma il download risaliva a una settimana prima. Non abbastanza per sapere se fosse stato nella contea di Montour quando Sarah McArthur e Dawn Angels erano entrate nei boschi.

«Una delle prime cose che ho chiesto a Hummel è stata proprio quella sulla Chevrolet El Camino.» le fece eco Noah. «E no. Manca il convertitore di coppia. L'ho fatta ispezionare da Hummel e abbiamo fatto venire anche uno dei nostri meccanici a darle un'occhiata. Volevo assicurarmi che Thomas non ci stesse prendendo in giro quando ha detto che non partiva, usandola di nascosto per commettere dei crimini, specie visto che non è dotata di GPS. Senza il convertitore di coppia, è impossibile che Thomas possa usarla. In effetti, abbiamo trovato così poco su entrambe le auto che Hummel dovrà restituirle domani.»

«Aspetta un attimo.» lo fermò Josie. «Cos'è il convertitore di coppia?»

«È un piccolo dispositivo rotondo che viene imbullonato al volano del motore. È composto da quattro parti: una pompa, una turbina, uno statore e una frizione...»

«Mi hai perso al volano, Fraley.» disse Gretchen.

Noah si mise a ridere. «Si trova tra il motore e la trasmissione.»

«Va bene.» disse Gretchen. «Continua.»

«In pratica, usa l'olio per trasferire energia dal motore alla trasmissione.»

«È la parte che fa muovere l'auto.» sintetizzò il capo. «E la El Camino di Thomas non ce l'ha.»

«E non ne abbiamo trovato uno da nessuna parte nella sua proprietà.» aggiunse Noah. «Tanto più che se avesse voluto installarne uno lui stesso, gli ci sarebbero volute un paio d'ore. Non è una cosa che infili e sfili in quattro e quattr'otto senza problemi se vuoi rimettere in moto una macchina.»

«Per questo abbiamo indagato sui contatti di Thomas.» disse Gretchen. «Se rimaniamo dell'idea che sia stato lui a prendere Kayleigh e poi abbia avuto bisogno di sbarazzarsi di lei, ma non era nelle condizioni di farlo da solo, avrebbe avuto bisogno che qualcuno venisse a prenderla... o che lo aiutasse a disfarsi del suo corpo.»

«Hummel ha ispezionato il pick-up di Morris Lauber.» disse Josie, gettando il rapporto del GPS sulla scrivania.

«E non ha trovato alcuna traccia che indichi che dentro ci sia stata Kayleigh Patchett.» disse Gretchen.

«Cosa mostravano le coordinate del suo GPS?» si informò Josie.

«Che sabato non era neanche nelle vicinanze della casetta di Thomas.» disse Gretchen.

«Inoltre, non risulta che i due si siano scambiati telefonate o messaggi nella giornata di sabato.» aggiunse Noah. «Stiamo ancora aspettando i tabulati telefonici di Thomas dal suo gestore per essere sicuri di poter vedere tutto ciò che potrebbe aver cancellato, ma non sembra promettere niente.»

«Morris ci ha fatto vedere il suo telefono.» disse Gretchen. «E non c'era nulla tra lui e Henry nemmeno sul suo telefono. Stavo per preparare un mandato, ma se non riusciamo a collocarlo vicino alla scena del crimine o a produrre prove del suo coinvolgimento, ho pensato che il giudice non ce l'avrebbe concesso. Se quei due si sono messi in contatto, lo scopriremo solo dai tabulati telefonici di Thomas.»

«E che mi dici della fidanzata di Morris Lauber?» chiese Josie.

«Ci abbiamo fatto una lunga chiacchierata.» raccontò Noah. «È stata estremamente collaborativa. È piuttosto scontenta di Lauber. Ha detto che da tempo cerca di convincerlo a non frequentare più Thomas, ma lui continua a girargli intorno per una qualche impropria forma di lealtà nei confronti del defunto padre, suo amico. Comunque, la fidanzata di Lauber è stata al lavoro alla Sublime Cupcakes tutto il giorno, dalle otto del mattino alle otto di sera. Abbiamo visto i video di sorveglianza del parcheggio: la sua auto è stata lì tutto il giorno e non si è mossa; quindi, è impossibile che Morris Lauber gliel'abbia presa mentre era al lavoro, abbia guidato fino alla baita di Thomas e abbia prelevato Kayleigh Patchett per farle qualcosa.»

«Quindi torniamo a considerare Thomas che agisce da solo.» mormorò Josie. «E il suo computer portatile? Non potrebbe aver usato quello per comunicare in qualche modo con qualcuno? Hummel ha avuto modo di guardarlo. Non ha trovato niente?»

«C'era un sacco di porno.» disse Gretchen. «Non molto altro.»

«Social media?»

Gretchen scosse la testa. «Nessun account.»

Josie tornò alla lavagna, questa volta studiando la cronologia degli eventi.

7:00: Henry Thomas si sveglia.
8:00: Shelly e Dave Patchett si svegliano.
8:13-8:52: Henry Thomas mangia al Denton Diner (confermato dai filmati di sorveglianza).
9:02: Dave e Shelly Patchett arrivano al negozio di alimentari (confermato dai filmati di sorveglianza).

9:53: Dave e Shelly Patchett escono dal negozio di alimentari (confermato dai filmati di sorveglianza).

10:00-10:15: Dave e Shelly Patchett arrivano a casa.

11:30: Dave e Shelly Patchett iniziano a cercare Kayleigh e Savannah.

11:33: Dave e Shelly Patchett contattano il vicino della casa a sud (confermato dal telefono del vicino).

11:37: Dave e Shelly Patchett contattano il vicino della casa a nord (confermato dal telefono del vicino).

14:30 (circa): i proprietari di quattro case del vicinato a sud segnalano la presenza di Shelly Patchett nel loro giardino (confermato dalla dichiarazione dei vicini).

14:47: Shelly Patchett fa la prima chiamata alla polizia.

15:05: intervengono le prime unità.

15:30: iniziano le ricerche con l'unità cinofila.

17:45: Savannah Patchett viene ritrovata.

20:10: inizia la seconda ricerca con l'unità cinofila.

23:30: le ricerche con l'unità cinofila si concludono alla baita di Henry Thomas.

«Non sappiamo l'ora precisa in cui Kayleigh è stata rapita.» disse Josie. «Se fosse successo quando i genitori erano già in giro a cercare le figlie, tra le undici e trenta e le quattordici e quarantasette, non avrebbero dovuto trovare entrambe le ragazze?»

«O non avrebbero sentito le grida di Kayleigh mentre veniva rapita?» le andò dietro Gretchen.

«Oppure, se fosse stata rapita prima che i genitori iniziassero a cercarle...» disse Noah, «in qualche momento tra le otto e quarantacinque e le undici e trenta, Savannah, quando è rimasta da sola nel bosco, non avrebbe dovuto sentire i genitori che le chiamavano?»

Josie scosse la testa. «Quando ha sentito che noi la stavamo chiamando non è venuta fuori.»

«Ma sarebbe venuta fuori se avesse sentito i genitori.» obiettò Gretchen.

Il capo fece un cerchio con un dito intorno all'area in cui era stata trovata Savannah. «Questo posto è a cinque chilometri dal retro della casa dei Patchett e quasi un chilometro e mezzo verso nord. Quanta strada hanno percorso i genitori? O hanno cercato solo a sud?»

Josie indicò una casa a quasi tre chilometri a sud del luogo in cui era stata ritrovata Savannah. «Sappiamo che Mrs. Patchett è entrata nel giardino di questo vicino intorno alle quattordici e trenta.»

«Tuttavia, questo implica che ha trascorso un considerevole lasso di tempo a cercare le figlie nei boschi.» osservò Gretchen accigliandosi. «Un lasso di tempo che non ci permette di sapere dove sia stato il marito. Difficile immaginare che i genitori fossero già in giro prima che avvenisse il rapimento e non abbiano sentito nulla. Ma anche se fossero andati laggiù a rapimento avvenuto, come mai non hanno trovato Savannah? E perché hanno atteso a lungo prima di chiamare la polizia?»

«Anche a me questo sembra sospetto.» osservò il capo. «Penso proprio che sia il caso di fare una chiacchierata più lunga con tutti e due, ma prima otteniamo le coordinate del GPS dei loro veicoli. Sappiamo che Kayleigh è stata portata a piedi sul versante della montagna fino alla baita dei Thomas e poi è scomparsa.

Se uno o entrambi hanno a che fare con questa storia, il loro GPS li collocherebbe nei pressi di quella baita. E già che ci siamo voglio anche i tabulati telefonici.»

«Credevo che stessimo cercando di capire se Henry Thomas è un serial killer.» Intervenne Noah. «Pensa che i genitori abbiano fatto qualcosa a Kayleigh di proposito? Pensa che sia tutta una messinscena? Anche chiamare la stampa, le operazioni di ricerca? E allora i casi su cui sta lavorando la Polizia di Stato?»

«Noi dobbiamo preoccuparci del nostro caso.» sentenziò Chitwood. «Solo perché Thomas sembra un buon candidato, non significa che sia stato lui. Non dobbiamo mai cercare di far coincidere le prove con quello che pensiamo sia successo. Dobbiamo esaminare ogni singolo dettaglio.»

«Ma i genitori?» chiese Noah accigliandosi.

«Andiamo, Fraley.» lo stuzzicò Gretchen. «Fai questo mestiere da molto tempo, lo sai bene che i genitori sono i primi sospettati. I Patchett avevano molti problemi con Kayleigh. Non è detto che sia stata una cosa intenzionale o premeditata, ma non possiamo ignorare la possibilità che abbiano giocato un ruolo in quello che le è successo. Non possiamo concentrarci troppo su Thomas finché non li avremo esclusi del tutto dalla lista dei sospettati.»

«Questo lo so.» disse Noah alzando le mani in segno di concessione. «Sto solo facendo l'avvocato del diavolo.»

Come avrebbe fatto Mett, pensò Josie improvvisamente. Non le sfuggì che sia il capo che Gretchen lanciarono un'occhiata alla sua scrivania vuota.

«Il che significa che dobbiamo continuare a scavare da ogni prospettiva.» sentenziò il capo. «Per ora abbiamo esaurito la pista su Henry Thomas, almeno fino a quando alcune delle nostre prove non saranno analizzate dal laboratorio della Polizia di Stato. Ho piazzato un'unità intorno a casa sua. Hanno l'ordine di sorvegliarlo ventiquattr'ore su ventiquattro e di seguirlo se esce. Non si vede un accidente di niente dal fondo del suo vialetto, ma se si azzarda a mettere il naso fuori dalla porta, i ragazzi ce lo diranno. Nella zona ci sono ancora agenti di pattuglia e gruppi di volontari che si muovono in cerchi concentrici a partire dalla casa Patchett a ogni nuova operazione di ricerca. Perciò, se Kayleigh è stata sepolta nel bosco in un luogo che non è già stato perlustrato, ci sono buone probabilità che alla fine qualcuno noti una buca appena scavata.»

«Abbiamo ottenuto qualcosa dai tabulati telefonici di Kayleigh?» domandò Josie. «O dal suo operatore?»

«Non ancora.» rispose Gretchen. «Ma ho chiamato tre volte per chiedere che accelerino i tempi e per cercare di convincerli che c'è in gioco la vita di una ragazza.»

«Cosa ci rimane?» disse Noah.

«Olivia.» disse Josie. «È la migliore amica di Kayleigh e voglio ancora parlare con lei. E vediamo di riuscire a rintracciare il ragazzo delle foto che Kayleigh aveva nascoste nel suo telefono.»

«A proposito di quel ragazzo.» disse Gretchen. «Morris Lauber ha detto di aver visto più di una volta degli adolescenti introdursi nella proprietà di Henry Thomas. Facevano cose spericolate, cercando di avvicinarsi ai cimiteri.»

«Giusto.» disse Josie. «Lauber ha detto che Thomas usciva e li cacciava. Secondo me dovremmo chiedere proprio a Thomas se ha mai visto il ragazzo misterioso.»

Chitwood si guardò intorno. «Palmer, vai a casa a farti una dormita. Fraley e Quinn, voi due mettetevi al lavoro sui Patchett e sugli amici di Kayleigh.»

«Signore...» disse Gretchen a bassa voce. «So che non è il momento migliore per parlarne, ma...»

Chitwood agitò una mano in aria e le sue guance segnate dalle cicatrici da acne si colorarono di rosa. «Lo so, lo so. Siamo senza un uomo e non ho assunto nessuno per sostituire Mett. Sono io il vostro quarto uomo in questo momento. Ci siamo capiti? Andrò di persona alla baita di Thomas a chiedergli di quei ragazzini. Non mi dispiace andare a farmi un'idea di com'è quello stronzo.»

«Signore, lo apprezziamo, però...» disse Noah, «come soluzione a lungo termine non è...»

Il capo lo interruppe sbraitando più forte: «Per oggi non assumerò nessuno, Fraley! Abbiamo un caso da risolvere. Una ragazzina da trovare. So che avete visto la pila di curricula sulla mia scrivania. Voi tre siete dei dannati ficcanaso. Me ne occuperò quando me ne occuperò. Ora mettiamoci al lavoro!»

VENTISETTE

Josie e Noah prepararono i mandati per i tabulati telefonici dei Patchett e per le tre auto registrate a loro nome. Una volta inviati i mandati all'operatore telefonico, chiamarono Hummel e gli chiesero di raggiungerli a casa dei Patchett per il sequestro dei veicoli della famiglia. Mrs. Patchett rimase sulla porta d'ingresso, con Savannah che la avvolgeva in un abbraccio e il viso sepolto nel ventre della madre, mentre Mr. Patchett faceva avanti e indietro tra due dei loro veicoli, lamentandosi ad alta voce che non stavano facendo abbastanza per trovare sua figlia. Josie e Noah gli assicurarono che si trattava solo della procedura di routine e che tutto il loro dipartimento stava lavorando ventiquattr'ore su ventiquattro per ritrovare sua figlia. Lui non pareva convinto.

«Assumerò un mio investigatore privato!» gridò di rimando mentre risalivano sulle loro macchine per andarsene. «E mi procurerò anche un avvocato e vi farò causa per non aver fatto il vostro lavoro!»

Noah stava ancora scuotendo la testa quando imboccò la strada per tornare in città, verso il ristorante Timber Creek. «Sei sicura che Olivia Wilcox sia di turno oggi?» chiese.

«Sì.» rispose Josie. «Ho chiamato poco fa e ho parlato con il direttore. Ha confermato che Olivia inizierà il turno pomeridiano dopo la scuola dalle quattro alle dieci.»

Per fortuna, non era necessario che i genitori di Olivia fossero presenti e nemmeno che venissero avvisati che stavano andando a parlare con lei, nonostante fosse ancora minorenne, dato che non intendevano sottoporla a un interrogatorio come sospettata; in base alla sua esperienza, Josie sapeva che era molto meglio parlare con una ragazza di quell'età lontano dai genitori, perché di norma gli adolescenti sono sempre più propensi a parlare di certe cose che, altrimenti, non vorrebbero mai ammettere se i genitori fossero presenti.

«Sei riuscita a dormire stanotte?» le chiese Noah.

A Josie tornò in mente Harris rannicchiato accanto a lei sul divano. A un certo punto della notte, Misty li aveva portati entrambi a letto, ma Josie non se lo ricordava per niente. «Sì, ho dormito, a dire il vero. A proposito, Misty e Harris sono rimasti a dormire da noi ieri sera. Tu stacchi prima di me, quindi potresti trovarli ancora lì. Ho detto a Misty che possono restare quanto vogliono.»

«Hai fatto bene.» disse Noah. «Ma è successo qualcosa?»

Josie gli raccontò della conversazione che aveva fatto con Harris. Le veniva tutt'ora il mal di pancia se ripensava a quanta paura racchiudeva quel suo corpicino e a quanto si era sentita impotente nel rassicurarlo. «Noah, non avevo la minima idea di cosa potevo dirgli.»

«A me sembra che tu l'abbia gestita piuttosto bene.» rispose lui.

«Può darsi.» mormorò, rivolgendo lo sguardo fuori dal finestrino, osservando gli alberi che si facevano più radi a cui si sostituivano le zone residenziali più dense man mano che raggiungevano la parte centrale della città.

«È tutta colpa di questa stupida storia dell'Uomo dei

Boschi. Ho la sensazione che se Harris non se la fosse sentita ripetere così a lungo, non ne avrebbe tanta paura adesso. Certo, avrebbe potuto sentirne parlare al notiziario e rimanerne sconvolto e spaventato, ma ricollegare la storia all'Uomo dei Boschi ne ha solo amplificato l'effetto.»

«Lo so.» disse Noah. «È un peccato, soprattutto perché lui non è l'unico bambino a esserne influenzato. Voglio dire, l'unico motivo per cui Kayleigh ha portato Savannah nel bosco è stato appunto per dimostrarle che quell'uomo, quella creatura o qualsiasi altra cosa sia, non è reale.»

«Potrebbe anche essere reale, però...» rifletté Josie. «Se i casi di cui mi ha parlato la Loughlin sono collegati a quello di Kayleigh, allora è, a tutti gli effetti, reale. Un serial killer che prende di mira i ragazzini, Noah! Questo è il mondo in cui avremo un nostro bambino. Ci pensi mai?»

«Ma certo che ci penso. Con questo lavoro non potrei fare a meno di pensarci.»

Josie lo guardò anche se lui continuava a guardare la strada. «E non ti fa paura?»

«Mi terrorizza.»

A questo Josie non rispose. Non riusciva a far uscire quelle parole: *allora cosa stiamo facendo?*

Si voltò di nuovo verso il finestrino dove davanti ai suoi occhi scorreva il quartiere centrale degli affari della città. Un attimo dopo, una mano di Noah si chiuse sulla sua e gliela strinse.

«Sapere che potrebbe accadere qualcosa di brutto non è una buona ragione per non avere un bambino, Josie. Qualcosa di brutto può sempre accadere, che si abbia o meno un figlio. Diamine, qualcosa di brutto sta accadendo in chissà quanti posti mentre parliamo. È la realtà del mondo. Ma questo non deve impedirci di vivere.» Vedendo poi che non le rispondeva, Noah aggiunse: «Nessun rimpianto, ti ricordi?»

Lei deglutì e si voltò per rivolgergli un debole sorriso.

Altri due isolati passarono davanti al finestrino.

«Domani hai una seduta con la dottoressa Rosetti, vero?» le chiese Noah. «Dovresti parlarne con lei.»

«In mattinata. Ma non avevo intenzione di andarci.» disse Josie. «Il caso...»

«Devi andarci, Josie. Sono cinquanta minuti. Io e Gretchen ce la facciamo a difendere il fortino.»

«Posso fissare un altro appuntamento.» insistette lei.

«No.» disse lui con fermezza. «Hai dormito poco ultimamente. È importante che tu vada a queste sedute.»

Josie stava cercando le parole per protestare quando vide il ristorante Timber Creek. Noah le lasciò la mano e svoltò a destra per entrare nel parcheggio. Era un edificio spazioso, a un solo piano, che dall'esterno aveva l'aspetto di una baita di tronchi finti. Era ancora presto, non era neanche l'ora di cena, e il parcheggio era quasi vuoto: le condizioni perfette per interrogare il personale, pensò Josie. Grandi sculture in legno di orsi e lupi fiancheggiavano l'ingresso principale. Passarono attraverso un'anticamera. La postazione di accoglienza si trovava proprio di fronte alle porte del ristorante e lì stava Olivia Wilcox, con i lunghi capelli rossi tirati indietro e attorcigliati in uno chignon ordinato. Esibì un ampio sorriso appena li vide. «Salve.» li accolse con voce fin troppo allegra. «Benvenuti al Timber Creek. Siete in due?»

A un esame più attento, Josie vide che i suoi occhi erano arrossati e gonfi. Lei e Noah le mostrarono i loro distintivi e Noah fece le presentazioni. Prima che potesse andare oltre, Olivia iniziò a indietreggiare dalla postazione. «Vado a chiamare il direttore.»

«Va bene.» disse Josie «Ma il motivo principale per cui siamo qui è per parlare con te, Olivia.»

La ragazza alzò le mani, arricciandole al petto, e spostò lo sguardo dall'uno all'altra.

«Con me?» chiese con un filo di voce. «Perché volete parlare con me?»

«Sono sicuro che avrai visto il notiziario, Olivia.» le disse Noah. «Sabato Kayleigh Patchett è stata rapita. Parte della nostra indagine consiste nel parlare con le persone più vicine a lei.»

«Sua madre ci ha detto che voi due siete migliori amiche.» aggiunse Josie.

«Sì, è così.» mormorò lei. «Io e Kayleigh siamo migliori amiche. Credo. Non occorre che i miei genitori siano presenti, se dovete parlare con me?»

«Olivia, non sei nei guai.» la rassicurò Noah. «Quindi no, non occorre chiamare i tuoi genitori. Ti sentiresti meglio se li facessimo venire?»

Di colpo, qualsiasi traccia di colore svanì dal suo viso. «Oh Dio, no.» Si guardò i piedi. «È solo che io non... non mi sento bene. Io...»

Josie lanciò un'occhiata a Noah e disse: «Olivia, sai una cosa? Dobbiamo parlare anche con il tuo responsabile e magari con un altro paio di persone che conoscono Kayleigh. Se io e il tenente Fraley ci dividessimo, la sbrigheremmo molto più velocemente. Se potessi dire al tenente Fraley dove può trovarlo, lui potrebbe parlare con il tuo responsabile così, nel frattempo, io e te potremmo farci una chiacchierata qui.»

«Certo.» rispose lei puntando un dito a sinistra della postazione di accoglienza e dandogli indicazioni. Ma anche una volta rimasta sola con Josie, la ragazza era ancora visibilmente pallida e teneva le mani ancora strette a pugno e premute sullo sterno.

«Quando è stata l'ultima volta che hai visto Kayleigh?» le chiese Josie.

«Di persona? Venerdì a scuola.»

«Quando è stata l'ultima volta che hai parlato con lei?»

«Venerdì sera. I suoi genitori le avevano preso il telefono per punirla, ma glielo hanno fatto usare almeno per chiamarmi e chiedermi di sostituirla nel suo turno.»

Questo corrispondeva con la cronologia delle chiamate sul telefono di Kayleigh. «Di cosa avete parlato?»

«Mi ha chiesto se potessi sostituirla oggi perché aveva l'allenamento di softball. Kayleigh detesta il softball, ma i suoi genitori vogliono che continui a giocare.»

Josie sorrise. «Sì, questa è l'impressione che ho avuto anch'io.»

Olivia continuava a guardare altrove, ma almeno sul suo viso era tornato un po' di colore. Prese un pennarello cancellabile a secco dalla sua postazione e sfilò il tappo.

«I genitori di Kayleigh ci hanno detto che le hanno impedito di aprire account sui social media. Sembra che sia piuttosto difficile sopravvivere al liceo senza avere neanche un profilo.»

«Beh, non proprio, ci sono dei ragazzi che non ce l'hanno.»

«Davvero Kayleigh non ha neanche un account?» chiese Josie.

«No, neanche uno. Non ha mai avuto un proprio profilo.»

«Non preoccuparti di metterla nei guai, Olivia. Puoi dire la verità. È una cosa importante.»

Olivia lanciò un'occhiata verso la porta d'ingresso, come se desiderasse che qualcuno entrasse e mettesse fine a quell'interrogatorio. «Non ce l'ha, dico davvero. I suoi genitori sono molto severi al riguardo.»

«Ma il telefono non è l'unico posto da dove si può accedere alle applicazioni.» le fece notare Josie.

Olivia non disse nulla.

«Kayleigh ha mai usato il tuo di telefono per accedere a una piattaforma social?»

«No.»

«Olivia...»

«Non ha usato il mio telefono, glielo giuro. Non ha nessun account social. I suoi genitori la ucciderebbero se lo scoprissero.

Pensano che verrebbe adescata da qualche pervertito su Internet o che so io. C'erano diverse cose su cui si impuntava, come il fatto di non voler fare sport, ma i profili sui social non erano tra queste.»

«Olivia, Kayleigh usciva con qualcuno?»

Rimise il tappo al pennarello e tenendo gli occhi puntati sulla piantina plastificata dei tavoli che aveva a portata di mano alla postazione, rispose: «No.»

Josie tirò fuori il suo telefono e fece apparire la foto del ragazzo misterioso che aveva trovato nella galleria segreta di Kayleigh. Appoggiò il telefono sopra la cartina dei tavoli, direttamente di fronte agli occhi di Olivia. «Sai chi è questo ragazzo?»

Con i denti dell'arcata superiore, Olivia si grattò il labbro inferiore. Sfilò di nuovo il tappo del pennarello e poi lo rimise al suo posto. «No.»

Josie lasciò il telefono davanti a lei. «Questa foto era in un'applicazione segreta nel telefono di Kayleigh. In effetti, in quella galleria c'erano circa una mezza dozzina di foto di lui e di loro due insieme. Sembravano molto intimi, molto vicini. Sappiamo che le foto sono state scattate nell'ultimo anno. Non ti ha mai parlato di lui?»

Olivia distolse lo sguardo dal telefono, sempre grattandosi il labbro inferiore con i denti, girando e rigirando il tappo del pennarello. «E va bene. Ha detto che si vedeva con un ragazzo più grande. Ma io non le ho creduto. Nessuno le ha creduto.»

«Come sarebbe "nessuno"?» chiese Josie.

«Per esempio, qui al lavoro e a scuola. Continuava a vantarsi di avere un ragazzo più grande... ma, non so, non le credevamo. Sembrava solo qualcosa che diceva per sentirsi meglio.»

«Sentirsi meglio per cosa?»

Quando sfilò di nuovo il tappo del pennarello, rimbalzò sul pavimento. Josie lo raccolse e lo restituì a Olivia che lo prese con dita tremanti. Le ci vollero tre tentativi per rimetterlo sul pennarello. Quando tornò a guardare Josie, aveva gli occhi lucidi di lacrime.

«Olivia?» disse Josie.

La sua espressione si inasprì. Un singhiozzo le uscì dal profondo del petto. Scansò Josie e corse fuori attraverso la porta d'ingresso.

VENTOTTO

Josie si precipitò dietro Olivia, andando a sbattere contro le doppie porte e rischiando di far cadere una coppia che stava entrando. Borbottò delle scuse e guardò da una parte all'altra della strada finché non individuò Olivia che correva lungo l'isolato, stringendosi la pancia con una mano e asciugandosi gli occhi con l'altra.

Raggiungendola, Josie disse: «Olivia, per favore. Fermati.»

Olivia si aggrappò con una mano alla cima del parchimetro più vicino, mentre con l'altra si stringeva la pancia. «Sto per sentirmi male.»

Josie si avvicinò. «Fai dei respiri profondi.»

La ragazza si contorse e si piegò in avanti come per dare di stomaco, ma non riuscì a far uscire nulla. Josie si chinò e le parlò a voce bassa nell'orecchio. «Olivia, devi calmarti. Andrà tutto bene.»

Olivia girò il viso verso Josie. Le lacrime le scendevano sulle guance. «Certo! A me andrà tutto bene... ma che ne sarà di Kayleigh? È la mia migliore amica ed è scomparsa, e voi volete che io parli male di lei.»

Josie trovò un fazzoletto in una tasca e glielo porse. «Non ti sto chiedendo di parlare male della tua amica, Olivia, te lo assicuro. Forza, alziamoci. Perché non vieni con me? C'è una piccola caffetteria dietro l'angolo. Possiamo metterci a sedere, prendere una tazza di caffè e parlare un po'. È tutto quello che ti chiedo per il momento. Una tazza di caffè.»

La ragazza si raddrizzò e Josie seguì il suo esempio, rimase a guardarla mentre si asciugava le guance e faceva un respiro profondo e tremante. «Non posso.» disse lei. «Devo lavorare. Scommetto che sono già nei guai.»

Josie tirò fuori il telefono. «No. Farò in modo che tu non lo sia. Manderò un messaggio al mio collega e gli dirò di far sapere al tuo responsabile che avevo bisogno di parlare con te per questioni ufficiali di polizia e che tornerai non appena avremo finito.»

Josie inviò il messaggio a Noah mentre percorrevano i due isolati per raggiungere il caffè Perk O'Latte. Non era il Komorrah's Koffee, ma in quella circostanza andava bene. Josie lasciò che Olivia ordinasse quello che voleva e poi trovarono un tavolo in fondo al locale, lontano dagli altri clienti. Si sedettero l'una di fronte all'altra. Olivia aveva ordinato un croissant al cioccolato e ora stava rimuovendo la sfoglia esterna con le unghie morsicate fino alla pelle. Si era calmata notevolmente, ma Josie le concesse un altro momento, bevendo un lungo sorso del suo caffè che, a confronto con il caffè che aveva bevuto alla stazione di servizio con Heather Loughlin, era la cosa migliore che avesse mai assaggiato. «Olivia, cosa intendevi prima, quando hai detto che nessuno credeva che Kayleigh avesse un ragazzo? E che se lo era inventato per sentirsi meglio?»

«Dobbiamo proprio parlarne? Mi sento già abbastanza male anche solo ad averlo ammesso o ad averlo pensato. Non riesco a credere di aver detto una cosa simile! Che razza di amica sono?»

«Beh, se risponderai a tutte le mie domande, sarà la tua occasione per essere una buona amica di Kayleigh.»

Olivia staccò un altro pezzo di sfoglia dal suo croissant.

«Sembra una cosa stupida che qualsiasi adulto direbbe per convincermi a vuotare il sacco.»

«Non hai torto.» disse Josie. «Ma ho davvero bisogno che tu mi dica quello che sai, Olivia. Mi dispiace se è difficile parlarne. Riguardo a che cosa Kayleigh voleva sentirsi meglio?»

Olivia fece una scrollata di spalle. «Non lo so. Riguardo a sé stessa, immagino. La scuola è una merda, ha presente? A me non dispiace, ma per Kayleigh è dura.»

«È vittima di bullismo?» chiese Josie.

Olivia scosse la testa. «No, no... quello non c'entra. È solo che, beh, le ho detto che Kayleigh odia il softball. È una vita che vuole smettere, ma i suoi genitori non glielo permettono. Pensava che se avesse cominciato a giocare male - come ha fatto con il calcio e la pallavolo - le avrebbero permesso di smettere, ma loro sono totalmente ossessionati dallo sport. Sembra quasi che, se Kayleigh non pratica almeno uno sport, non valga nulla ai loro occhi.»

Josie pensò ai messaggi tra Kayleigh e la sua compagna di squadra Braelyn. «Quindi ha iniziato a giocare male di proposito, ma doveva comunque rimanere in squadra, e allora le altre ragazze gliel'hanno fatta pesare.»

Olivia incrociò brevemente lo sguardo di Josie. «Sì. Voglio dire, sono davvero una buona squadra. L'anno scorso sono quasi andate alle nazionali. Se Kayleigh non avesse giocato così male, probabilmente ce l'avrebbero fatta. Per questo le altre ragazze ce l'hanno a morte con lei.»

«L'allenatore non potrebbe cacciarla dalla squadra? O metterla in panchina?»

Olivia fece una risata ironica. Era la cosa più naturale e meno carica di nervosismo che le aveva visto fare da quando l'aveva conosciuta. «Ha conosciuto suo padre? Ha fatto pressione sull'allenatore perché la tenesse e la facesse stare almeno un po' di tempo in campo, cosa che ovviamente ha fatto arrabbiare ancora di più tutte le altre. E indovina con chi se la sono presa?»

«Con Kayleigh.»

«Sì, è stato un disastro. Le ho detto che avrebbe dovuto giocare e basta. Non valeva la pena fregare tutte le altre ragazze della squadra solo perché i suoi genitori facevano i cretini.»

«Che cosa ha detto Kayleigh quando le hai detto di giocare e basta?»

Olivia tornò a staccare le scaglie dal suo croissant. «Ha detto che non voleva dare questa soddisfazione ai suoi genitori. Le ho detto che si stava comportando da testarda e che così otteneva solo di farsi del male, ma a lei non importava.»

«Quindi le ragazze della squadra di softball erano scontente di lei.» disse Josie. «È comprensibile. Aveva problemi con qualcun altro?»

«Non lo so. All'inizio dell'anno si vedeva con alcune altre ragazze. Io non ci ho mai parlato con quelle, perché non frequentiamo gli stessi corsi, ma Kayleigh frequentava un gruppo del doposcuola con alcune di loro. Un circolo di scrittura o qualcosa del genere. Un paio di mesi dopo l'inizio della scuola ha detto che avevano iniziato a darle fastidio. Una di quelle ragazze era nel suo corso di letteratura e aveva avuto dei problemi con lei per un compito e le cose si erano fatte spiacevoli. Poi ha iniziato a parlare di questo ragazzo. Penso che l'abbia fatta sentire meglio con sé stessa, come se avesse qualcosa che tutte quelle ragazze che erano state cattive con lei non avevano. Sinceramente, pensavo che si fosse inventata tutto quanto.»

«Non l'hai mai vista con questo ragazzo?» le chiese Josie. Digitò di nuovo il codice per accedere al telefono e lo fece scivolare sul tavolo appena la foto del ragazzo riapparve. Olivia non la guardò minimamente. «No, non l'ho mai vista con quel ragazzo.»

Josie non era molto convinta che Olivia le stesse dicendo la verità, ma non poteva costringerla a cambiare versione. «Però hai detto che di lui parlava. Che cosa diceva?»

Olivia fece un'altra scrollata le spalle. «Non lo so. Soltanto che era più grande e cose del genere. Che aveva una macchina. Che la trovava fantastica e le diceva che era brillante.»

«Ha mai detto come si chiamava?»

Olivia scosse la testa.

«Neanche una volta? Nemmeno a te?»

«No, mai.»

«Olivia, sappiamo che Kayleigh frequentava questo ragazzo da almeno un anno. Tu stessa hai detto che parlava spesso di lui.»

Olivia aprì il centro del croissant e infilò l'indice nel ripieno di cioccolato vischioso. Il ripieno le si appicciò al dito, penzolando in un filo di zucchero quando ritirò la mano. Poi prese un tovagliolo e si pulì il dito.

«Olivia, è molto importante.» provò ancora Josie. «Potrebbe essere la chiave per trovare Kayleigh. Ti chiedo solo un nome. Un nome che prima o poi troverò comunque durante le nostre indagini. Ma sarebbe molto utile se mi risparmiassi tutte queste ricerche e me lo dicessi subito. Sono sicura di non doverti dire che la vita della tua migliore amica potrebbe essere in pericolo.»

Guardando ovunque tranne che verso Josie, mormorò: «Si chiama J.J. Ma non so altro. Non conosco il suo cognome. Non me l'ha mai detto.»

«Grazie.» disse Josie. «È già molto utile. Hai idea di quale sia il nome completo?»

«No.»

«J.J. frequenta la vostra scuola?»

«No. È più grande. Per questo hanno dovuto mantenere un grande segreto. È quello che ha detto lei. Tutti a scuola pensavano che fosse il suo modo di evitare di dover dimostrare che esisteva davvero.»

«Ha mai detto dove vive? Come si sono conosciuti? Qualsiasi cosa su di lui?»

«No. Cioè, sono abbastanza sicura che viva a Denton, ma non lo so per certo. Non mi ha detto come si sono conosciuti.»

«Ha detto quanti anni ha esattamente?» chiese Josie.

«Tipo vent'anni... mi pare che abbia detto così. Non era così vecchio da fare schifo, ma abbastanza da sembrare fico per le altre ragazze della scuola, penso.»

«Kayleigh gioca a softball e fa parte di almeno un gruppo del doposcuola. Lavora anche al ristorante qualche giorno alla settimana. Quando mai potrebbe avere il tempo di vederlo? I suoi genitori sono piuttosto severi.»

Olivia roteò gli occhi. «Non ne conosco di più severi. Non lo so. Come ho detto, ero davvero convinta che se lo fosse inventato. Non volevo chiederglielo perché mi dispiaceva per lei. Ho pensato che fosse meglio lasciarglielo fare, perché sembrava davvero felice e non lo era da mesi.»

«I suoi genitori ci hanno detto che usciva di nascosto di notte.» disse Josie. «Tu ne sai qualcosa?»

Olivia spinse con la punta delle dita le scaglie del croissant nel ripieno appiccicoso, come se cercasse di ricomporlo. «No. Non me l'ha mai detto.»

«Tu, Kayleigh o altri vostri amici siete mai andati nei campi di sepoltura vicino a Herron Road?»

«Cosa?» Il naso di Olivia si arricciò per il disgusto. «Intende la Montagna degli Omicidi?»

VENTINOVE

Josie si sentì percorrere da un brivido. Pensò al luogo dove erano morte tante ragazze innocenti, dove erano state distrutte tante vite, compresa la sua. Le ci erano voluti anni per riprendersi da quello che era successo in quel luogo, sia dal punto di vista personale che professionale. E in compenso i giovani di Denton gli avevano affibbiato un nomignolo così insignificante?

«Cosa?» esclamò con voce strozzata.

Olivia non alzò lo sguardo dalla sua fallimentare riparazione del croissant. «Mi dispiace. So che è un po' offensivo, ma è così che la chiamano tutti i ragazzi. La Montagna degli Omicidi. Non ci sono mai stata e non ci andrei mai.»

Josie vide che le spuntava la pelle d'oca sulle braccia nude. «Tutte quelle ragazze che sono morte lassù... è davvero un posto orrendo. Non credo che sia divertente né tantomeno trasgressivo. È solo triste. Comunque, conosco molti ragazzi della scuola che ci vanno. Gli piace andarci di notte perché pensano che sia infestato o qualche idiozia del genere.»

Josie si concentrò sulla respirazione, facendo ogni sforzo affinché la sua mente rimanesse concentrata sul caso di Kayleigh Patchett. Scacciando i pensieri del tempo che aveva trascorso nei campi di sepoltura, chiese: «Kayleigh è mai andata su quella montagna?»

Olivia coprì il croissant sminuzzato con un tovagliolo. «Non lo so.»

Josie prese il telefono e fece scorrere altre foto finché non trovò una foto di Henry Thomas che Noah aveva estratto dal suo fascicolo personale al parco pubblico. La mostrò a Olivia. «Hai mai visto quest'uomo prima d'ora?»

Dagli occhi di Olivia Josie capì che non lo riconosceva per niente. Solo uno sguardo vuoto. «Non credo, ma è... insomma, molto vecchio.» Si lasciò sfuggire una risata imbarazzata mentre passava lo sguardo dalla foto al viso di Josie. «Scusi. Immagino che lei sarà più vicina a lui d'età di quanto non lo sia a me. Non intendo dire che lei sia vecchia, eh. Solo che a me, che non ho ancora diciotto anni, sembra un vecchio.»

Josie sorrise. «Non preoccuparti. Ho capito subito cosa intendevi. Ma sei proprio sicura di non averlo mai visto prima?»

«Sì. Voglio dire, è piuttosto bello per essere un uomo di una certa età. Penso proprio che me lo ricorderei se l'avessi già visto. E invece non lo ricordo.» A quel punto ebbe un'illuminazione e le rivolse uno sguardo sconcertato. «Oh, mio Dio. È lui che ha rapito Kayleigh?»

Josie mise via la foto. «Non sappiamo chi ha rapito Kayleigh, ma sappiamo che quest'uomo vive vicino al luogo in cui è scomparsa, tutto qui.» Prima che Olivia potesse fare altre domande su Henry Thomas, Josie cambiò linea di interrogatorio. «Sai dirmi dov'è che Kayleigh ha preso le droghe?»

Olivia sgranò gli occhi. Ricominciò a mordicchiarsi il labbro inferiore e poi smise di colpo, e fece un breve colpo di tosse prima di dire: «Cosa?»

Josie alzò entrambe le mani in segno di resa. «Sono un agente di polizia, Olivia. So che i ragazzi si drogano. Lo vedo tutti i giorni. Non metterai nessuno nei guai, compresa te stessa, dicendomi la verità. Abbiamo trovato la scorta di erba di Kayleigh nella sua stanza. Tu ne eri a conoscenza?»

«No. Cioè, sì. Cioè, so che fuma erba, ma solo perché i suoi genitori sono pazzi e lei ha bisogno di rilassarsi. Però io non fumo con lei. Non so nemmeno dove se la procura.»

«Stai dicendo che non hai idea di dove l'abbia presa?»

«Esatto.»

Josie mise entrambe le mani sul tavolo. «Olivia, adesso, in questo preciso momento, potresti dirmi che l'hai comprata tu per lei e che la fumate tutti i giorni insieme e non me ne importerebbe niente. Non mi interessa incastrarti per una questione insignificante di marijuana. Mi interessa scoprire cosa è successo alla tua amica. Adesso. Oggi stesso. Quindi riproviamo: da chi compra l'erba Kayleigh?»

Olivia la guardò negli occhi. «Sono sincera quando le dico che non lo so. Non lo so davvero.»

«La prende da J.J.? Dal suo ragazzo più grande?»

«Non lo so.» insistette Olivia. «Sono stata con lei quando l'ha fumata e sì, un paio di volte ho fumato con lei, contenta? Ma non so dove la prenda. Non voglio proprio saperlo.»

«Perché no?»

Olivia distolse di nuovo lo sguardo. Con un sospiro, disse: «Per motivi come questo! Non voglio mettermi nei guai. Voglio andare all'università. Il consulente scolastico pensa che io abbia ottime possibilità di entrare in alcune università della California. È lì che voglio trasferirmi. È caldo e bello e ci vivono le celebrità. Ma soprattutto voglio andarmene da qui.»

Si poteva cogliere una nota di esasperazione nella sua voce alla parola "qui".

«D'accordo, d'accordo...» riprese Josie. «È perfettamente comprensibile. Ti credo. Ho bisogno di farti solo un'altra domanda: Kayleigh ha avuto problemi con qualcun altro di recente? Oltre alle compagne della squadra di softball e alle compagne di scuola?»

«No. Per lo più tutti la ignorano.»

Josie sentì la notifica di un messaggio sul telefono. Era un messaggio in cui Noah le diceva che aveva finito di interrogare il responsabile di Olivia.

La ragazza si sentì visibilmente sollevata quando Josie le disse che poteva tornare al lavoro. Uscite dalla caffetteria, Josie la guardò correre lungo il marciapiede e attraversare le porte del ristorante Timber Creek, rischiando di finire addosso a Noah che usciva in quel momento.

Risaliti in macchina, Josie si mise al telefono per fare un giro dei social media principali, iniziando da Instagram che, insieme a Snapchat, era uno dei più popolari tra gli adolescenti. Trovò subito il profilo di Olivia Wilcox. Non aveva alcuna impostazione di privacy. Josie scorse l'elenco dei suoi follower e poi quello delle persone che seguiva, sperando di vedere il nome di qualche utente che potesse essere collegato a Kayleigh Patchett. Tra i contatti che Olivia seguiva c'erano un paio di profili falsi con nomi utente che sembravano combinazioni casuali di lettere e numeri. Gli adolescenti di solito hanno un account Instagram principale di cui i genitori sono a conoscenza e sul quale pubblicano foto di cose innocue come le partite sportive, le gite in famiglia e i balli scolastici. Per le cose che non vogliono che i genitori vedano, creano semplicemente un account spam, un profilo Instagram falso, detto anche "Finsta", nel quale inseriscono un profilo diverso che quasi sempre ha la parola "spam" proprio nel nome. Lo impostano sempre su privato e di solito ha un numero minore di follower. Josie fece gli screenshot dei nomi utente falsi, così più tardi avrebbe visto se c'era un modo per collegare qualcuno di loro a Kayleigh e ottenere un mandato per i loro dati.

Noah, seduto al posto di guida, le lanciava brevi occhiate, con l'auto che girava al minimo, e intanto rispondeva a un messaggio sul telefono. «Gretchen è arrivata in centrale per darmi il cambio. Hai ottenuto qualcosa di utile?»

«Non ne sono sicura.» disse, raccontandogli della sua conversazione con Olivia e concludendo: «Sta mentendo su qualcosa.»

«Pensi che stia mentendo sul fatto che Kayleigh non aveva profili sui social media?»

«Esatto.» rispose Josie annuendo. «Questa ragazza ha fatto di tutto per minare il progetto dei suoi genitori di farla continuare a giocare a softball. È uscita di nascosto da casa. Ha fumato erba senza che i genitori lo sapessero. Aveva dei romanzi erotici nascosti nel comodino. Leggeva dal telefono oscenità su una pagina di racconti, finché i genitori non l'hanno scoperto. Perché non dovrebbe avere degli amici sui social media?»

«Ma con Kayleigh comparsa, perché Olivia avrebbe dovuto mentire sul fatto che usava il telefono per accedere ai suoi account sui social media?»

«Non lo so.» Guardò il marito. Anche se era stanca e stressata, non poteva fare a meno di ammirare i tratti del suo viso, i suoi occhi nocciola e i suoi folti capelli castani. «Tu che cosa hai scoperto? È saltato fuori qualcosa?»

«Nulla di utile, almeno nell'immediato.» le disse. «Ma uno dei cuochi ha visto il fidanzato segreto, o J.J., come possiamo chiamarlo adesso.»

Josie si mise a sedere più dritta. «Dici sul serio?»

Lui sorrise. «Non eccitarti troppo. Non ha potuto dirmi molto per aiutarci a identificarlo, tranne che qualche volta andava a prendere Kayleigh dietro al ristorante alla fine del turno. Ecco perché li ha visti. Il cuoco usciva dalla porta sul retro per fumare. Non si sono mai accorti di essere visti. Comunque, il ragazzo accosta, l'aspetta. Kayleigh fa il giro dell'edificio, sale e se ne vanno.»

«Che tipo di auto guidava?» disse Josie.

«Una berlina nera a quattro porte. Direi una Mitsubishi o una Hyundai.»

«Numero di targa?»

«Figurati. Non se l'è mica segnato. Non pensava che fosse importante. Ho chiesto al direttore di estrarre tutti i filmati dei parcheggi, ma questo ragazzo non si vede.»

Josie si guardò intorno, osservando le varie attività che avevano una sorveglianza esterna e le telecamere del traffico. «Gretchen e io possiamo fare un controllo incrociato degli ultimi tre o quattro turni di Kayleigh con i filmati delle telecamere vicine e vedere se riusciamo a individuare l'auto attraverso i filmati di sicurezza di qualche altro esercizio.»

Noah fece una smorfia. «Dovrebbe volerci un po', ma potrebbe valerne la pena.»

TRENTA

Gli arrivo così vicino eppure loro non mi sentono. Sapevo che li avrei trovati qui. È sempre così. Non mi vedono. Ma parlano di me. Adolescenti, senza paura, che bevono nei boschi. Parlano di me. Non pensano ancora che io sia reale. Non ci credono veramente. Aspetto, li guardo e li ascolto. È troppo rischioso prenderne uno qui. Ci sono troppi testimoni. Sono in svantaggio. Devo essere paziente e sperare che uno, o più di uno, si addentri nel mio territorio. Devo essere paziente. Gli adolescenti ubriachi fanno cose stupide. È solo questione di tempo prima che uno di loro si addentri nelle mie tenebre. Studiandoli, ho qualche speranza su chi potrebbe essere, posso esprimere qualche preferenza, ma anche se non ottengo quello che desidero, ottengo sempre la mia preda.

Pazienza.

TRENTUNO

Josie e Gretchen non riuscirono a trovare l'auto nei video di sorveglianza. Quando Josie andò a casa a dormire, non erano riuscite a trovare nemmeno il fidanzato segreto, il misterioso J.J. di cui aveva parlato Olivia. Non avevano nemmeno fatto progressi nelle ricerche di Kayleigh Patchett. Misty, Harris e Pepper erano andati a casa, quindi c'era solo Trout a tenere compagnia a Josie durante la notte. Come al solito, prendere sonno le fu difficile. Questa volta, i ricordi della morte di Mettner furono intervallati da un sogno in cui Josie inseguiva un uomo nel bosco, che a sua volta stava inseguendo Kayleigh Patchett. Josie vedeva la ragazza di fronte a sé, che correva per salvarsi, e lei non riusciva a raggiungerla. Poi rimaneva impigliata con un piede in una trappola e fu allora che Josie si svegliò con il suono delle urla che riecheggiavano nella sua testa.

La mattina seguente andò dalla dottoressa Rosetti.

Non fu d'aiuto. Provò un leggero senso di sollievo per essersi sfogata con la sua terapeuta, ma nel complesso era ancora esausta e stressata come quando aveva cercato di addormentarsi la sera prima. Risalita in macchina, si mise a controllare il telefono e vide un messaggio di Noah che le diceva di incontrarlo alla Denton East High School, in fondo al parcheggio A. Ci arrivò in meno di dieci minuti, con il cuore in tempesta a forza di domandarsi se l'avesse chiamata per una pista o per qualcosa di brutto. Il parcheggio A era sul lato del campo da football che si affacciava sul bosco. Quando arrivò, trovò il parcheggio quasi completamente pieno, eccetto per le ultime corsie, quelle più vicine alla linea degli alberi, che erano tutte vuote se non si contava un piccolo pick-up bianco, intorno al quale si erano riuniti Noah, due agenti in uniforme e una donna bionda sulla quarantina che aveva un'aria estremamente preoccupata.

Josie lasciò la macchina qualche posto più in là e si avvicinò di corsa. A ogni passo che muoveva, poteva osservare che la donna aveva gli occhi azzurri arrossati dal pianto. Indossava un paio di pantaloni del pigiama e una camicetta bianca, abbottonata male, come se l'avesse indossata in fretta e furia. Si ravvivò i capelli corti all'indietro, facendoli rimanere dritti da un lato, e fissò Josie con uno sguardo pieno di speranza.

«Detective Quinn.» la accolse Noah. «Questa è Pam Hicks.»

«Mio figlio è scomparso.» disse la donna.

«Mi dispiace, signora.» disse Josie.

Noah la aggiornò rapidamente. «Brody frequenta il terzo anno qui alla Denton East. Questa mattina Mrs. Hicks è andata a svegliarlo per mandarlo a scuola, ma lui non era nel suo letto. Ha provato a chiamarlo al telefono, ma è partita la segreteria telefonica...»

«Deve aver esaurito la batteria. Non avrebbe mai fatto partire la segreteria telefonica vedendo che lo chiamavo io. Non lo farebbe mai.» affermò la donna. «Abbiamo una regola: non importa dove sia o cosa stia facendo, purché risponda sempre quando lo chiamo. Quando ho visto che non mi stava rispondendo, sono venuta qui perché ho pensato che, magari, si era alzato prima di me ed era già andato a scuola. Ha preso questa abitudine per potersi allenare nella sala pesi. Quando è preso dagli allenamenti non guarda il telefono.»

«Ma non è qui?» chiese Josie.

Le rispose Noah: «Abbiamo trovato solo il suo pick-up.»

«Ho guardato tutti i posti auto e alla fine l'ho trovato.» spiegò Mrs. Hicks. «Ho pensato: "Oh bene, è in sala pesi. Quando avrà finito, mi richiamerà". Ero quasi arrivata a casa quando ho ricevuto una chiamata automatica dalla scuola che diceva che mio figlio non era presente oggi. Ho fatto subito dietrofront e sono andata di corsa negli uffici della segreteria per capire cosa stesse succedendo. Mi hanno detto che nessuno aveva visto Brody. Non si è presentato in classe questa mattina.»

Noah fece un gesto circolare con una mano a indicare i lampioni del parcheggio. «Non ci sono telecamere qui fuori, quindi non abbiamo idea di quando sia arrivato con il suo pick-up. Sto aspettando che la centrale faccia una triangolazione al suo telefono.»

«Quando è stata l'ultima volta che ha visto suo figlio?» chiese Josie a Mrs. Hicks.

La madre del ragazzo si strinse le braccia in vita. «Ieri sera, verso le dieci. Stava guardando la televisione. Gli ho detto che andavo a letto, perché oggi avrei dovuto partecipare a una riunione importante al lavoro e volevo riposare un po' di più.» Le lacrime le brillarono negli occhi. «Non so dove sia e lui è un bravo ragazzo. Non mi farebbe mai preoccupare in questo modo!»

«Sarebbe riuscita a sentirlo se ieri sera fosse uscito da casa vostra per andare da qualche parte?» le chiese Josie.

Mrs. Hicks scosse la testa. «No, no. Io dormo con il ventilatore acceso. Non sarei riuscita a sentirlo.»

«C'è qualcun'altro che vive con lei e suo figlio?» le chiese Noah.

«No, ci siamo solo noi. Suo padre è morto quando Brody aveva tredici anni.»

«Brody ha dei social media?» si informò Josie. «Ci ha dato un'occhiata?»

Sulla fronte di Mrs. Hicks comparvero tre linee verticali. «Un'occhiata? Per cosa?»

«Per vedere se ha pubblicato un commento o un video a proposito di andare da qualche parte.» spiegò Josie.

«Oh, ehm... non ho guardato, ma...» Con dita tremanti, si mise a cercare nella borsa che teneva a tracolla e tirò fuori il telefono, inserì il codice d'accesso, aprì la pagina Instagram, trovò l'account del figlio e girò il telefono per farlo vedere a Josie. La foto del profilo di Brody mostrava un adolescente tarchiato con una zazzera di capelli ricci e castani, e un ampio sorriso. Era vestito con l'uniforme da football, il casco sotto un braccio, le luci dello stadio accese alle sue spalle. Josie tese la mano verso il telefono. «Le dispiace?»

Mrs. Hicks lasciò il telefono. Noah si avvicinò per poter guardare da sopra la sua spalla.

Presa nota del nome utente, Josie controllò prima le storie. Ce n'era una che era stata pubblicata intorno alle undici e mezza della sera precedente, ma consisteva semplicemente in una schermata nera. Era stato nel parcheggio della scuola la sera prima? Nel bosco? Come se le leggesse nel pensiero, Noah disse: «Possiamo sempre recuperare i dati del GPS del pick-up per avere la conferma dell'ora in cui è arrivato nel parcheggio.»

Mrs. Hicks li osservava attentamente, ma non emetteva un fiato.

Josie scorse alcuni dei post di Brody. Il più recente risaliva a sabato pomeriggio: era stato pubblicato intorno alle quindici, proprio nel momento in cui Josie, Luke e Blue avevano iniziato la prima ricerca delle ragazze Patchett. Nella foto Brody teneva il telefono in alto sopra la testa e con il braccio teso, in modo che la telecamera lo inquadrasse in piedi in un campo di fiori, in cima a quella che Olivia aveva chiamato "la Montagna degli Omicidi". La didascalia recitava: "È solo una montagna come tutte le altre" seguito dall'hashtag #montagnadegliomicidi. Il post aveva raccolto ventinove like e una mezza dozzina di commenti; i più avevano scritto che Brody era "forte" o "cazzuto" o semplicemente "cavolo", mentre una persona aveva scritto "non è rispettoso, bello".

Josie provò una scarica di rabbia irrazionale e cercò di respingerla, ricordando a sé stessa che quegli sciocchi ragazzini non avevano la minima idea di ciò che era accaduto su quella montagna e in tutta sincerità poteva solo augurarsi che non dovessero mai farsela. Non avrebbe mai augurato a nessuno di vivere un'esperienza del genere. Sempre in sintonia con le emozioni di Josie, Noah le posò una mano sulla schiena e il suo tocco riuscì a placare immediatamente almeno una parte del suo stato d'animo irrequieto.

«Vede niente?» le chiese Mrs. Hicks. «Ha pubblicato qualcosa?»

C'erano varie foto del figlio con i suoi compagni di squadra dentro e fuori dal campo di football, insieme ad altri selfie, che si era scattato nella maggior parte dei casi in mezzo al bosco con indosso l'attrezzatura da caccia e in posa con le sue prede: un cervo con palco a sei punte, un tacchino e un fagiano.

«A Brody piace andare a caccia?» chiese Noah.

«Ce lo porta mio fratello. L'ha sempre fatto. Come ho detto, suo padre è morto quando aveva tredici anni; quindi, avere una figura maschile nella sua vita è stata una cosa positiva, ritengo.»

Le didascalie dei post di Brody lo confermavano, menzionando spesso quanto gli piacesse andare a caccia con suo zio. Non si trattava di una circostanza insolita. In molte zone della Pennsylvania centrale, interi distretti scolastici chiudevano per l'apertura della stagione dei cervi. Molti adolescenti seguivano corsi di sicurezza sulla caccia e ottenevano la licenza, andando a caccia con i membri più anziani delle loro famiglie, a loro volta cacciatori da tutta una vita. Josie sapeva per certo che molte famiglie cacciavano per motivi di praticità. Un cervo abbastanza grande poteva sfamare una piccola famiglia per un'intera stagione. In alcune famiglie, se non si trovava nulla cacciando, non si mangiava.

«Trovato niente lì sopra?» chiese Mrs. Hicks. «Vede qualcosa di questa mattina?»

«No, non vedo nulla su questo account.» disse Josie. «Suo figlio ha altri account sui social media?»

Mrs. Hicks riprese il telefono e fissò lo schermo. «Oh, penso di sì. Credo che abbia una cosa chiamata Snapchat. Ne parla in continuazione, ma io non ce l'ho; quindi, non posso mostrarvi il suo profilo.»

Anche se avessero avuto un mandato non sarebbe servito a molto, pensò Josie, visto che quell'applicazione cancellava quasi tutto piuttosto in fretta.

Mrs. Hicks rimise il telefono nella borsa. «Potete trovare mio figlio?»

«Faremo tutto il possibile.» le assicurò Josie.

Il telefono di Noah squillò. Lui rispose, distogliendo momentaneamente lo sguardo da loro mentre portava avanti una conversazione, assicurandosi di parlare a voce bassa.

Josie continuò con le domande. «Brody viene mai qui, in questa zona?»

Di nuovo, sulla fronte della madre comparvero delle rughe di perplessità. «Qui? Intende la scuola?»

Josie indicò il bosco. «Dietro il campo di football, là dietro, c'è un posto chiamato Le Cataste. Lo conosce?»

Mrs. Hicks non sembrava meno confusa di prima.

«Lei è cresciuta qui a Denton?»

Scosse lentamente la testa.

Noah tornò indietro, infilando in tasca il telefono. «L'ultimo posto in cui il telefono di Brody si è collegato a un'antenna è stato vicino alle Cataste.»

«Cosa sono queste Cataste?» chiese Mrs. Hicks.

«C'è un'area nel bosco dove sono cadute alcune grandi

rocce piatte, impilate l'una sull'altra.» spiegò Noah. «Sembra una gigantesca pila di frittelle frastagliate. I ragazzi che frequentano la East Denton High School si danno appuntamento in quel posto da decenni.»

«Per fare cosa?» chiese Mrs. Hicks con gli occhi spalancati.

Josie e Noah si scambiarono un'occhiata. «Di solito per bere, Mrs. Hicks.» spiegò Josie. «Che lei sappia, Brody beve?»

La donna strinse le dita sui primi due bottoni della camicetta. «Cosa? Certo che no! Ha solo sedici anni!»

Vedendo che non le rispondevano, aggiunse: «Fa parte della squadra di football. È uno studente modello. Non lo farebbe mai.»

«Va bene.» concesse Noah, senza preoccuparsi di discuterne ulteriormente. «Andremo comunque a dare un'occhiata da quelle parti, visto che dalla centrale mi hanno informato che ieri sera il telefono di suo figlio si è collegato a un'antenna in quella zona.»

«Vengo con voi!» disse Mrs. Hicks allungandosi in avanti e aggrappandosi al braccio di Noah.

Senza scomporsi, Noah le accarezzò una mano e la guidò verso un agente in uniforme. «Mrs. Hicks, le chiedo di entrare a scuola con uno dei miei colleghi, in modo che possano raccogliere altre informazioni per i nostri rapporti.»

Prima che lei potesse protestare, gli agenti in uniforme si fecero avanti. Uno di loro iniziò a guidarla verso l'ingresso dell'edificio della scuola. Josie richiamò l'altro. Dalla targhetta con il suo nome vide che si trattava dell'agente Conlen. Josie lo aveva conosciuto l'anno precedente, quando era entrato a far parte della polizia di Denton al suo primo anno di servizio. Era giovane, serio e molto attento. «Vai all'ufficio della segreteria.» gli disse Josie. «Avranno un elenco di tutti gli studenti che non si sono presentati a scuola oggi. Chiedi di chiamare la famiglia di ogni studente finché non trovano quello che non è a casa.»

«Pensa che questo ragazzo, Brody Hicks, sia andato nel bosco con un amico?» chiese Conlen.

Josie annuì. «Dovremo contattare i genitori di quell'amico e ottenerne il numero di cellulare, in modo da poterlo usare per cercare di localizzarli. Se Brody Hicks è da queste parti, ci sarà anche l'amico.»

Me lo auguro, aggiunse nella sua testa.

«Lo consideri fatto.» disse Conlen.

Noah rimase accanto a lei a guardare Conlen che partiva di corsa verso le porte principali della scuola. «Pensi che sia un altro dei nostri casi.» disse. «Questi ragazzini che fanno questa stupida sfida dell'Uomo dei Boschi. Entrano in due e ne esce uno solo.»

«Spero che non sia così.» disse Josie. «Ma se lo fosse, dobbiamo essere preparati. Se c'è un altro ragazzo da cercare qui fuori, voglio saperlo al più presto.»

«Abbiamo un'unità che sorveglia Henry Thomas dal vialetto di casa sua da domenica.»

«Ma non abbiamo occhi sulla sua baita.» gli fece notare Josie. «Potrebbe facilmente essere uscito da casa sua ed essere venuto qui a piedi. Come faremmo a saperlo?»

«Maledizione...» disse Noah. «I rapporti dicono che è uscito solo per andare a lavorare al parco pubblico. Esce di casa alle sei e mezza del mattino e torna a casa verso le tre e mezza del pomeriggio. Probabilmente ora è al lavoro, ma posso trovare qualcuno che vada a parlargli.»

«Puoi anche farlo...» disse Josie, pensando al contegno compiaciuto di Thomas nella sala interrogatori la notte dopo il rapimento di Kayleigh Patchett. «Ma se c'è lui dietro a tutto questo, qualsiasi danno intendesse fare è già stato fatto.»

Noah si attaccò comunque al telefono. Poco dopo riattaccò e disse: «Da casa sua a qui è una bella sfacchinata. Chilometri e chilometri nella più totale oscurità.»

«Ma non è impossibile.» ribatté Josie. «Se è quello che pensiamo e se è stato Thomas.»

«Se è quello che pensiamo...» le fece eco Noah, «come faceva il colpevole a sapere che quei ragazzi si sarebbero recati nel bosco? Qui, nella contea di Montour, nella contea di Lenore? In qualsiasi posto?»

«Non lo so.» ammise Josie. «Con i social media? Li ha pedinati? Ha avuto fortuna? Una qualche combinazione di queste tre cose? Insomma, nel caso specifico di questo ragazzo, se sei cresciuto da questa parte della città, sai benissimo che i ragazzi frequentano le Cataste. Tutto quello che devi fare è arrivare dall'altra parte e appostarti.»

«Chiamerò altre unità perché ci aiutino nelle ricerche.» disse Noah.

TRENTADUE

Nel giro di dieci minuti arrivò un'altra pattuglia, composta dagli agenti Brennan e Dougherty, e tutti insieme si avviarono verso il bosco. Si sparpagliarono quando raggiunsero Le Cataste. Josie non ci andava da qualche anno, da quando avevano lavorato a un altro caso di una bambina scomparsa, ma da allora non era cambiato niente. Parte della base della montagna era solo una parete rocciosa. Alcune lastre si erano staccate ed erano cadute in piano, una sopra l'altra, e messe così ricordavano proprio una pila di frittelle, come aveva detto Noah. La formazione dava luogo a una grande piattaforma che gli adolescenti di Denton frequentavano da tempo immemore; era nascosta sotto una fitta chioma di fogliame che rendeva l'ambiente così buio da dare l'impressione che fosse sera. Nemmeno la luce del sole di metà mattina riusciva a penetrare nel fogliame. Si fecero strada tra lattine di birra, bottiglie di liquore, preservativi e involucri di cibo.

«Questo posto fa veramente schifo.» brontolò Noah. «Quando ci venivamo noi, lo tenevamo pulito.»

«Dovremo iniziare a mandare più pattuglie qui durante la notte.» disse Josie.

Brennan rise. «Come se bastasse a fermarli.»

Noah si inginocchiò accanto a una depressione naturale nel suolo di pietra e usò un bastone per punzecchiare il legno carbonizzato e la cenere dove evidentemente c'era stato un piccolo falò. «Hai ragione, non è mai servito a niente. Questo è abbastanza recente. Dei ragazzi devono essere venuti qui a fare baldoria ieri sera. Ma cosa gli dice il cervello per venire qui dopo quello che è successo a Kayleigh? Quel dannato giornalista non ha fatto altro che parlare dell'Uomo dei Boschi per più di ventiquattr'ore filate. È impossibile che questi ragazzi non siano al corrente di quella storia.»

«Perché i ragazzi sono stupidi, tenente.» spiegò Dougherty.

Josie si guardò intorno, avvertendo un brivido di freddo nonostante la calda temperatura di maggio.

«Stiamo parlando degli stessi adolescenti che fanno stupide sfide online che li portano a morire o a ferirsi gravemente, come mangiare cialde di detersivo per il bucato. Non c'è motivo al mondo per cui non dovrebbero venire in questi boschi, sperando di vedere il misterioso Uomo dei Boschi. È esattamente quello che hanno fatto i ragazzi delle contee di Montour e di Lenore.»

Noah si alzò e scosse la testa. «Lo vedono come uno scherzo.»

«Infatti...» disse Josie con un sospiro. «E in aggiunta a questo, pensano di essere invincibili.»

Brennan si tolse il cappello e si asciugò la fronte. «A quale antenna si è connesso il telefono di questo ragazzo?»

Noah si alzò e puntò un dito verso est. «Ce n'è una a circa un miglio da quella parte.»

Brennan si avviò con passo attento in quella direzione con Dougherty al seguito.

«Ci toccherà arrampicarci per arrivare in cima alla parete rocciosa.» suggerì Josie. «C'è una serie di appigli naturali sulla parete laggiù.»

Dougherty gemette. «Ma stiamo scherzando?»

Josie e Noah si incamminarono lungo la parete rocciosa, cercando la fessura nella pietra che era piena di terra e di radici d'albero sporgenti. «Potremmo fare il giro.» disse lei. «Ma ci vorrebbe molto più tempo.»

Brennan li seguì. «Dai, non fare il rammollito. Pensi che il ragazzo che stiamo cercando abbia fatto il giro lungo? È nella squadra di football.»

«Ecco.» disse Noah infilandosi in una fessura larga un metro e aggrappandosi a una radice d'albero nodosa e alle due che la sovrastavano. Verificato che fossero ben salde, si tirò su da terra e in pochi secondi raggiunse la cima del crinale. Josie lo seguì, con Brennan a un passo da lei. Pochi istanti dopo apparve anche Dougherty, sudato e rosso in viso.

Noah tirò fuori la mappa satellitare del suo telefono, dove aveva segnato la posizione in cui il telefono di Brody Hicks aveva effettuato l'ultimo collegamento. Si mise in testa al drappello mentre gli altri si sparpagliavano, seguendolo a qualche passo di distanza, perlustrando l'area alla ricerca di qualsiasi traccia del ragazzo o del suo telefono. Quando raggiunsero l'area in cui il telefono aveva effettuato l'ultimo collegamento, si fermarono per riprendere fiato. In quella zona il fogliame sopra le loro teste era meno fitto e la luce del sole che filtrava scaldava il collo di Josie. Si era tolta la giacca e se l'era legata intorno alla vita, ma anche così la polo le si era intrisa di sudore tra le scapole.

«E adesso?» chiese Dougherty.

«Continuiamo a cercare.» disse Josie. «Questa non è una scienza esatta. Senza contare che, se il telefono avesse esaurito la batteria o Brody Hicks l'avesse spento e fosse andato avanti, non troveremmo né il telefono né il ragazzo da queste parti.»

«In altre parole questo ragazzino potrebbe essere letteralmente ovunque a quest'ora.» commentò Brennan. «Abbiamo bisogno di una squadra di ricerca più numerosa. Se non anche dell'unità cinofila. Il cane potrebbe prendere l'odore dal pick-up nel parcheggio per fiutarlo.»

Noah si asciugò il sudore dalla fronte. «Sì, penso anch'io che dovremmo chiamare Luke. Abbiamo provato a trovare il ragazzo usando il suo telefono e non lo troviamo. A questo punto, stiamo perdendo tempo prezioso.»

Josie sentì la vibrazione del telefono; lo tirò fuori e trovò un messaggio dell'agente Conlen.

Tutto d'un tratto il respiro si fece affannoso. «Aspettate. È appena arrivata l'altra identità, è una ragazza.»

«Quale ragazza?» chiese Dougherty.

«Brody Hicks non è il solo studente che oggi non si trova a casa e che non si è presentato a scuola.» spiegò Noah.

«Felicia Evans.» disse Josie. «Una studentessa del terzo anno. Frequenta gli stessi corsi di Brody Hicks e Kayleigh Patchett. È stata segnalata come assente oggi. I suoi genitori di solito escono prima che lei si alzi per andare a scuola, quindi stamattina non l'hanno vista. La madre ha ricevuto la chiamata automatica che le segnalava l'assenza e ha lasciato a Felicia un messaggio vocale, pensando che fosse solo rimasta a casa perché non si sentiva bene. Il padre è andato a casa a controllare e non l'ha trovata. Conlen ha chiamato la centrale per chiedere di rintracciare la posizione del suo telefono e mi ha inviato le coordinate. È a circa un chilometro e mezzo da qui, più vicino alla vecchia fabbrica tessile.»

«Andiamo.» disse Noah.

Questa volta si mossero più rapidamente, con Josie in testa. Il cuore le galoppava nel petto. A ogni passo che facevano, si sentiva avvolgere dal terrore. Erano quasi arrivati al punto in cui il telefono di Felicia si era collegato all'antenna più vicina quando una figura emerse tra due noci neri di fronte a loro e alla sinistra di Josie, che riuscì a scorgere solo un'ombra prima che Brennan iniziasse a gridare. «Mani in alto! Polizia di Denton. Mani in alto. Subito!»

Brennan aveva già estratto l'arma dalla fondina e anche Dougherty estrasse la sua pistola e la puntò contro la figura.

«Vieni fuori lentamente con le mani in alto.» impartì Brennan.

Quello che emerse era Brody Hicks. Indossava una felpa da football della Denton East e un paio di blue jeans, sporchi di sangue. Aveva i capelli tutti in disordine. Una macchia rossa gli segnava la guancia pallida. Alzò le mani. Erano sporche di sangue.

«Oh porca puttana.» esclamò Brennan.

Josie si avvicinò a lui, tenendosi fuori dalla portata delle armi degli altri agenti. «Brody, fermati lì.»

Da così vicino, poteva vedere le lacrime che gli scendevano sulle guance e il tremore delle mani. Il ragazzo si immobilizzò, spostando lo sguardo da lei alle mani e le protese verso di lei, come se la implorasse di guardare.

«Brody.» disse Josie. «Sei ferito?»

Lui guardò giù, sui suoi vestiti, con gli occhi spalancati, come se si fosse reso conto solo in quel momento di essere coperto di sangue. «Non è mio. Non è mio.»

«Brody?» lo chiamò Noah. «Di chi è questo sangue?»

«Dovete aiutarla.» disse lui con voce alta e stridula. «Dovete aiutarla. L'ho trovata... l'ho trovata e... perdeva sangue. Ho cercato di aiutarla, ma...» la voce del ragazzo si ridusse a un sussurro.

Josie fece un altro passo avanti, sforzandosi di capire cosa dicesse.

«Dobbiamo accertarci che non abbia armi, detective.» disse Dougherty.

«È morta. Sono abbastanza sicuro che sia morta.»

Josie disse: «Chi è morta, Brody?»

Lui strinse gli occhi. Con le mani ancora tese, le braccia gli tremavano. «Felicia.»

TRENTATRÉ

Un alone di sangue circondava la testa di Felicia Evans, le macchiava i capelli biondi e si mescolava con la terra sotto il suo corpo. Le sue gambe erano distese. I suoi occhi, marroni e vitrei, erano puntati verso il cielo, intravisto in uno spazio aperto tra gli alberi. A parte il sangue, sembrava che si fosse semplicemente sdraiata per fare un sonnellino. Josie rimase a guardare da dietro una striscia di nastro giallo della scena del crimine mentre l'agente Hummel fotografava l'impronta di una mano insanguinata sui jeans della ragazza, sopra il ginocchio sinistro. Teneva una delle mani appoggiata sul ventre e l'altra era stesa di lato, con il palmo rivolto verso l'alto, non molto distante da dove le era caduto il telefono. Poi Hummel si mise a scattare una foto delle due impronte insanguinate sulla gola della ragazza, dove si sarebbe dovuto sentire il battito. Josie sapeva già che la Squadra di Raccolta Prove non avrebbe trovato un'arma vicino al corpo.

Alle sue spalle sentì un ramo che si spezzava. Si voltò per vedere chi era, e vide Noah che tornava dalla strada più vicina dove avevano parcheggiato una fila di veicoli, tra cui le ambulanze e i furgoni della Squadra di Raccolta delle Prove e da un momento all'altro, Josie ci avrebbe giurato, la stampa.

«Sei riuscito a contattare i suoi genitori?» gli chiese Josie.

Noah annuì, rabbuiandosi. «Mi hanno raggiunto a scuola e ho parlato con loro. Hanno fatto un'identificazione provvisoria usando la sua patente di guida.»

Josie riuscì a percepire la tristezza del marito, che la raggiungeva a ondate. Anche dopo tanti anni di lavoro, le notifiche di morte non diventavano mai un compito facile, soprattutto quando la vittima era così giovane. Si avvicinò a lui, dandogli un colpetto con il gomito. Lui si schiarì la gola. «Dougherty è con loro. Si assicurerà che tornino a casa e farà in modo che possano stare con qualcuno ed evitino di rimanere da soli.»

«Dov'è Brody Hicks in questo momento?»

Dopo aver chiamato i rinforzi, Noah e Dougherty avevano portato Brody sulla strada più vicina e lo avevano fatto salire sul retro di un'ambulanza, così nel frattempo Josie e Brennan avevano potuto trovare il corpo di Felicia Evans. Non era molto distante da dove avevano incontrato Brody. Poiché era evidente che Felicia era già deceduta, avevano isolato la scena del crimine e atteso l'arrivo della Squadra di Raccolta delle Prove.

«All'ospedale.» le rispose Noah. «Sua madre è andata con lui.»

«Ha detto qualcos'altro?»

«No. Non riusciva a smettere di piangere.»

«È tremendo.» sospirò Josie tornando di nuovo a guardare Felicia, colpita da come un evento tanto raccapricciante potesse accadere in un luogo così bello e tranquillo. «Cosa ne pensi?»

«Di Hicks? Non lo so. Vedi un ragazzino impazzito in quel modo e ti chiedi: è ridotto in questo stato perché è innocente e ha appena visto il cadavere di una sua amica, o è ridotto in questo stato perché è lui che l'ha uccisa?»

Altri rami si spezzarono alle loro spalle. Josie si voltò e vide spuntare dal verde i caratteristici capelli biondo-argentato del medico legale della contea, la dottoressa Anya Feist.

«Hicks era sulla montagna dove è stata portata Kayleigh il

giorno in cui è stata rapita.» disse Josie. «È un cacciatore esperto, è a suo agio in mezzo alla natura, ma se non fosse la prima volta che uccide qualcuno, non credo che l'avremmo trovato altrettanto sconvolto.»

«E poi ha solo sedici anni.» aggiunse Noah.

Lei gli lanciò un'occhiata. «Sai cosa direbbe Mett.»

«La sua età non implica che non sia un assassino. Lo so. Immagino che per eliminare i sospetti su Hicks dovremo valutare se quello che ci ha fatto vedere era sincero o se si trattava di una recitazione degna di un Oscar.»

«Possiamo anche controllare il suo alibi e il GPS del suo veicolo per le date in cui si sono verificati i casi della detective Loughlin nelle contee di Montour e di Lenore. Dovremmo chiedere a sua madre il permesso di perquisire il suo pick-up, per accertarci che non ci siano prove che Kayleigh sia stata lì dentro. E Henry Thomas? Qualcuno lo ha tenuto d'occhio?»

La dottoressa emerse nella radura, portando con sé il suo equipaggiamento. Li salutò con un cenno del capo e lasciò cadere le sue cose accanto alla postazione di Hummel. Josie la guardò mentre si infilava una tuta in Tyvek sopra i vestiti.

«Il capo lo ha rintracciato al parco pubblico.» annunciò Noah. «È andata proprio come hai detto tu: non aveva idea di cosa stesse parlando Chitwood e ha detto di essere stato a casa a dormire la notte scorsa.»

«Non possiamo provare il contrario...» mormorò Josie.

«È piuttosto coraggioso da parte sua agire proprio nel giardino di casa sua, quando sa benissimo di essere sospettato per il rapimento di Kayleigh.» disse Noah. «Sono pronto a scommettere che lo eccita.» commentò Josie. «Per lui è tutto un gioco.»

«Beh, che sta vincendo.» disse Noah. «E non mi piace affatto.»

La dottoressa apparve accanto a lui, con un sorriso forzato sul volto.

«Detective. È sempre un peccato incontrarvi in questo modo. Cosa abbiamo qui?»

«Due adolescenti che si sono addentrati nel bosco.» cominciò Noah. «Durante la notte, crediamo. Questa mattina abbiamo trovato il ragazzo che vagava tra gli alberi, coperto di sangue. Dice che è dalla ragazza. Felicia Evans, sedici anni.» Indicò la ragazza davanti a loro. «Ha detto di aver cercato di aiutarla. L'abbiamo trovata qui.»

«È tutto quello che sappiamo.» concluse Josie. «Per ora.»

La dottoressa si tirò su la cuffia della tuta. «Cominceremo da questo, allora. Perché non vi preparate? Sembra che Hummel abbia quasi finito.»

Invece Hummel non aveva ancora finito, tanto che dovettero aspettare un'altra ora, sudando nelle loro tute di Tyvek, mentre la Squadra di Raccolta delle Prove sgombrava la scena per permettere alla dottoressa di fare una valutazione preliminare del corpo. Iniziò scattando le foto per le sue analisi.

«Il medico legale della contea di Lenore mi ha chiamato per un caso molto simile a questo.» spiegò la Feist mentre si metteva all'opera. «È un mio amico.»

Josie guardò Noah, che le rispose con un'occhiata perplessa: non avevano mai parlato dei casi della detective Heather Loughlin con la dottoressa Feist.

Ripose la macchina fotografica e si accovacciò accanto alla testa di Felicia, tastando le palpebre. Noah la guardava da sopra le spalle mentre Josie andava a posizionarsi al fianco opposto del cadavere. «Due adolescenti nel bosco, maschio e femmina. Il maschio è sopravvissuto. La femmina no, e...» Fece una pausa, mettendo il viso a pochi centimetri dalla pozza di sangue che circondava la testa di Felicia Evans. «È morta per un trauma cranico da corpo contundente. Un sasso, probabilmente. Proprio come questa ragazza.»

Si appoggiò sulle ginocchia e si guardò intorno. «L'arma?»

«Noi non ne abbiamo trovata nessuna.» disse Josie. «E nemmeno Hummel.»

«Quindi se ha usato una pietra, l'ha portata con sé.» ne dedusse Noah.

«Dovrei essere in grado di dirvi qualcosa sulla ferita dietro la testa una volta che l'avrò portata nel mio laboratorio.»

La dottoressa si alzò e inarcò la schiena, stiracchiandosi. Poi scese verso il ventre di Felicia. Il suo piede, che calzava un copriscarpe, scivolò su una piccola macchia di fiori di campo viola calpestati. Noah era abbastanza vicino da allungare una mano e afferrarla per il gomito prima che finisse a testa in giù. Le sue guance si tinsero di rosso mentre lo ringraziava.

«Voi due...» mormorò. «Sempre pronti a salvarmi.»

Dal tono della sua voce, Josie capì che si stava riferendo al caso che aveva portato alla morte di Mettner. Aveva coinvolto alcuni brutti personaggi del passato della dottoressa, tra cui il suo ex marito, che l'aveva sottoposta a sevizie terribili. Josie sapeva che Anya Feist si sentiva in colpa per la morte di Mettner, anche se non era stata lei la causa diretta.

«Dottoressa...» disse Noah a bassa voce.

Quando lo guardò, le lacrime le brillavano negli occhi e la voce le uscì strozzata. «Una delle ultime scene del crimine a cui ho assistito è stata quella con Mett. Mi dispiace. È solo un po'... è più difficile di quanto pensassi.»

«Sappiamo come si sente.» le disse Josie. «Siamo qui con lei. Lo supereremo insieme.»

La Feist fece un bel respiro e si inginocchiò all'altezza della vita di Felicia. «Rimettiamoci al lavoro.»

Mentre il medico legale proseguiva nell'esame del corpo di Felicia Evans, Josie osservò meglio la zona circostante. Non c'era traccia di trappole. Nessun bastone intagliato, piegato o spaccato in modo tale da poter essere usato come trappola mortale. Nessun mucchio di foglie, ramoscelli e rampicanti arrotolati. Niente che penzolasse dai rami degli alberi. Quindi l'assassino aveva semplicemente aggredito la ragazza?

Aveva cambiato il suo solito modus operandi? Oppure non era opera della stessa persona? Stavano forse cercando di costringere le similitudini tra i casi in uno schema? Non potevano escludere che quello fosse il risultato di un semplice litigio tra Brody Hicks e Felicia Evans. Non sapevano nemmeno che tipo di relazione ci fosse tra i due. Magari si frequentavano; d'altronde gli episodi di violenza tra le coppie di adolescenti erano in aumento. Oppure la morte di Felicia Evans era stata una terribile casualità?

L'istinto di Josie le diceva che non era così.

Si inginocchiò di fronte alla dottoressa e indicò le scarpe da ginnastica che Felicia portava ai piedi. «Vorrei dare un'occhiata alle caviglie.»

Tutti e tre si radunarono ai piedi della ragazza. Josie dovette mettersi in una posizione particolarmente scomoda, con la guancia quasi schiacciata al suolo per vedere il retro delle scarpe da ginnastica di Felicia. La linguetta della scarpa destra era schiacciata verso il basso e all'interno, come se l'avesse indossata di fretta. «Questa.» disse Josie.

Si rimise a sedere e guardò la dottoressa che ripiegava l'orlo dei jeans di Felicia, rivelando un calzino bianco sportivo, con l'elastico intriso di sangue.

«Tenente Fraley, mi passi la macchina fotografica.» disse la dottoressa.

Noah la trovò e gliela porse. Lei scattò alcune foto prima dire: «Josie, le dispiace?»

Con cautela, Josie infilò un dito nell'elastico del calzino e lo tirò giù.

«Tu guarda un po'...» disse la dottoressa, scattando rapidamente altre foto.

Un sottile segno lasciato da un laccio incideva la pelle di Felicia. Noah emise un fischio basso.

«Da cosa pensate che sia dovuto?» chiese la Feist.

Le rispose Josie: «Da una trappola a filo.»

TRENTAQUATTRO

Il dottor Ahmed Nashat, medico responsabile del Pronto Soccorso del Denton Memorial Hospital, uscì da una delle aree di trattamento e si diresse verso Josie e Noah, che aspettavano alla postazione degli infermieri. Dietro di lui Pam Hicks, dall'aspetto affaticato, ma più calma rispetto a prima, faceva avanti e indietro. Il dottor Nashat li accolse con un sorriso.

«Ho il permesso di Mrs. Hicks di dirvi che suo figlio sta bene. È un po' disidratato. Eravamo preoccupati per lo shock. Gli sono stati somministrati ossigeno e liquidi e poi gli abbiamo dato qualcosa per farlo calmare, visto che era piuttosto sconvolto quando è arrivato.»

«Gli ho portato un cambio di vestiti.» annunciò Mrs. Hicks. «Uno dei vostri agenti ha preso i vestiti che indossava. Hanno detto che erano prove. Brody mi ha detto che una ragazza...» a queste parole abbassò la voce a un sussurro, anche se il personale medico che andava da una parte all'altra del corridoio passando accanto a loro non prestava attenzione. «È morta nei boschi. È vero?»

«Purtroppo sì.» disse Josie.

Mrs. Hicks chiuse gli occhi e inclinò la testa verso il soffitto.

Dopo diversi respiri profondi, li guardò di nuovo. «Avevo sperato che si sbagliasse, che fosse sopravvissuta, anche se c'era così tanto sangue.»

«Suo figlio è in grado di parlare con noi?» chiese Noah.

«Sì, ma solo per poco. Non voglio che si agiti di nuovo proprio ora che devo riportarlo a casa.»

«Cercheremo di essere brevi.» le assicurò Josie.

Mrs. Hicks si girò e fece loro cenno di seguirla. Si ammassarono dietro la tenda che circondava la barella di Brody. Dormiva supino, con un lenzuolo tirato su fino al mento, che teneva stretto tra entrambe le sue mani carnose. Sebbene qualcuno, probabilmente sua madre, avesse fatto un valoroso sforzo per pulirle, si vedevano ancora bene le tracce di sangue lungo le cuticole. Una cannula applicata al naso gli forniva ossigeno. I suoi capelli scuri apparivano come se fossero stati bagnati e ravvivati di lato. Sembrava più piccolo di quanto non fosse apparso nel bosco. La madre gli toccò delicatamente la spalla, sussurrandogli qualcosa all'orecchio. Per poco lui non le tirò un pugno in piena faccia quando si svegliò di soprassalto. Josie riconobbe il terrore più cieco nei suoi occhi mentre passava dal sonno alla veglia. La sua mente era ancora in quei boschi, a rivivere gli orrori che vi aveva provato.

Sua madre si riprese bene dall'inaspettato sobbalzo del figlio, facendo un salto all'indietro, aspettando qualche secondo e poi avvicinandosi di nuovo, gentile come sempre. Josie vide la nebbia dell'incubo del ragazzo diradarsi a ogni parola che la madre gli sussurrava all'orecchio e dopo due lenti battiti di ciglia, si concentrò su Josie e Noah.

Con voce pacata, Brody chiese: «L'avete trovata?»

«Sì.» disse Noah.

Il ragazzo si strinse di nuovo le mani sotto il mento. «I suoi genitori lo sanno?»

«Sì.» ripeté Noah.

Una lacrima scivolò lungo la guancia del ragazzo. La madre gli si avvicinò e gli scostò i capelli dal viso.

«Brody...» disse Josie. «Sappiamo che ne hai passate tante. Possiamo rimandare a un altro momento per farti qualche domanda più approfondita, ma per adesso abbiamo bisogno di sapere cosa è successo in quel bosco.»

«Non lo so.» disse con un'altra lacrima che gli scendeva lungo la guancia. «Non so cosa sia successo.»

Mrs. Hicks usò la manica della camicia per asciugargli il viso, ma il ragazzo sembrava non accorgersi della sua presenza.

«Cominciamo da ieri sera.» lo esortò Noah. «L'ultima volta che hai visto tua madre. A casa tua.»

Il ragazzo aprì i pugni, raccolse altri lembi del lenzuolo e li strinse di nuovo, tenendoli questa volta più in basso, all'altezza del petto. «Oh, questa è facile. Stavo guardando la televisione e lei è venuta in salotto a darmi la buonanotte.»

«Che ora era?» chiese Josie.

Lui guardò verso sua madre, che gli disse: «Non ti ricordi, tesoro?»

«Non lo so. So solo che quando hanno dato il notiziario stavo per andare a letto, ma uno dei miei compagni di squadra mi ha mandato un messaggio. Mi ha detto che un gruppo di ragazzi stava andando alle Cataste e voleva che mi unissi a loro.»

«Il notiziario va in onda alle undici.» disse Noah. «Lo stavano trasmettendo ancora quando sei uscito per andare alle Cataste?»

Brody annuì. Lanciò un'occhiata alla madre, che gli disse: «Dì la verità a questi agenti, Brody. Hai già confessato tutto a me e affronteremo le dovute conseguenze quando tutto questo sarà finito. Ora devi dirlo alla polizia.»

Ci fu l'inizio di un'alzata di occhi che fu rapidamente interrotta. Poi Brody tornò a guardare Josie e Noah. «Sì, sono andato alle Cataste mentre il notiziario era ancora in onda. Me lo ricordo perché stavano mostrando la foto di Kayleigh. Un'altra volta. Io non avevo tanta voglia di raggiungere il gruppo perché lei era appena stata rapita in mezzo al nulla e anche se le Cataste non sono nel profondo del bosco, era comunque un posto così.»

«Allora perché ci sei andato?» gli chiese Josie.

«Il mio amico ha detto che saremmo stati almeno in dieci e ho pensato che in così tanti saremmo stati al sicuro. Inoltre, i ragazzi della squadra che andavano sono belli piazzati. Ho pensato che se quel tizio, quell'Uomo dei Boschi, ci fosse venuto incontro alle Cataste, avremmo potuto affrontarlo.»

Noah gli chiese: «Quindi vi siete trovati in dieci?»

«Direi una quindicina. Non l'ho mai visto così affollato quel posto.» Un'altra occhiata a sua madre. «Non che ci vada spesso.»

Lei gli lanciò di rimando un'occhiata severa. «Non mentire, Brody.»

«Non sto mentendo, mamma. Non ci vado spesso. Alcuni ragazzi ci vanno un paio di volte alla settimana. L'ultima volta che ci sono andato è stato settimane fa.»

«Avremo bisogno che tu scriva i nomi di tutti quelli che hai visto.» disse Josie.

Brody spalancò gli occhi. «Cioè, volete che faccia la spia su tutti i ragazzi che ho visto ieri sera?»

«Felicia Evans è morta.» gli ricordò Noah e la vergogna colorò di rosso le guance del ragazzo.

«Che cosa avete fatto ieri sera alle Cataste?» gli chiese Josie.

«Siamo stati lì intorno a parlare. Alcune persone stavano bevendo e facendo altre cose.»

«Altre cose?» ripeté sua madre. «Che cosa vuol dire?»

Le mani del ragazzo si rilassarono, ora appoggiate sul petto. Le girò tenendo i palmi rivolti verso l'alto. «Mamma, per favore...»

«Mi hai detto del bere, ma non delle altre cose.»

«Perché non le faccio. Fumano erba, per lo più. Penso che altri ragazzi facciano uso di altre sostanze, ma io e i miei amici beviamo e basta. Uno dei ragazzi della squadra ha un fratello più grande che ci procura la birra.»

«Kayleigh Patchett ha mai frequentato quel posto?» gli chiese Josie.

Lui scosse la testa. «Non l'ho mai vista alle Cataste.»

«Ma tu la conosci?» chiese Noah.

«Frequenta il mio corso di letteratura, ma non la conosco. Non le ho mai parlato. Felicia la conosceva meglio. Sembravano amiche, ma all'inizio dell'anno hanno smesso di parlarsi. So che hanno litigato per qualcosa, ma non so esattamente per cosa. Credo che avesse a che fare con un concorso di scrittura di racconti o qualcosa del genere per il corso di letteratura. Così ieri sera un paio di ragazzi le hanno chiesto spiegazioni, ma lei ha detto che non era niente. "Un'idiozia" così l'ha definita e non ne ha voluto parlare. Credo che si sentisse in colpa perché Kayleigh è stata rapita.»

«Quando eravate alle Cataste ieri sera, Kayleigh era l'argomento di conversazione?»

Brody guardò sua madre, che gli fece cenno di rispondere. «Beh, sì. Era una questione piuttosto importante. Capite, una ragazza della nostra scuola che è stata rapita... non si parlava d'altro, sia a scuola che fuori. Molti ragazzi la conoscevano meglio di me. Di solito non si va a bere alle Cataste durante la settimana, ma la gente era così spaventata dal suo rapimento. Comunque, tutti parlavano di lei e... di quello che era successo, soprattutto perché i notiziari continuavano a dire che l'aveva presa l'Uomo dei Boschi. Pensavamo tutti che fosse una storia stupida.»

Josie si trattenne dal dire che era una storia stupida. «Alcune persone di ieri sera, soprattutto le ragazze, erano davvero spaventate. Una ragazza era così spaventata che se ne è andata. Però, in linea generale, tutti pensavano che fosse un grande scherzo.»

«Che Kayleigh sia stata rapita o che l'abbia presa l'Uomo dei Boschi?» precisò Josie.

«La cosa dell'Uomo dei Boschi. Cioè, sappiamo tutti che l'ha presa un pervertito. O almeno è quello che tutti quanti ripetevano ieri sera.» Tirò su l'estremità del lenzuolo, coprendosi il mento.

«Avevi mai sentito parlare dell'Uomo dei Boschi prima del rapimento di Kayleigh Patchett?» gli chiese Noah.

«Sì. Qualcosa. La voce girava a scuola, ma nessuno l'aveva presa sul serio. È quello che sto provando a dirvi. La cosa di ieri sera, andare nel bosco... non era altro che uno scherzo!»

«Tu e Felicia Evans vi siete addentrati nel bosco per scherzo?» volle sapere Josie.

«No, voglio dire che tutti pensavano che la storia dell'Uomo dei Boschi fosse una scemenza. Si è trasformata in una sfida, o una scommessa, o qualsiasi altra cosa. Un po' come la sfida della Montagna degli Omicidi.»

Quelle parole irritarono i nervi già scoperti di Josie, ma fece del suo meglio per non darlo a vedere. «E tu hai partecipato a quella sfida, dico bene?»

«No. Sì. Più o meno. Sono andato lassù per partecipare alla sfida, ma non ha contato davvero perché non l'ho fatto di notte.»

«Come sei arrivato fin lassù?» chiese Noah.

«Passando per Kelleher Road.» rispose Brody. «C'è una strada di accesso. È chiusa da una catena, ma ho lasciato la macchina lungo la strada e sono salito a piedi.»

Josie tirò fuori il telefono e cercò una foto di Henry Thomas. «Conosci quest'uomo?»

Dall'espressione di Brody si intuì che non lo riconosceva. «No. Chi è?»

«Vive da quelle parti.» spiegò Josie. «In Herron Road. Dalla parte opposta dei campi. Ha avuto problemi con gli adolescenti che entrano nella sua proprietà cercando di raggiungere i campi di sepoltura.»

Riabbassò il lenzuolo fino al collo. «Non l'ho mai visto. Non sapevo che ci fosse qualcuno che vive lassù. È inquietante.»

Noah gli chiese: «A che ora sei andato lassù sabato?»

Mrs. Hicks si accigliò.

«Non lo so. Non mi ricordo. Durante il giorno, ma non so bene a che ora.»

«Per quanto tempo sei stato lassù?» chiese Josie.

«Pensavo che foste qui per parlare di quello che è successo ieri sera...» protestò Mrs. Hicks. «Perché gli state chiedendo di sabato?»

«Kayleigh Patchett è stata rapita sabato, in pieno giorno, non lontano dai campi di sepoltura.» spiegò Noah. «Vorremmo sapere se Brody ha visto qualcosa.»

Josie si rivolse a Brody. «È possibile che in quel momento non ti sia sembrato importante.»

«Non ho visto nulla.» disse lui.

«Se non le dispiace, Mrs. Hicks, vorremmo dare un'occhiata al pick-up di Brody e al suo telefono.»

«L'agente che ci ha incontrato qui ha preso il mio telefono.» spiegò Brody. «Anche i miei vestiti. Ha detto che dovevano essere "trattati" o qualcosa del genere.»

Gli occhi di Mrs. Hicks si ridussero a due fessure. «Pensate che mio figlio abbia qualcosa a che fare con la scomparsa di quella Kayleigh Patchett, vero?»

«Brody era nella stessa zona al momento del rapimento.» disse Josie. «Non possiamo ignorarlo. È la procedura standard indagare approfonditamente su chiunque si trovasse nelle vicinanze.»

La madre si avvicinò al figlio e gli posò una mano sulla spalla. «Il mio Brody è un bravo ragazzo. Non farebbe mai del male a nessuno.»

Noah guardò Brody. «Passiamo a ieri sera. Eravate alle

Cataste. Era buio. Erano passate le undici e mezza. Tu e altri studenti della Denton East stavate bevendo. Avete iniziato a discutere del rapimento di Kayleigh e della storia dell'Uomo dei Boschi. C'era in corso una specie di sfida. Di cosa si trattava esattamente?»

«Un paio di ragazzi hanno detto che uno di noi avrebbe dovuto passare la notte nel bosco.»

«Per quale motivo?» chiese Pam. «Brody, voglio la verità.»

«Mamma, mi dispiace. Non pensavo che l'Uomo dei Boschi fosse reale! Te l'ho detto!» Tornando a Josie e Noah, continuò: «Ho detto che l'avrei fatto perché non avevo paura del bosco o di qualche storia per bambini su un uomo in agguato dietro a un cespuglio. Poi qualcuno se n'è uscito dicendo che dovevano essere in due perché avrei anche potuto dire che andavo nel bosco e poi aspettare che tutti se ne andassero per tornarmene a casa. Nessuno voleva venire con me. Pensavo che la cosa si sarebbe chiusa lì, ma poi Felicia si è offerta volontaria.»

«Tu e Felicia vi frequentavate?» chiese Noah.

«No. Cioè, non proprio. Abbiamo iniziato ad avvicinarci negli ultimi mesi. Ho pensato che magari le piacevo. Perché lei a me piaceva e stavo cercando di trovare il coraggio di chiederle di uscire prima della fine dell'anno. E a un tratto si è offerta di andare nel bosco con me, per una notte! Ho pensato che fosse la mia occasione, ma poi...»

Si interruppe, un singhiozzo gli salì in gola. Lacrime fresche gli rigarono le guance. Si chiuse la bocca, come se cercasse di trattenere il pianto. Ne uscì un lungo e acuto lamento. Mrs. Hicks si appollaiò sul bordo del letto e lo abbracciò, tirandogli la testa al petto e accarezzandogli i capelli. Josie e Noah aspettarono qualche istante per dargli il tempo di ricomporsi. Alla fine, il ragazzo si staccò dalla madre, lasciandole l'impronta umida del suo viso sulla camicia. Usò il bordo del lenzuolo per pulirsi le guance e ricominciò a parlare. Questa volta le parole gli uscirono rapidamente, come se temesse che se avesse rallentato o si fosse fermato, non sarebbe stato più in grado di ricominciare. «Le ho detto che dovevamo solo trovare un buon posto dove rintanarci per passare la notte. Una specie di rifugio. Un posto comodo, in cui potessimo starcene tranquilli, così, una volta che avesse iniziato a fare giorno, saremmo stati in grado di andarcene. Abbiamo usato i nostri telefoni per farci luce e da lì abbiamo iniziato a camminare, cercando di trovare un qualsiasi tipo di riparo. Felicia era preoccupata di ritrovare la strada al mattino, ma le ho detto di non preoccuparsi perché avremmo potuto usare il navigatore e ci sarebbe stata luce. Così, alla fine, abbiamo trovato un posto alla base di un pino che era un po' coperto e ci siamo messi sotto. Abbiamo parlato un po', ma ci siamo stancati in fretta. Ci siamo sdraiati l'uno accanto all'altro e ci siamo... diciamo che ci siamo coccolati, penso. Si stava facendo freddo. Lei continuava a dire di aver sentito qualcosa, ma io le dicevo che non c'era da preoccuparsi, che doveva essere solo un animale. Ci poteva stare, eravamo nel bosco! L'ho rassicurata dicendole che saremmo stati bene dove eravamo. Alla fine, ci siamo addormentati entrambi e io mi sono svegliato diverse ore dopo. Ho controllato il telefono ed erano le quattro e mezza passate... e lei non c'era più. Ho pensato che doveva essersi alzata per fare pipì o per cercare dell'acqua, che ne so. Ho aspettato circa mezz'ora per vedere se sarebbe tornata, ma non c'era traccia di lei. Cominciava a rischiararsi. Le ho mandato un messaggio perché ho cominciato a pensare che mi avesse abbandonato lì, ma non mi ha risposto. Poi ho iniziato a pensare che potesse essersi alzata per qualche motivo e si fosse persa perché era buio. Ho iniziato a cercarla. A un certo punto ho avuto l'impressione di sentirla piangere o che stesse chiamando il mio nome o qualcosa del genere. Ho sentito dei rumori che potevano essere quelli. Ho continuato a cercarla.»

«Perché non hai chiamato aiuto?» gli chiese sua madre e il ragazzo le rispose, ma senza guardarla: «Perché non volevo metterla nei guai per essere stata fuori nel bosco tutta la notte a fare quella stupida sfida. Felicia è molto intelligente. È una delle ragazze più brillanti della scuola. E, a parte questo, a quel punto il mio telefono era morto.»

«Quanto ci hai messo a trovarla?» chiese Josie.

«Non lo so. Mi sono sembrate ore. L'ho trovata lì che...» un nodo in gola gli strozzò di nuovo la voce.

Sua madre gli diede una pacca sulla spalla. «Fa' dei respiri profondi.»

Lui annuì, inspirando a lungo prima di riprendere il racconto. «L'ho trovata stesa lì. La sua testa... si vedeva che le era successo qualcosa. Ho cercato di svegliarla, di aiutarla. Non volevo combinare un casino, ma c'era così tanto sangue. Mi è finito addosso. Ho cercato di sentire se c'era battito, ma non ci sono riuscito. Ho dato di matto. Cioè, è come se avessi avuto un blackout.»

Sua madre lo guardò esterrefatta. «Come sarebbe a dire che hai avuto un blackout?»

«Non ricordo nulla di quello che è successo dopo, fino a quando siamo arrivati qui. Ricordo di averla trovata e di aver cercato di aiutarla. C'era sangue dappertutto. Poi non ricordo più niente finché non mi sono ritrovato qui in ospedale.»

«Brody...» disse Noah, «stai andando alla grande. Abbiamo solo qualche altra domanda da farti. Mi rendo conto che è difficile rispondere, ma dobbiamo saperlo: tu e Felicia avete avuto un rapporto sessuale ieri sera?»

«Cosa? No. Figuriamoci. Non è andata così. Abbiamo solo parlato.»

«Ti crediamo.» disse Josie. «Quando hai trovato Felicia, ricordi di aver visto qualcosa di insolito sulla scena?»

«Strano di che tipo?»

«Una trappola, per esempio.» disse Noah. «Qualcosa che ti ricordi una trappola.»

«No. Non ho visto nulla. Perché avrebbe dovuto esserci una

trappola? Non è nemmeno la stagione della caccia. A parte, forse, per il coyote, ma niente di più.»

«Tu fai trappole?» chiese Josie.

«No. Le fa mio zio. Gliel'ho viste fare, ma io non ho mai provato. Non ho neanche la licenza. Preferisco la caccia.»

Josie tirò fuori il suo telefono e cercò una foto del fidanzato segreto di Kayleigh per mostrarla a Brody. «Conosci questa persona?»

Lui la fissò, aggrottando le sopracciglia. «Non riesco a vederlo in faccia. Non avete una foto che lo prenda di fronte?»

«Questa è la foto migliore che abbiamo.» disse Josie.

«Non lo conosco. Chi è?»

«Un ragazzo di nome J.J.» disse Noah. «Questo nome ti suona familiare?»

«Per niente.»

Josie fece un ultimo tentativo. «Crediamo che Kayleigh uscisse con questo ragazzo. Hai mai sentito dire a scuola o alle Cataste che frequentava un ragazzo?»

«No, nessuno ha mai parlato di lei finché non è stata rapita. Non sapevo che si vedesse con qualcuno, ma come ho detto non eravamo in confidenza. Felicia potrebbe...» si interruppe di colpo.

Un silenzio pesante riempì il piccolo ambiente.

«Mi dispiace.» disse Brody con voce flebile: «Mi dispiace tanto.»

Sua madre gli si avvicinò di nuovo per abbracciarlo.

«Penso che per oggi sia sufficiente.» disse Noah. «Sei stato grande, Brody. Mrs. Hicks, ci terremo in contatto per il pick-up di suo figlio.»

Josie consegnò a Mrs. Hicks un biglietto da visita prima di girarsi e andarsene seguita da Noah.

«Ehi.» li fermò Brody chiamandoli alle loro spalle. «Questo significa che l'Uomo dei Boschi esiste davvero?»

Josie si voltò a guardarlo. Sembrava una questione così insignificante in quel momento. Quella che era iniziata come una stupida storiella che girava per le scuole della zona era diventata, a tutti gli effetti, reale. C'era un uomo nei boschi che intrappolava, rapiva e uccideva dei ragazzini.

Anche in questo caso, Josie si sentiva combattuta su cosa dire. Era abbastanza convinta che non ci fosse Brody Hicks dietro gli omicidi di Denton o nelle altre contee o al rapimento di Kayleigh, anche se avrebbero comunque dovuto indagare più a fondo su di lui. Quello che vedeva di fronte a sé era un giovane uomo traumatizzato dal ritrovamento del corpo selvaggiamente massacrato della ragazza per cui aveva una cotta. Non voleva spaventarlo più di quanto già non fosse e non voleva dire qualcosa che poi lui avrebbe riferito ai suoi amici e che si sarebbe diffuso a macchia di leopardo nelle scuole e sarebbe arrivato alla stampa, scatenando così un putiferio. Ma non voleva nemmeno mentirgli.

Noah le risparmiò la fatica. «Brody, l'Uomo dei Boschi è solo una stupida favola per bambini, ma la persona che ha ucciso Felicia è reale e noi faremo tutto il possibile per trovarla e assicurarci che paghi per quello che ha fatto.»

TRENTACINQUE

Ci sono sempre state delle regole. Portare il minimo indispensabile a ogni caccia e lasciare il minimo indispensabile su ogni scena. Mi fanno male le braccia per aver dovuto trasportare la pietra a chilometri di distanza da dove l'ho usata per spaccare la testa di quella ragazzina. Ad ogni modo, è un bel dolore. Mi appaga. Mi esalta. Mentre faccio rotolare la pietra giù da un argine in un ruscello, ripenso al suono gratificante che ha prodotto quando gliel'ho calata sul cranio. Certo, quegli ultimi istanti quando lo sguardo di sgomento e di orrore si imprime sul suo volto, talvolta si fanno troppo confusi, troppo veloci, perché io possa godermeli appieno, ma sto migliorando anche sotto questo aspetto.

Sto migliorando e intanto la leggenda su di me si diffonde.

TRENTASEI

Il deposito in cui la Polizia di Denton portava i veicoli confiscati fungeva anche da stazione per il trattamento delle prove. La maggior parte delle prove raccolte veniva inviata al laboratorio della Polizia di Stato, ma molte cose Hummel e la sua squadra erano in grado di farle direttamente sul posto. Queste operazioni si svolgevano in un edificio in mattoni di cemento anonimo, situato in un quartiere remoto della zona nord di Denton. Si trovava in un lotto recintato e Josie dovette mostrare le sue credenziali all'agente nella cabina di guardia prima di essere ammessa. Superò una fila di veicoli e trovò un posto accanto all'auto del capo. Le finestre erano coperte da laminato bianco in modo che nessuno potesse vedere all'interno. Le porte del garage erano chiuse, come al solito. Le superò e bussò alla porta blu. Un attimo dopo si aprì. Noah le sorrise.

«Sono già tutti qui.» disse lui mentre lei lo superava per entrare in un piccolo ufficio. Non essendoci nessuno, la tirò a sé per un rapido bacio. «Sei riuscita a dormire?»

«Sì.» mentì lei. Sicuramente due ore potevano contare ancora come sonno.

Dopo aver lasciato Brody Hicks e sua madre in ospedale il

pomeriggio precedente, Noah era andato a casa a riposare. Gretchen lo aveva sostituito. Lei e Josie avevano trascorso il resto della serata a caccia di piste, finché Noah non aveva ripreso servizio per mandare Josie a casa. Anche se era tardi, aveva portato Trout a fare una lunga passeggiata e poi lo aveva fatto giocare un po', nella speranza non solo di stancare il cane, ma anche sé stessa. Però, una volta infilatasi sotto le coperte, era rimasta sveglia, con un carosello di pensieri demoniaci che le impedivano di dormire. La maggior parte aveva a che fare con il caso di Kayleigh Patchett e con il nuovo caso di Felicia Evans e con il dubbio che fossero collegati, ma quando finalmente era riuscita ad addormentarsi, i ricordi della morte di Mettner si erano affollati nella sua mente, rendendole impossibile riposare.

Noah le rivolse un'occhiata eloquente a dimostrazione che non le credeva, senza però insistere, e liberandola dall'abbraccio, disse: «Li troviamo tutti qui dietro. Andiamo.»

Attraversarono l'ufficio e raggiunsero la sala prove più grande. Il capo Chitwood e Gretchen si trovavano al centro della stanza e sorseggiavano un caffè. Su uno dei tavoli vuoti in acciaio inox allineati alle pareti, Josie notò un portabicchieri del Komorrah's Koffee con una tazza di caffè intatta. Noah le disse: «Quello è per te.»

«Grazie.» disse lei. «Perché ci siamo dati appuntamento qui?»

All'altro capo della stanza l'agente Chan lavorava a uno dei tavoli addossati alla parete, tutta concentrata a cercare di mettere insieme l'oggetto simile a una trappola che avevano trovato durante le operazioni di ricerca dietro casa Patchett. Diversi bastoni erano disposti uno accanto all'altro. La maggior parte di questi era avvolta da rampicanti, anche se allentati e spezzati. Accanto ai bastoni c'era un mucchio di foglie e i pezzi affilati che avevano recuperato.

«Quella maledetta stampa.» sbottò il capo. «Non riesco a sfuggirgli. Hanno invaso la stazione di polizia, ma per fortuna non pensano mai di venire qui e anche se lo facessero, rimarrebbero chiusi fuori.»

«Hummel ha degli aggiornamenti.» annunciò Gretchen. «Ora è in garage. Ha detto che sarebbe arrivato subito.»

Josie bevve un sorso del suo caffè e attraversò la stanza in modo da poter dare una sbirciata sopra la spalla dell'agente Chan.

«Qualche risultato?»

«No.» sospirò Chan. «Non ho la più pallida idea di cosa dovrebbe essere questo arnese. Ho fatto una ricerca su Internet su ogni tipo di trappola che potevo trovare e non ho trovato nulla di simile. La maggior parte delle trappole sono di metallo o usano corda di nylon o catene o simili.» Picchiettò con un dito contro un pezzo di vite allentato. «Chiunque sia stato a costruire questa trappola, non so cosa si aspettasse di catturare; da quello che vedo qui, non reggerebbe neanche uno scoiattolo e l'unico animale che è legale catturare al momento è il coyote. Ed è impossibile che questo aggeggio striminzito riesca a contenere un coyote.»

Gretchen si avvicinò e si mise accanto a Josie. «A questo punto tenderei a concludere che chiunque sia la persona che ha costruito questo coso... di qualunque cosa si tratti, e l'ha piazzato nel bosco, non si è preoccupata di quali animali è legale cacciare in questa stagione.»

«Corda di nylon, pezzi di metallo, cavi...» elencò Josie, «tutte queste cose possono essere analizzate e classificate come prove. Ma questa roba no. Credo che sia per questo che l'ha usata.» Pensò ai segni da laccio che avevano visto impressi sulla caviglia di Felicia Evans. Anche lei era rimasta impigliata in qualcosa, eppure non avevano trovato alcuna trappola. «Oppure c'erano delle parti che potevano essere riutilizzate e lui se le è portate via.»

«Questo spiegherebbe perché ho difficoltà a ricostruirla.»

disse l'agente Chan. «Ad ogni modo, posso provare a rimetterla insieme tenendo presente che mi mancano dei pezzi.»

«Faccia quello che può.» disse Josie e, mettendo una mano sulla spalla dell'agente Chan, aggiunse: «Lo apprezzo molto.» Poi si avvicinò alla finestra che dava sugli spazi auto del garage e vide che erano entrambi occupati. Il furgone di Brody Hicks, che avevano sequestrato la sera prima, era in uno dei posti auto. Nell'altro c'era una berlina.

Josie chiese: «Quella è una delle auto dei Patchett?»

«Sì.» disse Chan. «Prima abbiamo esaminato il cassonato con il vomere da neve e il minivan. Li restituiremo domani. Ci era rimasta quella, ma con l'omicidio volevamo esaminare prima il cassonato, quindi la berlina deve aspettare. Hummel arriverà presto per parlarvene nel dettaglio.»

«Facciamo questa riunione così possiamo mandare Palmer a casa a dormire.» disse il capo. «Prima di tutto, le ricerche condotte nei boschi di fronte alla baita di Henry Thomas non hanno portato a nulla. Nessuna traccia di Kayleigh Patchett. Nessuna tomba appena scavata. Nessun segno di terra smossa. Palmer, tu che cosa ci dici?»

«Ho parlato con Amber e con il sergente Lamay prima di venire qui.» cominciò Gretchen. «Mi hanno detto che il numero per le segnalazioni è più un ostacolo che un aiuto. Sono passati giorni e non abbiamo avuto una sola pista valida. Amber ha detto che il telefono ha squillato fino a tarda notte e poi ha ricominciato questa mattina. Sono ragazzini che si divertono a fare gli scherzi, per lo più sull'Uomo dei Boschi. Evidentemente lo trovano divertente.»

«Immagino che la conferenza stampa che ho organizzato non sia servita a nulla.» commentò il capo.

«Gli adolescenti non guardano quel genere di cose.» disse Noah. «Per loro è solo una leggenda quella che ha fatto uccidere Felicia Evans.»

Il capo si sfregò il cuoio capelluto. «Però non posso chiudere il numero per le segnalazioni. A proposito di adolescenti, Palmer, tu e Quinn avete parlato con gli altri ragazzi che erano alle Cataste la notte in cui Brody Hicks e Felicia Evans sono andati nel bosco, dico bene?»

«Per la maggior parte non sono stati molto collaborativi...» disse Josie, riassumendo quanto lei e Gretchen avevano fatto, passando l'intera serata precedente a rintracciare e interrogare tutti i ragazzi che, stando a quanto aveva dichiarato Brody Hicks, si trovavano alle Cataste. «Nessuno di loro ha ammesso di aver passato la serata a bere o fare uso di droghe.»

«Nessuno di loro ha sentito o visto nulla.» concluse Gretchen. «E consultando il GPS dei loro telefoni e interrogando i genitori abbiamo potuto verificare che erano tutti a casa all'una di notte.»

«Avete mostrato a quei ragazzi le foto del fidanzato segreto di Kayleigh, quel J.J.?» chiese il capo.

«Nessuno lo ha riconosciuto.» rispose Josie. «Ma è difficile che qualcuno riesca a identificarlo se tutto ciò che si vede è il suo profilo.»

«Qualcuno ha già interrogato i membri del personale della scuola?» chiese Noah. «Uno di loro potrebbe essere in grado di identificarlo.»

Il capo scosse la testa. «Ci ho parlato io e nessuno lo ha riconosciuto. Non c'è nessun ragazzo di nome J.J. che studia in quella scuola, né che l'abbia frequentata di recente.»

«Tutti questi sforzi per trovarlo e potrebbero portare a un vicolo cieco.» brontolò Noah.

«Oppure potrebbero dare una svolta al caso.» ribatté Gretchen.

Era esattamente quello che avrebbe detto Mettner. «Non possiamo ignorarlo.» disse il capo. «So che Henry Thomas sembra il responsabile più ovvio, ma non possiamo ancora dimostrare che ci sia lui dietro a questi crimini. O perché non abbiamo ancora abbastanza prove contro di lui, o perché è stato qualcun altro a prendere Kayleigh Patchett e a uccidere Felicia Evans.»

Gretchen sospirò. «A meno che i capelli trovati nella baita di Thomas non risultino appartenere a Kayleigh, potremmo non essere mai in grado di dimostrare che è lui il colpevole, anche nel caso dovesse esserlo effettivamente.»

Il capo si rivolse all'agente Chan. «A che punto siamo con questi risultati, Chan?»

Senza alzare lo sguardo dall'ammasso di foglie e legnetti che aveva davanti a sé, Chan disse: «Il laboratorio di Stato ci sta ancora lavorando. Mi creda, appena lo sapremo, lo saprete anche voi.»

«Quinn!» esclamò il capo. «Cosa ne pensi di questo Hicks? Era abbastanza vicino alla zona in cui è scomparsa Kayleigh da poterla rapire lui.»

«Sì, e inoltre è stato in giro per quei monti abbastanza a lungo da avere tutto il tempo per farlo.» aggiunse Noah. «Hummel ha preso i dati del GPS dal suo pick-up e ce li ha inviati ieri sera. Il rapporto non va abbastanza indietro nel tempo per dirci dove si trovava quando sono avvenuti gli omicidi nella contea di Montour e nella contea di Lenore, ma è stato su Kelleher Road, vicino ai campi di sepoltura, dalle undici e mezza del mattino fino alle tre e mezza circa del pomeriggio. Quattro ore sono un sacco di tempo per rapire una persona.»

«Ma Hicks ha usato la strada di accesso, che non è affatto vicina al vialetto di Henry Thomas, e invece è proprio fino a là che Blue ha seguito l'odore di Kayleigh.» aggiunse Josie. «Perciò, non c'è dubbio che la ragazza sia stata nella sua proprietà. Il GPS del pick-up di Hicks non lo colloca vicino alla baita di Thomas, dico bene?»

«No.» confermò Noah.

«I cani possono sbagliare...» le fece presente il capo. «Hicks è ancora sulla nostra lista. Cos'altro c'è rimasto in sospeso?»

«I tabulati telefonici di Kayleigh Patchett.» disse Josie. «E quelli li avremmo già dovuti avere, anche senza chiedere che ricevessero la priorità.»

«Li abbiamo ricevuti.» disse Gretchen. «Sono arrivati questa mattina e di buon'ora. Li ho già guardati, ma non c'è molto.»

«Dimmi che non è vero...» sospirò Josie, cercando di non apparire visibilmente sconfitta. «Nessuna chiamata, nessun messaggio? Niente di niente a nessun contatto che potrebbe essere il misterioso fidanzato? Nemmeno a un telefono usa e getta?»

Gretchen scosse la testa. «Praticamente non c'era molto altro da ottenere, oltre a quello che già hai visto sul suo telefono.»

«Ma allora come cavolo faceva a comunicare con questo ragazzo?» sbottò Josie. «Abbiamo cercato nel suo portatile. Ho perquisito la sua stanza... da cima a fondo. Se avesse avuto un altro telefono, l'avremmo trovato.»

«Magari attraverso i suoi amici.» suggerì Noah. «Olivia, per esempio.»

Josie scosse la testa. «No. Olivia pensava che Kayleigh se lo fosse inventato quel ragazzo.»

«Potrebbe averci mentito.» ipotizzò il capo.

«No.» disse Josie pensando a quanto Olivia si fosse agitata quando era emerso l'argomento del fidanzato. A come era fuggita dal ristorante in lacrime, distrutta dal senso di colpa per aver sempre pensato che Kayleigh si fosse inventata di avere un fidanzato. «Può aver mentito su altre cose, ma non su questo. Vi dico che ci sta sfuggendo qualcosa. Doveva avere un modo per comunicare con questo ragazzo.»

«Qualche canale social?» chiese Noah.

«No. Ho dato una scorsa a tutti i follower di Olivia e alle persone che lei segue, e non sono riuscita a collegare Kayleigh a nessuno di loro. Sembra proprio che Kayleigh non avesse alcun profilo sui social media.» Josie guardò Gretchen. «Un momento... hai detto "praticamente". Praticamente non c'era molto altro da ottenere, oltre a quello che già hai visto sul suo telefono. Quindi qualcosa hai trovato?»

Gretchen trangugiò il resto del caffè e gettò il bicchiere vuoto nel cestino più vicino. «Non credo che sia rilevante. È solo l'unica cosa che non c'era sul telefono. C'erano dei messaggi che si erano scambiate lei e Felicia Evans, che poi aveva cancellato dal suo telefono. Risalgono all'autunno scorso. I tabulati del gestore telefonico ci dicono solo quando i messaggi sono stati inviati e quanti ne sono stati ricevuti. Non possiamo vederne il contenuto.»

La porta del garage si aprì di botto e Hummel la varcò, portando con sé due buste per le prove. «Grazie per essere venuti.» disse. «Stiamo ancora lavorando su un sacco di materiale, ma ho pensato che queste vi sarebbero servite.» Si immobilizzò e si guardò intorno. «Non c'era bisogno che veniste tutti. Sta succedendo qualcosa?»

«Stanno cercando di evitare la stampa.» gli spiegò Chan da sopra una spalla.

Hummel ridacchiò. «Oh, capisco. Capo, credo che la sua conferenza stampa di ieri sull'Uomo dei Boschi abbia solo gettato altra benzina sul fuoco.»

Chitwood lo guardò in cagnesco. «Pensi di poter fare di meglio, Hummel?»

Gretchen alzò gli occhi al cielo. «Non farlo arrabbiare. Per l'amor di Dio.»

Noah si affrettò a chiedergli: «Cosa ci hai portato?»

Hummel gli porse le due buste. «I telefoni di Felicia Evans e Brody Hicks. Ho controllato soprattutto se uno di loro avesse fatto video o foto durante la notte che hanno passato all'aperto. Qualche volta si ha fortuna, ma non è questo il caso. Ho pensato comunque che avreste voluto dare un'occhiata più approfondita. Magari c'è qualcosa che vi salta all'occhio e che a me è sfuggito.»

«E dal luogo in cui abbiamo ritrovato Felicia Evans?» domandò Gretchen. «C'è qualcosa che dobbiamo sapere?»

«No, non c'era molto su cui lavorare.» disse Hummel. «Nessuna arma del delitto. Niente corde o fascette. Il luogo è all'aperto. Quel ragazzo, Brody Hicks, ha calpestato ogni cosa. Però, c'è la scarpa da ginnastica della ragazza, quella del piede destro...»

«La caviglia con il segno del laccio.» intervenne Josie.

«Sì. Credo che l'assassino le abbia tolto e rimesso la scarpa.»

A Josie tornò in mente l'immagine della linguetta che era stata piegata verso il basso e verso l'interno. «Deve averlo fatto per toglierle il laccio dalla caviglia.»

«Sì, è probabile.» convenne Hummel. «Ho estratto tracce di DNA dalla scarpa da ginnastica. Sono praticamente certo che si tratti di sudore.»

Ogni cosa rimase immobile e Josie sentì che la stanza si stava riempiendo di eccitazione collettiva. Sarebbe stata una svolta nel caso se fossero riusciti ad associare il DNA trovato sulla scarpa da ginnastica di Felicia Evans a qualcuno delle loro liste.

Il capo annunciò: «Chiamerò il laboratorio per richiedere che accelerino i tempi.»

Josie resistette all'impulso di fargli notare che stavano ancora aspettando i risultati degli esami del DNA dalla baita di Henry Thomas perché sapeva che il capo non avrebbe potuto farci niente. Sperava solo che nessun altro morisse o venisse rapito nel tempo necessario per ottenere quei risultati.

TRENTASETTE

A Josie faceva male la schiena. Era da un'ora che stava alla scrivania, ingobbita davanti al telefono di Felicia Evans. Cambiò diverse posizioni, cercando di placare gli spasmi che le attraversavano la colonna vertebrale. Di fronte a lei, Noah se ne stava appoggiato allo schienale per quanto gli consentiva la sedia, studiando il contenuto del telefono di Brody Hicks. Con un sospiro, lo gettò sulla scrivania. «Non c'è niente qui. Tu hai trovato qualcosa?»

«Ancora niente.» rispose Josie.

Aveva iniziato con i messaggi di Felicia, dato che avevano appreso che era stata in contatto con Kayleigh, ma Felicia non ne aveva salvato nessuno. In effetti, non aveva nemmeno un contatto con Kayleigh nel suo telefono. A conti fatti poteva non avere importanza, proprio come aveva detto Gretchen: era irrilevante che le due si fossero contattate. Frequentavano la stessa scuola. Non era assurdo che avessero avuto modo di parlarsi. Per di più, Josie sapeva da Brody e Olivia che all'inizio dell'anno c'erano stati dei "litigi" tra le ragazze che avevano a che fare con questioni di scuola.

«Credo che questa sia tutta una perdita di tempo.» mormorò Josie.

Noah allungò le braccia, intrecciando le mani dietro la testa. «Che altro abbiamo? Praticamente da questa situazione di attesa non ne usciamo fino a quando il laboratorio di Stato non ci avrà inviato i risultati del DNA.»

Josie scorse pagine e pagine di applicazioni. Aprì Instagram e scorse rapidamente i post di Felicia. Il più recente ritraeva Felicia insieme ad altre quattro ragazze: indossavano tutte abiti da cerimonia ed erano riunite in mezzo a un prato. C'erano vari hashtag che indicavano che si trattava di un ballo di fine anno. Josie si ricordò in quel momento che tra la sera del ballo e il rapimento di Kayleigh era trascorsa appena una settimana. Ripensando alla serata del ballo dell'anno precedente, si era sentita sollevata che quella sera non si erano verificati reati gravi, a parte per i soliti minorenni ubriachi. Kayleigh non aveva i social media e sul suo telefono non c'erano foto del ballo. Quindi non ci era andata? Sarebbe stato logico che Kayleigh non avesse voluto portare il suo ragazzo al ballo, se dovevano dare credito a quanto aveva raccontato Olivia sul fatto che aveva sui vent'anni e aveva già finito il liceo, anche se aveva appena raggiunto l'età del consenso valida in Pennsylvania. Era più probabile che Kayleigh non volesse che i suoi genitori sapessero che usciva con un ragazzo più grande. Non era andata al ballo per questo motivo o perché i genitori l'avevano punita per qualche trasgressione? Sembrava che la lista dei divieti fosse infinita.

La messaggistica di Felicia non offriva granché di rilevante. Josie entrò nella sezione dei messaggi privati. Ce n'erano a decine. Lo scambio più recente era tra lei e un'altra ragazza che era stata alle Cataste la sera in cui Felicia e Brody si erano addentrati nel bosco. Josie e Gretchen avevano parlato anche con quella ragazza, che aveva negato di aver bevuto o fatto uso di droghe con i ragazzi delle Cataste. Ma nei messaggi privati di Felicia aveva promesso che ci sarebbero stati birra, liquori ed erba in abbondanza e che l'intero evento sarebbe stato "da sballo". Felicia era riluttante ad andare.

Gli altri non faranno altro che parlare di Kayleigh, aveva scritto. *Mi mette troppa tristezza. E se fosse morta?*

E allora? Aveva risposto la ragazza. *Pensavo che saresti stata contenta, soprattutto dopo tutte le stronzate che ti ha fatto passare in autunno.*

Dio santo, come puoi dire una cosa del genere???? Ma scherzi? Non potrei mai essere contenta della morte di una persona. Sicuramente non di Kayleigh. Sì, è vero, abbiamo avuto dei problemi, ma non ho mai voluto che le succedesse qualcosa di brutto. È davvero una ragazza di talento ed è molto intelligente. Mi sento male per lei. Spero solo che stia bene.

Ma ci sei o ci fai? Ti ha minacciata!!! O te ne sei dimenticata? Spero che tu abbia ancora quegli screenshot.

Non è stata lei a minacciarmi, è stato quel suo ragazzo immaginario. È una cosa triste. È successo molto di più di quanto si sappia, aveva risposto Felicia. *Sto solo dicendo che Kayleigh non si merita tutto questo e spero che stia bene. Tutta questa situazione mi fa piangere giorno e notte. Non ci voglio venire alle Cataste per ascoltarvi parlare di questa cosa come se fosse tutto un gioco. Facciamo un'altra volta.*

Oh, andiamo. Non fare la guastafeste. Tutti si sfogheranno perché anche loro sono spaventati. E comunque, ci

viene anche Brody. Morgan mi ha detto che gli piaci.
Potrebbe essere la tua occasione.

La chiacchierata proseguiva e la presenza di Brody Hicks era diventata il fattore decisivo che aveva convinto Felicia a unirsi agli altri andando alle Cataste quella sera. Josie sentiva il cuore pesante. Due liceali con una cotta che facevano quello che fanno i ragazzi di quell'età, ed era finita in una tragedia inimmaginabile.

Non riuscì a continuare, chiuse Instagram e aprì la galleria fotografica di Felicia, premendo sull'icona della cartella degli screenshot. Dovette tornare a novembre per trovare ciò a cui l'amica di Felicia si era riferita. In effetti, li aveva conservati davvero gli screenshot. O almeno ne aveva conservati alcuni. All'epoca, Kayleigh era un contatto nel telefono di Felicia, che aveva chiamato semplicemente KP.

KP: *Non te la caverai così facilmente.*

Felicia: *Lasciami in pace. È finita.*

KP: *Non sarà mai finita finché non dirai a tutti la verità.*

Felicia: *Lasciami in pace sennò ti blocco.*

KP: *Sai che ho le prove che hai rubato il mio racconto su SJ. Sappiamo tutti e due che l'hai palesemente rubato e l'hai fatto passare per tuo. Non puoi accettare quel premio. Quel premio spetta a me, per il mio racconto.*

Felicia: *Non puoi dimostrare un bel niente.*

KP: *Certo che posso farlo. Ho scritto questo racconto mesi fa. Ho le prove. Inoltre, il mio ragazzo l'ha letto subito dopo che l'ho pubblicato e può confermare che l'ho scritto io.*

Felicia: *Il tuo ragazzo immaginario? Ma dai, piantala.*

KP: *Non è immaginario e sa cosa hai fatto.*

Felicia: *Non puoi provare che fosse un racconto su SJ. Ti converrebbe dire ai tuoi genitori cosa hai scritto. Ho letto gli altri racconti che hai scritto. Sei malata. Puoi anche cancellarli, ma li ho salvati. A chi pensi che crederanno?*

KP: *Se non confessi la verità, il mio ragazzo dice che ti ucciderà.*

Felicia aveva inviato una fila di emoji che ridevano e poi: Ci sentiamo, stronzetta.

KP: *Il mio ragazzo farebbe qualsiasi cosa per me. Non ci penserebbe due volte a fartela pagare. Meglio se ti guardi le spalle.*

Felicia: *Come ti pare. Ti blocco subito.*

Non c'era dubbio che Kayleigh aveva cancellato lo scambio dal suo telefono in modo che i suoi genitori non lo vedessero.

«Hai trovato qualcosa?» chiese Noah.

«Uno scambio di messaggi tra Kayleigh e Felicia, alcuni screenshot.»

Lei si alzò e si avvicinò alla sua scrivania, porgendogli il telefono di Felicia.

«Il ragazzo di Kayleigh voleva uccidere Felicia?» esclamò Noah. «È una minaccia notevole per un uomo adulto nei confronti di una ragazzina di sedici anni. Senza contare che è terribilmente inquietante. Mi sembra che trovare questo ragazzo non sia una perdita di tempo, in fin dei conti. Cos'è questo racconto su SJ?»

«Non ne sono sicura.» disse Josie. «Kayleigh faceva parte di un circolo di scrittura del doposcuola. Potrebbe essere collegato a quello. Anche Felicia ne faceva parte.»

Proprio mentre pronunciava quelle parole, qualcosa le solleticò il fondo della mente, qualcosa che si era fermato ai margini della sua coscienza.

Noah iniziò a scorrere la galleria. «Non vedo le schermate delle storie di cui parla Felicia. Quelle di quando ha detto che era malata.»

«Non sono arrivata a tanto.» Lo guardò mentre scorreva metodicamente l'intera galleria di immagini. Ci volle abbastanza tempo, tanto che a Josie cominciò a far male la schiena a forza di stare in piedi, e alla fine Noah vide che non c'era niente e tornò ai messaggi di testo che avevano appena letto sugli screenshot. «Non sembra che Felicia si fosse sentita minacciata. Anzi, l'aveva presa piuttosto alla leggera.»

«Pensava che il ragazzo se lo fosse inventato, proprio come pensavano tutti gli altri.»

Il telefono fisso di Josie squillò. Tornò alla sua scrivania e sollevò il ricevitore. «Quinn.»

«Ci sono due gruppi di genitori qui all'ingresso che vogliono avere degli aggiornamenti, e non stanno andando molto d'accordo.» disse il sergente Dan Lamay tutto d'un fiato.

«Arrivo subito.»

TRENTOTTO

Josie sentì delle grida mentre spingeva la porta delle scale del piano di sotto con Noah alle calcagna. Due agenti in uniforme si stavano precipitando lungo il corridoio verso l'ingresso. Josie e Noah li seguirono, affrettando il passo. La porta si spalancò e lei riconobbe la voce di Dave Patchett. «Pensi che non sappiamo come ci si sente?»

Josie raggiunse la porta prima che si chiudesse. Oltrepassò il piccolo banco dell'accoglienza dove sedeva Lamay, separata dal resto dell'ingresso da un'alta scrivania, e attraversò la seconda porta per entrare nell'area principale riservata ai visitatori. I due agenti in uniforme si erano già messi a dividere le coppie. I Patchett si trovavano a sinistra, un'altra coppia a destra. Dietro di lei, Noah sussurrò: «Quelli sono Sasha e Jeremy Evans. I genitori di Felicia.»

Sasha e Jeremy Evans erano più magri, più alti e più eleganti di Dave e Shelly Patchett. Anche con jeans e camicie informali, avevano tutti e due un aspetto più fresco e curato dei Patchett, anche se gli occhi venati di rosso e il viso gonfio di Sasha raccontavano un'altra storia. Quanto ai Patchett, si vedeva che la tensione per la ricerca della figlia più grande stava esigendo un alto prezzo su di loro: Dave sembrava aver smesso di lavarsi; Shelly indossava pantaloni da ginnastica e una maglietta con la scritta "Una mamma per il calcio" con uno strappo sotto l'ascella destra.

Sasha Evans stava puntando un dito in direzione di Dave Patchett e la sua voce tremava per il dolore. «Non hai idea di come ci si senta. Nostra figlia è morta.»

Con un filo di voce, Shelly Patchett rispose: «Anche nostra figlia potrebbe essere morta. Ci dispiace per il tono, non intendevamo dire nulla. Siamo addolorati per la vostra perdita.»

«No che non lo siete.» sibilò Sasha Evans.

Il marito le mise una mano sulla spalla e quando parlò la sua voce tradì la stanchezza e la sconfitta più totali che si celavano sotto la superficie del suo placido contegno. «Sasha, ti prego.»

«Non è vero che sono addolorati!» insistette lei, con voce stridula. «Kayleigh detestava Felicia perché aveva più talento, era più amata e non era una bugiarda!»

Dave Patchett si slanciò in avanti, ma l'agente in uniforme si mise direttamente sulla sua strada, bloccandolo.

«Dobbiamo davvero tornarci sopra in questo momento? Per uno stupido racconto? Nostra figlia è scomparsa!»

«Dave!» lo rimbrottò Mrs. Patchett.

«Almeno lei potrebbe essere ancora viva!» continuò Sasha Evans. «La nostra bambina è morta! Non se lo meritava. Non se lo meritava per niente. Era brava, a differenza di vostra...»

Dave Patchett si lanciò di nuovo verso di loro, ma l'agente in uniforme lo trattenne anche stavolta.

«Portiamo gli Evans nella sala conferenze...» suggerì Noah.

Dave gridò più forte, interrompendo Noah. «Di che diavolo stai parlando? Stai cercando di dire che Kayleigh si merita di morire? Perché? Per via di quella stupida storiella che ha scritto per la scuola? Ma dai i numeri o cosa? Si è scusata. L'abbiamo punita. Perché ti metti a tirare fuori queste vecchie stronzate?

Non hanno niente a che fare con quello che sta succedendo ora.»

«Non è giusto! La nostra bambina dovrebbe essere ancora qui!» ringhiò Sasha Evans mentre l'altro agente accompagnava lei e il marito fuori dall'ingresso.

«E la nostra Kayleigh non dovrebbe essere ancora qui?» le fece eco Dave a gran voce.

La voce di Mrs. Patchett si ridusse ad appena un sussurro. «Questo non... questo non ha niente a che fare con Kayleigh.»

La porta sbatté dietro l'altra coppia.

«Mi occupo io degli Evans.» disse Noah.

Josie annuì e lo guardò sparire dietro di loro, lasciandola sola nell'ingresso con i Patchett e l'agente in uniforme. Dave camminava avanti e indietro, passandosi una mano tra i capelli, con il viso paonazzo e il sudore che luccicava sulla fronte. Mrs. Patchett si asciugò silenziosamente le lacrime dalle guance.

Josie disse: «Lasciate che faccia preparare una stanza dove possiamo sederci a parlare.»

«Abbiamo saputo che una ragazza è stata trovata morta.» spiegò Mrs. Patchett. «Non sapevamo di chi... pensavamo che potesse trattarsi di Kayleigh. Nessuno ci aveva avvertiti. Abbiamo saputo da altri genitori che si trattava di Felicia, ma non avevamo modo di averne conferma, così siamo venuti qui per scoprire se fosse vero o no. Avevamo bisogno di sapere. Avevamo bisogno di sentircelo dire dalle autorità che non si trattava di Kayleigh. Poi abbiamo visto i genitori di Felicia. Non ce lo aspettavamo. Mi rendo conto che suona terribile ammetterlo, ma ci siamo sentiti sollevati quando abbiamo appreso che non si trattava della nostra Kayleigh.»

«Sono sicura che qualsiasi genitore in una situazione analoga sarebbe sollevato di apprendere che quello trovato morto non è il proprio figlio.» la rincuorò Josie.

Mr. Patchett si fermò bruscamente, ma il suo volto era

ancora più rosso di prima. «È la stessa persona? Felicia è stata uccisa dallo stesso tizio che ha preso la nostra Kayleigh?»

«Non lo sappiamo con certezza.» disse Josie. «Crediamo che sia stato lo stesso uomo, ma non abbiamo prove. Non ancora.»

Mr. Patchett puntò un dito contro Josie. «Che diavolo state combinando? Dov'è nostra figlia? Perché non l'avete ancora trovata? La figlia degli Evans l'avete trovata! Allora perché non avete ancora trovato la nostra? Ve ne state tutti con le mani in mano mentre nostra figlia, la nostra bambina, non la state nemmeno cercando!»

«Mr. Patchett, le garantisco che stiamo facendo tutto il possibile...» gli assicurò Josie. «Stiamo aspettando che le prove vengano analizzate e stiamo seguendo alcune piste. Mi creda, gli agenti di questo dipartimento stanno lavorando ventiquattr'ore su ventiquattro per trovare Kayleigh.»

L'agente in uniforme tenne sotto controllo Mr. Patchett quando lanciò a Josie un'occhiataccia. «Questo Uomo dei Boschi è a piede libero! È libero di rapire e uccidere ragazzini e voi ve ne state qui a scaldare le sedie.»

Josie dovette fare un bello sforzo per mantenere la calma. «Mr. Patchett, Mrs. Patchett...» disse cercando un modo per cambiare argomento, per distrarre il padre della ragazza in modo che si calmasse. «Sul telefono di Felicia abbiamo trovato dei messaggi che si è scambiata con Kayleigh. C'era stata una discussione su un racconto. Sembra che anche voi e i genitori di Felicia ne abbiate discusso.»

«Non ne stavamo parlando...» disse Mrs. Patchett. «Non so nemmeno perché l'abbiamo tirato in ballo. È una questione risolta.»

«Può dirmi cos'è successo?»

«Buon Dio.» esclamò Mr. Patchett. «Lei è proprio un bel tipo, lo sa? Perde tempo con queste domande stupide quando potrebbe cercare nostra figlia. Sono stufo di sentire questa dannata storia. Non importa a nessuno! Non ha più importanza! Perché non fate il vostro cazzo di lavoro!»

E con questo, uscì infuriato dalla stazione di polizia. Josie si rimproverò silenziosamente per aver fatto l'esatto contrario di sdrammatizzare la situazione. Aveva già avuto a che fare con teste calde come Dave Patchett, ma non era mai andata così male. O lo stress del caso o la privazione del sonno, o entrambe le cose, stavano iniziando a farsi sentire. Cercò di riordinare le idee e di concentrarsi.

Mrs. Patchett rimase a guardare il marito che se ne andava, con gli occhi spalancati per lo stupore. Quando si voltò verso Josie, le sue guance erano tinte di rosso per l'imbarazzo. «Lo deve perdonare.» mormorò. «È solo un...»

«Un padre che ha perso la figlia.» completò Josie. «Non c'è problema. Mrs. Patchett, so che alcune delle domande che facciamo sembrano strane e irrilevanti, ma in indagini come queste non si può mai sapere quale dettaglio potrebbe portare a un'informazione utile. Leggendo i messaggi che Kayleigh ha inviato a Felicia, si capisce che era estremamente turbata.» Preferì non dire alla madre che la figlia aveva usato la minaccia del fidanzato per far pagare a Felicia il furto del suo racconto.

Mrs. Patchett si schiarì la gola. Lanciò un'occhiata alla porta d'ingresso, come se si aspettasse di vedere suo marito irrompere di nuovo, ma lì c'era solo l'agente in uniforme, appostato come se stesse sorvegliando l'ingresso. «Eravamo tutti sconvolti. Soprattutto io e mio marito. Non pensavamo di aver cresciuto una figlia capace di tessere una rete di menzogne così grande.»

«Cosa intende dire?»

Mrs. Patchett si rigirò tra le mani la tracolla della borsetta. «La scuola aveva indetto un concorso di scrittura. Tutte le ragazze del gruppo del doposcuola avevano presentato un racconto. La vincitrice del premio di scrittura si sarebbe garantita un posto al programma estivo di scrittura giovanile dell'Università di Denton. Era una cosa importante. Un po' come quando ero giovane, quando c'era la Scuola di Materie Umanistiche del Governatore. Se lo ricorda?»

Per anni, l'ufficio del governatore del Commonwealth della Pennsylvania aveva sponsorizzato programmi estivi dedicati a varie materie a cui potevano partecipare studenti scelti appositamente in tutto lo Stato. Partivano per diverse settimane ogni estate. Josie non si era mai interessata a questi programmi, ma ricordava quanto fossero prestigiosi, quanto fosse difficile accedervi e quanto gli altri studenti del suo liceo ambissero ai posti. «Sì.» le rispose. «Me lo ricordo.»

«Sasha... la mamma di Felicia, aveva frequentato la Scuola di Materie Umanistiche del Governatore quando era alle superiori. Ora è una rappresentante farmaceutica, ma non importa. Comunque, quell'istituzione è stata soppressa nel 2005, ma l'Università di Denton ospita ogni anno un programma molto simile per i giovani scrittori.»

«E Kayleigh voleva andarci?» la incalzò Josie.

«Sì. Dopo essersi iscritta a quel gruppo del doposcuola si era messa in testa di andarci. Noi le avevamo detto che doveva concentrarsi sul softball, perciò avrebbe dovuto lasciare il posto a qualcuno che si interessava di scrittura da più tempo. Ma lei diceva che le interessava raccontare storie. L'ha sempre detto, ma non abbiamo mai letto nessuno dei suoi racconti, senza contare che i suoi voti in letteratura non sono mai stati particolarmente alti. Mio marito non voleva nemmeno che si iscrivesse a quel gruppo del doposcuola, ma Kayleigh aveva promesso che si sarebbe impegnata di più nel softball se glielo avessimo permesso. In qualche modo, alla fine, era riuscita a convincere suo padre. È stato un errore madornale. Come ho detto, gli studenti avevano presentato dei racconti e quando l'insegnante aveva visto i lavori presentati, si era resa conto che sia Kayleigh che Felicia avevano presentato lo stesso identico racconto. Naturalmente l'insegnante le aveva fatte chiamare per parlarne ed entrambe le ragazze avevano detto che si trattava di un loro racconto originale. Non c'era modo di capire di chi fosse in realtà, ma, se non si conta il gruppo del doposcuola, Kayleigh non scriveva affatto, anche se sosteneva di aver sempre voluto farlo. E noi le avevamo già detto di non partecipare.»

Josie pensò ai messaggi tra le due ragazze. Felicia aveva quasi ammesso di aver rubato il racconto di Kayleigh. «Ha chiesto a sua figlia se avesse scritto lei il racconto?»

Mrs. Patchett sembrò sorpresa. «Perché avremmo dovuto farlo? Non era il suo racconto.»

«Come facevate a essere sicuri che non era suo?» le chiese Josie, che ora si sentiva come se si stesse mettendo in gioco. Ai fini dell'indagine non importava affatto chi fosse l'autrice del racconto, l'unica cosa che importava era che Kayleigh aveva detto a Felicia che il suo ragazzo l'avrebbe uccisa per averglielo rubato e spacciato per suo.

Lo sguardo di Mrs. Patchett vagò sul pavimento. «Ci sono situazioni in cui ci vuole la più brutale onestà con i figli. Magari le sembrerà severo, ma è la verità. Quel racconto era troppo bello perché Kayleigh l'avesse scritto di suo pugno... e Felicia insisteva a dire di averlo scritto lei. La madre di Felicia aveva frequentato la Scuola per le Materie Umanistiche del Governatore e diceva che Felicia aveva sempre scritto racconti, fin da bambina. Era chiaro a tutti, quindi, che era lei l'autrice.»

«Di cosa parlava il racconto?» chiese Josie.

Mrs. Patchett agitò una mano in aria. «Non me lo ricordo bene. Era evidentemente una storia di fantasia.»

«In questi messaggi tra le ragazze, Kayleigh dice che era la sua storia su "SJ". Questo le dice qualcosa?»

«No. Non so cosa significhi.»

«Felicia ha vinto il premio, vero? E anche il posto nel programma?»

«Sì.» disse Mrs. Patchett, ricominciando a piangere. «Adesso non potrà andarci nemmeno lei.»

TRENTANOVE

Josie si fermò nella sala ristoro del primo piano dopo che Shelly Patchett se ne fu andata. Nella caraffa ce n'era ancora abbastanza da riempire una tazza di caffè, ma era denso e puzzava di bruciato. Josie spense la macchinetta e portò la caraffa al lavandino per sciacquarla. Si era messa a calcolare quale sarebbe stata l'operazione che le avrebbe richiesto tempi più lunghi: pulirla e preparare una nuova caraffa o andare a piedi al Komorrah's Koffee, quando entrò Noah. «Eccoti qui.» disse. «È andato tutto bene?»

Josie prese una spugnetta per strofinare il fondo della caraffa staccando scaglie di caffè bruciato dalla superficie di vetro. «Dave Patchett pensa che siamo incompetenti e pigri, ma a parte questo, suppongo di sì.» Passò a raccontargli della sua conversazione con Shelly Patchett.

Lui si appoggiò alla porta incrociando le braccia sul petto. «Interessante.»

«Cosa volevano gli Evans?»

«Avevano solo una miriade di domande da fare su come funziona un'indagine per omicidio. Hanno anche passato molto tempo a lamentarsi dei Patchett. Credo che trovassero più facile concentrarsi su di loro che sulla perdita della figlia. Erano arrabbiati perché Kayleigh aveva accusato Felicia di plagio, anche se dallo scambio di messaggi tra le due ragazze che mi hai mostrato di sopra, sembra che Kayleigh fosse nel giusto.»

«E perfino i suoi genitori non le avevano creduto...» disse Josie.

«Piuttosto triste.» concordò Noah.

«Hai per caso chiesto cosa fosse il racconto su SJ?»

«Non lo sapevano. Forse ha a che fare con il programma del doposcuola. Ma non credo che abbia molta importanza.»

Josie tirò fuori dalla macchinetta gli ultimi filtri di caffè bruciato e iniziò a sciacquare via il sapone. «Può darsi di no. Ciò che conta davvero è cercare di rintracciare questo ragazzo. Soprattutto perché ha rivolto delle minacce a Felicia, stando a quello che ha scritto Kayleigh.»

Josie riempì la caffettiera di acqua fresca e poi la versò nel lavandino. «Mi sembra strano che Kayleigh avesse delle prove e non le abbia usate. Anche Felicia ha praticamente ammesso che Kayleigh le aveva.»

«Allora Felicia ha bluffato dicendo di aver fatto uno screenshot delle sue altre storie.»

«Se quelle storie erano "malate", come ha detto Felicia, allora non erano per la scuola.»

«Giusto.» convenne Noah, attraversando la stanza e aprendo il mobile sopra la testa accanto a Josie. Tirò fuori il caffè e lo porse a Josie. «Dovevano essere in un posto a cui Felicia potesse accedere e fare uno screenshot. Un posto in cui...»

Josie si immobilizzò mentre versava il caffè nel filtro.

«Un'applicazione Noah! La storia che Felicia ha rubato, tutte le storie di Kayleigh, erano su un'applicazione. Non posso credere di non averci pensato.»

«Pensato a che cosa?»

«Avevano scaricato entrambe la stessa applicazione sul telefono: StoryJot. I Patchett mi hanno detto che era un'applicazione dove Kayleigh poteva leggere le fan fiction dei suoi videogiochi preferiti. Un'applicazione che consente di scrivere fan fiction dovrebbe permettere agli utenti di leggere racconti, ma anche di scriverne di propri. Questo vuol dire che il contenuto deve essere generato dagli utenti. Il racconto su SJ deve essere su StoryJot. Kayleigh ha caricato una storia sull'applicazione e Felicia l'ha rubata e spacciata per sua. Puoi prendere il telefono di Kayleigh dall'armadietto delle prove e raggiungermi alla mia scrivania?»

«Ma certo.»

Lasciando perdere il caffè, Josie si lasciò spingere dall'adrenalina da una rampa di scale all'altra fino alla scrivania, dove il telefono di Felicia la aspettava. Il logo di StoryJot danzò sullo schermo all'apertura dell'applicazione e le ci vollero un paio di minuti per prenderci confidenza. Non era per niente facile da usare. Quando Noah arrivò con il telefono di Kayleigh, lei aveva trovato il menu.

«In questa applicazione c'è una funzione di messaggistica...»

Noah portò la sua sedia alla scrivania di Josie e vi si sedette, guardandola da sopra le spalle mentre accedeva alla sezione dei messaggi di Felicia. Non c'erano messaggi personali, ma solo messaggi di pubblicità che promuovevano storie particolari e la incoraggiavano a caricare contenuti. Evidentemente esisteva un sistema di classificazione in base al grado di utilizzo. Felicia aveva la posizione più bassa, il che significava che leggeva solo le storie e non ne aveva caricata nessuna. Noah le passò il telefono di Kayleigh. «Prova il suo, invece.»

Kayleigh era stata molto più attiva su StoryJot e la sua posizione in classifica era alta. Aveva letto migliaia di storie di altri utenti e ne aveva caricate quasi un centinaio di sue. La casella dei messaggi privati era piena. I messaggi che apparivano nell'applicazione erano più simili a conversazioni ed erano elencati secondo il nome dell'utente con cui si era scambiata i messaggi. La classificazione veniva fatta in base al numero di messaggi: cinque stelle dopo il nome e la conversazione in cima alla casella di posta per il maggior numero di scambi.

«Guarda, l'utente con cui Kayleigh si è scritta di più si chiama Ajax2733.» Josie passò il telefono a Noah. «Guarda il nome utente di Kayleigh. AshesLove887.»

«Quello deve essere il ragazzo.» disse Noah. «Potrebbe chiamarsi Ash! Ash's Love. Cioè, lei sarebbe l'amore di Ash.» E puntando il dito sul nome utente di Kayleigh, aggiunse: «Sembra che l'abbia cambiato circa un anno fa.»

Josie lo toccò per vedere il profilo di Kayleigh. Sotto c'era scritto "modificato" e la data era metà maggio dell'anno precedente. Cliccò per visualizzare la cronologia. «Prima il suo nome profilo era StoryGirl887. Un anno fa ha incontrato il ragazzo e ha cambiato il suo nome profilo.»

«Diamo un'occhiata ai messaggi.» propose Noah.

Josie tornò alla sezione di messaggistica e aprì la conversazione tra Kayleigh e Ajax2733. I messaggi più recenti erano in alto, ma lei decise di partire dall'inizio, scorrendo verso il basso fino a farsi venire il mal di pollice.

«Miseria ladra...» esclamò Noah. «Ma questi due non si staccavano mai dal telefono?»

Josie scosse la testa. «È stata una mossa intelligente da parte di Kayleigh, visto che i suoi genitori sono così severi, e anche da parte del fidanzato. Non importa se in Pennsylvania l'età del consenso è sedici anni, lui stava comunque frequentando una minorenne. Invece di lasciare una scia di messaggi o di chat sui social media, che sono il primo posto dove chiunque andrebbe a controllare - noi e i suoi genitori per primi - ha tenuto i contatti qui in un'applicazione per scrivere racconti.»

«Un po' alla maniera dei pedofili che usano le chat dei videogiochi per adescare i minori.» le fece notare Noah.

Josie arrivò finalmente all'inizio della conversazione con

Ajax2733, che aveva avviato il contatto lasciando a Kayleigh un messaggio che diceva:

Ho letto tutto quello che hai caricato sulla tua pagina. Non riesco proprio a smettere. Spero davvero che caricherai presto nuovi contenuti. Sei davvero brillante. La padronanza di linguaggio che possiedi è impressionante e la tua mancanza di timore nell'affrontare argomenti tabù mi lascia sempre con la voglia di saperne di più. Per sempre tuo lettore appassionato, Ajax

«È possibile che in quel momento non sapesse che Kayleigh era minorenne...» si disse Noah. «Che tipo di informazioni sugli utenti sono disponibili?»

«No, infatti non poteva saperlo. Gli utenti possono caricare solo gli avatar. La posizione geografica è facoltativa, e Kayleigh aveva indicato la sua qui a Denton. A parte questo, tutto ciò che possono condividere è qualche riga come biografia, ma da ciò che ho dedotto da una breve occhiata a questa applicazione prima che tu arrivassi è che la maggior parte degli utenti si limita a indicare se è un lettore, uno scrittore o entrambi, e gli argomenti di cui ama leggere o scrivere.»

«Ma il suo nome utente originale conteneva le parole "Story" e "Girl".» osservò Noah. «Mi chiedo di quale argomento tabù abbia scritto.»

«Non è questo il problema.» disse Josie, scorrendo rapidamente la casella. Per un mese Ajax e Kayleigh si erano scambiati messaggi esclusivamente sulle storie di Kayleigh, con Ajax che si dilungava nei dettagli di cosa avesse apprezzato di più e per quale ragione. Dalle conversazioni risultava che Kayleigh scriveva spesso di sesso, cosa che spiegava senza grande mistero l'improvviso e fervido interesse di Ajax. A un certo punto, dopo un mese, avevano deciso di incontrarsi.

Ajax: *Non voglio metterti a disagio, quindi sentiti libera di dire di no, ma le tue storie mi eccitano molto. Mi piacerebbe incontrarti.*

Kayleigh: *Speravo che me lo chiedessi. Certo che voglio conoscerti.*

Ajax: *Mi sento davvero in sintonia con te. Ho bisogno di vederti di persona.*

Kayleigh: *E se di persona fossi una delusione? La maggior parte delle persone sembra pensare che lo sia.*

Ajax: *Allora quella parte di persone è composta da stronzi. Sul serio, non mi capacito di come sia possibile che qualcuno arrivi a conoscere le creazioni della tua mente straordinaria e possa pensare che tu sia una delusione.*

Avevano fissato un appuntamento, dopo uno dei turni di Kayleigh al Timber Creek, nella stessa caffetteria in cui erano andate Josie e Olivia. La data dell'incontro che avevano fissato risaliva a quasi un anno prima. Quindi, non sarebbe stato possibile recuperare i filmati delle telecamere di sicurezza. Dopo aver accettato di incontrarsi, era seguita una pausa. Alla fine, Kayleigh gli aveva mandato un messaggio, ma lui non aveva risposto. Dopo altri quattro tentativi di ristabilire il contatto con lui, finalmente le aveva risposto.

Kayleigh: *Lo sapevo. Ti ho deluso a vederci di persona.
Però, almeno, avresti potuto avere le palle per dirmelo in
faccia, anziché far finta che non esista.*

Ajax: *Non è affatto vero. Non sei stata una delusione,
tutt'altro. Sei stata tutto quello che speravo e anche di più,
di persona. Non riesco a smettere di pensare a te. Vorrei
vederti ogni giorno, ma devi capire che le cose sono complicate. Viviamo in mondi distanti. Siamo troppo diversi
perché questo funzioni nel mondo reale. Almeno per ora.*

Erano seguite lunghe conversazioni sull'opportunità o meno
di rivedersi, anche se, invece di dire che il problema era che
Kayleigh aveva sedici anni, Ajax continuava a dire che era
"troppo diversa".

Noah emise un fischio basso. «Questo ragazzo sapeva
davvero cosa stava facendo.»

«Classico metodo di adescamento.» disse Josie. «È chiaro
che Kayleigh aveva problemi di autostima. Lei lo ha messo
subito in guardia, dicendogli che per la maggior parte delle
persone era una delusione. Lui però se l'è conquistata con i "sei
tutto quello che speravo e anche di più" e "non riesco a smettere
di pensare a te".»

«Credo che l'unica cosa del repertorio che si è risparmiato
sia "sei davvero speciale" ...» borbottò Noah.

Josie sospirò. «Sono sicura che se scorriamo abbastanza a
lungo troviamo anche quella.»

«Qui sembra che Ajax stesse cercando di rompere per fare
in modo che lei fosse ancora più propensa a voler stare con lui.
Come se si trattasse di un amore proibito. Ma, appunto, questo
ragazzo è così attento che non avrebbe mai ammesso esplicita-
mente che essendo lei minorenne rappresentava un problema, si
è limitato a dire che erano "diversi".»

«Esattamente.» concordò Josie scorrendo altri messaggi.

Alla fine, avevano deciso di tornare alla loro relazione originaria, basata sullo scambio di messaggi in cui lui leggeva i racconti che lei scriveva e ne discutevano. Nelle settimane successive, Kayleigh gli aveva proposto un racconto dopo l'altro e alla fine lui le aveva mandato un messaggio per dirgli che non poteva resistere e aveva accettato di rivederla stando, però, a certe condizioni.

Ajax: *Dobbiamo mantenere il segreto. Su tutto. Anche sul fatto che parliamo di racconti.*

Kayleigh: *Anche su quello? Ma perché?*

Ajax: *Se hai intenzione di farlo – di farlo davvero – ho bisogno che tu non mi faccia domande. Non vuoi che stiamo insieme?*

Kayleigh: *Certo. Più di ogni altra cosa. Non poterti vedere in queste settimane è stato un inferno.*

Ajax: *Allora dobbiamo tenere tutto segreto. Almeno per il momento. Ti prometto che in questo modo ci proteggeremo entrambi. Devi accettare di fare tutto quello che ti chiedo.*

Kayleigh: *Va bene. Te lo prometto.*

Ajax: *L'unico posto dove possiamo comunicare è qui, su SJ. Niente messaggi, niente e-mail, niente chiamate, niente post sui social o roba del genere. Solo qui. Me lo prometti?*

Kayleigh: *Te lo prometto. Quando posso vederti?*

Avevano così organizzato un altro appuntamento. Kayleigh doveva raggiungerlo in una strada della città al termine di uno dei suoi turni di lavoro. La maggior parte dei messaggi successivi riguardava i racconti che scriveva. Ogni tanto Kayleigh scriveva qualcosa del tipo "ieri sera è stato fantastico", ma Ajax riportava subito la conversazione su qualcosa che lei aveva scritto. C'era stato un battibecco quando aveva cambiato il nome sul suo profilo: lui aveva paura che la gente facesse domande, ma Kayleigh insisteva nel dire che nessuno dei suoi conoscenti sapeva che lei usava quell'applicazione. C'erano messaggi in cui avevano organizzato uscite e veri appuntamenti, e chiacchierate a tarda notte. Poi altri scambi sui suoi racconti. Ajax aveva iniziato a correggerli per lei e Kayleigh aveva iniziato a scrivere meno di sesso e più di altri argomenti, culminando in un racconto intitolato "L'autoscontro" che, sulla base delle annotazioni di Ajax, parlava di due sorelle che andavano in vacanza con la famiglia e una delle due veniva lasciata indietro agli autoscontri. In seguito, aveva iniziato a dilettarsi con le storie di fantasia, scrivendo un racconto su due sorelle pronte a ereditare un regno magico dai loro genitori. «Qui parlano della storia che ha scritto Felicia.» disse Josie. «In base a questi scambi, direi che l'ha scritta Kayleigh.»

Leggendo insieme a lei, Noah disse: «Sì, queste sono note di revisione approfondite.»

«Questo però non ci aiuta.» Josie continuò a leggere finché non trovò i messaggi in cui Kayleigh raccontava ad Ajax del plagio, compresi i drammi che si erano verificati a scuola e il fatto che i suoi genitori non le avessero creduto e non avessero neanche minimamente preso in considerazione l'idea che lei fosse stata abbastanza brava da scrivere un buon racconto che le aveva fatto guadagnare un posto in un programma di scrittura. Ajax era stato solidale e l'aveva consolata e le aveva impartito diverse nozioni in materia di legge sui diritti d'autore, finché Kayleigh non gli aveva detto che aveva intenzione di usare i loro messaggi e la cronologia dei racconti caricati su StoryJot per dimostrare che era lei la vera autrice del racconto che Felicia le aveva rubato.

A quel punto Ajax si era fatto davvero cattivo.

No, non puoi mostrare a nessuno questi messaggi e nient'altro di quello che hai scritto su StoryJot. Non puoi mostrarli né ai tuoi genitori né a nessun altro. Se lo fai, tra noi è finita.

Kayleigh: *Dici sul serio? Pensavo fossi dalla mia parte. Questo è letteralmente l'unico modo che ho per dimostrare che sto dicendo la verità e che Felicia ha rubato il mio racconto!*

Ajax: *Ti ripeto che se mostri a qualcuno il tuo account su questa applicazione, abbiamo chiuso. Se qualcuno viene a chiedermi di questo o del tuo racconto, gli dirò che non ti conosco.*

Kayleigh: *Non ti riconosco. Perché ti comporti così? Sei tu che mi hai detto tutte quelle cose sui diritti d'autore. È il mio racconto e posso dimostrarlo! Tu puoi aiutarmi a dimostrarlo!*

Ajax: *A quale costo? Diciamo le cose come stanno: se si venisse a sapere di noi, potrei finire in guai seri. Questo lo sai. L'hai sempre saputo. È per questo che non volevo che ci mettessimo insieme fin dall'inizio.*

Kayleigh: *Non è quello che hai detto. Dicevi che era perché siamo troppo diversi.*

Ajax: *E avevo ragione. Siamo davvero troppo diversi se*

*non riesci a capire dove voglio arrivare con questo
discorso. Tu parli del tuo racconto. Io parlo della mia
vita.*

Kayleigh: *Anche io sto parlando della mia vita. Quel
premio e il programma estivo potrebbero cambiare la mia
esistenza.*

Ajax: *Puoi sempre scrivere altre storie. Puoi andare all'u-
niversità. Questa cosa non cambierà nulla per te! Invece,
se mi smascheri, la mia vita sarà completamente finita.
Se ci tieni davvero a me, allora sarai in grado di sacrificare questo racconto. Ci sono altri modi per farla pagare
a Felicia.*

*Ad esempio? Aveva scritto Kayleigh. Quali altri modi ci
sono? Aspetta, lo so! E se scrivessi un racconto così bello
e così significativo da renderlo virale? In quel modo non
me lo potrebbe rubare.*

*Non fare la bambina, le aveva risposto Ajax. Non è
possibile, in ogni caso. Però, ci sono altri modi.*

«Ci siamo.» annunciò Noah, con un filo di eccitazione nella
voce. Ma Ajax non aveva mai suggerito altri modi. Non aveva
espressamente minacciato Felicia e non aveva detto che
l'avrebbe ammazzata. Non aveva detto proprio nulla. «È troppo
intelligente per cascarci.» disse Josie. «Non avrebbe mai fatto
delle minacce per iscritto. Non dopo essersi dato tanto da fare
per mantenere segreta la sua relazione con Kayleigh.»

«Allora dobbiamo trovare questo tizio e parlarci di persona.
Prepariamo un mandato per StoryJot e vediamo se riusciamo a
ottenere informazioni sull'utente o un indirizzo IP attraverso il
telefono.»

«Potrebbe volerci una vita.» disse Josie. «Se riuscissimo a ottenere subito l'indirizzo IP, dovremmo riuscire a rintracciarlo, sempre che non stia usando qualche programma sofisticato per bloccarlo o nasconderlo.»

«Ma anche se dovessimo aspettare, ci permetterebbe comunque di trovare questo tizio. Cosa facciamo se quando ci tornano i risultati del DNA del corpo di Felicia viene fuori che non è stato Henry Thomas?» disse Noah. «E se ci fossimo sbagliati su di lui e fosse questo Ajax la persona che dobbiamo cercare? Questa cosa ce l'abbiamo già in cantiere.»

Josie esplorò l'applicazione. «È vero. Dico solo che con alcuni di questi siti online, cercare di contattare una persona qualsiasi è frustrante. Questo sito è popolare, ma non così tanto. Ricordi quando abbiamo cercato di ottenere informazioni da quel sito di recensioni durante il caso Collins? È stato quasi impossibile.»

«Quello era un sito web.» sottolineò Noah. «Questa è un'applicazione con decine di migliaia di utenti. Vuol dire che da qualche parte c'è qualcuno che la sta gestendo. Devono pur avere un ufficio legale. Dobbiamo solo trovarlo.»

«Non hanno nemmeno un numero di assistenza clienti. Vogliono che tu compili questo modulo alla voce "contattaci" e che aspetti dai cinque ai sette giorni per avere una risposta, anche per le richieste legali!»

Noah si alzò e tornò alla sua scrivania per scrivere il mandato. Josie alzò lo sguardo per vederlo sorridere. «Che c'è?» disse lei.

«Trovi sempre il modo di aggirare questo genere di problemi. Fai quello che sai fare.»

QUARANTA

Sono proprio sotto il loro naso e non mi vedono. Gli sforzi compiuti per assicurarsi che la polizia non riesca a catturarmi, hanno dato finora ottimi risultati. Proprio ieri, il capo della polizia è andato in televisione per cercare di screditare la mia esistenza, dicendo che non sono reale. Gli ho dato prova del contrario. Eppure, anche con la mia ultima uccisione, i notiziari dedicano più tempo a fare domande e congetture sull'indagine che a riferire qualcosa. Almeno parlano ancora di me. Ho in pugno l'intera città. La paura è una nebbia che addensa l'aria di Denton. La polizia può dire quello che vuole.

La mia esistenza non può essere messa in discussione.

QUARANTUNO

Ci vollero ventiquattro ore per ottenere le informazioni necessarie da StoryJot. Josie fece un'immersione in Internet sull'applicazione e sul suo fondatore. Per sua fortuna, si trattava di un'azienda con sede negli Stati Uniti. Il fondatore era californiano, quindi cercò nel database delle società statali l'indirizzo e il numero di telefono dell'azienda, in modo da poter notificare il mandato prima di chiudere la giornata e andare a casa a dormire - o a provarci senza riuscirci - per quella notte. Giovedì mattina, Noah aspettò alla stazione di polizia fino a metà mattinata, a causa del fuso orario, per chiamare e fare un controllo sull'azienda, facendo capire al loro ufficio legale che ottenere le informazioni sull'utente Ajax2733 poteva fare la differenza tra la vita e la morte.

A metà pomeriggio, dopo aver fatto altre telefonate, Noah aveva ricevuto l'indirizzo IP da StoryJot per messaggio. Per le informazioni sugli abbonati ci sarebbe voluto più tempo. Il cuore di Josie batteva forte mentre inseriva l'indirizzo IP in un database. Certe volte la ricerca di un tale indirizzo poteva fornire una posizione abbastanza specifica, altre volte l'area a cui apparteneva era troppo vasta per essere di qualche utilità.

Quando ottenne i risultati, un indirizzo, il battito del suo cuore accelerò ancora di più. Lesse l'indirizzo mentre lo inseriva in un altro database. «Questo indirizzo IP proviene dal bar "Da Romig".» disse.

«Da un bar?» chiese Noah alzandosi e facendo il giro delle scrivanie per guardare da sopra la sua spalla. Quando le si avvicinò lei sentì il profumo della sua colonia e del caffè nel suo respiro.

«Sì.» disse tirando fuori una mappa e indicando la posizione del locale.

«Non è molto distante dal luogo in cui è stato trovato il corpo di Felicia Evans. Credo che ci siano degli appartamenti sopra quel bar.»

«Chiamo il proprietario e lo scopro subito.» disse Josie. «L'ho conosciuto nel corso di qualche indagine precedente. È una brava persona.»

Un quarto d'ora più tardi, Josie alzò il pugno in aria. «Preso! Asher Jackson Jenks. Vent'anni.»

«Andiamo.»

Noah si mise al volante, in modo che Josie potesse usare il terminale di bordo per trovare la foto della patente di Asher Jackson Jenks. Era difficile dire se fosse la stessa persona che avevano visto nelle foto del telefono di Kayleigh, ma aveva i capelli castani arruffati e gli occhi di un azzurro spento. Non aveva precedenti penali e da quando aveva diciotto anni viveva nell'appartamento sopra al bar "Da Romig", che era uno dei bar più vecchi di Denton, situato su una striscia di strada a circa cinque chilometri dalle Cataste. Il proprietario aveva preso una delle abitazioni a due piani lungo la strada e l'aveva trasformata in un bar. Aveva apportato un po' di modifiche, pitturando i rivestimenti di grigio, convertendo la porta d'ingresso originale in un'uscita di emergenza e installando come ingresso al locale una porta laterale, oscurando le finestre del primo piano e applicando su due lati dell'edificio delle scale di legno che portavano agli appartamenti al piano di sopra.

Quando arrivarono, l'happy hour era appena iniziato. Dal bar arrivava musica a tutto volume, tanto che l'aria stessa che circondava l'edificio sembrava pulsare. Noah attraversò il parcheggio antistante, già pieno di auto, e girò intorno all'edificio. Il parcheggio sul retro era ancora più affollato di veicoli. Josie individuò tra questi la Subaru di Asher Jenks. Era bloccata da altri due veicoli. Noah trovò un posto accanto ai cassonetti della spazzatura e scesero. Le scale che portavano agli appartamenti tremavano insieme ai bassi della canzone che proveniva dall'interno del bar. Josie lo sentì attraverso i piedi e nelle mani quando si aggrappò alla ringhiera. Alle sue spalle, Noah commentò: «Ma come farà a dormire con questo casino?»

Arrivati in cima ai gradini, Josie bussò a suon di pugni contro la porta, augurandosi che Asher fosse in casa e riuscisse a sentire i suoi colpi al di sopra della musica. Passò un lungo momento e lei batté ancora un paio di volte. Aspettarono ancora un attimo e, proprio quando stava per riprovare, la porta si aprì di scatto. Asher Jenks apparve davanti a loro con una maglietta dei Nirvana, un paio di pantaloncini e i piedi scalzi. Una peluria sottile gli avvolgeva il labbro superiore e una linea gli increspava la fronte mentre passava lo sguardo da Josie a Noah e viceversa. Dovette alzare la voce per farsi sentire sopra la musica. «Chi siete?»

I due mostrarono le loro credenziali. Lui le studiò per un attimo e poi indicò il pavimento. «È il bar.»

«Cosa?» disse Noah.

«Se siete qui per il disturbo della quiete, viene dal bar.» spiegò. «Non sono io il proprietario o il gestore, ho solo preso in affitto questo appartamento.»

«Non siamo qui per una violazione del rumore.» disse Josie. «Sei tu Asher Jackson Jenks?»

Un angolo della sua bocca si sollevò. «Che fa, mi chiama

con il nome completo? Che razza di stronzata da mammine è questa?»

«Sei tu Asher Jackson Jenks, sì o no?» ripeté Noah facendo finta di niente.

«Sì, sono io, ma tutti quanti mi chiamano semplicemente Ash.»

«Non J.J.?» gli chiese Josie.

«Intende dire A.J.?»

«No.» disse Josie. Si fermò e agitò una mano intorno a loro. «Asher, è davvero difficile parlare con il rumore del bar. Vorremmo che venissi con noi alla stazione di polizia di Denton.»

Si premette una mano sul petto. «Io? E perché?»

Noah disse: «Dobbiamo parlarti di Kayleigh Patchett.»

«Chi?»

Josie non riuscì a capire se fosse sincero o se si fosse esercitato a non reagire al nome di Kayleigh. Intanto lui, nell'attesa della loro risposta, iniziò a scrocchiare le nocche.

«La ragazza che è stata rapita nel fine settimana.» rispose Noah. «Proprio qui a Denton.»

«È la ragazza che si vede al notiziario?» chiese Asher.

Sviamento con diversivo: stava guadagnando tempo, pensò Josie.

«Asher Jenks, ti prego di venire con noi.» disse Josie.

Altri scricchiolii di nocche. Lui guardò dietro di loro, verso il parcheggio. «Non credo proprio che...»

«Adesso.» disse Josie.

Lui la fissò per un attimo e poi fece una mezza alzata di spalle. «Certo, va bene. Ma la mia macchina è bloccata.»

Noah sorrise. «Ti diamo un passaggio noi.»

«Ehm, certo, va bene. Fatemi prendere le scarpe. Aspettate un attimo...»

QUARANTADUE

Contrariamente a Henry Thomas, Asher Jenks non si sentiva affatto a suo agio nella sala interrogatori, anche dopo che Josie e Noah gli ebbero offerto da mangiare e da bere. Si era seduto sulla stessa sedia che Thomas aveva occupato meno di una settimana prima, con le gambe divaricate e i gomiti appoggiati sulle cosce. Questa volta Josie poteva effettivamente sentirlo scrocchiare le nocche. Ogni pochi secondi cambiava posizione, girando la sedia e avvicinandola al tavolo, appoggiandovi sopra i gomiti. Sotto il piano del tavolo, i suoi talloni facevano su e giù contro il pavimento. E continuava a scrocchiarsi le nocche ancora, ancora e ancora. Josie si sedette accanto a lui, Noah di fronte e gli lesse i suoi diritti. Quando lei gli chiese se li aveva compresi come lei glieli aveva letti, lui disse: «Ehi, un momento. Sono in arresto o cosa?»

«No.» disse Noah. «Siamo qui soltanto per parlare.»

«Ma mi serve un avvocato?»

«Pensi di aver bisogno di un avvocato?» ribatté Josie.

«Non lo so. Ero a casa mia a rilassarmi e a un tratto siete apparsi voi e mi avete portato qui. Non so cosa stia succedendo.»

«Vorresti un avvocato?» gli chiese Josie con tono deciso.

Altre due nocche schioccarono. Asher si guardò intorno, cambiò posizione sulla sedia e poi la guardò negli occhi. «Non ho fatto nulla di male, quindi no.»

«Capisci questi diritti così come te li abbiamo letti?» si assicurò Noah.

«Certo.» confermò Asher.

Noah spinse il telefono sul tavolo. Una foto di Kayleigh Patchett riempiva lo schermo. «Quando è stata l'ultima volta che hai visto questa ragazza?» gli chiese.

Asher diede una breve occhiata alla foto. Altre due nocche schioccarono. «Al notiziario. L'ho vista al notiziario. Mi avete portato qui per parlare di una ragazzina scomparsa?»

«È stata rapita.» lo corresse Josie. «Asher, sappiamo che voi due vi frequentavate.»

Lui ridusse gli occhi a due fessure e scoppiò a ridere. «Ci frequentavamo? Vi siete fermati per un cicchetto al bar prima di venire a casa mia? Questa ragazza non ha sedici anni?»

«Sai benissimo quanti anni ha, Asher.» osservo Josie. «E noi sappiamo che voi due avete avuto una relazione, in un certo senso. Abbiamo trovato delle foto che ti aveva fatto con il suo telefono.»

Scosse la testa e si schioccò altre tre nocche. «No. Non è possibile. Non ho mai incontrato questa ragazza di persona. Mi dispiace che sia scomparsa, o che sia stata rapita o quello che è, ma io non ne so nulla.»

Josie guardò Noah in un secondo di comunicazione silenziosa. Non era il caso di mostrargli le foto. La verità era che non c'era nulla in quelle foto che potesse comprovare oltre ogni dubbio che Asher fosse la persona che vi era ritratta; perciò, Noah optò per puntare sul loro asso nella manica. «Abbiamo un anno di messaggi che tu e Kayleigh vi siete scambiati su Story-Jot, Asher. O dovremmo chiamarti Ajax2733?»

Questa volta il ragazzo lasciò che fosse lo scrocchio delle sue nocche a rispondere. Allontanò la sedia dal tavolo, fino alla parete, e vi si appoggiò, intrecciando le dita sulla pancia. Josie avvicinò la sedia alla sua. «Asher, capisco che tu non voglia ammettere di avere avuto una relazione con una minorenne, ma sappiamo già che uscivi con Kayleigh Patchett quando è stata rapita. Puoi raccontarcene quante ti pare, ma subito dopo aver lasciato questa stanza, andrò alla mia scrivania e preparerò alcuni mandati che ci autorizzeranno a perquisire il tuo appartamento, il tuo veicolo, i tuoi dispositivi elettronici... tutto quanto. E credo che entrambi sappiamo cosa troveremo. Quindi tagliamo la testa al toro. Fatti il favore di renderti la cosa più facile e comincia a dirci la verità.»

Altre due nocche schioccarono. Spinse all'indietro il fondoschiena, in modo da stare seduto più dritto, tenendo la nuca premuta contro il muro.

Noah chiese: «Asher, che lavoro fai?»

La sorpresa per il cambio di argomento allentò la sua postura. Sembrò sollevato nel vedere Noah che lo guardava dall'altra parte del tavolo. «Sono un assistente didattico all'Università di Denton.»

«Un assistente didattico...» ripeté Noah, come se fosse impressionato. «Davvero? Qual è la tua specializzazione?»

«Sto prendendo una doppia specializzazione.» disse. «In letteratura e filosofia.»

Josie gli chiese: «E ti permette di pagare l'affitto?»

Lui rise, ora un po' più rilassato. «No. Sono i miei prestiti studenteschi a pagare l'affitto. Il lavoro come assistente mi dà da mangiare. A parte questo, do una mano con le pulizie al bar, dopo l'orario di chiusura, e il proprietario mi detrae una parte dell'affitto. È già abbastanza economico per via del rumore.»

«Immagino che gli studi in letteratura ti siano serviti quando hai curato i racconti di Kayleigh.»

Esitò, guardando Noah come per chiedere aiuto.

«Più neghi la tua relazione con lei, peggio si mette per te, Asher.» continuo Josie, ma da parte di Asher non ottenne alcuna risposta.

Allora Josie si alzò in piedi all'improvviso facendo grattare le gambe della sedia sulle piastrelle e guardò Noah. «Tenente, vado subito a preparare quei mandati.»

Non si voltò nemmeno, lasciando che la porta sbattesse alle sue spalle, e andò a infilarsi nella stanza di osservazione adiacente per guardare dalle riprese a circuito chiuso Noah che si sedeva sulla sedia che lei aveva appena lasciato libera. Asher si schioccò altre tre nocche. Poi puntò il mento verso la porta. «Dice sul serio?»

Noah annuì lentamente. «Temo di sì. Questo è il lavoro. Ascolta, non voglio stare qui più di quanto non lo voglia tu, ma non ho scelta. Le cose stanno come dice la mia collega: abbiamo trovato i tuoi messaggi su StoryJot. E non importa se non ci hai scritto niente di compromettente – anzi, a dire il vero sono piuttosto innocui – perché anche se ci avessi scritto qualcosa di più spinto, l'età del consenso in Pennsylvania è sedici anni, quindi, puoi stare tranquillo. Ma noi dobbiamo comunque fare le nostre ricerche. È scomparsa una ragazza giovane e carina... capisci bene che ci hanno fatto mettere a soqquadro l'intera città. Dobbiamo mettere tutti i puntini sulle "i", se capisci cosa intendo...»

Asher studiò Noah, la cui personalità si era trasformata in pochi secondi. Da dove era seduta Josie, non assomigliava più a suo marito. Un sorrisetto gli si era acceso sulle labbra. Si era messo a gambe divaricate, a cow boy come usava dire Gretchen, un gomito sopra lo schienale della sedia e l'altro braccio appoggiato sul tavolo a far girare una penna. Lasciò passare qualche secondo e poi disse: «Ti ricordi quel fatto di cronaca pazzesco di qualche tempo fa? Quello in cui si parlava di tutte quelle ragazze? No, non penso che te lo ricordi. Avrai avuto, quanto? Dodici anni all'epoca.»

«Sta parlando della Montagna degli Omicidi?»

Noah annuì, continuando a far girare la penna. «Sì, proprio quella. Da quel caso, il nostro capo ha una fissazione per le persone scomparse, e sai, un'altra adolescente è stata trovata morta nel bosco martedì mattina. In questi ultimi tempi c'è da impazzire.»

Intanto, schioccarono altre due nocche. «Ma quindi avete davvero intenzione di passare al setaccio tutta la mia roba? Il mio appartamento? La mia macchina?»

«Probabilmente cominceranno dal tuo telefono e da tutti gli altri dispositivi che possiedi: computer, tablet, qualsiasi cosa. Partiranno da lì. Ma, sì, alla fine vorranno dare un'occhiata al tuo appartamento, alla tua auto e a tutto il resto. L'intera città è in stato di massima allerta, capisci? Dobbiamo fare dei controlli su tutti quanti. È come un processo a eliminazione, mi segui? Dobbiamo parlare con i genitori, i vicini, gli amici, i compagni di classe, gli insegnanti... con chiunque Kayleigh frequentasse. In questo modo facciamo una selezione delle informazioni che ognuno di loro ci fornisce, nella speranza di ricavarne qualche pista utile. Ora, con l'uccisione di quest'altra ragazza...»

Noah sospirò pesantemente e tirò fuori il telefono dalla tasca, dando l'impressione che gli costasse uno sforzo monumentale digitare il codice di accesso e visualizzare la foto di Felicia Evans. «La riconosci?»

Asher studiò la foto e scosse la testa. «No.»

Noah annuì e riprese il telefono. «È quella che ha rubato la storia di Kayleigh. Si chiamava Felicia.»

Asher continuò a fare scena muta.

«Deve essere stata dura quando è successo. Kayleigh sembrava piuttosto sconvolta. Ti avrà fatto una testa così, immagino. Mia moglie va avanti come un disco rotto quando qualcosa la fa arrabbiare.»

Josie rise. Non era vero, ma comunque il nuovo personaggio di Noah era convincente.

«Senta...» disse Asher, abbassando la voce, «ho aiutato Kayleigh con i suoi racconti, d'accordo? Ha davvero un grande talento come scrittrice. Ed è molto matura per la sua età. Ma non uscivamo insieme. Kayleigh aveva una cotta per me, questo lo ammetto, ma non abbiamo mai superato il limite.»

Josie ripensò ai messaggi e si chiese se un avvocato della difesa, quando fossero stati presentati in un'aula di tribunale, sarebbe stato in grado di sostenere che non indicavano una relazione intima tra i due. Era molto improbabile che si sarebbe mai arrivati a tanto, dato che Kayleigh aveva già raggiunto l'età del consenso per lo Stato della Pennsylvania, purché non si contasse che aveva ancora quindici anni quando avevano iniziato a frequentarsi. Se il pubblico ministero avesse voluto costruire il caso su questo elemento, avrebbe potuto farlo, ma si sarebbe scontrato con il fatto che i messaggi erano troppo vaghi per poter dimostrare qualcosa.

«Oh, andiamo. Una ragazza carina come quella?» lo incalzò Noah, senza perdere un colpo. «Avete solo... quanto? Quattro anni di differenza? Non è niente. Diavolo, io ho tre anni in meno di mia moglie.»

«Sì, ma lei cos'ha? Quarant'anni, tipo?»

Noah scoppiò in una risata fragorosa. «Non ne ho ancora fatti trentacinque! Accidenti, bello. Non pensavo di essere messo così male.»

Asher scosse la testa. «Mi dispiace. Quello che voglio dire è che lei ha passato i trenta ed è un adulto. Sì, io e Kayleigh non siamo così distanti d'età e legalmente lei può acconsentire a una relazione, ma va ancora al liceo, mi capisce? Non mi sembra corretto.»

«D'accordo.» concesse Noah. «Capisco cosa intendi. Non volevi che la gente sapesse che uscivi con una liceale.»

Asher si scrocchiò di nuovo le nocche, ma non negò.

Noah continuò a far girare la penna come se non gli importasse nulla. «Va bene. Resta il fatto, come ti ho detto, che dobbiamo essere estremamente scrupolosi e tutto il resto. Devo ancora farti delle domande. Ti va bene?»

«La sua collega pazza là fuori... dovrà comunque perquisire la mia roba?»

«Su questo non posso farci niente, amico mio.» gli disse Noah con un sospiro. «Lo vuoi un consiglio? Con queste cose, è sempre meglio rispondere a ogni domanda con sincerità alla prima occasione. Non darci un motivo per tornare a bussare alla tua porta una seconda volta.» Gli fece l'occhiolino e fece un sottile cenno verso la porta con il capo. «Mi segui?»

Asher guardò la porta, come se si aspettasse di veder entrare Josie da un momento all'altro. Il ragazzo aveva chiaramente un problema con le donne, e quasi sicuramente era per questo che se la faceva con le adolescenti. «Sì, sì. Ho capito. Cosa vuole sapere?»

«Quando è stata l'ultima volta che hai visto Kayleigh Patchett?»

Diede un altro paio di scricchiolate alle nocche prima di rispondere. «Ehm, una settimana... no, dieci giorni fa, più o meno. Era un giorno di lavoro comunque. Sono andato a prenderla al bar dove lavora e siamo usciti insieme. I suoi genitori l'avevano punita per qualche stronzata, quindi non avevamo potuto vederci per un po'.»

La sua risposta corrispondeva ai messaggi che lui e Kayleigh si erano scambiati su StoryJot.

«È mai stata nel tuo appartamento?»

Asher scosse la testa, schioccando altre due nocche. «Andiamo, agente.»

«I miei colleghi perquisiranno il suo appartamento. Troveranno il suo DNA. Quello che voglio sapere è se lo troveranno perché la frequentavi e l'hai ospitata o perché l'hai rapita.»

Asher raddrizzò la spina dorsale. «Cosa? Sta scherzando? Non l'ho rapita io! Sì, l'ho invitata da me qualche volta. Per passare il tempo, ed era libera di andare e venire a suo piacimento.»

«D'accordo, d'accordo.» disse Noah. «Buono a sapersi. Dov'eri sabato scorso? Dalle nove del mattino alle cinque del pomeriggio?»

«Ero a casa mia. Era sabato, appunto. Sono sceso per aiutare ad allestire il bar verso l'una del pomeriggio. Può chiedere conferma alla barista, Saundra. Saundra Fish.»

«Bene, bene.» disse Noah. «Che mi dici della notte tra lunedì e martedì?»

«Cosa?» chiese Asher riducendo gli occhi a due fessure. «Ero a casa, dormivo, come la maggior parte delle persone normali. Che diavolo di domanda è questa?»

«Parliamo di casa tua.» disse Noah cambiando argomento. «Sappiamo che troveremo prove che Kayleigh è stata lì, quindi non sarà una sorpresa. Cos'altro troveremo, Asher?»

«Cosa intende dire?»

Noah sorrise. «Cosa troveremo che non vorresti che la polizia trovasse? Ricorda, se dici la verità adesso ti semplifichi la vita e ti eviti che torniamo a farti visita un'altra volta.»

Asher sospirò. «Che palle, amico. Se ho qualcosa che non voglio che troviate, sono fottuto. La troverete comunque.»

«Allora dimmelo subito.»

«Mi arresterete per questo?»

«Dipende da cos'è.» disse Noah. «Ma la tua collaborazione nelle ricerche di Kayleigh sarà un punto a tuo favore.»

Un altro sospiro, questo più pesante. «Ho della droga, va bene? Un po' di ecstasy, un po' di ossicodone e dell'erba. E della birra. So che non ho ancora ventun anni, ma vivo sopra un bar. Come ho detto, aiuto a pulire e a sistemare. Vedo alcune cose e le prendo, le basta?»

«Hai mai dato dell'erba a Kayleigh?»

«Non rispondo a questa domanda.»

Josie lo prese per un sì. Anche Noah lo prese per un sì, ma sapeva che era meglio non insistere, dato che la postura di Asher si era irrigidita di nuovo e aveva preso a battere le ginocchia tra loro incurvando le spalle sempre di più.

«Asher...» riprese Noah, «hai mai praticato la caccia con le trappole?»

Il ragazzo fece una risata nervosa. «A lei non gliene sfugge una, agente. Ci andavo con mio padre, quando ero più piccolo. Lui era appassionatissimo, io per niente. Io ero appassionato di libri e per questo lui mi dava della femminuccia. Alla fine, me ne sono andato di casa subito dopo le superiori. Ed è per questo che mi sono iscritto all'università.»

«Tu e Kayleigh avete legato grazie alla passione per i libri.» ricapitolò Noah, riportando la conversazione sull'argomento principale. «A entrambi piace leggere e scrivere.»

«Sì.» disse Asher.

«Dai messaggi che abbiamo trovato che voi due vi siete scambiati su StoryJot, sembra che entrambi prendiate la scrittura piuttosto seriamente.»

Asher fece una scrollata di spalle. «Sì, certo.»

«Deve essere stato un brutto colpo quando Felicia Evans ha rubato la storia di Kayleigh. Sapevi che l'aveva scritta lei. L'hai revisionata tu stesso, vero?»

«Diverse volte, sì.»

«Ma non hai voluto farti avanti per aiutare la tua amica.»

«Beh, all'inizio le ho detto che poteva ricorrere alla legge sul diritto d'autore, ma più ci pensavo e più mi rendevo conto che era solo una ragazzina, capisce? Se era quella la strada che intendeva intraprendere, le sarebbe servita la consulenza di un avvocato e per ottenerla i suoi genitori avrebbero dovuto assumerne uno. L'ultima cosa di cui avevo bisogno era che quei due psicopatici scoprissero che ero in contatto con la loro figlia. Quindi sì, non volevo farmi avanti. Era una stupida gara tra liceali. Poteva sacrificare un racconto per proteggere la nostra relazione ed evitarmi di finire nei casini.»

«Non era solo un racconto, però.» disse Noah. «Dico bene? Felicia Evans è stata ammessa al programma estivo di scrittura giovanile dell'Università di Denton grazie a quel racconto.»

Asher si guardò i piedi, girando le mani una sull'altra a velocità rapidissima e scrocchiandosi altre tre nocche.

«Avendo avuto un padre che non capiva con quanta facilità usavi le parole o la tua ambizione di diventare uno scrittore...» aggiunse Noah, «penso che tu, più di chiunque altro, possa capire quanto deve essere stato devastante per Kayleigh. Non solo si era vista rubare il suo lavoro, ma anche il posto che si sarebbe aggiudicata in quel programma.»

«Certo...» borbottò lui. «Ero sconvolto per lei. Questo è ovvio. Non sono un mostro.»

«Le hai detto che c'erano altri modi per farla pagare a Felicia?»

Lo sguardo di Asher risalì verso Noah. «Beh, sì, ma intendevo dire che avrebbe dovuto provare a smascherare Felicia in qualche altro modo, per esempio realizzando uno di quei video virali e facendolo girare su TikTok o su qualche altra piattaforma, mostrando che aveva pubblicato il suo racconto su StoryJot mesi prima che Felicia lo consegnasse a scuola. Mi sarebbe andato bene anche che usasse StoryJot, purché non mi coinvolgesse. In questo modo nessuno avrebbe dovuto sapere che avevo curato il testo per lei. Per dimostrare che l'aveva scritto lei le sarebbe bastato consultare i tempi di utilizzo dell'applicazione.»

«Non le hai mai suggerito che avresti potuto confrontarti direttamente tu con Felicia?»

«Cosa? Diavolo, no. Gliel'ho detto, non mi sarei fatto coinvolgere.»

«Tu e Kayleigh non avete mai parlato di portare a termine

una sorta di vendetta contro Felicia Evans? Anche se lei non sapeva chi eri?»

«Ma che stronzate sono, agente? No!»

«Non hai mai detto che avresti ucciso Felicia Evans?» lo incalzò più direttamente Noah.

Il volto di Asher si contorse per l'incredulità. «Cosa? No. Non ho mai detto una cosa del genere.»

«Nemmeno in privato a Kayleigh? Magari in qualche chiacchieratina post-coitale? Sai bene quanto me che gli uomini direbbero qualsiasi cosa subito dopo aver fatto sesso.»

Le guance di Asher si infiammarono. «No! Non ho detto niente del genere. Non lo direi mai, e di sicuro non minaccio nessuno di violenza, di certo non una ragazzina delle superiori.»

«Va bene.» concesse Noah tirando fuori il telefono un'altra volta e scorrendo finché non trovò una foto di Henry Thomas. La girò verso Asher. «Ultima domanda: conosci questo tizio?»

Asher fissò la foto, sbattendo lentamente le palpebre. Si schioccò ancora una volta le nocche. Josie contò quattro secondi. Riconosceva Henry Thomas e, dallo sguardo nervoso che lanciò a Noah, capì che anche Noah lo aveva capito. Si leccò le labbra e schioccò un altro paio di nocche. «Ha un aspetto familiare.»

«Bene.» disse Noah. «Dove l'hai visto?»

Altre tre nocche. «Oh, sì, mi ricordo. Vive sulla Montagna degli Omicidi. Si è sistemato in una specie di capanna o un qualcosa del genere lassù. Un posto inquietante come l'inferno. Una volta alcuni miei amici hanno pensato che sarebbe stato divertente andare da quelle parti a darci un'occhiata. La gente pensa che la montagna sia infestata. E, appunto, una volta siamo andati lassù, abbiamo visto questo vialetto e abbiamo pensato che era da quella parte che si arrivava ai campi. Voglio dire, la città ha piantato un intero campo di fiori, sa, no? Pensavamo che fosse l'ingresso, ma poi questo tizio è uscito da una minuscola casetta di legno e ha iniziato a urlarci contro di andarcene dalla sua proprietà. Per un attimo ho temuto che ci avrebbe fatti fuori.»

«Sai come si chiama?»

Asher guardò di nuovo la foto. Un'ultima nocca all'appello. «No, agente. L'ho visto solo quella volta con i miei amici e ce la siamo data a gambe. Non è che ci stesse invitando a bere un bicchiere.»

Noah annuì e si alzò con calma. «Va bene. Vado a vedere a che punto siamo con quei mandati.»

QUARANTATRÉ

Quando furono pronti a eseguire i mandati di perquisizione dell'appartamento e dell'auto di Asher Jackson Jenks, Noah era andato a casa a riposare e Gretchen lo aveva sostituito. Mentre la squadra di Hummel caricava su un autocarro con pianale la Subaru di Asher, Josie e Gretchen perquisirono l'appartamento. Era piccolo, angusto, pieno di libri e puzzava di cibo fritto e birra stantia. Sul comodino accanto al letto c'erano preservativi e lubrificanti. Accanto al suo cuscino c'erano lunghi capelli marroni sul cuscino e un flacone quasi pieno di crema per il corpo femminile nel bagno; ma a parte questo, non c'erano prove che avesse rapito o ucciso Kayleigh Patchett, o che avesse ucciso Felicia Evans, nonostante la vicinanza del suo appartamento al luogo in cui era stata trovata morta. Non c'erano trappole o tracce di sangue. In compenso, trovarono la droga di cui Asher aveva parlato, e solo per pochi grammi non era sufficiente per accusarlo di possesso a fini di spaccio. Quantomeno potevano arrivare alla conclusione che doveva essere lui il fornitore di Kayleigh. Requisirono i suoi dispositivi come prove per analizzarli, ma Josie dubitava che avrebbero trovato qualcosa che facesse pensare a un omicidio. Era troppo prudente.

I turni ruotarono di nuovo, con Noah che la sostituì in tarda serata. Tornò a casa da Trout, lo portò di nuovo a fare una lunga passeggiata e iniziò una serie interminabile di giochi con lui, sperando di stancarsi quanto cercava di stancare lui, ma il sonno non arrivava. Gli occhi le bruciavano. Ogni fibra del suo corpo le faceva male. Persino lo stomaco si ribellava, bruciando per l'acidità, nonostante il numero consistente di antiacidi che aveva buttato giù. Nel letto, con Trout che russava profondamente accanto a lei, rimase sveglia a fissare la luce argentata della luna che filtrava dalle finestre, arrovellandosi il cervello sul caso. Aveva la sensazione che Asher Jackson Jenks, detto Ajax, stesse mentendo su qualcosa, ma non riusciva a capire su che cosa. Aveva fatto di tutto per nascondere la sua relazione con Kayleigh, per quanto sapesse che non era illegale, e per estensione il suo coinvolgimento con lei lo collegava a Felicia Evans, cosa che non aveva negato. Quel tipo di subdola scaltrezza e astuzia gli sarebbe stata utile se avesse voluto uccidere. Aveva ammesso di aver praticato la caccia con le trappole, e la sua affermazione di non avere alcuna attitudine era credibile. Anche Henry Thomas aveva esperienza nel piazzare trappole e, oltre a questo, continuava a frequentare regolarmente Morris Lauber, che aveva una licenza di caccia debitamente registrata. Henry Thomas aveva in casa sua attrezzature per la cattura anche se, stando ai rapporti di Hummel e della sua squadra, tutto ciò che avevano trovato erano tagliole vecchie e arrugginite. Aveva più anni di Asher, aveva più esperienza e aveva una condanna precedente, una storia comprovata di violenza. Non c'era niente che lo collegasse a Kayleigh, se non il fatto che Blue ne aveva seguito l'odore fino alla sua baita. Non che fosse necessario dimostrare che c'era un collegamento. Se Henry Thomas era una specie di serial killer che cacciava e intrappolava i ragazzini nei boschi, il suo incontro con Kayleigh poteva essere stato del tutto casuale. Magari era stato un po' azzardato farlo in pieno giorno a pochi chilometri da casa sua, ma poteva comunque essere stato casuale.

Ma a prescindere da tutte queste considerazioni, la Polizia di Denton non poteva stabilire che fossero stati Henry Thomas o Asher Jenks a rapire Kayleigh Patchett o a uccidere Felicia Evans. Anche nel caso in cui il DNA dei capelli trovati nella baita di Henry Thomas fosse risultato appartenere a Kayleigh e quindi avessero avuto abbastanza elementi per arrestarlo, mancavano ancora dei pezzi del puzzle, come il corpo di Kayleigh, per dirne uno; e, per dirne un altro, se i casi avvenuti nella contea di Lenore e nella contea di Montour, e l'omicidio di Felicia Evans erano collegati al rapimento di Kayleigh – ed era facilmente plausibile che lo fossero - allora lo schema imponeva che Kayleigh fosse stata uccisa.

Josie valutò le dinamiche dei casi delle contee di Lenore e di Montour; era difficile non tenere conto delle affinità con i casi avvenuti nei giorni precedenti, ma proprio il problema che avessero avuto luogo fuori dalla loro giurisdizione comportava che, se anche fossero riusciti a dimostrare che Henry Thomas o Asher Jenks si trovavano nelle altre contee al momento in cui erano avvenuti gli omicidi, alla squadra della Polizia di Denton sarebbe ancora mancata la chiave per risolvere i casi della sua giurisdizione.

Come se avesse percepito la tensione che si sprigionava dal suo corpo, Trout si svegliò, le si avvicinò ed emise un pesante sospiro. Lei gli fece una carezza sulla schiena. «Scusami, bello. Ti sto tenendo sveglio, mi sa, eh?»

Rimase sveglia per un'altra ora prima di prendere in mano il telefono. Non c'erano notizie di aggiornamento, non che si aspettasse di averne. Pensò di scrivere un messaggio a Gretchen, a Noah o a Chitwood, ma sapeva che le avrebbero detto tutti la stessa cosa: "va' a dormire". Così decise di scaricare StoryJot e aprire un account. Trovò il profilo di Ajax2733 e scorse alcuni dei suoi racconti. Non ce n'erano molti, meno di una dozzina.

Erano tutti noiosi, sconclusionati, riempiti di un linguaggio prolisso e ampolloso e non parlavano di nulla; erano solo personaggi che se ne stavano seduti a guardarsi l'ombelico. In uno dei racconti veniva presentato un ragazzo seduto in un caffè, intento a contemplare un'arancia. In un altro, più interessante, si raccontava di un uomo anziano che faceva da mentore alla persona amata, molto più giovane di lui, sul tema della critica letteraria. A leggere gli altri, Josie quasi si addormentò. Si segnò mentalmente di tornarci in seguito, come ausilio per il sonno. Poi trovò il profilo di Kayleigh. Aveva caricato quasi cento racconti, anche se alcuni erano da considerarsi come racconti brevi, di appena un paio di paragrafi. Risalivano a due anni prima. Ogni racconto era classificato in base al numero di visualizzazioni e alle valutazioni di chi li aveva letti. Tutti i racconti che aveva scritto avevano una valutazione di quattro o cinque stelle. Josie si chiese se ad Asher avesse mai dato fastidio che la sua ragazza, ancora al liceo, ricevesse valutazioni più alte e molti più lettori dei suoi racconti. Josie lesse alcuni dei racconti, ordinandoli dal più vecchio al più recente, anziché in base alla loro classificazione. I primi erano piuttosto infantili e incentrati esclusivamente sul sesso. Leggendoli era chiaro che non aveva mai avuto rapporti. Alcuni avevano un effetto comico, come se avesse cercato di emulare i libri erotici che Josie aveva trovato nella sua stanza. In seguito, si era cimentata nel fantasy, scrivendo storie di regni lontani in terre magiche e inventate, piene di cavalieri, di principesse e di draghi. Molti erano violenti, narravano di combattimenti a colpi di spada che portavano i personaggi a essere smembrati e uccisi sul campo di battaglia. Le descrizioni erano eccessivamente esplicite, ma anche in questo caso, con le conoscenze che Josie aveva del corpo umano e di cosa succede quando si subisce una ferita mortale, non risultavano particolarmente realistiche. Si chiese se fossero quelle le storie che Felicia aveva definito "malate". Senza dubbio contenevano una serie di elementi ad alto impatto emotivo di cui, ne era sicura, Shelly e Dave Patchett sarebbero rimasti inorriditi, ma non descrivevano niente di più raccapricciante di ciò che un qualsiasi adolescente avrebbe potuto vedere in televisione. Anche nelle sue storie di fantasia c'erano scene di sesso che, con il passare del tempo, diventavano sempre più realistiche. Attraverso i messaggi tra Kayleigh e Asher, Josie poté far risalire il realismo della scrittura erotica fino al loro primo incontro. Era dopo l'inizio della sua relazione con lui che aveva iniziato a scrivere più racconti basati sulla vita reale. "L'autoscontro", il racconto che Asher aveva tanto lodato nei suoi messaggi, mostrava un grande salto di qualità nello stile. Leggendo i lavori successivi di Kayleigh, Josie cominciò a rendersi conto di quanto fosse migliorata, di quanto avesse lavorato duramente sul suo repertorio e di conseguenza di quanto doveva essere stato sconvolgente vedersi rubare il proprio lavoro e poi non avere nessuno che le credesse. Nemmeno i suoi genitori.

Trout si agitò accanto a lei, scalciando con le zampe verso il lato vuoto del letto e dimenandosi finché non si ritrovò schiacciato contro il suo fianco. Josie gli accarezzò la schiena con una mano mentre trovava il racconto che Felicia Evans aveva spacciato per suo. Kayleigh l'aveva intitolato "Il Regno". Si trattava di un altro racconto fantasy, ambientato in un regno magico governato da un re e da una regina che stavano preparando le loro figlie gemelle a prendere il potere quando fosse giunto il momento, assumendo congiuntamente il comando in modo che il re e la regina non dovessero così scegliere tra l'una e l'altra. Allo scopo di prepararle al loro nuovo ruolo, re e regina costringevano le figlie ad affrontare una serie di prove: dovevano imparare a lanciare un incantesimo di esilio, suonare uno strumento musicale, trovare un fiore raro e mistico chiamato *Saintpaulia ionantha* che proteggeva il regno dai predoni per cento anni, addomesticare un drago e infine combattere una creatura mitologica che aveva la capacità di trasformarsi in qualsiasi animale volesse. Ogni sfida diventava più difficile della precedente, finché le sorelle univano le forze per pretendere che i genitori le istruissero sugli aspetti più pratici della gestione di un impero, al posto di mandarle in missioni strazianti ed estenuanti. Si vedevano bene alcuni parallelismi tra le ragazze del racconto e le figlie dei Patchett, tanto che era facile chiedersi se le missioni fossero una metafora dello sport.

Avrebbe avuto sicuramente senso, vista l'avversione di Kayleigh a continuare a giocare a softball, cosa che non le interessava affatto. A parte questo, la scrittura era avanzata e coinvolgente. Il tema delle sorelle che si appoggiavano l'una all'altra e si univano era ammirevole ed era facile capire perché avesse fruttato un premio a Felicia Evans.

E ora non aveva più importanza, perché la plagiaria era morta e molto probabilmente lo era anche l'autrice del racconto. Kayleigh. Felicia. Il racconto. L'Uomo dei Boschi. Henry Thomas. Asher Jackson Jenks. Le ragazzine della contea di Montour e il ragazzo e la ragazza della contea di Lenore. Le trappole. La giostra girava nella mente di Josie. Continuava ad aspettare che l'ultimo pezzo andasse al suo posto. Certe volte succedeva. Certe volte si intravedeva un indizio nello schema delle cose che si era sempre celato sotto la superficie, che però, se fosse stato estratto dal giusto contesto, sarebbe sembrato privo di significato. Altre volte, era più che sufficiente seguire la fredda, dura e concreta evidenza dei fatti.

Josie si distese, appoggiando la testa sul cuscino. Mentre i pensieri riprendevano a girare, una sensazione di assopimento minacciava di sopraffarla, se solo si fosse concessa di permetterglielo. Era come un uccello che svolazzava nelle vicinanze, timoroso di atterrare. Gli avrebbe dato un posto dove appollaiarsi? Un pensiero errante sui casi le balenò nella mente, facendola sobbalzare e allontanando del tutto l'uccello azzurro della sonnolenza. Ma quando cercò di afferrarlo, di ricordarlo, non ci riuscì.

Non c'era più.

Si lasciò sfuggire un fiume di imprecazioni.

Trout si rotolò di nuovo e questa volta alzò la testa, con le orecchie drizzate e dalla gola gli uscì un basso ringhio. «Cosa c'è, bello?» sussurrò Josie. Chiuse l'applicazione StoryJot e controllò l'applicazione del sistema di sicurezza sul suo telefono per vedere se era Noah alla porta d'ingresso che infilava la chiave nella serratura. «Papà è a casa.» annunciò al cane, che saltò giù dal letto e nel giro di pochi secondi raggiunse le scale, accompagnato dal ticchettio delle sue unghie verso il piano di sotto.

Josie rimase ad ascoltare mentre cane e padrone eseguivano il consueto rituale che avevano messo a punto ogni volta che Noah tornava a casa dal lavoro, o da qualsiasi altro posto: lì sentì che andavano in cucina e poi in giardino, in modo che Trout facesse un'ultima uscita, poi Noah lo riportava dentro, apriva e chiudeva lo sportello del frigorifero e infine, saliva al piano di sopra. Non era ancora entrato in camera da letto quando le chiese: «Perché sei ancora sveglia?»

Josie guardò la sveglia sul comodino di fianco. Aveva completamente perso la cognizione del tempo: erano passate le tre del mattino. «Non riuscivo a dormire. Come mai sei a casa?»

«Il capo mi ha mandato a dormire. Tanto siamo a un punto morto. Abbiamo interrogato in lungo e in largo e abbiamo raccolto un sacco di prove e ora non possiamo fare altro che aspettare che succeda qualcosa. Ha detto che avevo bisogno di riposarmi. Come te.»

Trout saltò sul letto e si accoccolò ai piedi di Josie. Noah iniziò a togliersi i vestiti e a gettarli nel cesto della biancheria sporca, finché non rimase con indosso solo i boxer. Per quanto fosse esausta, Josie non poté fare a meno di ammirarlo quando lo vide salire sul letto accanto a lei e distendersi su un fianco. «Josie...» le disse, «non puoi continuare in questo modo. Ne hai parlato con la dottoressa Rosetti?»

«Certo che ci ho parlato.» rispose lei distrattamente, con gli occhi attratti dalla carne screziata della spalla destra di suo marito. Era stata lei a procurargli quella cicatrice quando gli aveva sparato anni prima. Era accaduto durante le indagini che li avevano portati tutti in cima a quella che gli adolescenti di Denton chiamavano "la Montagna degli Omicidi". All'epoca, Josie non sapeva di chi fidarsi e aveva concentrato tutte le sue forze nel salvataggio di una ragazza che si era ritrovata in una situazione a dir poco disastrosa; così, alla fine, aveva sparato a Noah. Ciononostante, lui l'aveva coperta comunque, aveva mentito per lei, aveva dimostrato di essere dalla parte della giustizia a qualunque costo. Lei non si era mai perdonata del tutto per avergli sparato; invece, lui l'aveva perdonata nel momento stesso in cui era successo.

«Che cosa ha detto?» le chiese Noah.

«Che ho traumi su traumi impilati su altri traumi e che avevo a malapena iniziato a elaborare le cose che mi sono successe durante l'infanzia, per non parlare della morte di Ray e dell'omicidio di mia nonna, quando Mettner è morto tenendomi la mano. Pensa che mi farebbe bene...» a queste parole fece seguire le virgolette, «"un ritiro".»

«Che tipo di ritiro?»

Josie alzò le mani in aria e le lasciò ricadere sulle cosce, facendo alzare la testa a Trout. Una volta capito che non c'era nulla di cui allarmarsi, il cane la riappoggiò sul letto con uno sbuffo di rimprovero.

«Non lo so.» disse Josie. «Un ritiro con qualche psicologo o life coach famosissimo o qualche stronzata del genere. Tipo quello in cui si va in montagna senza apparecchi elettronici e si canta, credo. Non gliel'ho chiesto perché non voglio andarci.»

Lui si allungò verso di lei e le prese il polso con la mano. Immediatamente, Josie sentì una familiare ondata di calore pulsante diffondersi nel suo corpo. Non era mai stata in grado di dire cosa fosse esattamente: sollievo, conforto, rilassamento. Di qualunque cosa si trattasse, il tocco di Noah era un sistema naturale per alleviare le tensioni. «Perché no?» le chiese, tirandola a sé.

Lei si spostò verso di lui, distendendosi su un fianco in modo da trovarsi l'uno di fronte all'altra. «Perché è un'idea stupida, non credi? Sono in cura dalla dottoressa Rosetti da tre anni e non abbiamo ancora scalfito la superficie dei miei traumi. E una settimana a contatto con la natura dovrebbe risolvere tutti i miei problemi?»

Noah rise sommessamente. «Sono sicuro che non è quello a cui la dottoressa Rosetti stava cercando di convincerti. Se bastasse una settimana a contatto con la natura per avere un tale beneficio, non avremmo bisogno di psicologi.»

«Noah, per favore...» disse Josie.

Lui le scostò una ciocca di capelli dalla guancia. «Josie, quello che voglio dire è che, secondo me, dovresti informarti meglio prima di rifiutare questa possibilità a priori. Cerca di capire di cosa si tratta e perché la dottoressa te lo consiglia. A quel punto potrai decidere. Ti ha portato fin qui, no?»

Josie gli toccò la cicatrice, passandoci sopra delicatamente le unghie. «Che cosa significa?»

«Significa che penso che la dottoressa Rosetti ti abbia aiutata molto, anche se non te ne rendi conto. Anche se ora non riesci a dormire. Penso che dovresti fidarti di lei. Almeno prendilo in considerazione.»

Lei non rispose, ma sapeva che lui aveva ragione. La baciò dolcemente. Lei gemette. Erano giorni che non andavano a letto insieme. Con la bocca scese fino al collo. «Vuoi che ti schiarisca le idee?» le chiese contro la sua pelle.

Josie rise anche se sentiva il desiderio e il bisogno risvegliarsi dentro di sé.

«È passato qualche giorno. Pensi che potremmo ricominciare a provare per quel bambino?»

Lei si irrigidì e lui dovette essersene accorto, perché tirò su la testa e incrociò il suo sguardo con quello di Josie. «Scusami.» disse. «Immagino che stemperi un po' la passione.»

«No.» disse lei. «Non si tratta di questo.»

Lui le studiò il viso. «Allora dimmi cosa c'è.»

«È solo che... è questo caso... tutti quei ragazzini... continuo a pensare ai loro genitori. A prescindere da quanto alcuni di loro siano davvero tremendi. Beh, magari non sono tremendi, ma sicuramente non sono eccezionali. Li guardo e penso: "Cavolo, noi faremmo sicuramente un lavoro migliore di quello che hanno fatto loro". E poi vedo altri genitori che sono completamente presi dai loro figli, sono gentili, premurosi, protettivi, ti fanno intuire che hanno compiuto ogni sforzo possibile per crescere i loro bambini, per tenerli al sicuro... eppure, qualche volta, ogni loro attenzione viene completamente vanificata.»

Noah si sistemò il cuscino sotto la testa e poi rimise la mano sul suo fianco e lei si sentì grata per il contatto, per l'attenzione con cui l'aveva ascoltata.

«Cosa vuol dire che vengono vanificate?»

«Che certe volte quei bambini muoiono e i loro genitori ne rimangono distrutti e tu non puoi impedirlo, Noah. Puoi provarci, ma ci sono milioni di modi per perdere qualcuno e per ogni modo che pensi di poter prevenire, ce ne sono due che non puoi.»

«È vero.» disse lui.

Josie sentì le lacrime pungerle il fondo degli occhi. Fece una piccola risata e gli diede un colpetto sul petto. «Non dovresti rassicurarmi?»

«Non mi piacciono le rassicurazioni a vuoto.» le confessò. «Penso che essere onesti su certe questioni che, per quanto terribili, sono inequivocabilmente vere, faccia parte del gioco della vita. Fingere che non lo siano non le fa sparire né le rende meno spaventose.»

«E allora? Dovremmo mettere al mondo un bambino

sapendo che in qualsiasi momento, per quanto ci sforziamo di tenerlo al sicuro, potrebbe esserci portato via?»

«Sì.» disse Noah. «È proprio quello che dovremmo fare. Josie, chiunque di noi può essere portato via in qualsiasi momento. Ma continuiamo ad andare avanti. Sopravviviamo. Facciamo del nostro meglio con quello che abbiamo.»

Una lacrima le uscì da un occhio e Noah la asciugò con il polpastrello del pollice.

«Ma un bambino, Noah...» squittì Josie.

Lui la fissò in silenzio per un attimo. «Quando pensi ad Harris, hai molta paura, vero?»

«Sì.» disse lei. «Ho sempre il terrore che gli succeda qualcosa.»

«Ma gli vuoi un mondo di bene.»

«Naturalmente.»

«Cos'è più forte? La paura che possa accadergli qualcosa o l'amore che provi per lui?»

La risposta le venne automatica. «Il mio amore per lui.»

Noah lasciò che quelle parole andassero a fondo.

«Cavolo...» disse Josie. «Questa cosa di non avere rimpianti è maledettamente difficile.»

Noah rise più forte.

A seguito della morte di Mettner, Josie aveva giurato a sé stessa di vivere senza rimpianti, proprio come aveva fatto lui; ma nella teoria le era sembrato molto più facile, quando si era stretta in un abbraccio con Amber davanti alla tomba del suo collega e amico. In quel momento si era sentita davvero più coraggiosa, più capace di battere i suoi timori. Ma nella realtà dei fatti aveva scoperto quanto fosse doloroso e difficile incorporare quella filosofia di vita nella sua quotidianità.

«So cosa intendi.» la rassicurò Noah. «Ma cercare di vivere in quel modo è un modo per onorare Mett, ed è il minimo che possiamo fare per lui.»

Josie gli si avvicinò di più e lui le accarezzò la schiena. Lei sentì i muscoli tesi delle scapole allentarsi e un nodo di apprensione dentro di lei che iniziava a sciogliersi. «Va bene.» disse. «Schiariscimi le idee.»

Il suo respiro era caldo sul suo orecchio. «Sei sicura?»

«Sì...» disse lei infilandogli una mano nei boxer. «Mi aiuterà a dormire. E ho bisogno di dormire. Non riesco a concentrarmi. Mi sembra di essere circondata dalla nebbia. Devo essere più lucida se vogliamo catturare quell'assassino.»

Le sue labbra tornarono di nuovo ad accarezzarle il collo, depositando piccoli baci lungo le clavicole. «Mi piace quando parli in modo così eccitante.»

Josie rise, ma rotolò sulla schiena per dare alle labbra di suo marito un migliore contatto con la sua pelle. «Adesso basta parlare, tenente.»

QUARANTAQUATTRO

Il giorno successivo era un venerdì e trascorse senza problemi: nell'attesa di aggiornamenti dal laboratorio della Polizia di Stato, la squadra era impegnata a evitare ogni contatto con la stampa e a monitorare le segnalazioni che arrivavano tramite la linea telefonica, che però non portavano a niente di concreto. I pensieri di Josie continuavano a vorticare intorno all'elemento che si nascondeva nella sua mente, aspettando solo che si manifestasse. Rivedeva mentalmente tutto ciò che sapeva su ciascun caso, anche quelli che si erano verificati al di fuori della loro giurisdizione, con la speranza che un dettaglio facesse scattare nel suo cervello la rivelazione di quel pensiero che continuava a sfuggirle. Per quel giorno, non ebbe alcuna fortuna.

Arrivati a sabato mattina, Josie aveva l'impressione di rivivere lo stesso giorno, vedendosi raggiungere insieme a Noah la centrale per fare il punto della situazione con il resto della squadra. Presero posto sulle loro sedie, intanto che Gretchen circolava tra le scrivanie distribuendo caffè appena preparati. Il capo era alla lavagna di sughero e borbottava tra sé e sé. Josie bevve un sorso dalla sua tazza, compiacendosi nello scoprire che il caffè macchiato caldo con tostatura blonde era il suo nuovo preferito. La stanchezza le pesava ancora ma, rispetto ai giorni precedenti, sentiva la mente più lucida, più concentrata. Difficile dire se questo fosse merito delle due notti passate con Noah o delle poche ore di sonno profondo che si era fatta dopo ogni volta che avevano fatto l'amore.

Il capo batté l'indice su una delle nuove puntine. La mappa era stata ampliata per includere le Cataste, l'area in cui era stato trovato il corpo di Felicia Evans a pochi chilometri di distanza, e quella del bar "Da Romig". «A prescindere che l'assassino sia Henry Thomas o Asher Jackson Jenks, avete capito cosa ci manca?»

«Parecchio.» disse Gretchen, sistemandosi sulla sedia.

«La trappola a filo.» disse Josie. «Nel caso Felicia Evans.» «Esattamente.» disse il capo. «Devono tenerla da qualche parte, ma abbiamo perquisito sia le loro case che le loro auto e non abbiamo trovato nulla.»

Noah chiese: «Siamo assolutamente sicuri che le trappole che abbiamo trovato nella baita di Thomas, contrassegnate dalla scritta "Roba di papà", non fossero trappole a filo?»

«Erano tutte tagliole.» disse Gretchen. Ebbe un sussulto. «Di quelle a molla elicoidale. Che barbarie.»

Josie pensò a come le tagliole a molla elicoidale fossero definite "disumane" da diversi gruppi contrari alla caccia per la pelliccia, per il modo in cui le ganasce metalliche che le costituiscono, alla maniera delle trappole per topi, si chiudono agganciandosi alla zampa dell'animale, quando questo ce la mette sopra, spingendone molti a strapparsela a morsi piuttosto che rimanere intrappolati. Alcuni Stati le avevano vietate, ma in Pennsylvania erano ancora legali.

Il capo sospirò. «Quello che l'assassino sta facendo a questi giovani è una barbarie.»

La porta delle scale si aprì e Amber fece il suo ingresso.

Sebbene fosse bellissima, come lo era sempre, con indosso un abito ampio lungo e svolazzante che faceva da complemento alle ciocche ramate che le scendevano lungo la schiena, Josie notò i profondi incavi sotto gli occhi. Gettò la borsa e il tablet sulla scrivania e si avvicinò al televisore appeso alla parete. Il telecomando era in un vassoio sottostante. Lo prese, lo puntò verso lo schermo come fosse un'arma e premette il pulsante di accensione. La trasmissione della WYEP stava passando una notizia dell'ultim'ora. Dallas Jones era inquadrato davanti a una caserma della Polizia di Stato nella contea di Lenore. La scritta sotto di lui recitava: *Il serial killer chiamato "L'Uomo dei Boschi" a piede libero.*

Nella sala si levò un gemito collettivo.

Josie tirò fuori il telefono e mandò un messaggio a Heather Loughlin.

Accendi il notiziario.

Amber si girò verso di loro. «Questa storia diventerà nazionale in un batter d'occhio. Ora non importa se l'Uomo dei Boschi è solo una favola o se l'assassino che state cercando è "solo un uomo". Agli occhi del Paese, è la stessa cosa ed è un serial killer che prende di mira i bambini. Al momento, il suo territorio di caccia è Denton. Dovete essere pronti all'assalto della stampa.»

Josie sentì l'arrivo di una notifica sul telefono; era Heather che le aveva risposto:

Non sono stata io a fare la soffiata.

Gretchen indicò la televisione. «Quanto potrà mai sapere?»

«Abbastanza...» disse Amber con la voce che saliva di un'ottava. «Sa abbastanza da rendere le vostre indagini estremamente difficili da questo momento in poi.»

«Credo che il dubbio di Gretchen fosse capire se Dallas Jones sia a conoscenza o meno dell'elemento "trappola" di questo caso.» ipotizzò Noah. «Ovvero, che l'assassino sta usando delle trappole a filo e probabilmente anche delle trappole a caduta per catturare i ragazzi prima di ucciderli.»

«Sì.» disse il capo. «Sarebbe di gran lunga preferibile se riuscissimo a tenere riservato il dettaglio delle trappole. Non ci conviene che i privati o la stampa conducano le proprie indagini sulla base di queste informazioni.»

Amber tornò a guardare lo schermo, che ora mostrava un montaggio di riprese delle ricerche per Kayleigh Patchett, con il commento del giornalista. Il volume era troppo basso perché Josie potesse capire cosa dicesse. «L'ho guardato una volta prima di arrivare qui.» disse Amber. «Non ha detto nulla delle trappole. Si è concentrato soprattutto delle storie che girano nelle scuole e di come questi ragazzi l'avessero presa come una "sfida".»

Josie rispose a Heather con un altro messaggio.

Tappate la falla se potete. Vorremmo che la stampa non sapesse delle trappole.

Stava per mettere via il telefono, quando lo sentì vibrare di nuovo. Questa volta era un messaggio di sua sorella gemella, Trinity Payne, una giornalista di fama nazionale che viveva e lavorava a New York. Aveva un programma tutto suo intitolato "Crimini irrisolti con Trinity Payne". Nel messaggio le aveva scritto:

Avete un nuovo serial killer a Denton e non mi hai nemmeno chiamato????

Josie mugugnò e alzò lo sguardo dal telefono accorgendosi che tutti la fissavano. Lo agitò in aria. «È già passato a livello nazionale. Trinity mi ha appena mandato un messaggio.»

«Non va bene, gente...» commentò il capo.

«Se quel dannato laboratorio si desse una mossa a fornire i risultati del DNA...» si lamentò Noah, «sarebbe un punto di partenza.»

«Li chiamo subito.» disse il capo.

Ma prima che potesse ritirarsi nel suo ufficio, la porta che dava sulle scale si aprì di nuovo. Questa volta entrò Hummel, con una grossa busta marrone per le prove tra le mani.

«Bene.» disse Gretchen. «Deve essere una buona cosa perché non ti vediamo mai a questo piano.»

«Sarà meglio che sia buona...» disse il capo, quasi gridando. «Perché adesso abbiamo bisogno di un dannato miracolo.»

Hummel fece un mezzo sorriso. «Dovete pagarmi di più se volete dei miracoli. Però un paio di cose per voi ce l'ho.» Si avvicinò alle loro scrivanie, che erano state tutte avvicinate. Una rapida occhiata alla sedia vuota di Mettner gli fece perdere un po' di colore dal viso. La aggirò per mettersi accanto a Josie e posò la borsa. «Ho finito di analizzare tutti i dispositivi e i veicoli dei Patchett. I loro dispositivi sono puliti. Il padre guarda i porno sul suo telefono. Un paio di siti "appena legali" con diciottenni e diciannovenni. Ho chiamato un mio amico della squadra speciale per i crimini contro i minori su Internet per chiedergli informazioni su questi siti e per informarmi su eventuali accuse a carico di Dave Patchett per uso di pedopornografia, ma mi ha detto che erano legali. Disgustosi, ma legali.»

Il capo emise un profondo lamento di gola. «Dobbiamo indagare su Dave Patchett più da vicino?»

Hummel alzò un dito. «Aspettate di sentire cos'altro ho. Per quanto riguarda i veicoli dei Patchett, non c'era molto su cui lavorare. Sappiamo che Kayleigh ci è salita, quindi averci trovato il suo DNA non è stata esattamente una sorpresa.

Abbiamo trovato molte impronte non identificate sul cassonato dotato di vomere, sul minivan e sulla berlina, la maggior parte delle quali non sono presenti nel Sistema di Identificazione delle Impronte.»

«La maggior parte?» gli fece eco Chitwood. «Questo significa che ha trovato qualcosa!»

Hummel si passò una mano tra i capelli rossi e si guardò intorno fissando ciascuno di loro. «Sul cofano della berlina dei Patchett abbiamo trovato un'impronta parziale di mano. Appartiene a Henry Thomas.»

«Che cosa?» esclamò Gretchen.

Hummel tirò fuori il telefono e digitò il codice di accesso. «Ora vi mostro le foto, ma in pratica si direbbe che si sia appoggiato al cofano e che vi abbia messo sopra la mano.»

«Ma i Patchett hanno negato di conoscerlo.» disse Gretchen. «E lui ha negato di conoscere i Patchett. Non abbiamo trovato alcun collegamento tra Thomas e Kayleigh. Come può aver lasciato l'impronta della mano sulla loro auto?»

Hummel passò il telefono a Josie, visto che era la più vicina. La foto mostrava un'impronta parziale latente sul cofano della berlina dei Patchett. Le dita si estendevano verso il parabrezza, quindi non poteva che essere rivolto verso l'auto quando aveva appoggiato la mano sul cofano.

«Kayleigh e Savannah giocano a softball e a calcio nel parco pubblico.» disse Josie. «E Henry Thomas ci lavora.»

Hummel scosse la testa. «Il GPS non lo conferma, però. Ci risulta che Dave Patchett usi la berlina per fare avanti e indietro tra casa e ufficio, e da quello che mostrano i registri degli ultimi sei mesi, non si è mai avvicinato al parco pubblico.»

«E prima di allora?» chiese Josie. «Non sappiamo se non è mai stato al parco, sappiamo solo che non ci è andato con la berlina negli ultimi sei mesi.»

«Dobbiamo parlare con i Patchett per farci dire in quale

luogo Henry Thomas potrebbe aver trovato quell'auto.» concluse il capo.

«Qual è l'ipotesi?» domandò Noah. «Che Henry Thomas stesse pedinando Kayleigh Patchett?»

«Questo non lo possiamo ancora concludere, Fraley...» gli fece notare il capo.

«C'è un'altra cosa che dovete vedere.» aggiunse Hummel.

Prese un paio di guanti dalla tasca e li indossò prima di prendere la busta delle prove. Ne estrasse una grande felpa gialla con cerniera. La tenne sollevata in modo che potessero vederla bene. Era tutta stropicciata e sporca di terra.

Gretchen disse: «Una felpa?»

«L'uomo che Savannah Patchett ha visto quando Kayleigh è stata rapita indossava un indumento di colore giallo...» si ricordò Josie. «Blue jeans e una camicia o una giacca gialla o qualcosa del genere. Hummel, dove l'hai presa?»

«Questa l'ho trovata appallottolata e infilata sotto il sedile del passeggero dell'auto di Asher Jackson Jenks.» annunciò Hummel.

«D'accordo, ma sono abbastanza sicuro che siano molte le persone in questa città che portano felpe gialle.» disse Noah.

Hummel gli rivolse un'occhiata dubbiosa. «Crede che sarei venuto qui con un indumento qualunque?» indicò il bavero della felpa «Era sporca di sangue, proprio qui, così ne ho preso un campione e ho individuato il gruppo sanguigno: è lo stesso di Kayleigh Patchett. Ho mandato il resto del campione al laboratorio in modo che prelevino il DNA e si accertino che sia davvero il suo sangue. Ho anche notato questi strani buchi.» Infilò un dito in un foro delle dimensioni di un quarto di dollaro nella parte superiore della manica sinistra della felpa, poi in quella destra. «Ma non sono sicuro che sia importante.»

Gretchen si alzò. «Aspettate. Hai trovato una felpa gialla con sopra quello che potrebbe essere il sangue di Kayleigh sotto il sedile dell'auto di Asher Jackson Jenks?»

«Potrebbe anche non essere il sangue di Kayleigh.» sottolineò Noah. «Non è abbastanza per accusarlo. Quel ragazzo potrebbe avere lo stesso gruppo sanguigno, per quanto ne sappiamo. Ci serve il DNA per averne conferma.»

«Comunque sia, qualcuno deve andare a bussare alla porta di Asher Jenks.» disse il capo. «A chiedergli spiegazioni di questa cosa.»

Il pensiero che aveva attraversato la mente di Josie due sere prima, quando si era quasi addormentata rimuginando sul caso, le balenò di nuovo nel cervello, ma non riuscì a trattenerlo. Era come il lampo di uno specchio al sole, un segnale proveniente da lontano. Un attimo prima c'era, l'attimo dopo non c'era più. «Blue ha seguito l'odore di Kayleigh fino alla baita di Henry Thomas.» disse. «E Asher aveva una relazione con lei. Non aveva bisogno di tenderle una trappola nel bosco. Poteva vederla regolarmente. E i rapporti del GPS del veicolo di Asher? Era vicino a casa Patchett o alla baita di Henry Thomas il giorno in cui Kayleigh è stata rapita?»

«No.» disse Hummel. «Ma abbiamo esaminato solo quel giorno. Non significa che non sia mai stato da quelle parti.»

Noah disse: «Ha ammesso di essere stato lassù qualche volta e di aver avuto uno scontro con Thomas.»

«Stava mentendo.» disse Josie.

Tutti si voltarono a guardarla e il capo le chiese: «Su cosa, esattamente?»

Lei sospirò e si strofinò gli occhi con i palmi delle mani. «Non lo so. So solo che mentiva quando parlava di Thomas. Comunque, continua, Hummel. Stavamo parlando della felpa gialla.»

«Sentite...» disse Hummel. «Non ho mai detto che fosse la scoperta del secolo, ma solo che l'abbiamo trovata. Quando arriverà il DNA, ne sapremo di più.»

«E quando sarà?» brontolò Noah. «L'anno prossimo? Stiamo

ancora aspettando tutte le altre informazioni che sono già state accelerate.»

«Chiamerò di nuovo il laboratorio.» disse Chitwood. «Nel frattempo, Palmer, tu vai a casa. Fraley, tu vai a parlare con questo Asher della felpa. Quinn, tu vai a parlare con i Patchett per l'impronta della mano sul cofano.»

QUARANTACINQUE

Nell'arco della stessa giornata ho superato una battuta d'arresto e ho ottenuto un grande risultato. Cerco di concentrarmi solo sulle buone notizie: la stampa ha finalmente scoperto gli altri omicidi che ho commesso e li ha collegati al mio lavoro qui a Denton. Mi hanno etichettato come serial killer. Con pochi titoli e una manciata di minuti di notiziari, la mia leggenda si è espansa e si è trasformata in una storia che verrà raccontata negli anni a venire. Potrebbe persino rivaleggiare con la storia della Montagna degli Omicidi. Non mi prenderanno mai. Non conosceranno mai il volto dietro l'Uomo dei Boschi, non davvero. Non poterlo sapere renderà più forte la loro ossessione.

E renderà più forte anche me.

QUARANTASEI

Josie lasciò la macchina appena fuori dal parco pubblico e si incamminò verso i campi sportivi, passando accanto a famigliole e a gruppetti di persone che portavano il cane a passeggio, che facevano jogging o che andavano in bicicletta. Le ci erano volute alcune telefonate per scoprire che i Patchett erano al parco perché Savannah aveva l'allenamento di calcio. Josie li trovò rapidamente perché si erano piazzati a una certa distanza rispetto alla folla degli altri genitori. Dave Patchett stava in piedi, con le braccia incrociate sul petto, a guardare la figlia che faceva un po' di riscaldamento e di tanto in tanto batteva le mani e le urlava qualche incoraggiamento, attirando così gli sguardi atterriti degli altri genitori. Josie non avrebbe saputo dire se reagivano in quel modo a causa della sua personalità o perché pensavano che fosse strano che i Patchett si fossero presentati all'allenamento, considerando che Kayleigh era scomparsa da appena una settimana. Era anche pur vero che la scomparsa della figlia maggiore non poteva comportare che non si prendessero cura della figlia minore. Alla fine, volevano solo che Savannah passasse un pomeriggio di normalità dopo il turbamento che aveva subito: era evidente che era molto legata alla sorella maggiore e, forse, portarla all'allenamento di calcio poteva servire a distrarla un po'.

Shelly Patchett era seduta su una sedia pieghevole poco distante, da sola, con il volto nascosto da un paio di occhiali da sole e un cappello a secchiello. Quando vide Josie avvicinarsi la salutò con una mano e quando si alzò per salutarla, Josie notò che le gambe le tremavano. Dave si avvicinò di corsa, con un'espressione di speranza. «Sono spiacente.» disse Josie. «Non abbiamo novità su vostra figlia.»

Il volto del padre si fece rosso pomodoro nel giro di un battito di ciglia. Riuscì a tenere la voce bassa per non attirare l'attenzione degli altri genitori, ma grondava minacce. «Ma si può sapere che cazzo state combinando? Come si permette di venire qui, nel bel mezzo dell'allenamento di calcio di mia figlia, per dirci che non avete trovato niente?»

«Dave...» lo riprese Shelly. «Per favore. Smettila.»

Ma il padre non smise e puntando un indice sul viso di Josie disse: «Gliel'ho detto: vi faccio causa. Non solo al suo dipartimento. A lei, personalmente.»

Senza scomporsi di fronte alle minacce, Josie disse: «La nostra Squadra di Raccolta delle Prove ha analizzato la vostra berlina e ha trovato un'impronta di mano sul cofano che appartiene a Henry Thomas.»

«Chi?» disse Mr. Patchett, con un tono ora più curioso che arrabbiato. Mrs. Patchett si tolse gli occhiali da sole e lo guardò incredula. «Come chi? L'uomo che pensano abbia rapito Kayleigh!»

«Mr. Patchett, Mrs. Patchett, tutto ciò che sappiamo con certezza è che il cane della nostra unità cinofila ha seguito l'odore di vostra figlia fino alla baita di Henry Thomas. Entrambi avete detto di non conoscerlo e la nostra indagine lo ha confermato; non abbiamo trovato alcun collegamento tra lui e Kayleigh, a parte l'impronta della mano sul cofano della vostra auto.»

«Questo vuol dire che la stava seguendo, giusto?» disse Mrs. Patchett.

«Lo ammazzo quel figlio di puttana!» ringhiò Mrs. Patchett.

«Mr. Patchett, le sconsiglio di avvicinarsi a quell'uomo. E devo avvertirla anche che, in quanto funzionario della legge, sono tenuta a prendere sul serio tutte le minacce di morte che gli rivolgerà.»

La moglie diede al marito uno schiaffo sul braccio. «Sta' un po' zitto, Dave! Stai zitto e basta!»

Lui sbatté le palpebre e guardò verso la moglie. La vampata di rabbia si esaurì finché le sue guance non si fecero esangui. A quel punto rivolse lo sguardo a Josie. «L'avete già arrestato?»

«Tuttavia non possiamo arrestarlo solo per quell'impronta sulla vostra auto.» spiegò Josie. «Perché non dimostra che le abbia fatto qualcosa. Quello che voglio sapere è se uno di voi due si ricorda di essere mai entrato in contatto con lui.»

Marito e moglie scossero la testa.

Josie si girò e fece una panoramica del parco. Le bambine in campo si erano riunite intorno al loro allenatore e da diversi metri di distanza dove si trovavano, si erano avvicinate al punto in cui Josie si era fermata a parlare con i Patchett, tanto che si chiese se l'allenatore l'avesse fatto apposta per cercare di origliare. Quando Josie lo guardò, lui si girò rapidamente verso le bambine e cominciò a gridare. «Ricordate...» disse. «La prossima settimana giochiamo contro Danville e la settimana dopo contro Fairfield... Ho bisogno che vi impegniate al cento per cento...»

«Henry Thomas lavora in questo parco.» riprese Josie. «So che la vostra famiglia viene spesso qui per le partite e gli allenamenti.»

La moglie guardò il marito. «Ma non ci veniamo mai con la berlina. Mio marito la usa per andare al lavoro. Veniamo sempre con il minivan, perché è l'unica auto abbastanza grande per metterci l'attrezzatura delle ragazze e qualche volta, dopo le partite, portiamo le amiche di Savannah fuori a pranzo o a cena.»

«Mi sta dicendo che non vi è mai capitato di venire al parco con la berlina?» chiese Josie. «Nemmeno in un giorno in cui magari lei, Shelly, ha portato le ragazze con il minivan e lei, Dave, si è attardato a tornare a casa dal lavoro? In un giorno in cui, magari, siete arrivati separatamente...»

I Patchett si scambiarono uno sguardo d'intesa.

«Beh, insomma, non posso dire che non sia mai successo...» disse Mrs. Patchett.

Savannah li raggiunse di corsa e si lanciò verso sua madre.

«Sono sicuro di essere venuto qui con la berlina, una volta o l'altra, ma non saprei dire quando.» disse Mr. Patchett. «Ma non mi spiego perché mai quell'uomo avrebbe dovuto mettere mano sul cofano!»

«Chi è che ci tocca la macchina?» chiese Savannah, aggrottando la fronte.

La madre le accarezzò i capelli raccolti in una coda di cavallo. «Nessuno, tesoro. La polizia ha preso le nostre auto per assicurarsi che fossero a posto, ricordi?»

Savannah fissò Josie, annuendo.

«Beh, buone notizie.» disse Mrs. Patchett con una luminosità forzata nella voce. «Le macchine sono a posto! Nessuno le ha toccate!»

Josie sorrise alla bambina. «La tua mamma ha ragione. Tutte le auto della tua famiglia sono state controllate.»

«State ancora cercando Kayleigh?» chiese Savannah, con un piccolo tremito nella voce.

«Stiamo facendo tutto il possibile per trovarla.» le assicurò Josie, sentendosi una truffatrice. Stavano facendo tutto il possibile, ma se l'avessero trovata, non sarebbe stato il risultato che Savannah sperava. «Per l'appunto, adesso devo andare a parlare con altre persone.»

Si voltò per andarsene, sentendo gli sguardi di tutti i genitori e i bambini presenti su di sé a ogni passo che muoveva verso l'uscita. Anche l'allenatore la fissò con sguardo inebetito, e le sue parole riecheggiarono nella sua mente, anche se non avrebbe saputo dire il perché. La settimana successiva la squadra di Savannah avrebbe giocato contro Danville e la settimana seguente contro Fairfield. Josie stava cercando di capire il significato, il motivo per cui il suo cervello si era soffermato proprio su quei dettagli, quando avvertì dei piccoli passi che le si avvicinavano di corsa alle sue spalle. Poi sentì uno strattone al polso e voltandosi vide Savannah Patchett che si era aggrappata a lei. «Signora poliziotta...» la chiamò.

Josie rise. «Sono la detective Josie Quinn.» disse. «Ma puoi chiamarmi Josie.»

Savannah strattonò il braccio di Josie finché non la fece accovacciare in modo che fossero all'incirca alla stessa altezza. Savannah allungò una mano dietro la testa e sciolse la coda di cavallo, sfilando l'elastico rivestito di stoffa che la teneva al suo posto, e lo piegò nel palmo della mano di Josie. «Quando trovi mia sorella, puoi darle questo? È il mio preferito. Voglio che lo abbia lei.»

Josie sentì una sottile frattura nel guscio protettivo che indossava mentalmente ogni giorno al lavoro. Fece a Savannah un sorriso, augurandosi che la bambina non si accorgesse di quanto era vacillante, e disse: «Certo, te lo prometto.»

QUARANTASETTE

Una volta imboccato il vialetto di Henry Thomas, Josie fece un cenno alla pattuglia che vi sostava fuori. Gli pneumatici del suo fuoristrada rimbalzavano sulla ghiaia, faticando per mantenere l'aderenza a ogni colpo di acceleratore che lei dava per salire verso la baita. Gli alberi si chiudevano su entrambi i lati del vialetto, formando un arco verde che la luce del sole della tarda mattinata faticava a penetrare. Quella zona sarebbe stata veramente bella se la montagna non fosse stata teatro di così tante azioni efferate, se non avesse accolto così tanti uomini malvagi. Josie si chiese se non li attirasse, come se fosse una sorta di canto maledetto di una sirena che solo gli psicopatici violenti e i deviati potevano sentire. O era semplicemente un colpo di sfortuna che un esercito di serial killer avesse operato in quei luoghi per decenni, senza alcun controllo, lasciandosi alle spalle un terreno che soltanto Henry Thomas avrebbe potuto sopportare di abitare?

Per primo apparve alla vista il tetto della baita. Poi il piccolo portico e, infine, il vialetto, con la coda delle due auto di fronte a lei. Erano parcheggiate più o meno negli stessi posti in cui si trovavano la notte in cui Josie aveva seguito Blue e Luke fin lassù. Questa volta, il cofano della Chevrolet El Camino era sollevato. Mentre accostava e spegneva il motore, Josie vide Henry Thomas sbirciare oltre il cofano e poi sparire di nuovo dietro. Josie scese e si avvicinò, studiando l'auto. L'ultima volta che l'aveva vista era la notte in cui Kayleigh era stata rapita, sotto le luci esterne della casetta di Thomas e le luci di ricerca dell'elicottero della Polizia di Stato che passava di tanto in tanto sopra le loro teste. Stavolta, alla piena luce del giorno, vedeva la ruggine che intaccava i bordi della carrozzeria e del telaio, dove negli angoli si erano accumulati foglie e aghi di pino. La vernice era sbiadita in alcuni punti, e ne era stata ripassata una mano in altri e poi rimossa solo parzialmente, cosicché la macchina si presentava come un mosaico di grigi e bianchi. Lo specchietto laterale della portiera del guidatore era mancante. Le uniche cose che sembravano nuove erano il paraurti posteriore, le luci dei freni e gli pneumatici, e su questi non c'era un granello di sporco o di polvere. Ma d'altronde, si doveva pur iniziare da qualche parte quando si trattava di restaurare un veicolo.

Thomas non la degnò di uno sguardo quando lei girò intorno all'auto per raggiungerlo davanti al cofano. Era di nuovo a torso nudo e indossava un paio di jeans a vita bassa che avevano più macchie e strappi di quanti Josie potesse contare. Stava in piedi su un grosso pezzo di cartone mentre sistemava un telo protettivo sull'apertura sotto il cofano. E intanto che lavorava, faceva danzare le scaglie di un grosso serpente che aveva tatuato sulla schiena. Accanto ai suoi piedi c'erano uno spruzzatore di vernice e diversi rotoli di nastro adesivo.

«Di che colore la sta riverniciando?» gli chiese.

Continuando a non degnarla di uno sguardo, disse: «So che non è venuta qui per parlarmi di come voglio riverniciare l'auto...»

«Ce l'ha fatta a procurarsi il convertitore di coppia che le serviva?»

Anche di profilo, riuscì a vedere storcersi un angolo della

sua bocca. «No. È in ordine arretrato. Andiamo, so che non è venuta per parlare di automobili.»

«Tecnicamente non è vero.» disse Josie.

Questo le fruttò un'occhiata. Una ciocca di capelli neri gli cadde su un occhio e lui la scostò.

«Mr. Thomas, quando l'ho interrogata mi ha detto di non conoscere Kayleigh Patchett, di non averla mai vista prima.»

Prese un rotolo di nastro adesivo e iniziò a fissare i fari. «Ed è così.»

«Abbiamo trovato un'impronta parziale di una mano sul cofano della berlina dei genitori di Kayleigh che siamo riusciti ad associare a lei. Può spiegarmi come ci è arrivata?»

Thomas sospirò pesantemente e disse: «Non posso spiegarlo, perché non conosco i Patchett, e se metteste in fila cento auto e mi chiedeste quale è la loro, non saprei dirvelo. Quello che so di loro, tutto merito della scomparsa di quella ragazzina e della vostra piccola indagine, è che abitano appena al di là del crinale della montagna, il che significa che ci sono buone probabilità che ci serviamo dello stesso negozio di alimentari, della stessa banca, dello stesso pronto soccorso e di conseguenza ci sono probabilità ancora più alte che la loro auto sia stata nello stesso parcheggio della mia un giorno o l'altro. Può darsi che mi sia caduto qualcosa e che, chinandomi per prenderlo, abbia toccato la loro auto.»

«Il cane della nostra unità cinofila ha seguito l'odore di Kayleigh Patchett fino a casa sua, Mr. Thomas. Dovrà fare di meglio.»

«Quella ragazzina, Kayleigh Patchett...» disse lui. «Pratica uno sport, giusto? È possibile che sia andata in auto fino al parco pubblico? Io faccio parte della squadra di pulizia. Compresi i parcheggi.»

Si alzò, facendo girare il rotolo di nastro adesivo tra le mani, e si avvicinò a pochi centimetri da lei tanto che a Josie arrivò una zaffata di sudore e poté vedere i singoli peli della barba del pomeriggio che gli coprivano il mento. Quando parlò, le arrivò in faccia il miscuglio nel suo alito di carne, birra e qualcos'altro, qualcosa di aspro. «Senta, detective, ci sarà almeno una mezza dozzina di modi in cui l'impronta della mia mano può essere finita su quell'auto e nessuno di questi prevede il rapimento di quella ragazzina.»

Josie non si mosse, mantenne una postura dritta e immobile, come se non le desse alcun fastidio che lui invadesse in quel modo il suo spazio personale. Si sarebbe dannata se gli avesse mostrato quanto in realtà moriva dalla voglia di indietreggiare. «E in quella mezza dozzina di modi c'è anche quello di pedinare Kayleigh Patchett?»

Lui rovesciò la testa all'indietro e scoppiò a ridere. Josie avrebbe voluto cogliere l'occasione per allontanarsi da lui, ma non lo fece. Quando lui si voltò verso di lei e capì che stava ancora aspettando una risposta, disse: «No. Non ho mai pedinato quella ragazza.»

Josie tirò fuori il suo telefono e recuperò la foto di Asher Jackson Jenks che aveva preso dalla sua patente di guida per non doversi affidare esclusivamente alle foto segrete che Kayleigh gli aveva scattato di profilo. «Riconosce questo ragazzo?» chiese a Thomas.

«No...» rispose senza problemi.

«Ma lui ha detto che la conosceva.»

Non ci fu alcuna reazione da parte di Thomas, nemmeno una micro-espressione nel suo viso che indicasse che stava mentendo. «Allora quel ragazzo le ha mentito oppure si è sbagliato, detective.»

Josie rimise il telefono in tasca. Stava per fargli un'altra domanda, quando sentirono un veicolo che saliva a tutta velocità lungo il vialetto. Il ghiaino schizzò in tutte le direzioni e andò a colpire la parte inferiore del fuoristrada di Josie quando una Dodge Challenger rossa apparve davanti a loro. Il conducente sterzò lievemente per evitare di colpire la parte posteriore della Chevrolet El Camino. Josie guardò di nuovo Henry Thomas e fu sorpresa di vedere la sua espressione normalmente serena passare dalla paura alla rabbia. Si voltò di nuovo verso il loro visitatore, un giovane di non più di venticinque anni, con lunghi capelli castani, unti, un pizzetto disordinato e occhi marroni che si fissarono sul petto di Josie. Un ghigno gli arricciò le labbra e cominciò ad annuire, impossibile dire se a ritmo di musica o in segno di apprezzamento per ciò che stava guardando, fino a quando non notò anche l'occhiataccia di Henry Thomas, che passò intorno a Josie e si avvicinò all'auto. Josie osservò il volto del giovanotto mentre Thomas si avvicinava. Aprì la bocca e le labbra formarono quella che aveva tutta l'aria di essere una parola che iniziava per E come "ehi, ehilà, eccoti". O al massimo poteva essere una parola che iniziava per H, come "Henry". Quindi si capiva che conosceva Thomas. Qualunque fosse quella parola non raggiunse mai la lingua. Chiuse rapidamente la bocca e rimase a occhi spalancati.

Thomas agitò il rotolo di nastro adesivo verso il giovane, urlando. «Chi diavolo sei? Cosa ci fai quassù? Questa è una proprietà privata. Se vuoi visitare la Montagna degli Omicidi, trovati un'altra strada.»

Sul volto del giovane balenò un attimo di confusione. Poi guardò Josie e sembrò capire qualcosa. Alzò una mano e la agitò verso Thomas. «Mi dispiace, scusami tanto, amico. Ho sbagliato strada. Ora... ora me ne vado.»

Thomas prese a calci la portiera del lato guida e poi sputò nel finestrino aperto. «Esci dalla mia proprietà e non farti rivedere!»

Il ragazzo non riuscì a ingranare la marcia abbastanza velocemente e quando tentò una manovra maldestra per fare inversione e ripercorrere a ritroso il vialetto, sollevò un altro getto di ghiaia che colpì il veicolo di Josie. Questo almeno le diede il tempo di leggere e memorizzare il numero di targa. Un nuovo pensiero si impadronì della sua mente, non così oscuro come quello che cercava di individuare dalla sera prima.

«Mi dispiace.» disse Thomas, offrendo un sorriso che non gli era consueto, come se fossero a un appuntamento e fossero stati appena disturbati.

Il caffè che Josie aveva bevuto poco prima le si rapprese nello stomaco. «Non fa niente.» disse. «Tanto devo andare.»

Si stava avviando lungo il vialetto quando notò in lontananza i filari di fiori di campo viola che crescevano sotto una quercia gigante.

QUARANTOTTO

È giorno. Di solito non opero durante il giorno, ma non posso farne a meno. E poi, chi si accorgerebbe che sono qui? Chi mai potrebbe aspettarsi di trovarmi qui? Davvero, sono sempre stato nascosto in bella vista. Fino a questo momento, non è mai stato così divertente. Aspetto vicino al limitare del bosco e la osservo, sola nel suo giardino. È così piccola ed esile, leggera sui piedi, così agile. Quando immagino fino a che punto la sua famiglia rimarrebbe inorridita se scoprisse che il tanto temuto Uomo dei Boschi è così vicino a lei mi sento pervadere da un'ondata di piacere che attraversa tutto il mio corpo e non riesco a contenere la mia eccitazione.

Un ramo si spezza sotto il mio piede. Sento che mi si congela il respiro nei polmoni. Lei rimane immobile e si guarda intorno verso gli alberi. In un primo momento ho la certezza di essere ancora invisibile, ma un attimo dopo intuisco dalla sua espressione, dal modo in cui i suoi occhi si fissano su di me, che si è resa conto della mia presenza.

Mi ha visto.

QUARANTANOVE

Morris Lauber lavorava in un negozio di ricambi auto a South Denton. Josie prese la sua auto e si fece accompagnare da Gretchen. Noah era stato mandato a casa per riposare un po' dopo aver interrogato Asher Jackson Jenks sulla felpa nella sua auto. Come previsto, aveva negato che fosse sua e aveva affermato di non avere idea di come fosse finita sotto il sedile della sua macchina.

Un mucchio di bugie, pensò Josie. Stavano mentendo tutti.

Ma la felpa la preoccupava, per quanto non riuscisse ad afferrare bene il motivo. Aveva qualcosa a che fare con quel pensiero maligno che le si agitava in fondo alla mente e che non riusciva a definire. Quello che le era venuto dopo aver passato ore su StoryJot. La giostra della sua mente girava in continuazione.

Kayleigh. Felicia. Il racconto. L'Uomo dei Boschi. Henry Thomas. Asher Jackson Jenks. I ragazzi della contea di Lenore e le ragazze della contea di Montour. Le trappole. Le partite contro Danville e Fairfield. L'elastico per capelli preferito di Savannah. L'impronta della mano sul cofano. La felpa. I fiori di campo.

La voce di Gretchen interruppe il flusso dei suoi pensieri. «Non capisco perché stiamo andando a parlare con Morris Lauber di questa cosa, e non con il ragazzo che hai visto alla baita di Henry Thomas.»

«Non appena ho lasciato la baita, ho fatto una ricerca sulla targa.» disse Josie. «Quel ragazzo ha venticinque anni e l'abbiamo già arrestato una dozzina di volte per spaccio. È un habitué dell'East Bridge.»

L'East Bridge di Denton era il fulcro della maggior parte delle attività di spaccio di sostanze stupefacenti della città.

«Secondo me è il caso di andare a parlare con Zeke.» suggerì Gretchen.

Larry Ezekiel Fox, detto "Zeke", o "Needle", come lo aveva soprannominato Josie da bambina, era un tossicodipendente e spacciatore da sempre, che viveva in una baracca in fondo all'East Bridge. Quando Josie era bambina e la donna che lei pensava fosse sua madre aveva bisogno di una dose, chiamava Needle. Che lo avesse voluto o meno, quell'uomo aveva salvato Josie da alcuni dei peggiori abusi che quella donna le aveva inferto. In età adulta, sul lavoro, Josie aveva raggiunto a malincuore una tregua con lui. Durante un'indagine, lui si era preso una pallottola per lei. Josie non si sarebbe mi spinta a definirlo un suo amico, ma era giunta al punto di assicurarsi che Needle disponesse di ciò di cui aveva bisogno in termini di cibo, vestiti e riparo, e in cambio lui rispondeva onestamente ogni volta che lei aveva bisogno di informazioni.

«Zeke non mi dirà quello che ho bisogno di sapere.» disse Josie. «Ci avevo già pensato.»

«E Morris Lauber lo farà?» le chiese Gretchen con una nota nel tono che non faceva mistero di un forte scetticismo.

«Nessuno conosce Henry Thomas meglio di Morris Lauber.» disse Josie. «E Morris Lauber ha più paura della legge di quanta non ne abbia di Henry Thomas. Possiamo tirarglielo fuori.»

Josie e Gretchen trovarono Morris Lauber dietro il bancone del reparto ricambi, in fondo al negozio. Appena le vide, spalancò la bocca. Poi, riprendendo il controllo, si girò verso il collega e borbottò qualcosa. Prima che Josie e Gretchen potessero raggiungere il bancone, lui vi aveva già girato intorno e si stava dirigendo verso di loro. I lembi del suo gilet da lavoro rosso vivo gli rimbalzavano sui fianchi mentre camminava.

«Cosa ci fate qui?» sussurrò una volta che furono abbastanza vicini da sentirsi.

«Mr. Lauber...» disse Gretchen, «dobbiamo farle altre domande su Henry Thomas.»

«No, non qui. Andiamo, non potete aspettare che io abbia finito di lavorare?»

Avvicinandosi a lui, Josie sentì l'odore di birra nel suo alito. «Pensa che i genitori di Kayleigh Patchett possano aspettare che venga trovata?»

Lui alzò gli occhi al cielo e puntò un dito verso una porta alla sua sinistra, incastrata tra gli scaffali che esponevano vari tipi di pneumatici. Sopra la porta c'era un cartello con la scritta "Uscita" in lettere rosse luminose. «Possiamo andare fuori, almeno?»

Josie si fece da parte e gli indicò di fare strada. La porta si apriva su uno stretto parcheggio accanto al negozio. Appena fuori c'era un posacenere da esterni. Morris tirò fuori dalla tasca del gilet un pacchetto di sigarette e ne accese una. «Non riesco a immaginare cosa vi serva da me...» si lamentò. «Voi due avete quasi distrutto la mia vita l'altro giorno. Darcy non si è ancora convinta che io non ho mai fatto nulla di male, continua a pensare che stia nascondendo qualcosa.»

«Sta nascondendo qualcosa?» chiese Gretchen.

«Volete che vi dica la verità? D'accordo: ho un paio di debiti di gioco di cui non voglio che lei venga a sapere nulla, ma a parte questo non c'è altro. Ve l'ho detto, non ho fatto niente di male.»

Josie disse: «Non siamo qui per lei, Mr. Lauber.»

Lui scosse la cenere dall'estremità della sigaretta. «Lo so. Ancora Henry. Beh, non gli ho parlato dall'ultima volta che vi ho viste, quindi non capisco cosa vogliate da me.»

«Conosce Henry praticamente da sempre.» disse Gretchen. «Sa molte cose su di lui.»

«E con questo?»

«Cosa può dirci della sua condanna?» chiese Gretchen.

Lauber scosse la testa. «State scherzando, vero? Siete voi che lavorate in polizia. Non lo sapete?»

«Sappiamo che ha trattenuto una giovane donna sotto la minaccia di una pistola.» disse Josie. «Henry l'ha costretta a entrare in un seminterrato dove l'ha tenuta contro la sua volontà perché il suo ragazzo, stando a quanto ci ha detto Henry, gli doveva dei soldi e per questo era lì. Quello che non sappiamo è perché avrebbe dovuto trattenere la ragazza del suo amico per soldi.»

Lauber non disse nulla.

«Voi due siete amici.» disse Gretchen. «Pensa che Henry minaccerebbe mai Darcy con una pistola se lei gli dovesse dei soldi?»

«No. Non mi farebbe mai una cosa del genere.»

«Perché no?» chiese Josie.

Lui la guardò come se stesse cercando di ingannarlo. «Perché tra noi non è così.»

«Così come?» lo incalzò Gretchen, ma vedendo che non le rispondeva, fece un altro tentativo. «Conosceva l'amico che doveva dei soldi a Henry?»

«No, non conoscevo né lui né la sua ragazza.»

«Henry ha mai parlato di lui?» chiese Josie.

«Solo per dire che gli doveva dei soldi.» rispose Morris.

«Perché doveva dei soldi a Henry?» chiese Josie.

«Cioè?»

«Perché quel ragazzo doveva dei soldi a Henry?» ripeté.

Lauber esitò, prendendo un altro tiro e fissando Josie al di sopra della fine della sigaretta. «Non ne ho idea.»

«Ne è proprio sicuro?» lo sollecitò ancora Gretchen.

Lui gettò la sigaretta a terra e la schiacciò con il piede. «Ne sono sicuro.»

«D'accordo.» disse Gretchen. «Le dico una cosa: domani torneremo qui per farle qualche altra domanda. Per assicurarci che ne sia sicuro.»

Lauber sgranò gli occhi. «Cosa? Non potete farlo.»

«Mr. Lauber...» disse Josie, «una ragazza è scomparsa e in più abbiamo un'altra ragazza che è stata appena uccisa nel bosco. Non so se ha guardato il notiziario nelle ultime ventiquattro ore, ma le nostre indagini si stanno intensificando. La stampa ci sta addosso per capire cosa sta succedendo in questa città. Tra le tante piste e sospetti, stiamo indagando su Henry Thomas e riteniamo che lei abbia delle informazioni che lo riguardano, in particolare che riguardano il suo passato, e che potrebbero dimostrarsi rilevanti per la nostra indagine. Perciò, possiamo tornare tutte le volte che vogliamo.»

Gretchen si voltò a guardare Josie. «Ma, a parer mio, siamo ingiuste nei confronti di Mr. Lauber. Che ne dici di questo? Andiamo a fargli una visita a casa sua, invece. Credo di essere piaciuta molto a Darcy. Non mi dispiacerebbe rivederla.»

«Buon Dio...» mormorò Lauber. «Non potete... non sapete nulla di questa ragazza scomparsa, né di quella morta! Vi dico che non credo che Henry abbia a che fare con nessuna delle due cose.»

«Ma ora le stiamo chiedendo qualcosa che è successo nel passato di Henry.» sottolineò Josie. «Qualcosa per cui è già andato in prigione.»

«Esatto.» concordò Gretchen. «Stiamo cercando di approfondire le informazioni su ciò che Henry ha fatto all'epoca. Ha già scontato la sua pena, Mr. Lauber. Vogliamo solo colmare alcune lacune.»

Lui la guardò con sospetto. «State dicendo che non finirà nei guai se io... riempio le lacune?»

«Come potrebbe finire nei guai, Mr. Lauber?» gli fece notare Josie. «Ha già scontato la sua pena.»

«Non lo so. Potrebbe arrabbiarsi con me.»

«Abbastanza da puntare una pistola alla testa di Darcy?» chiese Gretchen.

«Ve l'ho detto, non lo farebbe mai. Non a me.»

«Perché no?» disse Gretchen. «La verità questa volta, Mr. Lauber. Quel caso è stato aperto e chiuso. Non vogliamo aggiungere accuse a qualcosa che è già stato detto e fatto.»

Con un sospiro pesante, tirò fuori un'altra sigaretta e l'accese. «Perché sono un amico vero per lui. Quel tizio a cui Henry è entrato in casa... gli doveva dei soldi per la droga.»

«Henry gli aveva venduto della droga?» chiese Josie.

«No.» disse Lauber. «A quei tempi... badate bene, vi dico che è successo anni fa, prima che Henry finisse dentro, perché ora è pulito... ma, a quei tempi, Henry frequentava alcuni giri. Suo padre gli diceva sempre di uscirne, ma era troppo redditizio.»

«Quindi, Henry era uno spacciatore?» chiese Gretchen.

«No. Henry era un fornitore. Il tizio a casa del quale era andato, lui sì che era uno spacciatore. Non un pesce grosso, s'intende. A quei tempi, Henry aveva delle conoscenze. Si procurava una discreta scorta e poi la passava a un gruppo di ragazzi per piazzarla. Dopo lui racimolava i soldi che facevano.»

«Era un intermediario, perciò.» concluse Josie.

«Sì.»

«Dove si riforniva?» chiese Gretchen.

«Non lo so.» disse Lauber con la sigaretta che gli penzolava tra le labbra ed entrambi i palmi delle mani rivolti verso l'alto.

«Non lo so davvero. Quello che so, lo so soltanto perché ho sentito suo padre che ne parlava e alcune cose che suo padre mi ha detto dopo il fatto.»

«Dove teneva le scorte?» chiese Josie.

«Sono abbastanza sicuro che le tenesse nel garage di suo padre. All'epoca viveva con lui. Dopo essere stato mandato dentro, suo padre mi ha detto che era finita lì e si era sbarazzato di tutta la droga che teneva in casa. Credo che fosse sempre preoccupato che Henry lo mettesse nei guai. Naturalmente, poi è morto quando Henry non aveva ancora finito di scontare la sua pena.»

«E dopo che è uscito?» chiese Gretchen. «Si è rimesso in affari?»

«Che diavolo ne so. Non credo, però.»

«Ne è sicuro?» chiese Josie. «Va spesso a casa sua. Ha mai visto qualcosa?»

«No, non ho mai visto niente. Non credo che ricomincerebbe. È proprio ciò che lo ha mandato dietro le sbarre. Si è perso la morte di suo padre, il suo funerale e tutto il resto. Gli ha fatto male. Credo che ora voglia rimanere sui binari giusti. Ha un buon lavoro e una casa tutta sua. Perché dovrebbe tornare in quel giro?»

«Lei ci ha detto che dei ragazzi passano spesso per il suo vialetto.» disse Josie. «È sicuro che ci capitino per caso e che non ci vadano a prendere quello che devono vendere o a pagare a Henry quello che gli devono?»

Lauber gettò a terra il mozzicone di sigaretta, accanto al primo, e lo schiacciò con lo scarpone. «Non ho mai visto niente del genere. Ma non siete andati a cercare da quelle parti quando stavate cercando quella ragazza? Non avete trovato nulla?»

Non avevano trovato nulla. Così come non avevano trovato nessuna chiara indicazione che dietro il rapimento di Kayleigh o dietro la morte di Felicia ci fosse Henry Thomas; eppure, Josie era sicura che Henry Thomas nascondesse qualcosa. Forse la droga. Forse Kayleigh. O forse entrambe le cose.

«Mr. Lauber...» disse Josie. «Se Henry avesse una scorta e non fosse nella sua proprietà, dove la terrebbe?»

«Che io sia dannato se lo so, e questa è la verità.»

CINQUANTA

«Pensi che Henry Thomas sia ancora un trafficante di droga?» le chiese Gretchen.

Erano tornate in centrale fermandosi per prendere un boccone al volo da asporto per pranzo. Josie era in piedi davanti alla postazione di Mettner e fissava il sottomano da scrivania. Nell'angolo in basso a sinistra, in inchiostro rosso, in quella che sembrava la calligrafia di Amber, c'erano le iniziali A.W. con un cuore subito sotto e poi le iniziali F.M. *Amber Watts ama Finn Mettner.*

Josie si sentì come se le avessero tolto il respiro. «Oh Dio...» disse con un rantolo e sentì la sedia di Gretchen scricchiolare quando le chiese: «Va tutto bene?»

Josie staccò gli occhi dal sottomano da scrivania e passò lo sguardo sullo schermo del computer di Mettner, ormai inattivo da mesi. «Sì.» disse.

La sedia di Gretchen scricchiolò di nuovo e Josie capì che ci si era seduta di nuovo. Josie deglutì per il groppo in gola e rispose alla domanda di Gretchen. «Sì. Henry Thomas è ancora nel giro della droga. Credo che Asher lo abbia conosciuto così. Asher deve essere uno dei suoi spacciatori. È da Asher che

Kayleigh prendeva la sua scorta e Asher l'aveva avuta a sua volta da Thomas.»

Mise entrambe le mani sullo schienale della sedia di Mettner e vi si aggrappò, cercando di riprendere il controllo del respiro. I suoi occhi si posarono su una foto incorniciata dei genitori, dei fratelli e della schiera di nipotini di Mettner. Si voltò rapidamente verso lo schermo del computer, contemplandone la vuota oscurità che trovò rassicurante.

«Questo spiegherebbe senza dubbio la presenza di quei ragazzi nel suo vialetto di casa.» disse Gretchen. «Li incontra al parco, dove lavora legalmente, e li prende come spacciatori per poi riscuotere la sua parte. Ma sai cos'altro non abbiamo trovato nella sua proprietà?»

«Grandi quantità di contanti.» disse Josie. «Lo so. O di droga, se è per questo.»

«Pensi che se troviamo il suo nascondiglio, troviamo Kayleigh?»

«Sì.» disse Josie.

«E magari anche la trappola che ha usato.» aggiunse Gretchen. «Forse, quando avremo i risultati del DNA dei capelli trovati nella sua baita, potremo arrestarlo e allora potendo esercitare un po' di influenza su di lui, avremo modo di farci dire cosa ne ha fatto del suo corpo.»

Josie tirò fuori la sedia di Mettner e vi si sedette lentamente.

Gretchen chiese: «Cosa stai facendo?»

«Mettner si era occupato del caso di Henry Thomas. Quello che lo ha mandato in prigione.»

«Sì...» disse Gretchen. «Cosa stai cercando?»

Josie si chinò e aprì il cassetto in basso a sinistra della scrivania di Mettner, quello che conteneva pile di fascicoli ordinatamente etichettati. «Mett conservava i suoi appunti sui casi che trattava. Scriveva tutto sull'applicazione per appunti del suo telefono e poi se li inviava via e-mail.»

«Lo so.» disse Gretchen. «Poi li usava per scrivere i rapporti.»

Josie iniziò a sfogliare una per una le cartelle, rallegrandosi del fatto che erano disposte in ordine alfabetico. «Ma conservava sempre i suoi appunti originali, che includevano le sue impressioni e le sue teorie, cose che non trascriveva nei rapporti finali o nelle testimonianze in tribunale. Li stampava e li archiviava qui.» La sedia di Gretchen scricchiolò ancora una volta e nel giro di un attimo Josie se la ritrovò accanto che guardava da sopra la sua spalla mentre estraeva dal cassetto il fascicolo di Henry Thomas. «Cosa stai cercando di preciso?» le chiese.

«Non ne sono sicura.» disse Josie. «Lo saprò quando lo vedrò.»

Via via che sfogliava il fascicolo, la giostra nella sua mente ricominciò a girare. Il pensiero che aveva cercato di individuare era diventato un po' più chiaro, fino a trasformarsi in una sagoma spettrale nella sua testa, benché ancora senza una forma definita.

Alla fine, trovò la pagina che descriveva il colloquio di Mettner con la vittima diciannovenne di Henry Thomas. Gretchen lesse sopra la spalla di Josie. La vittima aveva descritto Thomas come un tipo raccapricciante. Aveva detto che lui era già stato a casa sua in diverse occasioni e l'aveva avvicinata, cercando di parlarle a proposito di quello che era successo l'anno prima, quando un uomo era entrato in casa sua con l'intenzione di violentarla e lei non solo l'aveva respinto, ma l'aveva anche ucciso. Il caso era stato dichiarato di legittima difesa. Gli appunti di Mettner indicavano che l'incidente era avvenuto al di fuori della loro giurisdizione. La vittima si era trasferita a Denton per ricominciare da capo. Solo che Thomas aveva scoperto la sua storia ed era diventato "ossessionato" da lei: voleva conoscerne i dettagli e sapere come si fosse sentita a uccidere un uomo. Lei aveva raccontato che ascoltare i dettagli del suo calvario sembrava eccitarlo. Alla fine, le aveva fatto una proposta sessuale, che lei aveva rifiutato. Il giorno in cui l'aveva costretta a entrare nel seminterrato, si era offerto di condonare il debito del suo ragazzo nei suoi confronti se lei lo avesse lasciato e avesse accettato di uscire Thomas. Gli appunti di Mettner riportavano: *Diventare sua.*

«Ma che roba è?» disse Gretchen. «È disgustoso. È questo che stavi cercando?»

«Più o meno.» disse Josie.

«Beh, se è lui il tizio che si aggira per i boschi, intrappolando e uccidendo ragazzine, questa non è un'informazione davvero sorprendente.»

«No, non lo è.»

Josie lasciò il fascicolo aperto sulla scrivania di Mettner e si alzò per tornare alla propria scrivania e accendere il computer. Gretchen la guardò con occhi ridotti a due fessure. «Hai capito qualcosa, non è vero?»

«Chan ha fotografato i resti della trappola che abbiamo trovato nel luogo in cui Kayleigh è stata rapita.» mormorò Josie. «Non è ancora riuscita a ricomporla.»

Gretchen la raggiunse alla scrivania, portandosi dietro la sedia. Vi si sedette e guardò Josie che apriva la cartella con le foto che Chan aveva caricato sul dossier e le cominciava ad esaminare.

Gretchen le chiese: «Cosa stiamo cercando?»

Josie si fermò alla foto dei bastoni appuntiti che erano stati legati insieme con il rampicante. «Non ne sono sicura. So solo che finora ci è sfuggito qualcosa di importante.» Chiuse la prima serie di foto e ne fece apparire un'altra.

«Cosa sono queste?» chiese Gretchen.

«Le foto della scena del crimine dei casi nelle contee di Montour e Lenore. Me le ha mandate Heather Loughlin, ma non ho ancora avuto modo di guardarle.»

Cominciò a sfogliarle, stupendosi a ogni nuova foto che apriva di quanto ciascuna le ricordasse la scena del ritrovamento di Felicia Evans. I corpi di Amanda Chavez e Sarah McArthur erano distesi, con le gambe dritte, come se si fossero semplicemente sdraiate per fare un sonnellino. Se non fosse che entrambe avevano la testa fracassata. Josie studiò i vestiti e le scarpe che indossavano e poi esaminò l'area intorno ai corpi in entrambe le serie di foto, alla ricerca di qualche traccia delle trappole. Vide solo fango, foglie, sterpaglie, ramoscelli e fiori di campo viola schiacciati.

Il pensiero che aveva inseguito da quando aveva letto i racconti di Kayleigh smise di contorcersi nella sua mente e finalmente venne alla luce.

«Porca puttana...» disse. Si fiondò sulla scrivania e prese il telefono, selezionando l'applicazione di StoryJot dove individuò subito il profilo di Kayleigh. Una volta trovato quello che cercava, tornò allo schermo del computer, miniaturizzando le foto della scena del crimine e richiamando la pagina di Google. In pochi secondi ebbe la risposta che cercava. Il cuore prese a batterle all'impazzata nel petto. Ogni cellula del suo corpo era in fermento.

«Mi piacerebbe molto sapere cosa sta succedendo in questo momento.» disse Gretchen.

«Il pezzo mancante» disse Josie. «È Kayleigh.»

«Non capisco.»

Josie ingrandì di nuovo le foto che le aveva mandato la Loughlin e inviò alla stampante che tenevano in un angolo della stanza una della scena del ritrovamento di Amanda Chavez e una della scena del ritrovamento di Sarah McArthur; nell'attesa che la stampante si mettesse in funzione, entrò negli archivi della Polizia di Denton e trovò le foto della scena del rapimento di Kayleigh Patchett e della scena del ritrovamento di Felicia Evans e mandò in stampa anche quelle. Si alzò per prenderle dal piatto della stampante e le sparpagliò sulla scrivania. «Cosa vedi?» chiese Josie. «Cosa vedi di uguale in ogni foto?»

Gretchen si mise gli occhiali da lettura e le studiò. «Ragazze morte.»

«No.» disse Josie. «Guarda ogni foto. Tutte e quattro.»

Ci volle un attimo, ma poi Gretchen capì. «I fiori. I fiori viola. Che cosa significa? È la firma dell'assassino? Lascia questi fiori su ogni scena del crimine? Non è una buona firma. Sono calpestati in ogni scena. Non sembra che siano stati lasciati lì, ma che qualcuno ci sia passato sopra camminando. Di solito le firme dei serial killer sono piuttosto evidenti.»

«Non è la sua firma.» disse Josie.

«Non è una firma?»

«Non è la firma di Henry Thomas. È quella di Kayleigh Patchett. Non è la vittima. È l'assassina.»

CINQUANTUNO

Gretchen si tolse gli occhiali da lettura dal naso. Con le labbra serrate e un sopracciglio inarcato, fissò Josie con gli occhi che si incupivano mentre soppesava le parole che Josie aveva appena pronunciato. Poi si piegò all'indietro sulla sedia fino al limite massimo. La sedia protestò sonoramente. Gretchen incrociò le braccia sul petto. «Kayleigh ha conosciuto Asher Jackson Jenks su StoryJot.»

«Esatto.» disse Josie, sollevata dal fatto che Gretchen non pensasse che fosse impazzita.

«Asher è un piccolo spacciatore. Questo lo sappiamo perché abbiamo trovato tutta quella roba nel suo appartamento. Quasi quanto basta per un'accusa di possesso a fini di spaccio. La droga che vende se la procura da Henry Thomas che, come abbiamo appena scoperto, ha avuto una lunga storia di spaccio. Kayleigh ha conosciuto Thomas tramite Asher.»

«Esatto.» disse Josie.

«Peccato non poterlo dimostrare.»

«Per adesso limitiamoci a seguire il filo del discorso.» suggerì Josie. «Portiamo avanti il ragionamento.»

«Per qualche motivo, Thomas diventa... cosa? Ossessionato da Kayleigh? E quale sarebbe questo motivo?»

«Questo non lo so.» disse Josie. «Infatti, è la parte che non sono ancora riuscita a capire bene. Però sì, Thomas si è fissato su di lei e hanno sviluppato una specie di relazione. Una relazione segreta, di cui nessuno sapeva niente. Né Asher, né Olivia. È plausibile che qualche volta, nelle notti in cui Kayleigh è uscita di nascosto, possa aver attraversato il bosco per andare a trovare lui alla baita.»

Gretchen aggrottò le sopracciglia. «Non lo so. È davvero una bella sfacchinata.»

«Ma non impossibile. In alternativa, potrebbero essersi incontrati da qualche altra parte, magari era lui a raggiungere lei. Questo spiegherebbe l'impronta della mano sulla berlina dei Patchett. Il punto è che in qualche modo hanno avuto una relazione.»

«Sessuale?»

«Kayleigh ha detto a Felicia che il suo ragazzo l'avrebbe uccisa.» sottolineò Josie. «A chi ti fa pensare? Ad Asher Jenks o a Henry Thomas?»

«Chiaro.» disse Gretchen. «E dopo... cosa? Decidono di diventare una micidiale coppia di assassini?»

«Sì.» disse Josie. «Lui la adesca, la istruisce. Ha tendenze violente e, come abbiamo appreso dagli appunti di Mett, il pensiero di una donna che uccide lo eccita. Kayleigh è ancora più giovane della prima ragazza che ha aggredito. È impressionabile. È trascurata e respinta dai suoi stessi genitori. Viene costantemente messa in ombra dalla sorella più piccola in tutto e per tutto. Gretchen, nessuno considerava questa ragazzina, nemmeno i suoi stessi genitori. Quando Felicia Evans ha plagiato il suo racconto, i suoi genitori non si sono chiesti neanche per un istante se non fosse Kayleigh la parte lesa. Nemmeno per un momento. Nessuno le ha creduto. L'unica persona che le ha creduto, che sapeva che stava dicendo la verità, era Asher, che però si è rifiutato comunque di battersi per lei.»

«Una persona così abbattuta e invisibile è un'ottima vittima.» convenne Gretchen con un sospiro. «Le persone come Thomas, i molestatori di bambini, quel genere di persone, non prendono mai di mira i bambini sicuri di sé, che sono molto amati a casa, che hanno genitori attenti. Quei bambini sarebbero troppo difficili da trasformare.»

«Invece, con una come Kayleigh, tutto ciò che gli sarebbe bastato era adoperarsi a creare le condizioni per farla speciale, importante, farla sentire considerata per la prima volta nella sua vita. Farla sentire al primo posto.» concordò Josie. «Da quando è nata sua sorella, Kayleigh è stata come un'ombra in casa sua.»

«Santo cielo.» disse Gretchen. «I Patchett hanno allevato la vittima perfetta per uno come Thomas.»

«Esatto.» convenne Josie. «È proprio così. Gretchen, ho letto i suoi racconti su quell'applicazione. Sebbene la maggior parte ruoti intorno al sesso, quelli in cui ha scritto d'altro descrivono né più né meno la sua vita familiare. Nel racconto che ha intitolato "L'autoscontro" i genitori dimenticano una delle due figlie in un parco di divertimenti. La lasciano agli autoscontri e non si accorgono nemmeno che non è con loro. È la sorella a ricordare ai genitori che non c'è. Anche la storia che Felicia le ha rubato parla di sorelle.»

«E anche quella parla di genitori che preferiscono una figlia all'altra?»

«No. In quel racconto i genitori mandano le sorelle in varie missioni.» disse Josie. «Una di queste missioni consiste nel trovare un fiore chiamato *Saintpaulia ionantha*. Se le due ragazze riescono a trovarlo, garantiscono la protezione del regno dai predoni per cento anni, o qualcosa del genere. Lì per lì ho pensato che fosse solo una cosa che si è inventata Kayleigh, visto che si tratta di un racconto di fantasia. Invece, è un fiore vero, Gretchen! È un tipo di violetta africana. Viola, per l'appunto, e senti questa, si chiama anche "Bambino preferito".»

«È il suo marchio.» disse Gretchen. «La sua firma. I fiori viola. Le violette africane non crescono da queste parti, così lei usa fiori di campo viola al loro posto. Sta ostentando il suo coinvolgimento usando una cosa presa da ciò che scrive. Dal racconto che le è stato rubato e a cui nessuno ha creduto.»

«È appropriato che sia conosciuto anche come "Bambino preferito", date le circostanze in cui si trova. Quando ero al campo di calcio, Savannah mi ha dato il suo elastico per capelli. Voleva che lo dessi a Kayleigh quando l'avremmo trovata. Mi ha detto che era il suo preferito.»

«È una cosa che ti frulla nel cervello da allora.» osservò Gretchen.

«Una delle varie cose, sì. Non per l'elastico in sé, ma perché Savannah ha usato la parola "preferito" ...»

«E Savannah è chiaramente la figlia preferita dei Patchett.» completò Gretchen. «Pensi che sia stata Kayleigh a uccidere gli altri ragazzini? Allora dove può aver preso quei fiori?»

«Ho visto che ne crescono un bel po' nel vialetto di Henry Thomas.» disse Josie. «Non sono sicura di chi dei due abbia compiuto il vero e proprio omicidio. Nemmeno io l'ho capito, ma credo che lo abbiano fatto insieme.»

«La trappola che Chan non è riuscita a mettere insieme...» disse Gretchen, «pensi che Thomas l'abbia preparata per Kayleigh? Poi la situazione è degenerata e magari lui ha sentito il bisogno di fermarla.»

Josie scosse la testa. «No. Non era una trappola. Era uno spaventapasseri. Pensaci. La felpa gialla con i buchi sulle maniche? È così che si adattava alla struttura che Kayleigh aveva costruito con bastoni e rampicanti in modo che sembrasse un uomo. Poi l'ha sistemato, proprio come una trappola, in modo che, se l'avesse fatto scattare al momento giusto, sarebbe volato giù verso terra. Da una distanza sufficiente, sarebbe sembrato un uomo che si precipitava verso di lei.»

«Lo sarebbe sembrato a una bambina di otto anni.» precisò Gretchen.

«Sì. Ha portato con sé felpa e jeans. A un certo punto, in qualche modo, dopo la messinscena del rapimento, Kayleigh è salita nell'auto di Asher e vi ha nascosto la felpa. Difficile capire se per sbarazzarsene o per incastrarlo.»

«Pensi che Asher l'abbia vista dopo il rapimento o che Kayleigh abbia messo la felpa nella sua auto senza che lui lo sapesse?» chiese Gretchen.

«Deve averla vista. Scommetto che è lì che ha alloggiato, o almeno fino a quando non siamo andati a parlare con lui e abbiamo iniziato a perquisire il suo appartamento.»

«Pensi che Asher sappia di lei e Thomas?»

«Ne dubito.» disse Josie. «Sono abbastanza sicura che nel momento in cui ci siamo presentati alla sua porta, deve averle detto di andarsene e di non tornare mai più.»

«Quindi si è ritrovata in giro da sola, senza un posto dove andare.» disse Gretchen.

«L'unico posto dove poteva rintanarsi era nei boschi. Probabilmente si è messa a vagare, assicurandosi di non essere vista, anche prima di iniziare a stare da Asher. Non poteva certo stare con Thomas, non con le perquisizioni e i controlli della polizia.»

«Pensi che si aggirasse nei pressi delle Cataste e che abbia colto un'opportunità quando ha visto Brody Hicks e Felicia Evans che si addentravano nel bosco?»

«Penso di sì.» disse Josie.

«E casualmente si era portata dietro una trappola?»

Josie scosse la testa. «No, non credo. Magari è semplicemente tornata di nascosto al capanno di Thomas e hanno agito in coppia. Dovevano essere andati a caccia insieme quella notte e lei ha avuto la fortuna di ritrovarsi davanti Felicia. Sapeva delle Cataste.»

«Ma gli altri casi?» disse Gretchen. «Quelli avvenuti nelle contee di Lenore e di Motnour?»

Josie indicò il corpo di Sarah McArthur. «Guarda la sua maglietta.»

Gretchen si rimise gli occhiali da lettura e si chinò a studiarla. «Le Lady Ironmen Softball.»

«È la squadra della scuola di Danville.» spiegò Josie. «Sono della contea di Montour.»

«E hanno scelto per nome la versione femminile degli Ironmen?»

«Assurdo, lo so, ma non è questo il punto.» disse Josie con una risata. «Quando sono andata al parco per parlare con i Patchett, erano all'allenamento di calcio di Savannah e ho sentito l'allenatore dire alle bambine che avrebbero giocato contro la squadra di Danville e poi quella di Fairfield. Non riuscivo a capire perché mi fosse rimasto in testa.»

«Fairfield è nella contea di Lenore.» disse Gretchen. «Kayleigh avrà giocato a softball contro le squadre delle scuole di entrambe le contee. Potrebbe essere entrata in contatto con le altre vittime. Potrebbe aver parlato con loro. Magari le avrà anche incoraggiate a partecipare alla sfida dell'Uomo dei Boschi e, chissà, può anche aver discusso con loro su dove farlo.»

«Stava preparando tutto.» concluse Josie. «Così lei e Thomas avrebbero potuto farsi un'idea di dove andare a caccia. Potrebbe averlo fatto più volte. Non possiamo sapere quante volte non abbiano avuto successo. Sappiamo solo delle due volte in cui hanno avuto successo imbattendosi in quei ragazzini nel bosco di notte.»

«E hanno portato via tutto ciò che pensavano potesse essere usato per risalire a loro, perfino le pietre.» disse Gretchen.

«Esatto. Dubito però che le abbiano tenute. Sarebbe bastato sbarazzarsene in un posto lontano dalle scene del crimine, in modo che nessuno sarebbe riuscito a trovarle. E se anche qualcuno le avesse trovate, non sarebbe mai stato in grado di collegarle a quelle scene del crimine. Gretchen, se guardi il caso attraverso questa lente, i pezzi si incastrano.»

«Hai ragione.» concordò Gretchen. «Almeno in buona parte. Ma se la tua ricostruzione è corretta, dov'è Kayleigh in questo momento?»

Prima che potesse risponderle, il suo telefono cominciò a squillare, lo prese dalla scrivania e rispose. Era il capo. «Quinn. Tu e Palmer dovete portare subito il vostro culo a casa dei Patchett. Io vi raggiungo appena posso. Ci troviamo di fronte a un problema. La piccola Savannah Patchett è scomparsa. Di nuovo.»

CINQUANTADUE

Sentivano i lamenti di Shelly Patchett anche prima di raggiungere la porta d'ingresso. Sul gradino del portico stazionava un agente in uniforme, con il volto perfettamente impassibile, a cui Josie e Gretchen fecero un cenno di saluto prima di entrare. Nel momento in cui varcarono la soglia e le grida di Shelly Patchett si fecero più intense, Josie sentì il cuore rimbombarle nel petto. La trovarono stesa a terra in un groviglio scomposto di braccia e gambe, con il busto scosso dai singhiozzi. Il marito era accanto a lei, sulle ginocchia, e stava cercando di rimetterla in piedi tirandola da sotto le braccia, ma il corpo della moglie era molle, tranne che per il tremito e le scosse del petto e delle spalle, mentre gridava: «Savannah! Non la mia Savannah! Dio mio, non Savannah!»

Il viso era un bagno di lacrime. Moccio e saliva le colavano dal mento. Aveva gli occhi puntati su Josie e Gretchen, ma non percepiva la loro presenza.

Mr. Patchett alzò lo sguardo verso di loro, con il volto pallido e supplichevole. «Qualcuno può aiutarmi a metterla sul divano?»

Josie corse in avanti e fece scivolare un braccio intorno alla vita di Mrs. Patchett. Insieme, lei e Dave la sollevarono e la misero a sedere sul divano; non appena ci si ritrovò sopra, lei si accasciò e quasi scivolò di nuovo a terra. Il marito si sedette accanto a lei e la tirò a sé, tenendola ferma. Gretchen si guardò intorno e notò una scatola di fazzoletti su un tavolino vicino che prese e offrì a Mrs. Patchett, ma lei non badò minimamente alla scatola; così fu il marito a prenderne qualcuno per asciugare le guance della moglie. Non ottenne altro che di farla singhiozzare più forte.

«Tesoro...» le disse il marito. «Devi cercare di calmarti e devi dire alla polizia quello che è successo.»

Josie si inginocchiò davanti a lei. «Mrs. Patchett, per favore, può dirci cosa è successo?»

«L'ha presa!» gridò Mrs. Patchett. «L'ha presa l'Uomo dei Boschi! Lei diceva che non era reale, e invece esiste davvero e ha preso le mie figlie, le ha prese tutte e due! Ora la mia Savannah non c'è più perché lei ci ha mentito!»

Mr. Patchett spostò lo sguardo da Josie a Gretchen con aria impotente. Un attimo dopo tutti i loro sguardi furono momentaneamente attratti dalla porta d'ingresso che si aprì di botto quando il capo varcò la soglia e li raggiunse in salotto.

Josie tornò a guardare la coppia. «Mr. Patchett, lei può dirci cosa è successo?»

«Io non so niente!» strillò lui. «Sono andato al negozio e ho lasciato mia moglie qui con Savannah. Quando sono tornato a casa, ho trovato mia moglie in questo stato. E Savannah non c'era più.»

«Mrs. Patchett, mi rendo conto che è difficile, ma in questo momento la cosa migliore che può fare per Savannah è fare qualche respiro profondo e cercare di calmarsi per dirci esattamente cosa è successo.» la esortò Gretchen.

Mrs. Patchett sbatté le palpebre e parve finalmente rendersi conto dell'ambiente circostante, e seppur marginalmente, riuscì a rallentare il suo respiro.

«Ecco brava...» le disse Josie. «Così va bene.»

Fatti dieci respiri profondi, Mrs. Patchett era riuscita a calmarsi abbastanza da fornire un resoconto dell'accaduto, anche se non era riuscita a liberarsi del tremolio nella sua voce: «Savannah è rinchiusa in questa casa da giorni ormai, l'abbiamo fatta uscire solo per portarla agli allenamenti di calcio. Sono stati giorni così spaventosi, così traumatici per lei. Le manca sua sorella. L'allenamento di oggi l'ha fatta sentire molto meglio, più normale. Per questo quando siamo tornati a casa e ha detto che voleva allenarsi un altro po' in giardino le ho dato il permesso di farlo. C'è una rete sul retro. Ero là fuori con lei, ma avevo... avevo lasciato il telefono in casa. Non sarei nemmeno tornata a prenderlo, se non fosse che ero preoccupata di perdermi qualche notizia su Kayleigh. Non avete idea di quanto Savannah senta la sua mancanza. Sono stati giorni di inferno.»

«Ce ne rendiamo conto, signora.» le assicurò Gretchen.

Riuscì a riprendere, a scapito del pianto che proruppe prepotentemente: «Non posso essere stata via più di un minuto. Sono rientrata e ho visto che il telefono non era dove l'avevo lasciato. O forse c'era e non me lo ricordavo. Ma alla fine l'ho trovato, sono tornata fuori e la mia bambina non c'era più. Era semplicemente sparita.»

Il marito la strinse a sé. «Quando sono tornato a casa, la polizia era già arrivata e mia moglie era come l'avete trovata.»

«Ho chiamato la polizia.»

«Ho dato istruzioni alla centrale di chiamarmi direttamente per qualsiasi chiamata come questa, invece di diffonderla via radio.» spiegò Chitwood. «Dobbiamo provare a tenere lontana la stampa. Ero nell'ufficio del sindaco per aggiornarla quando ho ricevuto la telefonata su Savannah.»

«Mr. Patchett, Mrs. Patchett, siete andati a cercarla?» domandò Gretchen.

Dave passò a Shelly altri fazzoletti e lei si soffiò il naso. «Sono andato ai margini del bosco. L'ho chiamata. Mi sono addentrato un po' tra gli alberi, ma avevo paura di perdermi come l'altra volta, così ho aspettato gli agenti.»

Il rapporto che era arrivato dalla centrale diceva semplicemente che Savannah era scomparsa dal suo giardino. «Mr. Patchett, Mrs. Patchett...» disse Josie, alzandosi in piedi. «Dovremo seguire il protocollo previsto per le situazioni come questa, il che significa che la prima cosa da fare è perquisire la casa e assicurarci che Savannah non si sia nascosta da qualche parte. Per voi va bene?»

Mr. Patchett sospirò. «Non mi interessa più cosa diavolo fate. Trovate mia figlia e basta.»

Josie, Gretchen e il capo si misero a controllare in tutta la casa. Raggiungendola in cucina, lontano dalle orecchie dei genitori, Gretchen le chiese: «Secondo te è stata Kayleigh o Henry Thomas?»

«Difficile a dirsi.» commentò Josie.

«Di cosa diavolo state parlando voi due?» chiese Chitwood. «Signore...» disse Gretchen. «Quinn ha qualcosa da dirle.»

CINQUANTATRÉ

Meno di un'ora più tardi, Josie, Gretchen e Chitwood si trovavano ai piedi del vialetto di Henry Thomas, con i giubbotti in Kevlar indosso e le loro radio già collegate. Il capo aveva chiesto altre due unità contrassegnate come rinforzo. Stese un foglio di carta sul cofano dell'auto e disegnò una mappa approssimativa della proprietà di Henry Thomas. C'erano la sua baita, i veicoli, il vialetto e i boschi tutt'intorno. «Stiamo cercando una ragazzina.» disse. «Non dimenticatelo. Non abbiamo un mandato di perquisizione. Andiamo a bussare alla porta di questo tizio, gli chiediamo della bambina e gli chiediamo se possiamo dare un'occhiata in giro. Non dovrebbe essere armato, ma sappiamo dai suoi precedenti che è pericoloso. Oltretutto, potrebbe esserci anche Kayleigh Patchett in questa proprietà. Vorrei che tre di voi coprissero i lati e il retro della baita, intanto che noi parliamo con Mr. Thomas. State all'erta.»

La camminata lungo il vialetto parve interminabile. Josie sentiva il sudore che le si accumulava alla base della spina dorsale e le scivolava lungo i lati del viso. Non sapeva se fosse dovuto al caldo, alla tensione o a entrambe le cose. Una volta raggiunta la cima del vialetto e non vedendo nessuno nei veicoli, gli agenti in uniforme si sparpagliarono, perlustrando il perimetro della baita. Il capo attese in fondo ai gradini mentre Josie e Gretchen li salivano e bussavano alla porta di Henry Thomas.

«Mr. Thomas...» chiamò Josie. «Sono la detective Quinn. Ho bisogno di parlare con lei, immediatamente.»

Aveva la sensazione che il cuore le stesse per uscire dal petto. Se Thomas non avesse risposto, non avrebbero potuto fare molto perché non avevano prove concrete che Savannah Patchett fosse all'interno o che Thomas fosse effettivamente responsabile della sua scomparsa. Erano sulla soglia di casa sua soltanto in base alle teorie che aveva formulato lei e che, per quanto solide, non erano sufficienti nemmeno per un mandato di perquisizione.

Prima di dare inizio all'operazione, il capo aveva proposto che Luke e Blue cercassero di nuovo Savannah, così, se avessero condotto la polizia di Denton alla baita di Thomas una seconda volta, avrebbero avuto abbastanza elementi per un altro mandato di perquisizione, ma Josie aveva espresso il dubbio che questo avrebbe richiesto troppo tempo e aveva sostenuto la necessità di avvicinarlo e interrogarlo direttamente.

Bussò di nuovo alla porta. «Mr. Thomas! Apra.»

Dall'interno si sentirono dei passi. Con sollievo di Josie, la porta si aprì. Vestito con una semplice maglietta bianca e pantaloni neri, Henry Thomas ricambiò il suo sguardo esclamando: «Ancora lei!»

A Josie non sfuggì il momentaneo lampo di panico sul suo volto quando guardò dietro di lei e vide Gretchen e Chitwood.

«Che c'è stavolta?» le domandò.

«Dov'è Savannah Patchett?»

«Ci risiamo, quindi?» sbottò alzando gli occhi al cielo. «Gliel'ho già detto. Non ho niente a che fare con la scomparsa di quella ragazza.»

«Savannah Patchett.» ripeté Josie. «Ha otto anni. Capelli ricci e castani. Occhi azzurri. È la sorella di Kayleigh Patchett.»

«Ora ne mancano due?» disse lui. «Mi sembra un problema vostro.»

Josie tirò fuori il telefono e recuperò una foto di Savannah per mostrarla a Thomas. «Sta dicendo che non ha visto questa bambina oggi?»

«Né oggi né in altri giorni.»

«Allora non le dispiacerà se entriamo e diamo un'occhiata in giro?»

Thomas si irrigidì, un movimento appena percettibile, ma Josie lo colse comunque. Passarono alcuni istanti poi Josie provò di nuovo. «Possiamo entrare e dare un'occhiata in giro, Mr. Thomas?»

Guardandosi i piedi scalzi, lui rispose: «Certo. Entrate pure.»

Josie fece cenno a Gretchen di seguirla. All'interno, la baita non sembrava molto diversa dall'ultima volta che Josie vi era entrata, a parte una coperta stropicciata sul divano e due tazze di caffè non lavate appoggiate nel lavandino. «Ha compagnia, Mr. Thomas?» gli domandò Josie.

Lui rimase in piedi al centro della cucina, guardandoli ma senza rispondere.

Si spostarono lungo il corridoio, controllando entrambe le camere da letto, cercando un anfratto abbastanza piccolo in cui una bambina di otto anni potesse essere nascosta, ma non trovarono niente.

Josie si diresse al bagno e controllò l'armadietto sotto il lavandino. Niente. Scostò da una parte la tenda della doccia per guardare nella vasca e una figura a misura d'uomo volò verso di lei, dibattendosi e strappando la tenda della doccia. Josie sentì l'impatto di un corpo che sbatteva contro il suo. Caddero a terra, in mezzo al corridoio. Sentì Gretchen che esclamava: «Oh cazzo!»

Poi arrivarono altre urla, come quelle di un animale.

Josie alzò lo sguardo e vide che Kayleigh Patchett era a

cavalcioni su di lei, con i lunghi capelli che pendevano verso il basso, sfiorandole il petto, le labbra dischiuse a mostrare i denti e le unghie appuntite che le scavavano nel cuoio capelluto e lungo il lato del viso. Alzò entrambe le braccia, piegandole sugli avambracci di Kayleigh e facendo leva verso il basso. Allo stesso tempo, piantò a terra un piede e scosse i fianchi, in modo da disarcionare la ragazza di lato e farla ruzzolare sul pavimento. La ragazza scalciò e si dimenò, cercando ancora di attaccare Josie. Gretchen le raggiunse arrivando dal retro della casa nel momento in cui la ragazza si rimetteva in piedi e sferrava un rapidissimo calcio all'addome di Gretchen che la fece ritrovare sul sedere. Josie si rialzò solo per ricevere a sua volta un calcio fulmineo nelle costole che la mandò a sbattere dritta contro la parete alle sue spalle. Libera, Kayleigh corse verso il soggiorno. Josie recuperò l'equilibrio e si lanciò all'inseguimento della ragazza. Era in cucina e stava tirando fuori i cassetti dal loro alloggiamento, facendo cadere le posate per terra. Dall'angolo della stanza, Henry Thomas la fissava, impassibile e immobile. Gretchen arrivò e si fermò accanto a Josie proprio quando Kayleigh afferrò il coltello più grande della cucina e lo puntò contro di loro. «Toglietevi di mezzo!» ringhiò. «O vi accoltello tutte e due.»

Josie e Gretchen estrassero le armi. Thomas alzò le mani in aria e si allontanò il più possibile dalla ragazza. Il labirinto di posate e stoviglie ai suoi piedi non gli lasciava molto spazio per muoversi. Josie osservò l'aspetto di Kayleigh. Era magra, più magra di quanto non fosse nelle foto, e i suoi capelli castani, che sembravano puliti e lavati di fresco, le ricadevano sulle spalle. Solo gli occhi sembravano incavati e stanchi. Indossava una maglietta e dei pantaloni da ginnastica di parecchie taglie più grandi della sua. Dovevano essere vestiti di Thomas. Come lui, era a piedi scalzi. Chiedendosi da quanto tempo fosse alla baita, Josie si soffermò sulla possibilità che non fosse già lì quando era andata a interrogare Thomas sull'impronta della mano trovata sul cofano della berlina dei Patchett.

«Kayleigh...» disse Josie. «Metti giù il coltello.»

Lei lo agitò verso di loro. «Mi sparerete se non lo metto giù? Dico bene?»

«Preferirei non doverlo fare.» disse Josie. «Kayleigh, la verità è che siamo venuti qui solo per parlare.»

«Stronzate.»

«È la verità.» confermò Gretchen. «Sappiamo tutto, Kayleigh. Non c'è motivo di chiudere questa storia con la violenza. Vogliamo solo parlare con te. Per sentire la tua versione dei fatti.»

«Non sarebbe l'ora che tu potessi raccontare la tua versione dei fatti, Kayleigh?» aggiunse Josie.

«Voi due stronze non sapete niente.» disse lei, ma nella sua voce c'era un tremito che prima non c'era.

«Sappiamo che Felicia Evans ha rubato il tuo racconto su StoryJot.» disse Josie. «Quello sulle principesse gemelle, "Il Regno". L'ha spacciato per suo presentandolo a un concorso scolastico che ha vinto. E grazie a quel racconto ha ottenuto un posto al programma estivo di scrittura giovanile dell'Università di Denton.»

«Sappiamo che i tuoi genitori non hanno mai preso in considerazione l'idea che l'avessi scritto tu. Sappiamo che hanno preso le parti di Felicia fin dall'inizio.» continuò Gretchen. «Non te l'hanno nemmeno chiesto se l'avevi scritto tu, vero?»

Kayleigh aveva abbassato il coltello quasi fino all'altezza della vita. Aveva gli occhi spalancati dalla commozione. «No.» disse a bassa voce. «Non me l'hanno mai chiesto.»

«Nessuno ti ha creduto, solo Asher, che però non era disposto a confessare la relazione con te per dimostrare a tutti che eri stata tu a scrivere quel racconto.» disse Josie.

«Ti hanno deluso tutti, vero?» disse Gretchen, appoggiandosi al profilo psicologico di Kayleigh che lei e Josie avevano elaborato in precedenza. «I tuoi insegnanti, i tuoi coetanei, il tuo ragazzo e i tuoi genitori. Forse i tuoi genitori più di chiunque altro!»

A queste parole, Kayleigh alzò leggermente le sopracciglia, segno che era interessata alla prospettiva di quest'ultimo particolare.

«Non ti hanno permesso di lasciare la squadra di softball, anche se li avevi pregati di farti smettere di giocare.» continuò Josie. «Erano ossessionati dal fatto che tu praticassi uno sport, eppure ti notavano a malapena perché tutta la loro attenzione era ed è sempre rivolta a Savannah.»

Kayleigh annuì via via che Josie parlava.

«Quello che stiamo dicendo...» disse Gretchen, «è che sappiamo che nessuno ti vedeva per quello che sei. Deve esserti sembrato che a nessuno importasse di te.»

Il coltello pendeva ora al suo fianco.

«Finché non hai incontrato Henry.» disse poi Josie. «Lui ti ha capita, vero?»

Anche a sentire pronunciare il suo nome, Henry Thomas rimase in silenzio. Le sue mani erano ancora in aria in un gesto di resa. In fondo alla sua mente, Josie cercava di capire quale fosse la sua posizione. Non si stava opponendo. Non stava parlando. Non stava neanche lontanamente cercando lo scontro. Da un punto di vista della legge, questa era quasi sicuramente la mossa più intelligente. Era stato colto in flagrante con una minorenne scomparsa in casa sua. Perché peggiorare la situazione facendo una mossa o dicendo una parola che gli avrebbe potuto comportare una pena più lunga di quella che già stava rischiando di scontare?

«Henry ti ha finalmente fatta sentire come se qualcuno si preoccupasse della tua vera vita, non è vero?» approfondì Gretchen.

Kayleigh lo guardò.

«Ti ha fatto sentire speciale, vero?» disse Josie. «Ti ha riempito di attenzioni. Un tipo di attenzioni che non avevi mai ricevuto prima.»

Le labbra di Kayleigh si contorsero in un'espressione di costernazione.

«Deve essere stata una bella sensazione sentirsi così, una volta tanto.» commentò Gretchen. «Poi ha voluto che tu facessi delle cose.»

Kayleigh alzò di nuovo il coltello. «Basta così.»

«Sappiamo che tu e Henry avete intrappolato e ucciso dei ragazzini nella nostra contea e nelle contee di Montour e di Lenore.» annunciò Josie.

«Ascolta Kayleigh...» disse Gretchen, «se questo è il costo delle attenzioni che ti ha dato, ne vale davvero la pena?»

«Cosa?»

«Ti ha adescata, Kayleigh.» rispose Gretchen. «Ti ha manipolata.»

«No.» disse lei, voltandosi di nuovo a guardare Thomas, ma lui teneva gli occhi puntati su Josie, indecifrabili. «Non è andata così. Non mi ha adescata.» Con la mano libera si batté un pugno sul petto. Con gli occhi ancora puntati su Thomas, come se stesse parlando solo a lui, disse: «Me lo sono guadagnato. L'ho fatto io. Questo è il mio capolavoro.»

Per un breve secondo, gli occhi di Thomas si diressero verso Kayleigh e nel suo sguardo Josie scorse una sorta di malata soddisfazione. Nella sua testa si riorganizzò, smontando i pezzi della sua teoria e cercando di incastrarli seguendo un nuovo ordine che si adattasse non più alla narrazione secondo cui Henry Thomas aveva attivamente adescato Kayleigh Patchett, ma secondo cui lei si era adoperata per impressionarlo finché non era stata in grado di ottenere la sua attenzione. Cosa poteva aver fatto per impressionare un uomo come Henry Thomas? Non poteva trattarsi di sesso, pensò Josie. O comunque non solo di sesso. Henry Thomas aveva delle fantasie. Fantasie oscure e violente. Ma Josie era sicura che Kayleigh non avesse ucciso nessuno prima di iniziare a frequentarsi con lui. Allora cosa poteva aver fatto per impressionarlo? Qual era l'unica arma che Kayleigh aveva a disposizione? Qual era l'unica cosa in cui era brava? L'unica sua dote che tutti trascuravano? Che cosa aveva detto ad Asher dopo che Felicia aveva preso la sua storia, quando era decisa a vendicarsi?

E se scrivessi un racconto così bello e così significativo da renderlo virale? In quel modo non me lo potrebbe rubare.

L'ultimo pezzo del puzzle andò al suo posto. «Sei stata tu.» disse Josie, con la mente ancora impegnata a comprendere la profondità e l'ampiezza di ciò che Kayleigh aveva fatto, di ciò che aveva creato. «Kayleigh, sei stata tu.»

La ragazza spinse il mento in avanti. Era l'immagine dell'orgoglio.

«Tu sei L'Uomo dei Boschi.» disse Josie. «No, no. Tu sei l'autrice della storia dell'Uomo dei Boschi. Sei tu che ne hai creato la leggenda, che hai generato il mito. L'hai diffuso e hai fatto in modo che continuasse a circolare finché non è diventato virale in tutta la contea. Tanto virale da spingere i ragazzini a sfidarsi nella ricerca dell'Uomo dei Boschi, da far sì che gli scolari abbiano paura di lui e che ne abbiano fatto un hashtag sui social media.»

Gretchen emise un fischio basso. «In questo modo l'hai reso reale.»

Un sorriso si allargò sul viso di Kayleigh. Il coltello cadde a terra. Con una curiosa grazia, scavalcò la marea di posate in disordine ai suoi piedi e offrì loro i polsi. «Ora mi avete scoperto.»

CINQUANTAQUATTRO

«Kayleigh...» disse Josie. «Non ho intenzione di mentirti. Sei in un mare di guai. Ci sarebbe di grande aiuto se ci dicessi dove trovare Savannah.»

Seduta sul sedile posteriore di una volante della polizia, con le mani ammanettate dietro la schiena, Kayleigh non degnò nemmeno di uno sguardo Josie, che sedeva sul sedile anteriore e parlava attraverso il divisorio che le separava. Avevano tratto in arresto sia Thomas che Kayleigh senza incidenti, il che aveva avuto tutto l'aspetto di una grande vittoria, fino a quando Josie e Gretchen non avevano iniziato a interrogarli separatamente per farsi dire dove si trovasse Savannah. Dall'altra parte del vialetto, in un'altra macchina, Henry Thomas aveva detto solo tre parole: «Voglio un avvocato.»

Da parte sua, Kayleigh non aveva proprio aperto bocca.

Josie provò in un altro modo. «A prescindere da quello che provi per i tuoi genitori – e, per quello che vale, non ti biasimo – so che vuoi bene alla tua sorellina. Savannah è innocente in tutta questa storia, Kayleigh. È solo una bambina e anche lei ti vuole tanto bene. E ti ammira. Tu sei la sua custode. Ti chiedo di esserlo anche adesso. Dicci dov'è, così possiamo assicurarci che stia bene.»

Kayleigh perseverò nel silenzio e si chinò in avanti, appoggiando la fronte allo schienale del sedile di guida. Cominciò a canticchiare sommessamente.

Josie si frugò in tasca e tirò fuori l'elastico per capelli che Savannah le aveva dato al campo da calcio. «Guarda qui. Tua sorella mi ha chiesto di darti questo quando ti avrei trovata. Ha detto che è il suo elastico preferito. Voleva che lo avessi tu. Ti vuole bene, Kayleigh. Questo dovrà pur significare qualcosa per te.»

Kayleigh non degnò di uno sguardo l'elastico e, anzi, il suo canticchiare si intensificò, causando una turbinante sensazione di malessere nello stomaco di Josie. Poteva essere che Kayleigh si stesse dimostrando così insensibile perché Savannah era già morta?

Rimettendo in tasca l'elastico, riprese: «Puoi ignorarmi tutto il giorno, ma non riuscirai mai a farmi credere che non tieni neanche un po' a tua sorella. Infatti, oggi sei tornata a vedere come stava, dico bene? Eri nel bosco, a sorvegliare la casa. Lei è uscita a dare due calci al pallone e tu ti sei avvicinata troppo. Ti ha vista. A quel punto ti ha seguita fino a qui. Cosa ne hai fatto di lei?»

Canticchiò più forte, più veloce.

«Henry l'ha uccisa?»

A quelle parole, Kayleigh cessò di cantare, ma non rispose. Un rumore proveniente dall'esterno attirò l'attenzione di Josie. Scese dalla macchina, ma lasciò aperta la portiera anteriore del lato passeggero, in modo che la ragazza non rimanesse al caldo. Guardò Gretchen dall'altra parte del vialetto, che scrollò le spalle. Un attimo dopo, Shelly Patchett arrivò di corsa lungo il vialetto, scivolando e incespicando sulla ghiaia. Dietro di lei c'era l'agente Brennan, che si affrettò a spiegare: «Non c'è stato modo di fermarla.»

«Non importa.» lo rassicurò Josie.

Shelly Patchett si fermò tra le volanti. «Dove sono le mie bambine?»

Gretchen le si avvicinò e le disse qualcosa all'orecchio. Quello che rispose, le uscì come un urlo. «Beh, dov'è? Trovatela! Trovatela, trovatela!»

Josie si voltò verso Kayleigh, i cui occhi erano ora rivolti al finestrino, fissi sulla madre. «Mi faccia uscire.» urlò.

Josie aprì la portiera posteriore e aiutò Kayleigh a scendere. Quando la madre vide la figlia, corse a prenderla tra le braccia e dopo un lungo abbraccio che più che altro sembrò mettere Kayleigh a disagio, Shelly la liberò e, accarezzandole la guancia, disse: «Me l'hanno detto. Mi hanno detto che tu... che sei coinvolta. Che quell'uomo ti ha fatto fare tutte queste cose terribili.»

Kayleigh non disse una parola, ma si scostò dalle carezze della madre.

«Va tutto bene.» disse Shelly. «Ti troveremo un avvocato. Qualsiasi giudice sarà clemente quando saprà come ti ha manipolato e costretto a fare quelle cose indicibili. Sei così impressionabile...» Le lacrime le scivolarono dagli occhi. Cercò di toccare di nuovo il viso della figlia, ma lei si allontanò, scontrandosi con Josie. «Sei così credulona...» aggiunse la madre. «Ma non è grave. Va tutto bene.» Si interruppe e si guardò intorno. «Dov'è tua sorella?»

Ma la figlia portò avanti il suo silenzio.

«Kayleigh, dov'è tua sorella? Dov'è Savannah?»

A voce bassa e calma, Kayleigh disse: «Come ti sentiresti se non la vedessi mai più?»

La madre si premette una mano sul petto. «Cosa?»

Questa volta la ragazza parlò più forte, a denti stretti. «Come ti sentiresti se non vedessi più Savannah? Se non scoprissi mai cosa le è successo?»

«Io non... io non... perché me lo stai chiedendo? Dov'è tua sorella?»

«Mamma...» disse Kayleigh. «Ti ricordi quando Savannah era nata da poco e io avevo otto anni? Ci portasti a fare "dolcetto o scherzetto". Avevi messo a Savannah il suo costume e l'avevi messa nel passeggino. Andammo da qualche parte, in città o al parco o in un posto dove potevamo camminare e prendere le caramelle.»

«Non capisco.» disse la madre.

«Te lo ricordi?» la incalzò Kayleigh come se sua madre non avesse aperto bocca. «Io stavo camminando accanto al passeggino e, non ho mai capito come, una delle ruote mi colpì proprio sulla parte posteriore della caviglia. Mi fece molto male, ma non volevo darlo a vedere perché non ti arrabbiassi con me dato che quel giorno mi avevi già sgridato diverse volte. Niente di quello che facevo era giusto. Così cercai di non darlo a vedere e dissi: "Sto bene, mamma. Sto bene". E ti ricordi cosa mi rispondesti?»

La madre rimase in silenzio, lasciando che Kayleigh continuasse: «Mi dicesti: "Non mi interessa se stai bene o no, Kayleigh. Non mi interessa come ti senti". Poi riprendesti a spingere il passeggino girandomi intorno e mi lasciasti indietro. Non ti sei mai arrabbiata con Savannah, nemmeno quando è diventata più grande e si è fatta fastidiosa. Perché vuoi più bene a lei che a me.»

La madre tese le mani verso la figlia, in un atteggiamento di supplica. «No, no, Kayleigh, io...»

«Non mi interessa, mamma. Non mi importa dei tuoi sentimenti.» Voltandosi verso Josie, disse: «Ora vorrei tornare in macchina, per favore.»

CINQUANTACINQUE

Blue si sedette accanto alla Chevrolet El Camino ed emise un unico latrato. Era buio. La Squadra di Raccolta delle Prove era arrivata e aveva montato le luci alogene che di solito riservavano alle scene del crimine poco illuminate. Una volta appurato che non avevano intenzione di svelare quello che era successo a Savannah Patchett, ormai da ore sia Kayleigh che Henry Thomas erano stati accompagnati alla centrale della polizia di Denton per essere interrogati. Noah era entrato in servizio poco dopo e aveva suggerito di ricorrere a Luke e Blue. Se Savannah fosse stata nelle vicinanze, pensò, loro due l'avrebbero trovata. L'ipotesi, infatti, era che la bambina poteva non essere stata rapita da Kayleigh e Thomas: in tal caso, se si era addentrata nel fitto del bosco di sua iniziativa, magari proprio perché stava seguendo la sorella, e si era persa, allora significava che era ancora in giro a vagare da sola, e che Luke e Blue l'avrebbero trovata.

Avevano chiesto una maglietta a Shelly Patchett, che non aveva detto più di due parole dopo la conversazione con Kayleigh; uno degli agenti in uniforme l'aveva accompagnata a casa per poi tornare con la maglietta e, poco dopo, marito e moglie si erano ripresentati a casa di Henry Thomas e si erano fermati ad aspettare in macchina alla fine del vialetto.

Josie stava aspettando un miracolo.

Si avvicinò a Blue, che ora si era disteso sulla ghiaia, rosicchiando felicemente il giocattolo da masticare con cui Luke lo aveva premiato quando aveva dato il segnale. La sua ricerca non era durata più di dieci minuti. Aveva fatto il giro della baita, era entrato e poi era tornato sul vialetto, dove aveva dato doverosamente il segnale di aver trovato Savannah Patchett.

Era lo stesso posto in cui aveva dato il segnale la notte in cui avevano seguito l'odore di Kayleigh fino alla proprietà di Thomas.

«Ha dato un allarme attivo.» constatò Josie.

Luke si acciglò. «Sì Josie, ma te l'ho detto. I cani possono dare falsi allarmi.»

Blue prese a scodinzolare contro la ghiaia quando notò che Josie lo stava fissando. «Due volte?» chiese lei. «Nello stesso posto?»

«Certo. Non possiamo escludere che entrambe le ragazze siano state rapite in questo punto. Beh, non so per Kayleigh. Chissà, magari è salita su un'auto proprio in questo punto e da qui è ripartita.»

«Ma Blue di solito non dà il segnale quando perde una traccia, Luke.» protestò Josie.

Luke le rivolse un sorriso addolorato. «Blue è bravo, Josie, ma non è perfetto.»

Dietro i due veicoli si vedeva Noah in fila con Gretchen, Chitwood e un paio di agenti in uniforme. Incrociò il suo sguardo. Non fu necessario parlare. Lei sapeva che lui stava pensando la stessa cosa che pensava lei.

Josie guardò di nuovo il cane negli occhi. «Blue è perfetto, anche se il suo curriculum non lo è.» Si girò in un lento cerchio. Savannah non c'era. L'avevano cercata di nuovo dentro casa, l'avevano cercata in lungo e in largo per tutta la proprietà.

Avevano cercato sia all'interno che sotto entrambe le auto di Thomas. E anche se ci avevano già guardato, Josie lanciò di nuovo un'occhiata dentro i finestrini della El Camino e nel bagagliaio, pur sapendo che era tutto vuoto.

Perché aveva la sensazione che si fosse lasciata sfuggire un particolare enorme? Per la seconda volta in una settimana, per giunta.

«Luke, se Henry Thomas avesse ucciso Savannah e l'avesse seppellita qui sotto, Blue avrebbe dato il segnale?» gli domandò.

Luke batté un piede sulla ghiaia. «Qui? Nel suo vialetto?»

«Blue avrebbe dato il segnale, sì o no?»

«Gli ho insegnato a dare un segnale passivo quando troviamo i cadaveri, Josie. Ma è impossibile che Henry Thomas abbia avuto il tempo di seppellire un corpo intero proprio qui in mezzo al suo vialetto e di ricoprirlo di ghiaia prima che arrivaste voi, anche con l'aiuto di Kayleigh Patchett. Gretchen ha detto che siete arrivate qui nel giro di un'ora dalla chiamata alla polizia, e Noah ha detto che in quest'auto manca il convertitore di coppia, il che significa che non si muove.» Diede un calcio a un mucchietto di ghiaia e la guardò volare verso la El Camino, per finire sotto la carrozzeria.

Josie si accovacciò davanti a Blue e iniziò a rimuovere la ghiaia con le mani. Sentiva una morsa che le stringeva il petto. Possibile che Thomas e Kayleigh avessero sepolto la bambina proprio in quel punto? Così vicino ai campi di sepoltura? Seppellire il corpo di un'altra ragazzina in un luogo che per molti anni aveva custodito in segreto le ossa di tante altre ragazze? E Kayleigh era davvero stata capace di fare una cosa del genere alla sua stessa sorella? D'altronde, pensò Josie, aveva già ucciso ed era disposta ad andare in prigione senza mai rivelare dove si trovasse Savannah. Quindi, non era tanto azzardato pensare che fosse stata in grado di uccidere la sua stessa sorella.

«Josie...» chiamò Luke.

Noah apparve accanto a lui. «Ehi.» disse a bassa voce, accovacciandosi accanto a lei.

Dando a intendere che percepiva la sua angoscia, Blue lanciò un guaito, fece un passo avanti e leccò il viso di Josie, disegnando con la sua lunga lingua una scia bavosa dal mento alla fronte. «Blue!» protestò lei. In altre circostanze si sarebbe messa a ridere. Ma in quel momento, avrebbe voluto gettare le braccia intorno al collo del cane, seppellire il viso nella sua pelliccia e piangere per tutte le cose orribili che erano accadute su quella montagna, per tutte le cose che quella montagna aveva sottratto a lei personalmente e per le cose che quel giorno stava sottraendo ai Patchett. Sicuramente non approvava il loro atteggiamento come genitori, ma non poteva sopportare il pensiero che al termine di quella storia, Savannah, una coetanea di Harris, ci avesse rimesso la vita in modo così freddo e selvaggio, in parte proprio per mano della sua stessa sorella. Dovette accontentarsi di dare a Blue una grattata dietro le orecchie. Usò il dorso dell'altro polso per pulirsi la bava dal viso, girando la testa.

Se così non avesse fatto, non l'avrebbe visto.

Noah le mise una mano sulla schiena. Blue si rimise in piedi e le diede una spintarella, premendole il naso umido sul collo. I suoi occhi erano fissi sullo pneumatico posteriore del lato guida della El Camino. «Solo un secondo, bello.» mormorò. «Noah!» Si alzò e si avvicinò all'auto, piegandosi per vedere meglio lo pneumatico. Noah la seguì e rimase a guardarla mentre toccava con la punta delle dita il fango incrostato sul battistrada. Era morbido, umido. Raddrizzandosi, si guardò intorno.

«Cosa c'è?» chiese Noah.

«Solo un secondo.» disse girando intorno alla Chevrolet El Camino e avvicinandosi verso il punto in cui finiva il vialetto di ghiaia e iniziava la parte erbosa del giardino.

«Quando sono stata qui l'ultima volta, Henry Thomas era fuori a lavorare alla macchina. Stava per verniciarla.»

«Non sembra che l'abbia fatto.» disse Noah.

«No, perché siamo stati interrotti.»

Attraversò il confine tra la ghiaia e l'erba. Il manto erboso si estendeva per circa tre o quattro metri prima di incontrare una linea irregolare di alberi. In direzione della baita, si restringeva e si snodava verso la parte posteriore della struttura. In direzione della strada, si incurvava in una cortina di erbacce e sterpaglie alte fino al ginocchio. Josie seguì le erbacce finché non trovò quello che cercava: un punto preciso tra le sterpaglie che fosse stato schiacciato. Non abbastanza da far sì che qualcuno se ne accorgesse, a meno che non lo cercasse apposta. Dal vialetto non si vedeva nemmeno, ma ora che Josie vi si trovava sopra, riuscì a vedere il fango e le leggere tracce di pneumatici. Tornando alla Chevrolet El Camino, guardò lo pneumatico posteriore del lato passeggero. Era pulito. Tornando alle zolle in cui aveva visto la traccia dello pneumatico, cercò di immaginare la dinamica. «Possiamo aprire il cofano?»

Luke la guardò stranito ma non disse nulla.

Noah chiese: «A che scopo?»

«Per vedere se il convertitore di coppia è dentro.»

Luke li avvertì: «Non lo si vede guardando sotto il cofano.»

«Infatti.» confermò Noah. «Bisogna stendersi sotto la macchina. Avremmo bisogno di piazzare qualche faro. E magari ci occorrerebbe un carrello elevatore di qualche tipo. Ma anche con quello, ho qualche dubbio che sarebbe visibile senza rimuovere alcune cose. Aspetta... pensi che sia lì?»

«Sì.» disse Josie.

«Ma come?» disse Noah. «Il convertitore di coppia non c'era quando Hummel ha sequestrato l'auto. Ve lo garantisco. L'ho visto con i miei occhi. Il meccanico l'aveva messa sul ponte. Ci ha fatto vedere il punto in cui avrebbe dovuto essere.»

«Beh, Henry Thomas ne ha preso uno dopo la restituzione dell'auto e lo ha installato. Anzi, magari lo ha sempre avuto. Lo installa quando ne ha bisogno, ad esempio per recarsi nella contea Montour o nella contea di Lenore senza lasciare tracce col GPS.»

«E poi cosa?» chiese Luke. «Lo rimuove solo quando è qui? Josie, non è mica un'impresa facile. Gli sarebbe servito per forza uno strumento di sollevamento. Avrebbe dovuto sollevare l'intera auto e rimuovere la trasmissione.»

«E quanto tempo gli ci sarebbe voluto?» lo incalzò Josie.

«Non lo so. Un paio d'ore, se non anche di più, ma dubito fortemente che sarebbe stato in grado di farlo in questo vialetto, con tutta questa ghiaia.»

«Ma sarebbe fattibile?» gli chiese lei.

Luke esaminò accuratamente la macchina. «Insomma, può anche darsi, ma gli ci sarebbero voluti almeno quattro sollevatori con cavalletti per auto e un pezzo di cartone o di compensato da mettere sopra la ghiaia per tenerli fermi. Non sarebbe impossibile, ma sicuramente non sarebbe facile. Quello che forse non è possibile fare è ripetere l'operazione più volte.»

«Allora, se non è possibile, deve averlo fatto solo di recente.» disse Josie. «Dopo che Kayleigh ha inscenato la sua scomparsa e lui ha capito che la polizia sarebbe venuta a cercarlo. Avrebbe avuto il tempo e aveva del cartone, l'ho visto l'ultima volta che sono stata qui. Si stava preparando a verniciare l'auto e ci stava sopra, un bel pezzo grande.»

Luke fece un gesto verso l'auto. «Sì, ma questa non è stata dipinta.»

«Lo so.» disse Josie.

«Ha anche i sollevatori e i cavalletti.» disse Noah. «Li abbiamo trovati la notte in cui abbiamo perquisito tutta la casa.»

«Ma perché si sarà dato tanto da fare?» chiese Luke.

«Affinché non avessimo nulla contro di lui.» disse Noah. «O per guadagnare tempo fino a quando non avessimo avuto il risultato che il DNA nella baita era di Kayleigh.»

«O per poter nascondere tutti i suoi segreti.» disse Josie.

Tornò verso la Chevrolet El Camino, si mise a pancia in giù e si spinse sotto l'auto.

«Mi sa che da lì non si riesce a vedere il convertitore di coppia.» la avvertì Luke.

«Non è quello che sto cercando.» ribatté lei.

Poi arrivò la voce di Noah: «Cosa ti fa pensare che il convertitore di coppia sia lì adesso?»

«Henry Thomas ha spostato questa macchina. E lo ha fatto di recente. C'è del fango sul battistrada della ruota posteriore. E non c'era fango quando sono venuta qui l'ultima volta. Questi pneumatici erano immacolati.»

Il volto di Noah apparve, capovolto, vicino alla carrozzeria dell'auto. «Adesso faccio cercare le chiavi dentro casa.»

Intanto Josie, sotto l'auto, iniziò a rimuovere la ghiaia.

Il volto di Luke apparve sull'altro lato, anche lui capovolto. «Se ci fosse stato qualcosa lì sotto, la Squadra di Raccolta delle Prove non l'avrebbe visto quando ha sequestrato l'auto? O quando l'hanno riportata indietro?»

Josie continuava a spingere via la ghiaia. «No, se fosse stato nascosto abbastanza bene.»

Aveva le mani tutte rovinate a forza di scavare nella ghiaia. Stava per arrendersi quando sentì qualcosa di liscio sotto i suoi polpastrelli. Vi batté contro un'unghia. Era di plastica. Picchiettò di nuovo, più forte.

Dal profondo della terra giunse un urlo.

Josie sentì il cuore sprofondare.

Uscì da sotto la macchina, con il cuore che batteva così forte che era sicura che sia Luke che Noah potessero sentirlo. In piedi, si pulì i vestiti dalla terra. «È lì sotto.» annunciò con voce stridula.

Blue abbaiò.

«È lì sotto. L'ho sentita. C'è qualcosa di plastica. C'è una specie di costruzione sotto l'auto. Noah, mi servono quelle chiavi.»

Noah si allontanò e salì di corsa i gradini della baita, scomparendo all'interno. Pochi istanti dopo ne uscì, tenendo le chiavi alte sopra la testa. Scese di nuovo gradini e spalancando la portiera del lato guida, scivolò all'interno. Inserì la chiave nell'accensione con dita tremanti. Per una frazione di secondo, Josie si chiese se l'auto sarebbe partita davvero. Ci vollero un paio di tentativi, ma alla fine l'auto prese vita. Noah chiuse la portiera e inserì la retromarcia. «Attenzione!» urlò.

Gli agenti che erano sul vialetto si dispersero per permettergli di fare retromarcia. Josie e Luke erano già in ginocchio e continuarono a rimuovere altra ghiaia fino a quando non videro un portellone di plastica. Noah li raggiunse.

«Questa è una fossa biologica.» disse Luke. «Non può essere qui dentro.»

«Zitto!» disse Josie. «Ascolta.»

Batté sul coperchio. Stavolta le urla si sentirono più chiaramente.

«Oh Dio santo.» esclamò Noah. «Fate sgombrare il campo. Dobbiamo scendere là dentro.»

Pochi istanti dopo, sgomberata l'area, Josie aprì il coperchio con uno strattone. La luce squarciò l'oscurità sottostante. Davanti a loro c'era Savannah Patchett, con gli occhi chiusi contro la luce, pallida, sporca, con i riccioli incollati alle guance.

CINQUANTASEI

Josie si fermò ai margini del perimetro delimitato dal nastro della scena del crimine che la Squadra di Raccolta delle Prove aveva steso intorno alla baita di Henry Thomas e si mise a osservare gli spostamenti degli uomini della squadra di Hummel, che scattavano foto, depositavano i contrassegni delle prove e realizzavano schizzi della scena. Sentì lo scricchiolio della ghiaia alle sue spalle, dalla direzione della strada. Non si voltò. Era qualcuno della sua squadra. L'area era ormai sicura. Noah le si accostò. «L'ambulanza è appena partita. Savannah sembra illesa ma piuttosto traumatizzata.»

Josie ebbe un brivido al pensiero di quella bambina rinchiusa in uno spazio così piccolo e buio. Sarebbe stato letteralmente il peggior incubo che potesse capitare a lei. Perché lei lo aveva vissuto. In uno sgabuzzino, non in una buca nel terreno, ma comunque un piccolo spazio che aveva lasciato cicatrici nella sua psiche che non si sarebbero mai rimarginate. «Certo.» disse.

«L'importante è che sia viva.»

Era un miracolo.

Nel loro lavoro, i bambini non venivano trovati vivi e,

quando capitava, il danno che avevano subito era così grande che non avevano alcuna possibilità di tornare ad avere una vita normale.

«Ha detto qualcosa?» chiese Josie.

«È andata come dicevi tu: ha visto la sorella nel bosco e l'ha seguita. Kayleigh ha cercato di convincerla a tornare a casa, ma Savannah non voleva lasciarla. Quando sono arrivate qui, Kayleigh l'ha convinta che doveva entrare nella cisterna per evitare che l'Uomo dei Boschi la prendesse. Non ha mai visto Thomas.»

Dietro di loro sentirono di nuovo la ghiaia che scricchiolava e un passo affrettato. Era Gretchen questa volta. «Ho controllato i registri della proprietà.» annunciò. «Quando questo posto è stato costruito, hanno installato la fossa biologica in cui è stata trovata Savannah, ma non è mai stata operativa. C'è un altro serbatoio sul retro, costruito da uno dei proprietari precedenti. Quello è in uso.»

Guardarono Hummel che usciva dall'interno della casa con una cartellina in mano e si avvicinava alla botola della fossa biologica. Uno dei suoi agenti si era calato all'interno e per molto tempo, l'unica cosa che erano riusciti a vedere dal portello del serbatoio erano stati i lampi del flash di una macchina fotografica. Poi un altro agente si era posizionato a terra in corrispondenza dell'apertura e nel giro di qualche minuto l'agente all'interno aveva iniziato a consegnare all'agente all'esterno delle buste con le prove. Hummel scambiò qualche breve parola con loro, sbirciò all'interno delle buste e scrisse qualcosa sulla sua cartellina.

«Mi chiedo come avrà fatto a respirare là dentro...» chiese Gretchen. «È stata in quella fossa per ore.»

Hummel si avvicinò a loro.

«Abbiamo trovato un sacco di droga nel serbatoio. C'erano erba, ecstasy, ossicodone e, presumibilmente, anche dell'Adder. Non c'è dubbio che fosse il nascondiglio in cui teneva la sua roba. Abbiamo trovato anche una grande quantità di contanti, alcuni vestiti e qualche trappola, alcune delle quali sono sporche di sangue secco. C'erano due paia di occhiali digitali per la visione notturna usati per la caccia.

Oltre a questo, sembra che Thomas abbia deviato il tubo che collegava il serbatoio alla casa e abbia costruito una sorta di sistema di ventilazione di fortuna. C'è anche un piccolo ripostiglio nel muro da dove entrava in casa. Sembra una presa d'aria per il riscaldamento, ma all'interno c'è uno spazio per conservare varie forniture e il tubo che porta al serbatoio. Altri contanti, droga e qualche straccio oleoso.»

«Come quelli che si usano per la manutenzione delle auto?» disse Noah. «Scommetto che è lì che teneva il convertitore di coppia.»

«Ce l'abbiamo avuto davanti agli occhi per tutto il tempo.» disse Josie. «Tutto quanto. E Blue lo sapeva. Non aveva dato falsi allarmi. Le ragazze erano proprio sotto il suo naso. Probabilmente Kayleigh si era nascosta lì dentro la notte in cui ha inscenato il rapimento. Eravamo così indietro che Thomas può aver avuto il tempo di spostare l'auto, farla entrare e coprire il tutto. Poi avrebbe dovuto solo aspettare che le cose si sistemassero prima di farla uscire.»

«Deve essere stato quando è andata da Asher. C'era troppo movimento intorno a Thomas quassù perché lei potesse stare nella baita con lui, e la fossa biologica non era una soluzione a lungo termine. Scommetto che riusciremo a convincere Asher a riempire alcuni spazi vuoti.»

«Andiamo a prenderlo e portiamolo in centrale.» disse Noah.

«Credo che il convertitore di coppia fosse già inserito quando sono venuta a parlargli.» disse Josie. «Gli avevamo restituito l'auto dopo averla analizzata. Non si sarebbe aspettato un nuovo sequestro. La cosa più probabile è che l'abbia rimesso a posto quando l'auto era ferma qui. Ecco perché le gomme erano ancora pulite.»

«Sicuramente lo voleva pronto.» concordò Noah. «Nel caso avesse avuto bisogno di accedere al serbatoio.»

«Cosa che ha fatto.» disse Josie. «È chiaro. Quando Kayleigh è arrivata con Savannah, gli è bastato semplicemente accendere il motore e fare retromarcia per poter rinchiudere dentro la bambina.»

«Immagina se non avessi visto il fango, boss... Josie.» disse Gretchen.

Un brivido salì lungo la schiena di Josie. «Non voglio neanche immaginarlo.»

CINQUANTASETTE

Josie guardò verso l'altro capo del tavolo le manovre di Harris per prendere un trancio di pizza grande il doppio della sua testa. Tanto era grande che le sue piccole manine facevano fatica a tenerlo per portarselo alla bocca. Metà del formaggio scivolò via e finì nel piatto di carta. Accanto a lui, Noah rise e raccolse il formaggio con due dita, facendolo ricadere sulla fetta. «Devi piegarla come un libro.» suggerì a Harris. Usò la sua fetta per mostrarglielo. Harris studiò la tecnica e la provò da solo. Una parte del formaggio si rovesciò di nuovo e ricadde sul piatto, ma riuscì a dare un morso.

«Oppure...» disse Misty, seduta accanto a Josie. «Potremmo chiedere di farci delle fette più piccole. Chi mai riuscirebbe a mangiare fette così grandi?»

Noah si infilò in bocca l'ultimo pezzo di crosta e sorrise. Harris lo fissò stupefatto. «Zio Noah ci riesce!»

Josie sorrise e scosse la testa.

«Harris, non devi mangiarla tutta.» gli disse la madre. «Mangia solo quello che riesci a finire.»

Ma l'attenzione del bambino era già rivolta alla porta d'ingresso del locale, una nuova pizzeria con un'ampia sala giochi chiamata Play Pizza Play, dove un bambino che Josie riconobbe dalla squadra del campionato giovanile di Harris stava entrando, appeso al braccio di suo padre. Indicò la sala giochi e il padre annuì. Il bambino corse verso i giochi e intanto il padre si diresse verso il bancone delle pizze.

«È il tuo amico del baseball?» chiese Misty.

«Sì.» disse Harris. «Posso andare a giocare con lui, mamma?»

Misty esaminò la grande stanza. «Certo.» disse. «Ma cosa diciamo sempre?»

Harris si alzò e si spazzolò le briciole dalla maglietta. «Devo rimanere dove puoi vedermi.»

«Nel nostro campo visivo.» lo corresse Josie. «Devi stare dove noi possiamo vedere te e dove tu puoi vedere noi.»

Harris lanciò di nuovo un'occhiata alla sala giochi, alla ricerca del suo amico, ma non vedendolo, le sue spalle si afflosciarono. Noah gli scompigliò i capelli. «Sai cosa facciamo? Ti accompagno io... tanto ti serve una tessera per giocare, no?»

Gli occhi di Harris si illuminarono quando Noah ne tirò fuori una dalla tasca. Poi partirono. Misty sospirò e mangiò la sua pizza. «Noah è così bravo con lui.»

Josie sentì un piacevole calore alla bocca dello stomaco. Ci posò sopra la mano.

Misty le chiese: «Avete avuto fortuna?»

Senza guardarla, Josie scosse la testa.

Consapevoli di uno strano silenzio che riempiva il locale, guardarono entrambe verso la porta da cui erano appena entrati due adulti e una ragazzina. Sussurrando, Misty chiese: «Oh, cielo! È quella la famiglia? Quella della vostra indagine?»

Shelly e Dave Patchett tenevano la testa bassa, a differenza di Savannah che saltellava verso il bancone, beatamente ignara degli sguardi che avevano attirato.

«Sì.» disse Josie, girandosi per non doverli guardare.

Erano passati due mesi da quando Kayleigh Patchett e

Henry Thomas erano stati tratti in arresto e accusati di una serie di reati, compresi tre capi d'accusa di omicidio di primo grado per la morte di Amanda Chavez, Sara McArthur e Felicia Evans. Nonostante ciò, il nome di Kayleigh era sulla bocca di tutti. Josie aveva visto le infinite domande e le critiche rivolte ai genitori Patchett sui social media a ogni aggiornamento sul caso, a prescindere che le critiche provenissero dalla WYEP, dalla Polizia di Denton, dalla Polizia di Stato o dagli uffici del pubblico ministero.

Com'è possibile che non se ne siano accorti? È inconcepibile che non sapessero che la figlia era malata di mente!

Cosa le hanno fatto per ridurla in quel modo?

A quei pazzi non dovrebbe essere permesso di crescere altri bambini. Guardate cosa ne è uscito dalla prima: un'assassina a sangue freddo!

I Patchett ordinarono da mangiare e trovarono un tavolo lontano da quello in cui sedevano Josie e Misty, in un angolo della sala da pranzo, lontano dagli altri. Dave e Shelly si misero a mangiare in silenzio lasciando che Savannah corresse verso la sala giochi, allontanandosi rapidamente da dove potevano vederla.

«Che orribile tragedia...» commentò Misty.

Quello che si stendeva davanti ai Patchett si sarebbe dimostrato un lungo e impervio percorso. Gli ingranaggi della giustizia erano lenti da smuovere una volta che un caso arrivava in tribunale. Potevano passare anni prima che Kayleigh venisse processata. Dopo due mesi, si stava ancora discutendo se sarebbe stata processata come una minorenne o come un'adulta. Nei primi tempi, il suo avvocato difensore era apparso in tutti i notiziari disponibili a ospitarlo per parlare con toni solenni di come Henry Thomas avesse preso una ragazzina giovane e impressionabile e le avesse stravolto la mente fino a spaventarla al punto tale da farla sentire costretta a uccidere. Chiaramente, questa era la linea di difesa che intendeva usare una volta che i casi sarebbero andati a processo - se mai ci fossero arrivati - o fin quando avrebbe cercato di negoziare i patteggiamenti. Kayleigh, tuttavia, aveva raccontato una storia molto diversa agli investigatori quando era stata interrogata. Quando Josie aveva assistito a una di queste sedute aveva pensato che l'avvocato difensore avrebbe rischiato di farsi venire un colpo se avesse ascoltato Kayleigh che raccontava una versione dei fatti completamente diversa da quella che lui aveva raccontato in pubblico. Si era mostrata orgogliosa della storia che aveva creato e sembrava pensare di meritare un riconoscimento per il suo talento. Il suo avvocato aveva interrotto tutti i colloqui con la polizia poco dopo. Henry Thomas non aveva ancora detto una parola; in compenso aveva assunto un avvocato che aveva rifiutato tutte le richieste della polizia o del pubblico ministero di fare domande al suo cliente. Fortunatamente, tra i racconti di Kayleigh e i risultati delle analisi del DNA, quando finalmente erano arrivati, le prove contro entrambi erano piuttosto schiaccianti. Il DNA di Kayleigh era stato trovato in svariati punti della baita di Thomas. Il DNA trovato sulla scarpa da ginnastica di Felicia Evans corrispondeva a quello di Kayleigh. Sulla trappola trovata nella fossa biologica di Thomas era stato rinvenuto il DNA di tutte le vittime, oltre che quello di Thomas stesso e quello di Kayleigh.

Asher Jackson Jenks aveva riempito gran parte degli spazi vuoti che ancora mancavano: era stato lui che aveva fatto conoscere Thomas a Kayleigh, una volta che era andato alla sua baita per consegnare i suoi guadagni e procurarsi altra droga da spacciare. Si era sentito a disagio per l'interesse che Thomas aveva mostrato verso Kayleigh, ma aveva semplicemente smesso di portarla con sé. Tuttavia, quarantotto ore dopo il suo presunto rapimento, lei si era presentata a casa di Asher con l'aria di chi aveva appena trascorso i due giorni precedenti in una prigione, non diversamente da come in effetti era stato. Gli aveva detto di essere lei l'autrice della leggenda dell'Uomo dei Boschi e che, per renderla ancora più realistica, aveva inscenato il suo stesso rapimento. Lui le aveva permesso di restare a casa sua solo perché lei gli aveva promesso che avrebbe aspettato qualche giorno e poi si sarebbe costituita. Aveva già pensato di raccontare di essersi semplicemente persa nel bosco. Asher non sospettava minimamente che lei avesse una relazione con Thomas, l'aveva scoperto solo quando i due erano stati arrestati. Ma già il giorno dopo che Kayleigh si era presentata a casa sua, Asher aveva cominciato a innervosirsi e le aveva detto che l'avrebbe portata alla stazione di polizia raccontando di averla trovata lungo la strada. Avevano percorso qualche chilometro quando lei aveva cercato di convincerlo a tornare indietro e a tenerla nascosta ancora per un po'. Lui si era rifiutato e l'aveva buttata fuori dall'auto. Secondo la sua ricostruzione, doveva essere stato in quel momento che lei aveva lasciato quella felpa gialla sotto il sedile, a sua insaputa.

Tuttavia, lei si era ripresentata alla sua porta dopo un giorno o due, pregandolo di lasciarla restare solo un'altra notte, di farle fare una doccia. Lui aveva ceduto. Quando Josie e Noah si erano presentati a casa di Asher, Kayleigh era nel suo appartamento e si era nascosta, e quando erano tornati con i mandati di perquisizione, lei era fuggita. E da allora Asher non l'aveva più vista.

«Josie?»

La voce di Misty la riportò indietro dai pensieri sul caso.

«Scusa, dicevi qualcosa?» le chiese Josie, voltandosi a guardarla.

«Ti ho chiesto se riesci a dormire o se stai ancora avendo... gli incubi?»

«Ho ancora gli incubi.» tagliò corto Josie.

Misty le mise un braccio intorno alle spalle e la strinse a sé. «Lo stress può rendere difficile il concepimento. Sai, Noah mi ha detto che la dottoressa Rosetti ti ha consigliato un ritiro e...» ma si interruppe.

Allora Josie capì che non era stata una conversazione casuale quella in cui Noah aveva parlato a Misty del ritiro; le aveva chiesto espressamente di aiutarlo nel convincerla ad accettare di parteciparvi. Avrebbe voluto prendersela con tutti e due, ma al contempo si sentiva molto riconoscente che tenessero entrambi a lei tanto da mettersi d'accordo per darle una mano.

«Ne fanno uno in estate, ma me lo sono perso.» disse Josie.

«E con questo?»

Josie sospirò. «Ce n'è un altro in autunno o in inverno, mi sembra. La dottoressa Rosetti ha detto che farà qualche telefonata.»

Prima che Misty riuscisse a dire altro, Harris tornò da loro correndo come un forsennato, e Misty fece appena in tempo a ritirare il braccio proprio mentre lui balzava sulle ginocchia di Josie e le cingeva il collo con le braccia, guancia a guancia, madido di sudore. «Zia JoJo! Zia JoJo! Zio Noah ha detto che nessuno può batterlo a Mario Kart. Io ci ho provato e non ci sono riuscito. Tu ci riesci a batterlo? Ci riesci?»

Josie si alzò e lo aiutò a girarle intorno, in modo da farlo salire a cavalluccio e, sentendolo ridacchiare, lei si sentì travolgere da un'ondata di gioia. «Se riesco a batterlo?» disse. «Ma certo che posso batterlo.»

UNA LETTERA DA LISA

Vi ringrazio per aver scelto di leggere *Mia figlia è scomparsa*. Se vi è piaciuto questo libro e se desiderate rimanere sempre aggiornati su tutte le mie ultime uscite, iscrivetevi al seguente link. Il vostro indirizzo e-mail non verrà mai condiviso e potrete annullare l'iscrizione in qualsiasi momento.

italia.bookouture.com/subscribe/

Come faccio sempre nella stesura di tutti i miei libri, anche qui ho fatto del mio meglio per mantenere la massima autenticità dei fatti descritti, conducendo una grande quantità di ricerche; sono davvero fortunata di poter contare su esperti e consulenti, nonché amici e familiari, che sono sempre disposti a mettere a mia disposizione il loro tempo e le loro conoscenze per ogni libro che scrivo. Tuttavia, qualche volta sono costretta a modificare qualcosa per motivi di ritmo della narrazione e di intrattenimento. Dopotutto, questi sono romanzi di finzione. Perciò, fatta questa premessa, la presenza di eventuali imprecisioni o di errori è di mia responsabilità.

Sono estremamente obbligata ad avere tutti i miei lettori, vecchi e nuovi, e sono sempre entusiasta di ricevere i vostri commenti. Se lo desiderate, potete mettervi in contatto con me attraverso il mio sito web o uno qualsiasi dei social media qui sotto, oltre alla mia pagina Goodreads. Inoltre, vi sarei molto riconoscente se voleste lasciare una recensione e se magari poteste consigliare *Mia figlia è scomparsa*, o altri libri della serie, ai vostri amici e parenti. Le recensioni e le raccomandazioni attraverso il passaparola sono estremamente preziose nell'aiutare nuovi lettori a scoprire i miei libri per la prima volta. Quindi, vi ringrazio infinitamente per la fedeltà e la passione che dimostrate verso questa serie. Io e Josie non abbiamo affatto finito! Spero di vedervi nelle prossime avventure della nostra detective!

Grazie,

Lisa Regan

www.lisaregan.com

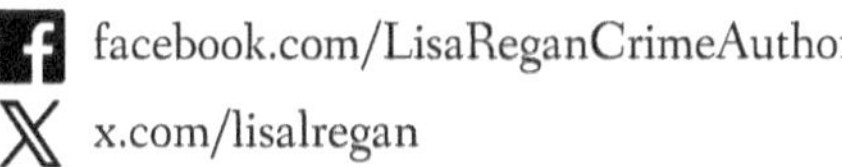

facebook.com/LisaReganCrimeAuthor
x.com/lisalregan

RINGRAZIAMENTI

Meravigliosi, fantastici lettori: lo dico sempre, ogni volta che posso, ed è sempre vero. Siete i migliori lettori del mondo. Sono profondamente onorata di avere ognuno di voi nella mia vita. Per voi vale la pena scrivere ogni singola parola. Sono sbalordita dalla vostra continua passione per questa serie anche dopo diciotto libri. Non vorrei mai smettere di scrivere per un pubblico come voi. Siete davvero i migliori.

Ogni giorno il vostro entusiasmo e il vostro impegno verso i libri della detective Josie Quinn mi lasciano senza parole. Apprezzo il fatto che vi teniate in contatto con me tramite i social media e le e-mail. Potrei usare tutte le parole del mondo e non sarebbero mai abbastanza per ringraziarvi della vostra fedeltà e dell'entusiasmo che mi trasmettete in questo viaggio. Perciò, vi ringrazio di cuore per essere stati al mio fianco in tutti questi libri.

Per primo, come sempre, ringrazio mio marito, Fred, per aver limato le asperità della prima stesura e per avermi dato una mano a risolvere i problemi della trama, oltre che avermi fornito ottimi spunti per vari colpi di scena e altre vicende interessanti che ho inserito in questo libro. Sei la mia roccia e sei anche un'incredibile miniera di informazioni e idee brillanti. Sei un narratore incredibile e sono davvero grata di averti nella mia squadra. Grazie a mia figlia, Morgan, per aver rinunciato a tanto tempo con la mamma per permettermi di scrivere questa serie. Ti ringrazio perché sai sempre esattamente cosa fare quando sono più stressata per una scadenza. Grazie per avermi fatto ridere quando ne avevo più bisogno. Sei un dono che custodisco ogni giorno.

Un grazie va alla mia incredibile assistente, amica e prima lettrice, Maureen Downey, che ha saputo rendere tutto possibile. In qualche modo riesci a sorreggermi in ogni fase del processo di scrittura e a ricordarmi nei momenti più critici che posso sempre farcela. Voglio ringraziare le mie amiche che si sono immolate come prime lettrici: Katie Mettner, Dana Mason, Nancy S. Thompson e Torese Hummel. Grazie a Matty Dalrymple e Jane Kelly che mi assistono quotidianamente per qualsiasi cosa di cui abbia bisogno. Non so cosa farei senza di voi!

Un grazie va alle mie nonne: a Helen Conlen e a Marilyn House; alla mia famiglia: a Donna House, a Joyce Regan, al defunto Billy Regan, a Rusty House e a Julie House; ai miei fratelli e alle mie cognate: Sean e Cassie House, Kevin e Christine Brock e Andy Brock; e alle mie adorabili sorelle: Ava McKittrick e Melissia McKittrick. Grazie anche a tutti i soliti sospetti per aver diffuso la notizia: a Debbie Tralies, a Jean e Dennis Regan, a Tracy Dauphin, a Claire Pacell, a Jeanne Cassidy, a Susan Sole, alla famiglia Regan, alla famiglia Conlens, alla famiglia House, alla famiglia McDowell, alla famiglia Kays, alla famiglia Funk, alla famiglia Bowman e alla famiglia Bottinger! Come sempre, ringrazio tutti gli adorabili blogger e i recensori che tornano fedelmente a Denton all'uscita di ogni nuovo libro per risolvere i crimini insieme a Josie e alla sua squadra, così come quelli che hanno conosciuto Josie e la sua squadra solo in questo libro. Apprezzo il tempo e il prezioso supporto che avete dato a questa serie!

Come sempre, i miei ringraziamenti vanno al tenente Jason Jay, per aver risposto al mio infinito flusso di domande in modo così esauriente e con tanta pazienza. Grazie a Stephanie Kelley, la mia meravigliosa consulente in materia di forze dell'ordine, che legge ogni parola e approfondisce ogni minimo dettaglio per aiutarmi a rendere le cose il più accurate possibile. Sono veramente fortunata ad averla al mio fianco, perché a ogni nuovo libro mi insegna qualcosa che non sapevo. Le sono molto grata! Grazie ad Andy Brock per aver risposto a molte delle mie domande sugli sport giovanili! Grazie a Cindy e Michael Rex per le informazioni sul calcio! Grazie di cuore a Lonnie e Tammy L. Grace per avermi suggerito l'espediente con il quale Henry Thomas riesce a ingannare la squadra di polizia facendo credere che la sua Chevrolet El Camino non funzioni! Una trovata davvero brillante. Non potrò mai ringraziarvi abbastanza per aver dedicato del tempo a rispondere alle mie infinite domande su questi argomenti.

Grazie a Jenny Geras per la sua mano ferma, le sue parole di rassicurazione e i suoi suggerimenti geniali. Il tuo intuito ha fatto la differenza nel trasformare la prima bozza in qualcosa che mi sento orgogliosa di condividere con i miei lettori! Infine, un ringraziamento è d'obbligo per Noelle Holten, per Kim Nash, per la mia copy editor Jennie e per la correttrice di bozze, Jenny Page, nonché per l'intera squadra di Bookouture.